Karen Kingsbury

Der Löwenzahnjunge

Deutsch von Dorothee Dziewas

BRUNNEN
Verlag Giessen · Basel

Bibliografische Information der Deutschen Bibliothek
Die Deutsche Bibliothek verzeichnet diese Publikation
in der Deutschen Nationalbibliografie;
detaillierte bibliografische Daten sind im Internet über
http://dnb.ddn.de abrufbar.

Originaltitel: Unlocked

MIX
Papier aus verantwortungsvollen Quellen
FSC® C014496

www.brunnen-verlag.de
Lektorat: Petra Hahn-Lütjen
Umschlaggestaltung: Sabine Schweda
Umschlagfotos: shutterstock
Satz: Die Feder GmbH, Wetzlar
Druck: GGP Media GmbH, Pößneck
ISBN 978-3-7655-1233-9

Forever in Fiction – Im Roman verewigt

Für Kate

So viele Charaktere in meinen neueren Büchern sind von lebenden Personen inspiriert, dass ich von Ihnen, liebe Leserinnen und Leser, höre, wie sehr Sie sich auf diesen Teil meiner Romane freuen, wenn Sie diesen Abschnitt lesen, um zu sehen, welche Charaktere das sind, und etwas mehr über ihre persönliche Geschichte zu erfahren. Und dann suchen Sie auf den kommenden Seiten nach ihnen und wissen, was für ein Gefühl es für die Angehörigen sein muss, ihre Namen für immer in einer Erzählung verewigt zu sehen.

Denjenigen unter Ihnen, die mit *Forever in Fiction* nicht vertraut sind, sei gesagt, dass dies meine Art ist, Sie, die Leser, in meine Geschichten einzubinden, während ich gleichzeitig Geld für wohltätige Zwecke sammele. Wer bei der Auktion von *Forever in Fiction* gewinnt, der hat das Vorrecht, den eigenen Namen oder den Namen eines lieben Menschen in einem meiner Bücher wiederzufinden. So wird dieser Mensch im Roman verewigt.

In *Der Löwenzahnjunge* wird Ihnen eine ganz besondere Figur begegnen. Diese Figur ist die süße kleine Kate McRae, ein sechsjähriges Mädchen aus Arizona, das seit mehr als einem Jahr gegen einen Hirntumor ankämpft. Kate hat blaue Augen, blonde Haare und ist die Tochter von Aaron und Holly McRae – einem jungen Pastor und seiner Frau. Die McRaes haben noch zwei andere Kinder – Olivia, sieben, und Will, vier Jahre alt. Das Leben dieser Familie hat sich an einem Tag im Sommer 2009 dramatisch geändert, als sie ein Zittern in Kates Hand feststellten. Ein einfacher Besuch beim Arzt führte zu einer Vielzahl von Untersuchungen und einer Diagnose, die jede Familie erschüttern würde. Kate hatte einen aggressiven Hirntumor.

Kates Behandlung ist sowohl gefährlich als auch ungewiss. Und vor allem ist sie sehr teuer. Da Holly, Kates Mutter, eine meiner befreundeten Leserinnen ist, beschloss ich, etwas Neues mit *Forever in Fiction* zu tun. Ich überlegte, dass wir Kate eine Rolle in meinem Buch geben konnten, wenn genug Menschen mich unterstützten und mindestens hundert Dollar in den Kate-McRae-Fonds einzahlten. Im Gegenzug würde ich die Namen all derer, die Kate auf diese Weise helfen, bei den Danksagungen in der Originalausgabe des Buches nennen.

Wir legten einen Zeitrahmen von zwei Monaten fest, und in dieser Zeit wurden meine Erwartungen durch die unglaubliche Großzügigkeit der Leserinnen und Leser auf das Höchste übertroffen. Niemand kann einer Familie wie den McRaes den Schmerz nehmen, den der Krebs verursacht. Aber die finanzielle Unterstützung und viele unermüdliche Gebete haben es ihnen ermöglicht, dem Sturm zu trotzen. Während ich dies schreibe, hat Kate eine Chemotherapie, Bestrahlungen und eine Knochenmarktransplantation hinter sich und mehr als ein Jahr in der Kinderklinik von Phoenix. Jetzt können ihre Familie, meine Familie und viele von Ihnen nur beten und warten und an Gottes heilende Kraft in ihrem Leben glauben. Ich habe mit vielen anderen über ihre *CaringBridge*-Internetseite Kates Schicksal verfolgt. Ihre Mutter hat die schmerzhafte und schwierige Zeit auf eine wunderbare Weise beschrieben, Gottes Hilfe dabei eingeschlossen.

Kate ist ein lebhaftes, geselliges kleines Mädchen, das gerne Lieder von Hannah Montana mitsingt und mit seinen Geschwistern im Haus herumläuft. Sie liebt ihren Mischlingshund Patrick und SpongeBob und sie hüpft gerne auf ihrem Krankenhausbett herum, wenn die Chemo und die Medikamente sie nicht zwingen, flach auf dem Rücken zu liegen. „Ich bin ein gefährliches Mädchen, Mami“, sagt sie oft. Und das ist sie wirklich. Für sie kam nie etwas anderes infrage, als gegen ihre Krankheit zu kämpfen. Selbst in den dunkelsten Stunden waren ihre Augen für die Menschen um sie herum ein Fenster zu einer wundervollen Seele.

In *Der Löwenzahnjunge* spielt Kate die sonnige, immer zuversichtliche kleine Cousine von Henry Harris. Im Buch sind ihre fiktiven Eltern im Irak stationiert, wo sie den Vereinigten Staaten dienen. Während dieser Zeit wohnt sie bei Henrys Familie und gewährt Einblicke in Henrys Persönlichkeit, die nur ein Kind wie Kate gewinnen kann. Sie ist ein fester Bestandteil von Henrys Welt und der Unschuld, die er im Herzen trägt.

Ich weiß, dass Kate sich geehrt fühlen wird, wenn sie ihren Platz in diesem Buch versteht, und ich hoffe, dass ihre Angehörigen auf den Seiten von *Der Löwenzahnjunge* immer ein wenig von ihrer geliebten Kate erkennen werden.

Prolog

Tracy Harris zog ihre blaue Walmart-Schürze zurecht und sah auf die Uhr. In fünf Minuten war ihre Schicht zu Ende. Sie streckte sich ein wenig und ignorierte den dumpfen Schmerz in ihrem Rücken. Eine lächelnde junge Mutter schob ihren Einkaufswagen auf Tracys Kasse zu. Dabei widmete die Kundin ihre ganze Aufmerksamkeit ihrem kleinen Sohn, der mit baumelnden Beinen auf dem Sitz des Einkaufswagens thronte. Tracys Blick galt dem kleinen Jungen und seiner kindlichen Art, die ihr auf gewisse Weise vertraut war. Dann sah sie in den Wagen. Nicht sehr viele Artikel. Dies würde für heute ihre letzte Kundin sein.

„Spielst du mit mir, wenn wir zu Hause sind, Mami?“

Der Junge war vielleicht drei, dreieinhalb Jahre alt. Er hatte hellbraune Haare und hielt einen leuchtend gelb-blauen Schaumstoffball in der Hand. Sein Gesicht strahlte vor Lebendigkeit.

Die Frau nahm mit einer Hand die Artikel aus dem Einkaufswagen, während sie die andere zärtlich auf die pausbäckige Wange des Jungen legte. „Abgemacht.“ Sie lehnte sich vor und berührte seine Stirn mit ihrer. „Aber du musst zuerst dein Gemüse essen.“

„Mami …“ Er zuckte mit den Schultern. „Ich mag Kekse. Papa sagt, er mag auch Kekse.“

„Das kann ich mir vorstellen.“ Sie stieß ein kurzes, unbeschwertes Lachen aus – das Lachen einer Frau, deren Kind gesund und lebhaft und vollkommen war.

Der Klang ihrer Freude war wie ein Sonnenstrahl in Tracys Nachmittag. Sie wartete, bis die Frau sie mit glücklichem Blick ansah.

„Ihr Sohn … er ist wirklich süß.“

„Danke.“ Sie pustete sich eine Strähne ihres Ponys aus dem Gesicht. „Er redet ununterbrochen.“

So war Henry früher auch, dachte Tracy. Sie drängte die Erinnerung zurück in ihr Herzensversteck und lächelte tapfer. „Haben Sie alles gefunden, was Sie brauchen?“

„Ja." Die Frau grinste. „Alles außer den drei Stunden, die ich jeden Tag zusätzlich gebrauchen könnte, aber das macht nichts." Sie nahm die letzten Waren aus dem Einkaufswagen und legte sie auf das Band. „Walmart ist gut … aber das wäre von jedem Laden zu viel verlangt."

Während sie die Daten ihrer Kreditkarte eingab, plauderte die Frau darüber, dass sie die richtigen Griffe für die Schränke gefunden hatte, die sie gerade in der Garage bauten, und über die Bettwäsche, die genau ins Gästezimmer passte. Die ganze Zeit über kommentierte ihr Sohn ihre Bemerkungen. „Bettwäsche, Mami!" Der Junge sah seiner Mutter direkt in die Augen. Mit klaren, klugen Augen, so wie Henrys Augen früher auch gewesen waren. Das Kind zeigte auf die Packung mit den Bettlaken. „Schöne Bettwäsche für Oma!"

„Ja, Liebling." Sie lächelte und erwiderte den Blick ihres Sohnes.

Tracy versuchte die beiden nicht anzustarren. Der Junge war genau so, wie Henry früher gewesen war.

„Coco Pops!" Er hob den Ball über seinen Kopf und kicherte, als zwei Packungen Frühstückscerealien an ihm vorbei in Richtung Kasse glitten. Er war geistesgegenwärtig und intelligent und verfolgte jede Regung seiner Mutter, während sie die Gegenstände aus dem Wagen nahm. Er hielt sich den Ball vor den Bauch. „Fußball nach dem Mittagessen, Mami! Ich kann so hoch springen … höher als du!"

„Wirklich?" Wieder lachte sie. „Das muss ich mir unbedingt ansehen." Sie entwand ihm den Ball, warf ihn spielerisch in die Luft, fing ihn auf und gab ihn dann zurück. „Ich weiß nicht, Liebling. Deine Mami kann ziemlich gut springen."

„Ich kann auch gut springen!" Erneut reckte er beide Arme in die Höhe, in einer Hand den Ball. „Touchdown, Falken! Siehst du, Mami? Das ist ein Touchdown."

„Sing doch noch mal dein Touchdown-Lied." Sie beendete die Kartentransaktion, und die Kasse fing an, den Bon auszudrucken. „Das magst du doch so gern, weißt du noch?"

„Ja! Das Touchdown-Lied!" Das Kind schwenkte die Arme in einer Art sitzender Tanzbewegung. „Touchdown, Touchdown! Alle

Leute in der Stadt woll'n die Falken spielen sehn! Und sie rufen alle schön: ‚Wir wollen Touchdown!'" Er genoss die Wirkung seines Liedes einige Sekunden lang, bevor er von vorne begann.

Während er sang, sah er seiner Mutter unverwandt in die Augen. Blickkontakt. Der war für Tracy am schwersten zu ertragen, als sie die Kundin und ihren Sohn beobachtete. Ein Blickkontakt, der die Welt ausschloss und einen Moment der Verbundenheit nur zwischen den beiden ermöglichte. Etwas, das Tracy bei Henry am meisten vermisste. Wie es sich anfühlte, in seine Seele zu blicken und zu wissen, dass er im gleichen Augenblick in ihre sah. Tracy konnte den Blick nicht abwenden. Die beiden zu beobachten war so, als würde sie einen Film anschauen – über sich und Henry in früheren Zeiten. Was immer mit Henry geschehen war und was auch immer die genaue Ursache für die Veränderung war – früher hatte es eine Zeit gegeben, in der sie miteinander gespielt hatten. Als Henry jedes Mal, wenn sie zusammen waren, gelacht und gesungen und ihr in die Augen gesehen hatte.

Während die Frau ihren Kassenzettel entgegennahm, versuchte Tracy, den Augenblick auszuhalten. Junge Mütter mit kleinen Kindern waren immer besonders hart. Die Frau stellte zwei ihrer Einkaufstüten in den Wagen. „Gut, dass ich nicht anstehen musste. Meine Haushaltshilfe wartet auf ihr Geld." Sie lächelte entschuldigend. „Ich bin ein hoffnungsloser Fall, was das Putzen betrifft."

Haushaltshilfe und Renovierungsprojekt … ein redseliges Kind und eine glückliche Familie. Tracy konnte da nicht mitreden, aber sie erwiderte trotzdem das Lächeln. „Einen schönen Tag noch."

„Danke." Die Frau nahm die letzten Tüten und stellte sie in den Einkaufswagen.

„Runter, Mami!" Ihr kleiner Junge schwenkte den Schaumstoffball vor ihrer Nase. „Bitte, runter!"

„Also gut." Sie nahm ihren Sohn auf den Arm und gab ihm einen Kuss auf die Wange. Er erwiderte den Kuss und wand sich aus ihrem Griff. Die Frau stellte ihn neben sich auf den Boden, nahm seine Hand und warf Tracy ein schwaches Lächeln zu. „Anstrengender kleiner Kerl, was?"

Wenigstens sagt er, was er will, dachte Tracy. Sie bemühte sich, fröhlich zu klingen. „Das ist das Alter, vermute ich."

„Bestimmt." Sie wandten sich dem Ausgang zu, und der kleine Junge hüpfte fröhlich neben seiner Mutter her. Sie winkte Tracy zu. „Einen schönen Tag Ihnen."

„Ihnen auch." Tracy hätte die Frau gerne gefragt, ob sie bei ihrem Sohn schon alle vorgesehenen Impfungen hatte durchführen lassen. Lassen Sie nicht alle auf einmal machen, wollte sie ihr sagen. Dabei wird vielleicht immer noch Quecksilber benutzt. Aber es war nicht der richtige Ort oder Zeitpunkt, und das mit dem Quecksilber war ohnehin nicht erwiesen.

Während sie den beiden nachblickte, dachte Tracy über die Frau nach. Wahrscheinlich lebte sie hier in Roswell oder sogar in Dunwoody. Vielleicht auch in Johns Creek. Einem der Vororte von Atlanta. Irgendwo in einem großen Haus mit einem gepflegten Garten und einem normalen Leben. Mit einem Leben, wie Tracy es sich vorgestellt hatte, als Henry drei Jahre alt gewesen war.

Das war jetzt fünfzehn Jahre her.

Jetzt lachte und sprach Henry nicht mehr mit ihr und er nahm auch nicht mehr ihre Hand. Sie konnte nichts mit ihm spielen oder sich während des Essens mit ihm unterhalten, und sie wusste nicht, wie es sich anfühlte, von seinen erwachsenen Armen umarmt zu werden. Sie hatte keine Ahnung, wie oder was er fühlte. Ihr einziger Sohn kam nie auf sie zugelaufen – mit leuchtendem Gesicht – und erzählte ihr etwas von seinem Tag oder seinen Hausaufgaben oder seinen Wünschen für die Zukunft. Henry sang nie, machte niemals Sport, brachte nie einen Freund von der Schule mit nach Hause.

Er sah ihr niemals in die Augen.

Henry war Autist.

1

Wenn man vom ersten Tag auf das ganze Jahr schließen konnte, würde es das beste Jahr überhaupt werden.

Quarterback Jake Collins bahnte sich einen Weg durch die überfüllten Gänge im naturwissenschaftlichen Trakt der Fulton Highschool, bis er den Treffpunkt an der Treppe erreicht hatte. Ein paar von seinen Freunden aus der Footballmannschaft waren schon da. In diesem Moment kamen auch zwei blonde Schülerinnen aus dem zweiten Jahr vorbei und kicherten, während sie ihm kokette Blicke zuwarfen. Jake zog die Augenbrauen hoch und zwinkerte seinen Kumpels zu.

Vor dem Steingebäude schien die Sonne auf Johns Creek herab, drang durch die Fenster und erwärmte die kalten Flure, sodass die vorüberströmenden Schüler blinzeln mussten.

„Die Mannschaft ist versammelt!" Jake schob die Hände in die Taschen seiner Jeans und lachte den anderen jungen Männern um ihn herum zu. Dann warf er den Blondinen, die jetzt ein Stück entfernt waren, einen Blick hinterher. „Heiße Mädels überall."

„Die Fulton-Mädchen muss man einfach lieben." Sam Sanders stieß ihm einen Ellbogen in die Rippen. Sam war in den vergangenen drei Jahren sein wichtigster Kumpel geworden – einer der besten Receiver in der Gegend und Jakes bester Freund.

„Mensch, dieses Jahr werden sie *uns* lieben." Er versetzte Sam einen spielerischen Fausthieb. „Wir werden die Besten in ganz Georgia sein, Mann. Wir holen den Titel. Alles, was wir anfassen, wird zu Gold."

„Dreifacher Meister – das hat noch keine Klasse geschafft!" Sam nickte begeistert. „Football ... Basketball ... Leichtathletik!" Er marschierte mit erhobenen Armen im Kreis.

Jake lachte. „Die Mädchen werden uns zu Füßen liegen." Er klatschte Sams Hände ab, und beide lachten, während sie zwei andere Schülerinnen beäugten. „Sogar noch mehr als sonst."

„Mhm." Sam nickte einem der beiden Mädchen, einer hübschen Brünetten, zu. „Die besten Mädels im ganzen Bundesstaat."

Sie hatten noch sechs Minuten, um in ihr Klassenzimmer zurückzukehren, aber das war Jake und seinen Jungs gleichgültig. Wenn sie den Flur für sich beanspruchten, wen kümmerte das schon? Die anderen Schüler mussten ihnen ausweichen, aber das war Jake egal. Diese Schule gehörte ihnen. Der Flur war ihr Flur, wenn sie wollten.

„Guckt mal!“ Rudy Brown, ein anderer Footballspieler, lachte und zeigte auf einen übergewichtigen Jungen, der ein paar Meter entfernt in einem Rollstuhl saß. Zwei Lehrer waren damit beschäftigt, ihn durch die Tür zu einem Klassenzimmer zu manövrieren. „Was? Ist er zu fett zum Laufen?“ Rudy erhob die Stimme über die Geräusche um sie herum. Rudy war beinahe zwei Meter groß und wog hundertsechsunddreißig Kilo. Er war der stärkste Angriffsspieler im Bezirk, und ein Dutzend Colleges hatten es auf ihn abgesehen.

„Hey, nicht!“ Jake runzelte die Stirn. „Lass die Rollstuhltypen in Ruhe. Sie können schließlich nichts dafür.“

„Ja, Mensch.“ Sam trat dem Riesen vors Schienbein. „Sei nicht so ein Unmensch.“

Irgendetwas am anderen Ende des Ganges zog Jakes Aufmerksamkeit auf sich, und er sah hinüber. Mit einer Hand die Sonne abschirmend, erkannte er, wer es war. „Da soll doch einer …“ Er grinste. „Ich dachte, Harris wäre mit der Schule fertig.“

„Wer?“, fragte Sam mit hochgezogenen Augenbrauen, während er sich im überfüllten, sonnenbeschienenen Flur umsah.

„Henry Harris.“ Jake verschränkte die Arme und beobachtete, wie Henry sich durch die Menge kämpfte. „Ein komischer Kerl.“ Jake kicherte. „Hübscher Junge … du weißt schon, eine Schwuchtel.“

Henry tat, was er immer tat, wenn er zum Unterricht ging. Er hatte die Hände gefaltet und unters Kinn gehoben, während er die Ellbogen von sich streckte. Alle paar Schritte blieb er stehen und sein Blick huschte zu irgendeinem Punkt an der Decke hinauf. Jake sah ihn spöttisch an. „Schwachkopf.“

Sam zog eine Grimasse. „Warum macht er das?“

„Weil er eine Memme ist." Rudy grinste. „Abgesehen davon ist mit ihm alles in Ordnung."

„Der ist zurückgeblieben." Jake lachte lauter und die anderen, die bei ihm standen, taten es ihm gleich.

Henry Harris sah nicht aus wie ein Sonderschüler. Und das störte Jake. Es ging ihm auf die Nerven. Henry sah ganz normal aus. Nein, er sah besser aus als normal. Wie ein Vorzeigeamerikaner. Ein attraktiver Junge mit der Figur eines Footballspielers. Und nicht nur das. Der Typ hatte außerdem noch leuchtend blaue Augen. Augen, nach denen sich die heißesten Mädels umdrehten – selbst wenn Henry sich wie ein Idiot benahm, was er immer tat.

„Kommt, wir begrüßen ihn." Jake gab seinen Mannschaftskameraden ein Zeichen, und sie setzten sich in Bewegung.

„Hallo, Süßer!", rief einer von ihnen mit künstlich hoher Stimme. Mehrere Schüler, die sich zwischen den Footballspielern und Henry auf dem Gang drängten, blickten erschrocken auf und gingen schnell aus dem Weg.

Sam winkte übertrieben heftig und mit so viel Sarkasmus, wie er aufbringen konnte. „Hallo, Schwachkopf ... schön, dass du wieder da bist."

Henry schien ihn nicht zu hören. Er blieb stehen, sodass die Jugendlichen hinter ihm gegen ihn stießen, und hielt sich die Ohren zu. Nach ein paar Sekunden ließ er die Hände sinken und seine Blicke huschten über die Köpfe der anderen hinweg. Er sah sie niemals direkt an. Es sah aus, als meinte er alle gleichzeitig.

„Was ist er denn, das Begrüßungskomitee?" Jake schüttelte angewidert den Kopf.

„Klar, vielleicht kandidiert er ja als nächster Schülersprecher." Sam kicherte.

„Bestimmt. Sprecher für *Sonder*aktionen vielleicht?" Rudy stieß Sam an. „Verstehst du? *Sonder*aktionen?"

„Ja, genau." Sam lachte auf und versetzte ein paar anderen Mannschaftskollegen spielerische Fausthiebe. „Viel *sonder*barer als der Spinner geht ja gar nicht mehr."

Jake ließ die anderen reden. Henry kam auf sie zu, und während er ging, fing er wieder mit seinem seltsamen Flügelschlag an. Die gefalteten Hände unterm Kinn, bewegte er die ausgestreckten Ellbogen auf und ab.

„Vielleicht denkt er, er könnte fliegen“, spottete Rudy. Er trat noch einen Schritt zur Seite, sodass die Footballer den Gang beinahe ganz versperrten. „Hallo, Süßer!“, rief er. „Willst du zu Mama nach Hause fliegen?“

Henry war jetzt nur noch wenige Meter entfernt, und er musste die Bemerkung gehört haben, denn er hob das Kinn und sah sie an – nicht direkt sie, aber in ihre Richtung. Er ließ die Arme sinken und blieb stehen. Jake und seine Jungs blockierten den Weg, sodass Henry nicht an ihnen vorbeikonnte.

„Hallo, Schwachkopf.“ Sam boxte Henry gegen die Schulter. „Warum benimmst du dich eigentlich so komisch?“

Jake wartete ein paar Sekunden. „Nun sag schon was, du Spinner!“ Er versetzte Henrys anderer Schulter einen Stoß. „Du kannst uns doch hören ... ich weiß, dass du uns hörst.“

Henry starrte an Jake vorbei, als stünde noch jemand anders, eine unsichtbare Gestalt, neben ihm. Das Licht fiel in Henrys Augen und er blinzelte ein paarmal. Diese lächerlich blauen Augen. Sie suchten die leeren Wände und die Reihe mit Schließfächern ab – aber nie ihre Gesichter – als verstünde er kein Wort von dem, was sie sagten. Oder er wollte es nicht verstehen. Wieder schlug er mit den Armen und nickte einige Male schnell hintereinander. Dann stellte er seinen Rucksack vor sich auf den Boden, machte den Reißverschluss auf und holte einen dicken Stapel Karteikarten heraus. Er blätterte sie mit schnellen Fingern durch, immer darauf bedacht, keine Karte fallen zu lassen. Offenbar fand er, was er gesucht hatte, denn er zog eine Karte heraus und reichte sie Jake.

„Was ist das?“ Jake runzelte die Stirn, als er die Karte nahm.

„Zu früh für eine Valentinskarte, oder, Jake?“ Sam und ein paar andere lachten.

„Halt die Klappe.“ Jake funkelte seinen Freund an. „Das ist nicht witzig.“

Jake blickte auf die laminierte Karte in seiner Hand hinunter.

Darauf war ein Foto von einem Klassenzimmer zu sehen. Oben in der Ecke war eine kleine Uhr abgebildet, und darunter standen die Worte „Der Unterricht fängt an".

„Karteikarten?" Jake schnipste Henry die Karte zu und sie fiel zu Boden. „Mach gefälligst den Mund auf, du Idiot."

Henry sah Jake und die anderen nicht an, und sein Blick ging auch nicht zu der Karte auf dem Boden. Seine Miene spannte sich an, und er legte den ganzen Stapel Karten auf seinen offenen Rucksack. Dann streckte er sich ungelenk nach der Karte auf dem Boden aus. Währenddessen versetzte Rudy Henrys Rucksack einen heftigen Tritt, sodass die Karten sich überall auf dem Gang verteilten.

„Hier." Rudy warf Henry eine Beleidigung an den Kopf und stieß ihn noch einmal an – fester, als Sam und Jake es getan hatten. „Versuch's nächstes Mal mit Reden."

Henry versuchte die Karten zu fassen, während sie zu Boden glitten, aber es gelang ihm nicht und er verlor das Gleichgewicht. Mit einem dumpfen Aufprall landete er auf dem Linoleum des Schulflurs. Keuchend rappelte er sich auf, während seine Blicke wild durch die Gegend huschten. Dann begann er mit hektischer Konzentration, seine Karteikarten wieder aufzusammeln. Auf dem Gang war es ruhiger geworden, nachdem die meisten Schüler in ihren Klassen verschwunden waren. Diejenigen, die sahen, dass Henry in Schwierigkeiten war, blieben nicht stehen, um ihm zu helfen.

Jake verspürte einen Anflug von Reue. Egal, wie der Typ aussah oder wie stark er war, Henry wehrte sich nicht. Sie hatten ihr Spielchen lange genug getrieben. „Kommt." Er schlug Rudy auf die Schulter. „Gehen wir. Der Coach will, dass wir dieses Jahr pünktlich sind."

Vereinzelt waren Zustimmung und Lachen von den Jungen zu hören, und sie gingen um Henry und seine Karten herum. Währenddessen kam ein dünner Junge auf sie zu. Er warf den Footballspielern einen Blick zu und rief dann zu Henry hinüber, der noch immer auf dem Boden herumkroch. „Warte … ich helfe dir."

Der magere Jugendliche blieb auf seiner Seite des Flurs, als er an

Jake und den anderen vorbeiging. Dann stellte er seinen eigenen Rucksack ab und fing an, Karten vom Boden aufzuheben.

„Was ist das denn?“ Sam blieb stehen und drehte sich mit verschränkten Armen um. „Noch einer aus der Sonderschulabteilung?“ Er spuckte dem Jungen die Worte förmlich ins Gesicht.

Der Typ hatte strähniges rabenschwarzes Haar, enge Röhrenjeans und einen abgewetzten Rucksack. Noch ein Versager. Er ignorierte Sam und sammelte weiter.

„He, Emo.“ Jake lachte. „Du bist zu spät. Ich bin sicher, Henry hat schon einen Freund.“

Wieder ignorierte der Junge die Bemerkung, während er die restlichen Karten zusammensuchte. Jake wandte sich mit einer abschätzigen Handbewegung ab und ging weiter. „Vergiss sie. Wir müssen zum Unterricht. Heute ist ein großer Tag, Jungs.“

Vier Jahre lang hatten sie auf diesen Augenblick gewartet: auf das Vorrecht, dem Fulton Campus zu zeigen, was sie draufhatten. Jake stand kurz davor, ein Stipendium bei einem der größten Sportcolleges zu unterzeichnen, und er ging mit dem hübschesten Mädchen auf dem Campus aus.

Ella Reynolds.

Er hatte Ella im Sommer im Schwimmbad kennengelernt. Sie waren beide Rettungsschwimmer, und vom ersten Tag an hatte Jake mit einem Auge die kreischenden Kinder und mit dem anderen Ella beobachtet. Während der heißesten Tage im Juli und August waren sie sich nähergekommen. Jake hatte sie in Fulton gesehen, aber bis zu ihrer Begegnung im Schwimmbad hatten sie einander nicht persönlich kennengelernt. Den ganzen Sommer über hatte er den netten Jungen gegeben – manchmal hatte er schon geglaubt, er hätte seinen Biss verloren. Sie hatte diese Wirkung auf ihn. Ella war ein gutes Mädchen. Aber er war zu jung für gute Mädchen.

Vor allem jetzt … in seinem letzten Schuljahr.

Jake hatte vor, mit vielen heißen Mädchen auszugehen – vor allem mit solchen aus dem ersten Highschooljahr. Im Sommer – wenn er Ella nicht gerade den einen oder anderen Kuss entlockte –

hatten er und Sam und Rudy und die Jungs ständig vom Herbst geredet. Dies war ihr Jahr, die Saison, auf die sie gewartet hatten.

Er boxte Sams Arm, während sie das Gebäude verließen. „Jedes Spiel gewinnen, jeden Titel holen …"

„Jedes Mädchen bekommen, das wir wollen", beendete Sam seinen Gedanken, und beide brachen in Gelächter aus.

Alle auf dem Campus würden wissen, wer sie waren. Selbst Idioten wie Henry Harris und der dürre Typ mit den schwarzen Klamotten, wie auch immer er hieß. Denn so lief das.

Und dieses Jahr gehörte die Schule ihnen.

Henry konnte die Musik hören. Schön und laut rauschte sie durch die Flure der Fulton Highschool. Satte Hörner und melodische Streichinstrumente; Tastenklänge in jeder nur erdenklichen Tonart; funkelnde Höhen und betörende Tiefen, die seine Sinne durchfluteten und ihn mit sich trugen und ihm sagten, dass alles in Ordnung war. Die Musik erzählte ihm von Jesus und Güte und Liebe und Freude. Von Frieden und Freundlichkeit. Kirchenmusik. Musik, die ihm die Wahrheit sagte: Er war angenommen, was auch geschah. Ja, Henry konnte die Musik hören.

Er war nur nicht sicher, ob die anderen sie auch hörten.

Denn wenn alle anderen das gleiche Lied hörten, warum lagen seine Karten dann überall verstreut auf dem Boden?

Henry ließ die Frage an sich vorbeiziehen. Er sammelte seine Karteikarten ein und blätterte sie durch, bis er sich davon überzeugt hatte, dass sie vollständig waren. Alle dreiundsiebzig. Er sah den Freund an, der ihm half. Er sagte etwas, aber die Worte gingen in der Musik unter. Wieder ging Henry seine Karten durch und suchte etwas. Sie war hier … sie musste es sein. Er hatte dreiundsiebzig Karten. Sechsundvierzig hatte sein Freund aufgesammelt, und er selbst hatte siebenundzwanzig. Dreiundsiebzig.

Henry blätterte, während die Musik weiterspielte. Da war es! Das Bild eines lächelnden Jungen mit erhobener Hand. Darunter stand das Wort „Danke". Henry zeigte sie dem Freund, gab ihm die Karte aber nicht.

Beim letzten Mal, als er eine Karte weggegeben hatte, waren sie alle auf dem Boden gelandet.

„Was ist das?" Sein Freund sah die Karte an und lächelte. „Oh. Gern geschehen." Er warf einen Blick über seine Schulter in Richtung Footballmannschaft, die gerade das Gebäude verließ. „Halt dich von den Idioten lieber fern."

Henry blinzelte und blickte den stämmigen Spielern nach. Jetzt mischten sich andere Worte in die Musik, Worte aus der Kirche. Er war drei Jahre alt und die Sonntagsschulstunde war in vollem Gange, und er war wieder dort und hörte den Lehrer reden. *Nein, Tommy, du darfst niemanden einen Idioten nennen. Das sind deine Klassenkameraden und das hier ist die Sonntagsschule. Wir benutzen dieses Wort nicht … es ist nicht nett. Wir sollen für unsere Freunde beten und sie nicht beschimpfen.*

Die großen Kerle waren Idioten? Sie hatten jetzt beinahe das Ende des Ganges erreicht. Liefen im Takt zur Musik. Der Lehrer hat gesagt, man soll für die anderen beten und sie nicht beschimpfen. Und das stand auch auf dem Schild an der Kirchenwand. Hört nicht auf zu beten. Henry nickte. Das überzeugte ihn. Also gut, er würde beten. Gleich hier, bevor noch eine Minute verstrichen war. *Lieber Gott, sei bei den Jungen am Ende des Ganges. Sie wollen keine Idioten sein. Danke, Jesus. Ich weiß, dass du mich liebst. Dein Freund Henry Harris.*

Er betete einige Sekunden lang, und dann hielt sein neuer Freund ihm die Hand hin. Aber Henry ergriff sie nicht. Die Wände kamen ein Stück näher und es gab zu viel Lärm, zu viele Worte. Die Musik war jetzt sehr laut. Er steckte die „Danke"-Karte wieder in den Stapel zurück und suchte eine andere. Da! Er zog sie heraus und zeigte sie seinem Freund. Die Karte zeigte zwei Jugendliche, die mit erhobener Rechter die Hand des jeweils anderen abklatschten. Darunter standen die Worte, die er seinem Freund sagen wollte.

„Du bist mein Freund?" Der Junge lächelte. „Willst du mir das sagen?"

Henry sah zum Fenster hinaus. Dies war der schöne Teil des Liedes. Er wippte ein wenig, als tanze er zur Musik.

„Ich heiße übrigens Michael Schwartz."

Michael Schwartz. Vielleicht konnte Michael die Musik hören. Vielleicht. Henry ging seine Karten durch und blickte dann wieder zum Fenster hinaus. Er schob die Karten in seinen Rucksack und zog den Reißverschluss zu. Jetzt war die Musik wieder leiser. Noch ein bisschen wiegen und dann wieder ein Blick aus dem Fenster. In dieser Richtung wohnte seine Mutter. Aber die würde er erst um 15.10 Uhr wieder sehen. Nach 15.10 Uhr würde er wieder in den Bus steigen, und der Busfahrer würde ihn nach Hause bringen.

Auf der anderen Seite des Fensters.

„Also dann. Ich muss zum Unterricht." Michael hob zum Abschied die Hand. „Man sieht sich."

Henry blickte ihm nach. Für Michael würde er auch beten, weil sein Lehrer gesagt hatte, man solle für Freunde beten. Michael war sein Freund. Aber er würde nicht jetzt sofort beten, weil die Uhr an der Wand 9.05 Uhr anzeigte. Und 9.05 Uhr bedeutete Mathematik. Mathematik war das Fach, bei dem er sich am besten entspannen konnte, weil Zahlen wie Musik waren. Sie befriedigten seine Sinne und erinnerten ihn an die Wahrheit. Alles würde gut werden.

Er sah den breiten, leeren Gang hinunter und erinnerte sich an die großen Jungs. Die, die er nicht *Idioten* nennen sollte. Etwas stimmte nicht mit ihnen. Etwas, wofür es keine Karte gab, obwohl er doch dreiundsiebzig Karten hatte. Ein kreischendes Geräusch mischte sich in die Musik. Was war, wenn die Jungen seine Karten wieder hinwarfen oder wenn sie ihn selbst traten? Das Kreischen wurde lauter. Kreischen und … und …

BUMM! BUMM! BUMM! Die Trommeln schlugen und hämmerten in seinem Kopf, quälten und stießen ihn und taten ihm weh. Seine Ohren taten weh. Henry presste die Hände auf seine Ohren, aber es half nichts. Nichts konnte die Trommeln zum Schweigen bringen.

BUMM! KRACH! BUMM!

Nein! Die Trommeln sollen aufhören! Henry schrie die Worte, aber es klang wie das Kreischen in der Musik. *BUMM! BUMM! BUMM! Bitte, Gott … Jesus liebt mich ganz gewiss … bitte … denn die Bibel sagt mir dies …*

Henrys Atem ging schneller und immer schneller und er kniff die Augen fest zusammen. *Nein, nicht die Trommeln! BUMM! BUMM!* Henry ließ sich auf den Boden fallen und streckte sich der Länge nach aus. Sein Hemd berührte das kühle Linoleum. Schnell … ganz schnell legte er die Hände flach auf, während seine Zehen den Boden berührten und sein Körper steif und flach wie ein Brett dalag, und durch die Musik ertönte die Stimme seines Papas.

„So ist es gut, Henry, genau so. Das ist ein Liegestütz, nur dass du, wenn du älter bist, den Rücken gerade lässt. Sehr gut … wie die großen Jungen. Wenn du das mit drei Jahren schon kannst, kannst du alles. Absolut alles, Henry. Durch Liegestütze wirst du groß und stark wie ich, Kumpel. So ist's recht, mein Junge. Wenn du so weitermachst, wird sich nie jemand mit dir anlegen …“

Henry hörte die Worte immer wieder, wie sie gegen den Trommelschlag ansangen. Auf, ab, auf, ab, auf, ab. *Halt den Rücken gerade … Durch Liegestütze wirst du groß und stark wie ich, Kumpel … niemand wird sich mit dir anlegen …* Auf, ab, auf, ab. Auf und halten, ab und halten, auf und halten, ab und halten. Auf, ab, auf, ab.

Immer schneller ging sein Atem, aber jetzt war es ein gutes Atmen. Die Trommeln wurden immer leiser. *Bumm … bumm … bumm …*

Zweiundzwanzig Liegestütze, dreiundzwanzig, vierundzwanzig …

Beim achtundzwanzigsten Liegestütz verstummten die Trommeln. Achtundzwanzig. Vier mal sieben. Vierzehn mal zwei. Henry richtete sich auf und die Musik kehrte zu Streichern und Bläsern zurück. Zwei Mädchen gingen vorbei und lachten über ihn. Vielleicht konnten sie das Lied nicht hören.

Henry nahm seinen Rucksack und warf ihn sich über die Schultern. Mathematik fand am anderen Ende des Ganges statt, und dort musste er hin. Während er ging, betete er für Michael. *Lieber Gott, danke für Michael. Jesus liebt ihn ganz gewiss, denn die Bibel sagt mir dies … Michael hat mir mit meinen Karten geholfen. Und Jesus liebt auch die Mädchen, die gelacht haben, weil sie schwach sind und er stark ist. Ich weiß, dass du mich liebst. Dein Freund Henry.*

Als er den Klassenraum betrat, konnte er hören, wie Gott ihm antwortete, und er lächelte. Gott sagte ihm genau, was er schon vermutet hatte.

Michael konnte die Musik hören.

2

Ella Reynolds trug ihren Salat mit Hähnchenbruststreifen und ihre Cola light zu einem Tisch in der Mitte der Cafeteria. Das Schuljahr war gerade mal vier Tage alt und der Speisesaal war überfüllt und das Lachen und die Stimmen von tausend Teenagern waren lauter als gewöhnlich.

„Ella! Komm, setz dich zu mir!“ Die Einladung kam von einem Jungen aus ihrem Mathematikkurs. Sein Grinsen war breit und albern und er saß mit ein paar anderen guten Schülern zusammen.

„Vielleicht nächstes Mal.“ Sie warf ihm einen koketten Blick zu und winkte. „Ganz bestimmt.“ Die letzten Worte murmelte sie leise, während sie weiter lächelte.

„He, Baby, hier!“ Jake Collins sprang an seinem Tisch auf und winkte ihr zu. Er trug Jeans und sein Footballhemd, genau wie die anderen Jungs aus seiner Mannschaft. Jake war ein kräftiger Typ mit kantigem Gesicht und markantem Kinn. Zuerst hatte sie ihn gar nicht so attraktiv gefunden, aber im Laufe des Sommers im Schwimmbad hatte sie sein wahres Ich kennengelernt. Er war gutmütig und nachdenklich und romantisch, aber das würde er den Jungs in Fulton natürlich nie zeigen.

Und das war in Ordnung. Hier war er charmant und selbstbewusst und ein Star. Vor allem heute. Es war Freitag und an diesem Abend würde das erste Spiel der Footballsaison stattfinden. Die lokalen Zeitungen gingen davon aus, dass die Adler in diesem Jahr alles gewinnen würden, und die Stimmung auf dem Campus war mehr als aufgeheizt.

„Geht nicht." Ella grinste und zuckte mit den Schultern. Sie erhob die Stimme, sodass er sie hören konnte. „Heute ist Spieltag. Also keine Mädchen – oder hast du das vergessen?"

Er stöhnte und ließ theatralisch die Schultern hängen. Zwei seiner Kameraden – Sam und Ryan – zupften an seinem Hemd, um ihn auf seinen Platz an ihrem Tisch zurückzuholen. Er warf einen Blick über seine Schulter und zwinkerte ihr zu. In seinen Augen las sie, dass sie vielleicht nicht gemeinsam zu Mittag essen, aber nach dem Spiel zusammen sein würden.

Ella spürte das Funkeln in ihren eigenen Augen, als sie ein paar Tische weiter ging und sich zu einer Gruppe Cheerleader und Tänzerinnen setzte. Sie kreischten ihren Namen, als sie sich setzte, und LaShante, ihre beste Freundin, sprang auf, rannte um den Tisch herum und schlang die Arme um Ellas Hals. „Du hast es geschafft! Ich wusste, dass du es schaffen würdest!"

„Du weißt es?"

„Natürlich weiß ich es!" LaShante stieß einen übertriebenen Freudenschrei aus. „Du hast die Hauptrolle ergattert, Ella! Sie spielen *Die Schöne und das Biest* und du bist die Belle!" Sie kreischte wieder und umarmte Ella noch einmal. „Du bist für diese Rolle wie geschaffen, Süße."

„Das ist das größte Stück, das wir bis jetzt gespielt haben, oder?"

„Ich weiß. Es ist verrückt. Für die Rolle haben sich bestimmt hundert Mädchen beworben." LaShante nahm Ellas Hand und zog sie zum Tisch. Die beiden setzten sich nebeneinander, und die anderen Mädchen lehnten sich vor. LaShante senkte die Stimme, sodass nur die Gruppe sie hören konnte. „Dies ist dein *Jahr*, Süße. Jake Collins *und* die Hauptrolle im Schulmusical!"

Es stimmte. Alles, was Ella sich für ihr letztes Schuljahr gewünscht hatte, war bereits eingetreten. Das Vorsprechen hatte einige Wochen vor Schulbeginn stattgefunden, aber das Ergebnis war erst an diesem Morgen an der Pinnwand vor dem Raum der Theatergruppe angeschlagen worden. Sie hatte die Hauptrolle und sie hatte Jake. Am Tag nach dem Vorsprechen hatte er sie gefragt, ob sie mit ihm gehen wolle.

„Sag Ja, Ella. Dann wird dieses Jahr für uns beide vollkommen."

Sie sah jetzt noch Sternchen, wenn sie daran dachte, wie er sie an jenem Abend geküsst hatte. So wie er sie seitdem ein Dutzend Mal geküsst hatte. Alle in Fulton kannten Jake Collins. Jeder Junge wollte sein wie er, und jedes Mädchen wollte seine Freundin sein. Aber in diesem Jahr gehörte er ihr. Sie hatte noch nie eine ernsthafte Beziehung gehabt. Dafür war sie mit der Schule und ihrer Musik viel zu beschäftigt gewesen. Außerdem wollte sie sich nicht von irgendeinem Jungen aus der Highschool unter Druck setzen lassen, mit ihm zu schlafen. Denn das war es, was die meisten Mädchen taten, und deshalb war es für Ella aus verschiedenen Gründen keine gute Idee gewesen, einen festen Freund zu haben.

Bis jetzt.

„Jake ist umwerfend." Sie rückte ein wenig näher zu ihren Freundinnen, die sich um den Kantinentisch versammelt hatten. Sie wollte nicht, dass irgendjemand außer den Mädchen sie hörte. „Er überlässt das Tempo vollkommen mir."

„Du hast ihm doch erzählt, dass du noch nicht … du weißt schon … dass du noch Jungfrau bist, oder?" LaShante war nichts peinlich. Sie fragte, was sie wissen wollte, wann immer es ihr einfiel. Es war einer der Gründe, warum Ella sie so gern mochte. LaShante stemmte die Hände in die Hüften. „Der Mann muss doch dein wahres Wesen inzwischen kennen. Sag, dass du es ihm erzählt hast."

„Natürlich." Ella warf einen verstohlenen Blick zu dem Tisch hinüber, an dem die Footballspieler saßen. „Er hat gesagt, wir brauchen nichts zu machen. Er mag mich einfach sehr und er will mich nicht verlieren."

„Das höre ich gerne!" LaShante umarmte Ella erneut. „Seht ihr, Mädels?" Sie schnipste mit den Fingern und blickte in die Runde. „Bleibt standhaft. Wenn ihr mich fragt, geben an dieser Schule viel zu viele Mädchen nach."

„Da hast du recht." Krissy warf Jenny über den Tisch hinweg einen vielsagenden Blick zu. „Das sage ich ja auch immer." Krissy nickte einigen der um den Tisch versammelten Cheerleader zu. „Die Mädels geben zu oft nach."

Sechs oder sieben der Mädchen schwiegen verlegen, doch dann fingen sie an zu kichern und sahen Krissy an. Krissy trank einen Schluck von ihrer Cola. „Schon gut, schon gut. Ich weiß, wovon ich spreche."

„Jedenfalls", LaShante legte einen Arm um Ellas Schultern und sah die anderen Mädchen mit hochgezogenen Augenbrauen an, „können wir zu Ella aufblicken. Wenn sie sogar Jake Collins widerstehen kann, dann können wir anderen es zumindest versuchen."

Alle lachten, und Ella wusste nicht so recht, was sie sagen sollte. Sie war kein Vorbild für einen Keuschheitsverein. Sie war nur noch nicht so weit, das war alles. Sie war froh, dass Jake sie verstand und dass die Mädchen sich nicht über sie lustig machten, aber sie war trotzdem erleichtert, als sie das Thema wechselten und anfingen, über Mr. Jensens Geschichtsunterricht zu reden. Ella nutzte die Ablenkung, um etwas von ihrem Salat zu essen.

Nach ein paar Minuten sah Ella auf ihrem iPhone nach, ob sie eine SMS von Jake erhalten hatte. Hmm. Nichts. Sie blickte in seine Richtung, aber er war mit den Jungs beschäftigt. In zehn Minuten fing ihr Unterricht wieder an, und sie musste ihre Mutter anrufen und ihr erzählen, dass sie die Rolle bekommen hatte. Sie würde die Belle spielen – wenn das kein Grund zum Feiern war! Sie trommelte mit ihren manikürten Fingernägeln auf der Tischplatte und warf den Mädchen ein flüchtiges Lächeln zu. „Ich muss zu Hause anrufen. Bin gleich wieder da."

Sie warf ihre langen, mit blondierten Strähnchen versehenen Haare über die Schultern zurück und ging schnell aus der Cafeteria und um die Ecke, wo es ruhiger war. Sie betätigte ein paar Tasten ihres Handys und wählte die Telefonnummer von zu Hause. Mit jedem Klingeln spürte sie, wie ihre Aufregung ein wenig nachließ. „Komm schon, Mama … wo bist du?" Sie ging ein paar Schritte in die eine Richtung und dann wieder zurück. „Geh ran."

Aber dann schaltete sich der Anrufbeantworter ein, und Ella versuchte es stattdessen mit der Mobilnummer ihrer Mutter. Diesmal nahm ihre Mutter das Gespräch nach dreimaligem Klingeln an.

„Es passt gerade schlecht, Liebling." Ihre Stimme klang irgendwie steif. „Ist es wichtig?"

„Also, na ja … ich meine, warte … was machst du denn gerade?"

„Äh …" Die Pause, die folgte, wirkte gekünstelt. „Nicht viel. Nur eine kleine Behandlung."

„Behandlung?" Plötzlich fiel es Ella wieder ein. „Du meinst Botox?" Sie seufzte. „Ich dachte, du wolltest diesmal länger warten."

„Der Spiegel hat meine Meinung geändert." Sie saß wahrscheinlich noch im Behandlungsstuhl, denn ihre Worte klangen erstarrt, so als könne sie die Muskeln um ihren Mund nicht bewegen. „Im Ernst, Ella. Hat es nicht Zeit?"

Was von ihrer Begeisterung noch übrig war, schwand so schnell wie die letzten Sommertage. „Schon gut."

„Danke, Liebling." Eine andere Frauenstimme erklang im Hintergrund. Ihre Mutter senkte ihre Stimme zu einem Flüstern. „Ich muss Schluss machen."

Super. Ella starrte auf das Telefon in ihrer Hand und sah, wie die Nummer vom Display verschwand. Irgendetwas stimmte mit ihren Eltern nicht. Die Mannschaft ihres Vaters war noch im Finale, aber während der meisten Spiele saß er auf der Bank und sein Vertrag endete mit Ablauf des Jahres. Wenn er in der Stadt war, verbrachte er einen Großteil seiner Zeit im Klubhaus, im Fitnessstudio oder irgendwo anders. Das letzte Mal, als er zu Hause gewesen war, hatte Ella versucht, einen guten Moment mit ihm zu finden, damit sie ihm von Jake erzählen konnte, aber er schien sie gar nicht zu hören. Er sagte immer nur: „Was?" und: „Wer?", und entschuldigte sich, weil er nur die Hälfte von dem, was sie erzählte, mitbekam. Sie hatte aufgegeben, bevor sie das Thema überhaupt hatte anschneiden können.

Es spielte keine Rolle. Ellas Eltern waren zu sehr mit ihrem eigenen Leben beschäftigt, als dass sie sich für jemand anders interessiert hätten. Ihre Zwillingsbrüder waren in der siebten Klasse und lebten für ihren Sport, und sie hatten genügend Freunde und Aktivitäten. Sie begegneten Ella abends auf dem Flur, nahmen sie aber kaum wahr. Und das beruhte auf Gegenseitigkeit.

Und ihre Mutter? Ihre Mutter benahm sich wie eine Verrückte. Ella hatte Größe 36, und in letzter Zeit sah ihre Mutter beinahe noch dünner aus, was nicht gerade attraktiv war. Es war, als versuchte sie, wieder ein Teenager zu sein. Ihre Haare waren platinblond gefärbt, und letzte Woche hatte sie sich sogar Haarverlängerungen machen lassen. Ihre Mutter! Es sah nicht schlecht aus, aber trotzdem … mit all dem und dem Selbstbräuner und ihrer Botoxsucht war sie irgendwie gar nicht mehr wie eine Mutter. Und sie bemühte sich nur dann, Ella ausfindig zu machen, wenn sie etwas brauchte. „Kannst du die Jungs zum Training bringen, Ella?" Oder: „Ella, könntest du bitte auf dem Heimweg einkaufen gehen?" Oder: „Ob du die Jungs nach dem Spiel abholen kannst?"

Ella verdrängte den Gedanken an ihre Familie. Als sie um die Ecke bog und den Speisesaal wieder betrat, waren die meisten Tische leer. Die Schüler warfen Abfälle fort, hoben ihre Rucksäcke auf und machten sich auf den Weg zu den Klassenzimmern, bevor die Pausenklingel ertönte. Ihre Freundinnen waren nicht mehr da, aber sie entdeckte Jake und seine Mannschaftskollegen, die gerade aufstanden. Jake hatte sie nicht gesehen, und sie verlangsamte ihre Schritte. Er musste zum Unterricht hier entlang, und vielleicht würde er mit ihr zusammen gehen, wenn sie wartete.

Aber die Spieler standen im Kreis zusammen, lachten und boxten einander gegen die Schultern. Als die Gruppe gerade gehen wollte, entdeckte Ella einen Jungen, der von der anderen Seite der Cafeteria auf die Sportler zuging. Er war ein ungewöhnlicher Typ. Ella hatte ihn schon mal gesehen, aber sie konnte sich nicht mehr an seinen Namen erinnern. Normalerweise war er mit den anderen Sonderschülern zusammen. Ella lehnte sich gegen die Wand und wartete.

Als der Weg des Jungen an den Footballspielern vorbeiführte, blieb er plötzlich stehen. Er sah die anderen nicht an, aber er musste sie bemerkt haben, denn er faltete die Hände und hob sie unters Kinn. Dann streckte er die Ellbogen zur Seite aus und bewegte sie ein bisschen auf und ab. Wie ein Vogel oder so ähnlich. Er hörte auch nicht damit auf, als er versuchte, an den anderen Jungs vorbeizugehen.

Jake war der Erste, der ihn sah. Er stieß Sam an. „Guck mal." Er stellte sich dem Jungen in den Weg. „Der Schwachkopf."

„Was?", entfuhr es Ella leise. Sie spürte ein flaues Gefühl im Magen. Das klang gar nicht wie Jake. Zögernd trat sie näher. Die Spieler hatten ihr den Rücken zugekehrt, und Ella war froh darüber. Sie wollte nicht, dass Jake sie bemerkte. Jedenfalls noch nicht. Vielleicht machten sie nur Spaß. Als sie näher herangekommen war, blieb sie wieder stehen. Jake und seine Freunde hatten eine Mauer gebildet, sodass der Junge nicht vorbeikonnte.

Es war kein Spaß. Sie wollten ihn fertigmachen. Das Herz schlug heftig in Ellas Brust und sie spürte, wie Wut in ihr aufstieg. Warum ließen sie den armen Kerl nicht in Ruhe? Sie betrachtete den Jungen. Er war groß, aber nicht so groß wie Jake. Eins achtzig vielleicht oder ein paar Zentimeter größer. Der Junge ließ die Hände sinken und blickte an den Footballern vorbei und direkt auf …

Ella stockte der Atem. Er sah ihr direkt in die Augen. Und zum ersten Mal konnte sie sehen, was sie bisher nicht bemerkt hatte. Trotz seines merkwürdigen Verhaltens sah er wie ein normaler Jugendlicher aus. Muskulöse Arme und Schultern und ein gebräuntes, attraktives Gesicht. Aber das war nicht der Grund, warum sie die Luft angehalten hatte. Es waren seine Augen. Hellblau und klarer als das Wasser um Tybee Island. Seine Augen waren tief und rein und … Ella blinzelte. Da war noch etwas. Sie kamen ihr beinahe bekannt vor, als hätte sie schon einmal in diese Augen gesehen.

Aber das konnte nicht sein. Die Sonderschüler hatten ihr eigenes Gebäude. Sie mischten sich kaum einmal unter die anderen Schüler, außer vielleicht hin und wieder in einem Kurs, aber dieser Typ mit den blauen Augen war in keinem ihrer Kurse gewesen. Ella hätte sich an ihn erinnert.

Sam und Jake hatten offenbar bemerkt, dass der Junge Ella ansah. Sam trat einen Schritt vor und versetzte ihm einen Schlag auf den Hinterkopf. „Halt dich von Jakes Mädchen fern, du Schwachkopf. Bleib bei deinesgleichen."

Sofort begann der Junge wieder mit den Armen zu wedeln, die gefalteten Hände unters Kinn gepresst. Ella wurde wütend. Sie hatte genug. Sie setzte sich in Bewegung und schob sich zwischen den Spielern hindurch, bis sie neben Jake stand. Sie sah erst Sam an und dann Jake. „Lasst ihn in Ruhe."

„Baby!" Jake lachte, aber es klang nervös, so, als fühlte er sich ertappt. Er blickte Beifall heischend in die Runde. „Was ist denn? Wir haben nur ein bisschen Spaß gemacht." Er hob die Hände, als wäre er völlig unschuldig. „Ist doch nichts dabei." Er trat an Ella vorbei und versetzte dem Jungen einen spielerischen Fausthieb. „Was, Kumpel?"

Der Junge erstarrte. Er reagierte nicht auf Jake, und es schien, als hätte er die Worte nicht einmal gehört. Stattdessen starrte er auf eine Stelle in der Luft über ihren Köpfen. Sam stemmte die Hände in die Hüften und funkelte den Jungen an. Sam war beinahe zwei Meter groß und überragte den Sonderschüler um Längen. „Du solltest dich in der Mittagspause nicht hier rumtreiben." Er warf Ryan und Jake einen Blick zu. „Hab ich recht, Jungs?"

„Sam!" Ella zog Jake am Ärmel seines Sporthemdes. „Komm schon …", flüsterte sie ihm zu. „Bitte, Jake. Lasst ihn in Ruhe."

„Okay." Er grinste, als wäre das alles ein einziger Witz. „Lass ihn, Kumpel."

Die Gruppe entfernte sich und ließ den Jungen stehen, der irgendwie seltsam atmete. Während die Jungen die Cafeteria verließen und zu ihrem Unterricht gingen, drehte Ella sich noch einmal um, und tatsächlich sah der Junge sie wieder an. Diese wunderschönen Augen. Ella zögerte, aber nur kurz. Jake und seine Freunde hatten den Jungen schon vergessen, und vielleicht hatte er sie auch vergessen. Vielleicht verstand er ja gar nicht, dass sie sich über ihn lustig gemacht hatten.

Aber Ellas Gegenwart nahm er ganz offensichtlich wahr, weil er die Arme nicht mehr bewegte und den Blick nicht von ihr abwandte. Und er tat noch etwas, was er bisher nicht getan hatte.

Er lächelte.

3

Lange Pausen zwischen zwei Kunden erlebte Tracy bei Walmart selten, aber jetzt gab es eine. Sie starrte geistesabwesend auf eine Reihe Boulevardzeitungen und Fernsehzeitschriften, und inmitten der bunten Mischung aus Klatsch und Tratsch fiel ihr eine Überschrift ins Auge.

Hollywood beschäftigt sich mit Autismus.

Sie brauchte die Zeitschrift nicht in die Hand zu nehmen oder den Artikel zu lesen. Sie wusste auch so, was die Medien und die Filmindustrie unternommen hatten, um das Bewusstsein für Autismus zu stärken. An den meisten Tagen hätte sie nichts lieber getan, als sich ihnen anzuschließen, eine Demonstration für Heilmethoden zu veranstalten oder Geld zu sammeln, um Forschung und Weiterbildungen zu dieser Störung zu fördern. Jeden Monat nahm sie an Veranstaltungen teil, bei denen Vorträge über Autismus gehalten wurden, oder sie chattete im Internet mit anderen Müttern autistischer Kinder. Etwas, das ihr Mann Dan niemals tat.

Aber im Moment klang all das zu ermüdend. Heute wollte sie nur den Henry zurück, so wie er vor seinem dritten Geburtstag gewesen war.

Tracy wandte sich ihrer Kasse zu, als die Ablösung mit einer neuen Geldschublade erschien. „Wenig los heute?" Die Frau arbeitete schon genauso lange bei Walmart wie Tracy – mindestens vier Jahre.

„Sehr wenig." Tracy nahm ihre Schublade und ging ein paar Schritte auf den Pausenraum zu. „Die Schule hat wieder angefangen. Daran liegt es wahrscheinlich." Sie ging in den Pausenraum, nahm ihre Stempelkarte aus der Wandhalterung und steckte sie in die Stechuhr. Aber bevor sie gehen konnte, rief ihr Chef Mr. Groves sie zu sich. „Einen Moment bitte." Er befestigte gerade etwas an der Pinnwand für Kinder und Enkel der Angestellten. Über der Pinnwand hatte Mr. Groves ein Schild angebracht, auf dem „Gewinner" stand.

Tracy wartete. Mr. Groves war ein stämmiger Mann. Im College war er Ringer gewesen, aber jetzt spielte er mit seinen Enkeln, wenn er nicht arbeitete. Nachdem er ein neues Foto aufgehängt hatte, kam er zu Tracy herüber. „Wie geht es Henry?"

Sie spürte den vertrauten Schmerz in sich aufsteigen und die Traurigkeit brannte in ihren Augen. „Wie immer." Sie lächelte. „Danke der Nachfrage."

„Wir beten weiter für ihn." Mr. Groves blickte freundlich besorgt drein. „Jede Woche in der Jugendgruppe."

„Danke." Sie stellte sich vor, wie Mr. Groves und seine Frau und die anderen Jugendlichen Woche um Woche für Henry beteten. „Wir müssen weiterbeten. Je mehr Leute, desto besser."

„Das stimmt."

Seine Miene hellte sich auf. „Gott hat noch etwas mit dem Jungen vor."

„Auf jeden Fall." Tracy schob den Riemen ihrer Handtasche über ihre Schulter. „Bis morgen."

Auf dem Heimweg hielt sie beim Bastelgeschäft und kaufte neue Laminatbögen. Mit seinem Kartensystem konnte Henry sich ausdrücken. Bildkommunikationskarten nannte man sie. Sie zu kaufen war teuer, also stellte Tracy sie selbst her. Sie lud die Bilder aus dem Internet herunter, druckte sie aus und laminierte sie. Was die Kommunikation betraf, hatte Henry die Karten besser angenommen als alle anderen Methoden, und jetzt waren sie fester Bestandteil seiner täglichen Therapie. Es war nicht das, was Tracy sich wünschte, aber es war eine Verbesserung im Vergleich zu den Jahren, in denen sie gar nichts darüber gewusst hatte, was er dachte oder fühlte oder brauchte.

Sie legte ihren Einkauf neben sich auf den Beifahrersitz und dachte über ihren Sohn nach. Tracy war im Internet auf eine Reihe Musikkarten gestoßen, und diese jüngste Entdeckung hatte Henry begeistert. Sie hatten die Karten sofort ausgedruckt und jetzt mussten sie nur noch laminiert werden. *Danke, Gott … Genau das brauchen wir heute*. Henry würde sich freuen – auch wenn er es nicht zeigte.

Tracy bog auf den Parkplatz hinter ihrem Wohnblock ein und

wählte den Platz, der dem Eingang 3C am nächsten war. Dann holte sie die Post aus dem Briefkasten. Auch wenn sie müde war, freute sie sich über die neuen Bildkarten. Sie umfassten viele neue Ausdrücke und Bilder, die mit Musik zu tun hatten. Die letzten Musikkarten hatte Henry so oft benutzt, dass sie ganz zerrissen waren – und diese hier waren noch besser, hatten bessere Bilder und klarere Formulierungen. Er liebte Musik, so wie es auch vor seiner Diagnose der Fall gewesen war, als die Sänger und Musiker in der Kirche ihn immer magisch angezogen hatten.

Mehr als einmal vor seiner Diagnose waren sie sonntags im Gottesdienst gewesen und Henry war nach vorne gelaufen, so nah an die Klänge, wie er konnte. Er badete in den Melodien und Harmonien und sang selbst mit. Er sang immerzu. Vor allem „Jesus liebt mich" – damals sein Lieblingslied.

Tracy dachte daran, wie die Läufer am Ende des New York City Marathons im Fernsehen sich krümmten, wie sie hinter der Ziellinie um Luft rangen und so viel Sauerstoff aufnahmen, wie sie nur konnten. So war Henry mit Musik. Er badete darin, als hinge sein Leben davon ab. Keine Frage, wenn es irgendeinen Weg gab, mit Henry zu kommunizieren, dann hatte der Schlüssel dazu etwas mit Musik zu tun. Tracy und Dutzende Therapeuten hatten versucht, Henry mit Liedern und Chorälen zu einer Reaktion zu bewegen – sogar mit Henrys Lieblingsmelodien aus der Zeit vor seiner Diagnose.

Aber sie hatten die Zelle, in der er so vollkommen eingeschlossen war, nicht durchbrechen können.

Jedenfalls noch nicht.

Tracy ging den schmalen Gang zu ihrer Wohnungstür hinunter, steckte den Schlüssel ins Schloss und trat ein. Die Wohnung war nicht groß – nur zwei Schlafzimmer –, aber sie war neuer als so manche andere. Und da Dan meistens beim Fischfang in Alaska war, reichte der Platz für sie und Henry aus. Obwohl sich das in dieser Woche geändert hatte. Tracys Schwester Holly war Krankenschwester beim Militär und diente zurzeit im Irak, und nächste Woche würde auch ihr Mann, ein Marinepfarrer, in See stechen. Holly würde erst zum Ende des Schuljahres nach Atlanta zurückkehren, also würde deren kleine Tochter Kate auf einer Luftmatratze in Tracys Zimmer schlafen. Sie fuhr nachmittags mit einem anderen Bus, aber so wie es aussah, würde sie nur ein paar Minuten nach Henry an der Haltestelle abgesetzt werden.

Tracy legte die Post auf die Küchenzeile. Die Uhr an der Mikrowelle zeigte 15.10 Uhr – noch zwanzig Minuten, bis Henry nach Hause kam. Er fuhr mit einem besonderen Bus, und obwohl sie nicht im Einzugsbereich der Fulton Highschool wohnten, hatte die Schule das beste Programm für autistische Schüler. Der Bus sammelte Sonderschüler wie Henry überall im Bezirk ein.

Tracy ging die Post durch. Sechs Rechnungen – vier davon hatten mit Henrys Behandlung zu tun: Sozialtherapie, Ernährungsberatung, Lerntherapie, für Letztere gleich zwei Rechnungen. Und natürlich eine für seine Medikamente. Ganz unten im Stapel lag ein kleiner Umschlag, der mit Dans ordentlicher Handschrift beschrieben war. Die Lachssaison war im August zu Ende gegangen, und Dan hatte danach zwei Wochen keine Arbeit gehabt. Aber letzten Freitag hatte er angerufen, um ihr zu sagen, dass er eine Stelle gefunden hatte, bei der er vier Wochen lang auf einem achtzehn Meter langen Kutter in den eisigen Meeren vor der Alaska-Halbinsel Garnelen fischen würde.

„Es ist anstrengend." Dan hatte erschöpft geklungen. „Die Kapitäne müssen heutzutage mehr für die Genehmigungen bezahlen, also ist der Gewinn nicht so hoch. Die Saisons sind auch kürzer und es gibt viel Wettbewerb."

Dan blieb trotzdem. Vor ein paar Monaten war das Wetter stürmisch gewesen und Tracy fragte sich, wie gefährlich es für ihn gewesen war. Nicht, dass er es ihr erzählen würde, wenn er in Schwierigkeiten war. „Wir hatten jede Menge zu tun", hatte er am Ende des Monats nur gesagt. Anschließend hatte er ihr dreitausend Dollar geschickt und eine Nachricht, die immer aus den gleichen Worten bestand wie immer. Jetzt öffnete sie diesen Umschlag und zog einen gefalteten Zettel heraus.

Für dich und Henry … alles Liebe, Dan.

Der Verrechnungsscheck belief sich auf etwas weniger als fünfhundert Dollar, aber das war keine Überraschung, nachdem er ein paar Wochen arbeitslos gewesen war. So war es mit der kommerziellen Fischerei in Alaska nun einmal. In manchen Monaten war das Geld für Miete, Nebenkosten und Henrys Behandlungen da, in anderen Monaten mussten die Rechnungen eben warten.

Tracys Blick wanderte zu dem kleinen gerahmten Foto, das sie zu dritt zeigte. Das Bild stammte aus der Zeit, als Henry zwei Jahre alt gewesen war. Sie erinnerte sich noch an den Tag und daran, dass sie früh zum Park gefahren waren und geschaukelt hatten, bis sie alle rot im Gesicht und ganz müde waren. Tracy hatte ihre Kamera dabeigehabt, wie es damals ihre Gewohnheit gewesen war. Sie hatte Henry auf der Schaukel fotografiert und auf der Rutsche, Dan und Henry, die gemeinsam über die Wiese liefen, und beide beim Spielen im Sand neben der Rutsche.

Aber kurz bevor sie nach Hause gefahren waren, hatte ein älteres Ehepaar, das dort spazieren ging, angeboten, ein Foto von allen dreien zu machen. Bis dahin hatte Tracy nie darüber nachgedacht, dass sie auf keinem der Bilder zu sehen war. Jetzt starrte sie auf das gerahmte Foto. *Ich dachte, ich hätte alle Zeit der Welt mit diesem Jungen … dass es immer so bleiben würde, dass es jeden Nachmittag die Gelegenheit für ein Foto geben würde.* Unzählige Tage, in denen jemand ein Foto von ihnen machen konnte – von ihnen dreien.

Sie sah Dan an, seinen Gesichtsausdruck, das Leuchten in seinen Augen. Er liebte Henry mehr als sein eigenes Leben – damals wie jetzt. Daran zweifelte Tracy keinen Augenblick. Dan war ein guter Mann, ein Mann mit einem starken Glauben und festen Überzeugungen. Das Problem war nicht, dass er Henry nicht liebte. Er liebte ihn zu sehr. In den ersten zehn Jahren nach Henrys Diagnose hatte Dan jeden Tag nach der Arbeit bei seinem Sohn gesessen und mit ihm geredet, ihm vorgelesen, bei ihm gesessen.

Er hatte ihn gesucht.

Aber nach einem Jahrzehnt, als nichts funktioniert hatte, war Dan auf Distanz gegangen. Beinahe so sehr wie Henry. Tracy erinnerte sich an einen Tag, als sie ihn auf der Kante ihres Bettes hatte sitzen sehen, den Kopf in die Hände gestützt.

„Dan?“ Sie war zu ihm gegangen und hatte sacht seine Schulter berührt. „Was ist los?“

Es war klar, dass er sie nicht ansehen wollte, aber schließlich ließ er die Arme sinken. Seine Augen waren rot und seine Wangen tränenverschmiert. „Ich kann das nicht.“ Sein Blick suchte ihren. „Ich suche und suche, aber ich kann ihn nicht finden. Ich komme nicht an ihn heran.“

Tracy hatte versucht, mit ihrem Mann zu reden, aber in jenem Frühjahr sah er den Dokumentarfilm *Der gefährlichste Job Alaskas*, und als sein Vertrag bei dem Hersteller von Einbauschränken auslief, floh er nach Alaska. Tracy wollte nicht, dass er ging, aber sie konnte ihn nicht aufhalten.

Im Frühjahr kam er einmal nach Hause, dann noch mal im Sommer und zu Weihnachten – dreimal im Jahr – aber meistens war es einfacher für Tracy, wenn sie sich sagte, dass er gar nicht mehr heimkommen würde. Sie hasste den Gedanken, dass er auf dem Deck eines alten Fischerbootes herumrutschte, hin und her geschüttelt von den riesigen Wellen in einem Teil des Meeres, wo ständig Schiffe sanken. Der Gedanke konnte sie vor lauter Angst lähmen. Also hatte sie ihn bereits vor langer Zeit Gott anvertraut. Aber der Verlust war nicht geringer.

Zuerst Henry, dann das vertraute Leben und ihre Zeit als Familie, wie das Foto sie widerspiegelte. Und dann Dan.

Tracy sah wieder zur Mikrowelle hinüber. Es war Zeit, Henry abzuholen. Sie zog ihren Pullover aus und warf ihn über die Lehne des Küchenstuhls. Als sie aus dem Haus trat, fiel die Sonne warm auf ihre Schultern. Wenige Minuten später sah sie Henrys Bus die Straße heraufkommen. Es war ein kurzer Bus, wie er für die Sonderschüler eingesetzt wurde. Früher war die Länge des Busses Tracy ein Dorn im Auge gewesen, weil er sie daran erinnerte, dass mit ihrem Sohn etwas nicht stimmte. Aber jetzt nicht mehr. Sie war froh über jede Hilfe, die sie bekam, und für jede Bemühung, den Jungen, der er einmal gewesen war, wiederzufinden. Jetzt war der Bus nur noch eine Erinnerung daran, dass sie nicht aufgegeben hatten.

Sie würden niemals aufgeben.

Die Türen des Schulbusses gingen auf und Henry kam kurz darauf die Stufen hinuntergesprungen. Er landete mühelos auf dem Boden, während seine muskulösen Schultern den Rucksack mit Leichtigkeit trugen. Er sah sie ... Ganz sicher sah er sie, aber es gab keine Umarmung oder Begrüßung. Keine der Verbindungen, die Tracy sich so sehnlich wünschte. Sein Blick wanderte zu einer Stelle neben ihr und dann zu einer Stelle auf der anderen Seite. Dann setzte er sich in Bewegung, als wäre sie gar nicht da.

„Warte, Henry." Sie wollte seine Hand nehmen, aber er wich ihr aus. Trotzdem war das ein Fortschritt. Jahrelang war er vor ihrer Berührung regelrecht zurückgeschreckt, hatte manchmal sogar aufgeschrien. Nicht mit Worten, sondern mit einem Grunzen oder Schrei. Das tat er jetzt nicht mehr. Stattdessen wirkte er einfach gleichgültig. „Kates Bus kommt gleich. Erinnerst du dich?"

Henry entspannte sich und blieb ein paar Meter von ihr entfernt stehen. Ein sanftes Summen drang von ihm herüber, aber Tracy konnte die Melodie nicht erkennen. Er stellte seinen Rucksack auf den Boden und zog seine Karten heraus.

„Ich hatte einen guten Vormittag bei Walmart", versuchte Tracy ihn in ein Gespräch zu verwickeln. Sie würde es immer weiter versuchen. „Die Kunden waren nett."

Auf Kate zu warten, gehörte nicht zur gewohnten Routine, und Tracy hatte sich den ganzen Tag über Sorgen gemacht, dass die Veränderung Henry aufregen würde. Sie beobachtete ihn. So weit, so gut. Henry mochte Kate – jedenfalls nach dem zu urteilen, was sie gestern Abend erlebt hatte, als das Mädchen mit seinen Sachen bei ihnen eingetroffen war.

Tracy plauderte weiter und erzählte Henry von dem einen oder anderen Kunden, während ihr Sohn die Bäume auf der anderen Straßenseite anstarrte. Eine Minute später tauchte Kates Bus auf, und Tracy atmete erleichtert auf. „Da ist er!" Sie blieb an Henrys Seite. „Kates Bus." Sie lächelte ihm zu. „Kate kann heute einen Film mit uns ansehen."

Henry wippte ein wenig auf und ab, während er weitersummte und irgendetwas in der Ferne wahrzunehmen schien.

Der Bus hielt und Kate stieg aus. Die blonden Haare umrahmten ein sonnengebräuntes Gesicht, und der SpongeBob-Ranzen war beinahe halb so groß wie sie. Ihre Miene erhellte sich, als sie Tracy und Henry sah. „Hallo, Tante Tracy." Sie rannte mit leuchtenden Augen auf sie zu. „Das war der beste erste Schultag, den ich je hatte." Sie tänzelte zu Henry und schlang die Arme um seine Taille. „Hallo, Henry."

Henry versteifte sich ein wenig, aber er riss sich nicht los und schrie auch nicht auf. Etwas an Kates kindlicher Unschuld, ihrem jungen Herzen und ihrer Offenheit Menschen gegenüber schien ihn zu erreichen.

Kate hüpfte wieder zu Tracy zurück. „Und weißt du was? Die Lehrerin hat gesagt, es macht nichts, dass ich die erste Woche verpasst habe. Sie will mir helfen, alles nachzuholen."

„Klasse!" Tracy mochte das Lächeln in ihrer Stimme. Sie nahm Kate bei der Hand. „Komm, wir gehen heim und ich mache euch etwas zu essen."

„Okay, und dann sehen Henry und ich einen Film an, nicht wahr? Das hat Mami mir erzählt. Henry guckt jeden Tag Filme."

Tracy unterdrückte ein Lachen. „So ähnlich. Aber vielleicht wird dir das ganz schnell langweilig." Sie sah zu ihrem Sohn hinüber. „Stimmt's, Henry?"

Sein Blick senkte sich auf den Boden zu seinen Füßen und wanderte dann wieder zum Himmel hinauf. Mit Kate in ihrer Mitte gingen sie los. Kate hielt immer noch Tracys Hand, aber sie schien instinktiv zu wissen, dass Henry nicht an der Hand gefasst werden wollte. „Die Lehrerin hat gesagt, wir haben jeder ein Fach mit unserem Namen drauf, und wir legen unsere Hausaufgaben in die rote Schachtel und holen sie am nächsten Tag aus der gelben Schachtel wieder raus. Und weißt du was?" Ihre Begeisterung war ansteckend.

„Was?" Tracy genoss die kleine Mädchenhand in ihrer, wie Kate sich an sie hängte und sie brauchte. Wieder einmal wurde ihr bewusst, was sie mit Henry alles vermisst hatte.

„Die Lehrerin sagt, wir haben zwei Pausen, nicht nur eine. Ist das nicht eine gute Nachricht, Tante Tracy? Zwei Pausen!" Sie kicherte und hüpfte ein paar Schritte. „Und weißt du was noch?"

Sie waren fast bei der Haustür angelangt. „Was denn, Liebes?"

„Tanz- und Musikunterricht! Jeden Mittwoch und Freitag. Das ist die beste Nachricht überhaupt." Ihre Miene wurde ernst. „Im Kindergarten gibt es keinen Tanz- und Musikunterricht, und in meiner alten Schule auch nicht." Sie blieb stehen. „Werde ich irgendwann wieder in meine alte Schule gehen?"

„Natürlich, mein Schatz." Tracy liebte die Energie und Leidenschaft ihrer Nichte. Damit kam eine ungeheure Abwechslung in ihr normales Leben mit Henry. „Nächstes Jahr gehst du wieder dorthin."

„Das ist gut. Weil Sarah und Tessa nicht in dieser Schule sind, und wir sind doch beste Freundinnen."

„Sie vermissen dich bestimmt."

Kate sah ein paar Sekunden lang traurig aus, aber dann leuchteten ihre Augen wieder. „Aber nach diesem Abenteuer habe ich viel zu erzählen, oder?"

„Das stimmt."

Sie sah Henry an, während sie gingen. „Stimmt's, Henry?"

Henrys Blick wanderte, aber er sah Kate nicht direkt an.

Kate lächelte ihm mitfühlend zu. „Henry ist schüchtern, nicht wahr, Tante Tracy?"

„Ja, das ist er." Tracy tat es in der Seele weh, dass selbst kleine Kinder gleich merkten, dass etwas mit Henry nicht stimmte. „Er hat dich sehr lieb, Kate. Er redet nur nicht viel."

„Das macht nichts." Sie nickte in Henrys Richtung. „Ich hab dich auch lieb, Henry." Sie tätschelte seinen Arm, und auch diesmal zuckte er nicht zurück.

Als sie bei der Wohnung angekommen waren, durchsuchte Henry seinen Kartenstapel und zog die Fernsehkarte heraus, auf der „Film" stand. Tracy versuchte, die Karte zu nehmen, so wie sie es immer tat. Aber diesmal zog Henry die Hand zurück und drückte die Karte an seine Brust.

Kate beobachtete den Vorgang, offensichtlich verwirrt. „Was macht er denn da?"

„Einen Moment, Liebes …“ Sie hielt einen Finger hoch und ihre Worte klangen sanft.

Kate nickte und sah Henry mit großen Augen neugierig und erwartungsvoll an.

Tracy wandte sich an ihren Sohn. War in der Schule etwas geschehen, das ihn verunsichert hatte? „Ich verstehe, Henry.“ Ihre Stimme war ruhig. „Du möchtest nicht, dass ich die Karte nehme.“ Sie lächelte, und ihre Worte klangen freundlich. „Das ist in Ordnung. Du möchtest deinen Film sehen. Ich verstehe.“ Sie wollte ihn nicht aufregen. Wenn er sich aufregte, ließ er sich auf den Boden fallen und machte Liegestütze. Etwas, das seine Therapeuten noch nie bei einem Kind mit Autismus gesehen hatten. Zig, hundert Liegestütze.

Das würde Kate erschrecken, und Tracy wollte unbedingt, dass sie vorher ins Haus gingen, nur für den Fall.

„Warum hat er diese Karten?“ Kate legte den Kopf schief und sah sie fragend an. „Ist es eine Art Spiel?“

„Ja.“ *Mach es nicht zu kompliziert*, sagte sie sich. Kate brauchte nicht alles zu wissen, sondern sollte ihren Cousin nur ein wenig verstehen. „Henry benutzt manchmal die Karten, um zu reden. Wie bei einem Spiel.“

„Oh!“ Kate hüpfte herum und klatschte ein paarmal in ihre kleinen Hände. „Ich liebe Spiele.“

Henry hob den Blick zum Himmel, und wie immer wieder einmal staunte Tracy jetzt darüber, wie blau seine Augen waren. Eisblau, mit einer Tiefe, die beinahe überirdisch war.

Sie mussten hineingehen. „Kommt, wir gucken unseren Film.“ Sie öffnete die Tür und Henry und Kate folgten ihr hinein.

„Kann ich dir helfen, das Essen zu machen?“ Kate lief in die Küche und stellte ihren Ranzen auf einen der Stühle. „Mami lässt mich jeden Tag helfen.“

„Ich freue mich, wenn du mir hilfst.“ Tracy folgte Kate in die Küche. Henrys Gewohnheiten waren so unveränderlich, dass sie jede Handlung vorhersehen konnte. Er stellte seinen Rucksack auf den Boden, die Bildkarten fest in der Hand, und durchquerte den Raum bis zu dem einzelnen Sofa, das unter dem Fenster im Wohnzimmer stand. Mit einer Reihe routinierter Bewegungen stellte er die Sofakissen in einer vollkommenen Reihe auf und strich jede Falte aus allen drei Kissen. Wenn sie aussahen, als kämen sie aus einer Einrichtungszeitschrift, ging er zu den weißen Gardinen, die rechts und links vom Fenster hingen, und richtete sie gewissenhaft aus, sodass jede Falte ordentlich und gerade war.

All das dauerte eine Weile, und Kate schien es nicht zu bemerken. Sie war von ihrer Arbeit in der Küche abgelenkt. Sie half, Mozzarella und Apfelsaft, Möhren und Rosinen auf den Tisch zu legen. „Ich liebe Rosinen, Tante Tracy." Sie kicherte. „Vielleicht bleibe ich ja für immer hier wohnen."

„Vielleicht." Tracy genoss die Energie, die Kate in ihrer kleinen Wohnung verströmte. „Natürlich würden deine Mama und dein Papa dich schrecklich vermissen."

„Stimmt." Ihr Lächeln verschwand. „Ich vermisse sie ganz doll, Tante Tracy. Gaaanz doll. Erst Mami und jetzt Papa."

Tracy streckte die Arme aus und Kate kam zu ihr und umarmte sie, wie die meisten Kinder es tun. Tracy nahm all die Liebe, den Trost und die Unterstützung auf, die sie bekommen konnte. *So fühlt es sich also an, gebraucht zu werden*, dachte sie. Es musste Holly und Aaron das Herz zerreißen, dass sie von Kate getrennt waren.

Dann war der Augenblick vorbei und sie widmeten sich wieder den Tellern. Tracy achtete darauf, dass Henrys Ernährung glutenfrei war, so wie sie es schon seit seinem fünften Lebensjahr tat. Sie hatte noch nie bemerkt, dass die Ernährung irgendetwas bewirkt hätte, aber der Versuch schadete schließlich nicht. Glutenfreie Ernährung war eine der vielen Empfehlungen, die sie von der Diätassistentin erhalten hatte.

Er räumte das Wohnzimmer zu Ende auf und setzte sich an den Küchentisch. Kate setzte sich neben ihn und Tracy nahm ihnen gegenüber Platz. Sie faltete die Hände und setzte die Ellbogen auf den kleinen Tisch auf. „Wir beten, in Ordnung?"

Kate kniff die Augen zu und senkte den Kopf. Henry riss seinen Mozzarella in winzige Stücke und legte sie an den äußeren Rand seines Tellers. Er sah Tracy nicht an und sagte auch nichts.

Tracy neigte den Kopf. „Lieber Gott, danke für dieses Essen. Bitte segne es. Danke, dass Kate die nächsten Monate hier bei uns sein kann, und danke für Henry. Zeig ihm, wie sehr wir ihn lieben. In Jesu Namen, Amen."

Jetzt, wo die Käsestückchen den Teller umrandeten, legte Henry einen inneren Kreis aus Möhren und einen dritten aus Rosinen. Erst als er damit fertig war, nahm er den ersten Bissen. Tracy brauchte nicht hinzusehen, um zu wissen, was er als Nächstes tun würde. Er würde sein Essen in genau derselben Reihenfolge essen, wie er es auf dem Teller zurechtgelegt hatte. Kein einziger Bissen würde dieser Ordnung entrinnen.

Kate bemerkte das Muster sofort. „Ich mag deine Kreise. Weißt du was? Ich esse meine Sachen genauso." Sie arrangierte die Nahrungsmittel ebenfalls in Kreisen auf ihrem Teller und aß sie dann der Reihe nach, so wie Henry es tat. Mittendrin kicherte sie und blickte zu ihm auf. „Es ist lustig mit dir, Henry."

Wieder spürte Tracy einen Stich im Herzen, als sie die unschuldige Bemerkung des Kindes hörte. Henry hatte keine Freunde und niemanden, der ihm sagte, dass es Spaß machte, mit ihm zusammen zu sein. Jedenfalls nicht, seit er drei Jahre gewesen war.

Kate plauderte weiter über Pausen und Mittagessen und dass sie den Geschmack von Milch aus einem Pappkarton mochte. Als sie keine Lust mehr hatte zu reden, wandte Tracy sich an Henry. „Du hattest doch heute Musik, Henry. Du liebst Musik, nicht wahr?"

Keine Antwort. Ihr fielen die neuen Bildkarten ein. „Und weißt du was? Neue Karten, Henry! Musikkarten. Ich habe sie schon ausgedruckt, und heute Nachmittag laminiere ich sie für dich." Sie stand auf, ging zur Küchenzeile und holte das Päckchen mit gedruckten Karten für Henry. „Weißt du noch? Deine Musikkarten waren zu alt, also mache ich dir neue." Sie legte den Umschlag vor ihn hin und wartete, während sie im Stillen betete, dass er den Umschlag nehmen würde, weil ihn der Inhalt interessierte.

Aber er blickte nur kurz nach oben, diesmal etwas über ihren Kopf hinweg. Kate sah zu und wunderte sich offensichtlich über Henrys Schweigen.

„Ich glaube, die Karten gefallen ihm, Tante Tracy." Sie nickte heftig, und ihre feinen blonden Haare hüpften um ihr Gesicht. „Das merke ich."

„Ich auch." Sie würde sich nicht entmutigen lassen. „Das hier sind die Musikkarten, Henry. Ich werde sie laminieren, damit sie länger halten." Sie zog die neuen Karten aus dem Umschlag und reichte sie Henry. „Einhundertzwanzig Musikkarten!"

„Mensch … hundertzwanzig sind eine Menge Karten! Ich hatte noch nie so viele Karten." Kate grinste Henry zu. „Ist das nicht super?"

Henrys Interesse war geweckt, da war Tracy sicher. Aber seine Miene verriet nichts davon. Er ignorierte sie und Kate und die neuen Karten und nahm stattdessen den Stapel Bildkarten, die er überall mit sich herumtrug, die aus seinem Rucksack. Er blätterte sie mehrere Male durch und zeigte ihr dann eine Karte, auf der „Danke" stand.

Tracys Herz blühte auf. Ihr Sohn hatte sich bei ihr bedankt! Seit einigen Jahren tat er das gelegentlich, dass er die Karten benutzte, um zu kommunizieren. Deshalb waren seine Therapeuten auch der Meinung, dass er große Fortschritte gemacht hatte. Die Therapeuten arbeiteten unermüdlich daran, Henry zu erklären, was die Karten bedeuteten, wie die Bilder sich zu den Worten verhielten und wie man sie am besten benutzen konnte. Keiner wusste, ob Henry tatsächlich die Worte las oder die Karten einfach an den Bildern erkannte. Und solange er so vollkommen verschlossen war, würden sie es auch nicht wissen.

Deshalb waren Augenblicke wie dieser ein solcher Erfolg – wenn Henry seine Karten benutzte, um ihr zu danken.

Sie lächelte ihm zu. „Gern geschehen." Dann nahm sie mit einer langsamen Handbewegung die neuen Musikkarten und hielt sie ihm eine nach der anderen hin, während sie ihre Bedeutung erklärte und die Worte unter dem Bild vorlas.

Kate wiederholte den Text, aber nach einer Weile hatte sie aufgegessen und brachte ihren Teller zur Spüle. Dann zeigte sie in Richtung Wohnzimmer. „Ich muss lesen, deshalb warte ich da drüben. Auf den Film, meine ich."

„Ist gut, Liebes.“ Tracy blickte ihr nach. Kate war so reizend, so voller Energie und Lebensfreude. Aber Tracy brauchte Zeit mit Henry, und dies war die perfekte Gelegenheit. Sie hielt eine der Musikkarten hoch, auf der Noten und ein Herz abgebildet waren. „Siehst du die hier?“

Er sah nicht hin. Stattdessen ging er den Stapel der Karten durch, die ihm vertrauter waren, und konzentrierte sich ganz auf die jeweils obere Karte.

„Auf dieser hier steht: ‚Ich mag Musik.‘ Siehst du? Da sind Noten und ein Herz. Das Herz steht für lieben, weißt du noch?“

Henry trommelte auf den Tisch, während sein Blick ins Leere ging.

Tracy nahm die nächste Karte. Auf dieser waren Noten und ein großes Ohr abgebildet. „Hier steht: ‚Ich kann die Musik hören.‘“

Henry blinzelte, und eine halbe Sekunde lang sah er die Karte an. Aber dann wandte er ebenso schnell den Blick wieder ab.

„Schon gut, Henry. Ich verstehe.“ Sie spürte, wie ihr die Tränen kamen, und kämpfte dagegen an. „Du kannst die Musik hören. Das weiß ich.“

Nichts.

Sie ging die Hälfte der Karten in dem Stapel durch, aber dann hatte er aufgegessen, was bedeutete, dass ihr nicht mehr viel Zeit blieb, um den Film einzulegen. Sie ließ die Musikkarten auf dem Tisch liegen. Sein Therapeut würde ihm helfen, sie zu benutzen, und mit der Zeit würde Henry sie in seinen Tag einbauen.

„Also gut, Zeit für den Film.“ Sie lächelte tapfer weiter, für den Fall, dass er sie beobachtete, wenn auch nur aus den Augenwinkeln. Es war keine Frage, welchen Film sie anschauen sollten, es war jeden Tag derselbe. Wenn sie etwas Neues ausprobierte, lief er aufgewühlt und grunzend im Wohnzimmer auf und ab oder warf sich zu Boden, um dreißig Liegestütze zu machen.

Sie hatte die DVD vor Jahren auf ihrem Mac erstellt – ein Geschenk von Dan bei einem seiner Heimatbesuche nach einem besonders guten Monat auf See. Es war ein dreißigminütiger Film aus Fotos und Videoclips aus der Zeit vor Henrys Diagnose. Damals,

als er noch ein ganz normaler Junge gewesen war. Vor den neun Impfungen, die er in der Woche vor seinem dritten Geburtstag erhalten hatte – nicht, dass irgendjemand öffentlich eine Verbindung von Impfungen und Autismus herstellte. Da war nichts erwiesen. Aber Tracy war trotzdem skeptisch.

Sie ging ins Wohnzimmer, wo Kate in einem dünnen Buch las, während sie mit ausgestreckten Beinen auf dem Sofa saß. „Gucken wir jetzt den Film?"

„Ja, mein Schatz." Sie fragte sich, ob Kate enttäuscht sein würde, wenn sie merkte, um was für einen Film es sich handelte.

„Wo ist Henry?"

Sie lächelte. „Er kommt gleich."

Die DVD lag bereits im Spieler, also betätigte sie die Starttaste und schaltete den Fernseher ein. Sekunden später war der Vorspann des Films zu sehen und die Musik füllte den kleinen Raum. Das Lied hatte Henry als kleiner Junge immer mit ihr zusammen gesungen. „Never Be the Same" von Christopher Cross.

Die Musik war melodisch und voller Bedeutung, die Botschaft herzzerreißend.

Die ersten Töne lockten Henry aus der Küche und an seinen Platz, den er im Schneidersitz auf dem Boden vor dem Fernseher einnahm.

„Sitzen wir dort?" Kate sprang vom Sofa und ließ sich neben Henry auf den Boden fallen, sodass ihre Knie sich berührten. Henry wandte sich ihr nicht zu, aber er rückte auch nicht von ihr ab.

Das könnte interessant werden. Tracy beobachtete die beiden – die kleine Kate mit ihrem Überfluss an Liebe und Energie und Henry – ruhig und allem Anschein nach völlig gleichgültig. Tracy nahm die Fernbedienung und setzte sich in den alten Lehnstuhl. Sie wusste, dass sie nicht zum Anfang des eigentlichen Films springen durfte, denn für Henry war der Vorspann Teil des Erlebnisses. Also ließ sie das Lied ausklingen und die Bilder über den Bildschirm laufen.

Henry als Säugling auf ihrem Arm … Dan, der neben ihnen stand, die Hand auf ihre Schulter gelegt. Henry als sechs Monate altes Baby, das aufrecht saß und in die Kamera grinste. Henry und Ella Reynolds im Alter von achtzehn Monaten, die sich am Strand von Tybee Island bei den Händen hielten. Henry und Ella, die in der Küche der Reynolds tanzten.

„Ist das Henry?" Kate sah über ihre Schulter zu Tracy hinüber.

„Ja. Henry, als er noch klein war."

„Man erkennt ihn." Sie nickte nachdenklich und drehte sich wieder zum Fernseher um. „Meine Mama hat auch Filme von mir, als ich klein war."

Tracy verbarg ihr Lächeln und den Kummer, der ihm auf dem Fuße folgte. Kate war natürlich immer noch klein. Aber schon jetzt war sie Henry Jahrzehnte voraus, was die Beziehung zu anderen Menschen betraf.

Der Refrain des Liedes erklang jetzt, und an dieser Stelle begann Henry sich immer vor- und zurückzuwiegen. Nicht sehr stark, aber doch so deutlich, dass Tracy glaubte, dass dieser Teil des Liedes ihn wirklich berührte. Sie sang im Stillen mit. „Und ohne dich wird es nie wieder so sein wie früher. Ich werde alleine leben und mich hinter meinen Tränen verstecken. Und ohne deine Liebe werde ich nie mehr derselbe sein ..."

Egal, wie viele Male sie hier so saßen oder wie oft sie dieses Lied hörte oder diesen Film mit ihm ansah, die Tränen kamen immer. Tracy wischte sich über die Augenwinkel. Sie wollte nicht, dass Henry sie weinen sah, aber dem Kummer, der mit dem Film verbunden war, konnte sie nicht entfliehen.

Sie hatten das Ende des Liedes im Vorspann erreicht und der eigentliche Film begann. Dies war der schwerste Teil, wenn sie sah, wie Henry einmal gewesen war. Sie sah ihn lachen und singen und direkt in die Kamera blicken. „Hallo, Mami! Siehst du mich, Mami? Ich gucke dich an!"

Kate kicherte. „Ich mag, was du da machst, Henry. Du bist lustig."

Er reagierte nicht, aber Kate schien das nichts auszumachen. Sie wandte ihre Aufmerksamkeit wieder dem Film zu.

Die Reynolds kamen in mehreren der Videos vor, weil die beiden

Familien damals alles zusammen gemacht hatten. Die Paare waren seit der Highschool befreundet gewesen und bei der Hochzeit des jeweils anderen Paares Trauzeugen. Sie hatten ihre Kinder zur gleichen Zeit bekommen, und Henry und Ella waren schon unzertrennlich gewesen, als sie noch nicht einmal sprechen konnten.

Tracy und Suzanne hatten sich über die Freundschaft ihrer Kinder gefreut und von der Zeit geträumt, wenn sie älter sein würden. „Ich sehe es schon vor mir", hatte Suzanne gesagt. „Henry geht mit Ella zum Abschlussball und fünf Jahre später heiraten sie." Sie hatte kaum ihre Prophezeiung beendet, als sie zu lachen anfing. „Wir planen die ganze Sache einfach jetzt schon. Abgemacht?"

Tracy stimmte in das Gelächter ein. „Abgemacht." Natürlich meinten sie das nicht ernst, aber die Möglichkeit bestand immerhin. Es schien keinen Grund zu geben, warum die beiden nicht zusammen aufwachsen sollten, keinen Hinweis darauf, dass ein Abschlussball oder gar eine Hochzeit unmöglich sein könnten.

Aber im Herbst nach Henrys drittem Geburtstag begann er ihnen zu entgleiten. Mit jeder Woche wurde er stiller, zog sich weiter zurück, und die Besuche der Reynolds wurden seltener. Nach Henrys Diagnose hatte Suzanne tränenreich und irgendwie verlegen erklärt, sie hielten es nicht für gut, wenn Ella mit Henry spielte.

„Er redet nicht." Suzannes Miene wirkte gequält. „Er sieht ihr nicht mehr in die Augen. Er … er reiht seine Spielsachen immer wieder auf, als wäre er in seiner eigenen Welt. Irgendetwas stimmt nicht mit ihm, Tracy. Er braucht Hilfe."

Sie sagte nicht, dass sie ihre Freundschaft damit offiziell beendete, aber das brauchte sie auch gar nicht. Ihr Mann Randy war Baseballspieler und wurde ungefähr zu diesem Zeitpunkt in der ersten Liga verpflichtet. Er spielte zehn Jahre lang für die Mets, und als die Reynolds nach New York zogen, verloren die Familien sich aus den Augen. Vor vier Jahren hatte Tracy gelesen, dass Randy Reynolds an einen Verein in Atlanta verkauft worden war, also waren sie wahrscheinlich wieder in der Gegend.

Tracy fragte sich nicht mehr, was sie wohl taten oder wie ihr Leben verlaufen war. Sie würde überhaupt nicht an sie denken, aber

Ella war hier – tanzend und singend mit Henry auf dem selbst gedrehten Film, den sie jeden Tag zusammen ansahen. Ella musste jetzt in ihrem letzten Jahr auf der Highschool sein. Sie würde Henry nicht erkennen oder sich erinnern. Aber das spielte keine Rolle. Wichtig war nur, was sie Henry heute bedeutete.

Er starrte auf den Film und wandte den Blick nicht eine Sekunde lang ab, sondern verfolgte konzentriert jede Einzelheit. Heute stand Ella für Hoffnung und Gelegenheiten, die Möglichkeit, dass Gott irgendwann ein Wunder geschehen ließ und Henry seinen Weg zurück fand. Dass er irgendwann wieder singen und lachen und die Hand einer Freundin halten würde.

Tracy hatte genug gesehen. Sie stand leise auf und ging in ihr Schlafzimmer. Henry befand sich im Autismusspektrum an einer ungewöhnlichen Stelle, denn abgesehen von einem gelegentlichen Grunzen oder Schrei oder Summen kommunizierte er überhaupt nicht. Normalerweise hatten Kinder – selbst in besonders schweren Fällen – in Henrys Alter einen gewissen Grad an Sprache entwickelt. Aber Henry nicht … niemals. Er hatte die Bildkarten und das war alles. Trotzdem – wenn sie aufhörte mit ihm zu sprechen, bedeutete das, dass sie aufgab. Und das würde nicht geschehen.

Der kühle Morgen war einem heißen, schwülen Nachmittag gewichen, also zog sie T-Shirt, Shorts und Flipflops an. Während sie sich umzog, sah sie sich im Spiegel. Ihre langen dunklen Haare waren zu einem Pferdeschwanz zusammengefasst, und ihr Gesicht sah schmal und abgespannt aus. Damals, vor Henrys Diagnose, hatten die Leute gesagt, sie sehe wie Courtney Cox aus. Aber jetzt sagte das niemand mehr. Sie sah müde und traurig und alt aus. Jedenfalls älter als ihre neununddreißig Jahre.

Komm schon, Tracy … wo ist dein Lächeln? Sie zog die Mundwinkel hoch, aber das Lächeln erreichte ihre Augen nicht. Sie ging leise in die Küche zurück, um Henry und Kate nicht bei ihrem Film zu stören, und setzte sich wieder an den Küchentisch. Henrys Therapie war heute von halb fünf bis sechs, wie immer. Kate würde ihr Buch mitnehmen und sie würden zusammen lesen. Ansonsten waren ihre Tage mit Henry um eine feste Routine herum gebaut.

Selbst in den Sommerferien – wenn eine ganztägige Therapie die Schulstunden ersetzte. Der Weg zurück zur Wohnung, das Essen, der Film, die Sitzung am späten Nachmittag.

Alles genau gleich.

Der Zeitplan war ermüdend. Sie sah zum Küchenfenster hinaus. Es spielte keine Rolle, dass ihr Ausblick beinahe vollständig von der Wohnung nebenan bestimmt war. Wenn sie hinaufsah, konnte sie einen blauen Streifen sehen, so als wollte Gott sie daran erinnern: *Ich bin immer noch hier, meine Tochter. Ich bin dir nahe.*

Aber Gott ... ich bin so müde. Ich sehe keine Fortschritte, Vater. Manchmal weiß ich nicht, wie ich die Tage überstehen soll.

Du musst diesen Kampf nicht selbst bestehen ... Bleib fest im Glauben und sieh zu, was ich in Bewegung bringe. Es ist mein Kampf und nicht deiner.

Tracy schloss die Augen und hob das Kinn. Die Antwort umspülte sie wie ein Herbstwind und sie atmete langsam tief ein. Der Herr würde für sie kämpfen. Der Vers stand in Chronik 2, in einem Kapitel, das Tracy letzte Woche in der Bibel gelesen hatte. Sie liebte es, wenn Gott ihr auf diese Weise antwortete. Sie setzte sich ein wenig aufrechter hin und ein neues Gefühl der Kraft erfüllte ihre Seele.

Aus dem anderen Zimmer konnte sie Henrys dreijährige Stimme sein damaliges Lieblingslied singen hören. „Ja, Jesus liebt mich ... ja, Jesus liebt mich ... ja, Jesus liebt mich ganz gewiss ... denn die Bibel sagt mir dies."

Henry hatte damals für sein Leben gern gesungen. Deshalb ließ sie ihn in dieser täglichen Routine gewähren und war froh, dass er das Video so oft sehen wollte. Der Film nährte die Musik, von der sie überzeugt war, dass er sie in sich trug.

Dann hörte sie etwas anderes. Die kleine Kate sang laut mit, in ihrer hohen und klaren Stimme, die wie die Stimme eines Engels klang. Tracy stand auf und ging ins Wohnzimmer zurück, und was sie sah, trieb ihr die Tränen in die Augen. Kate sang nicht nur, sondern hatte ihren Arm unter Henrys Ellbogen hindurchgeschoben. Sie sang und wiegte sich im Rhythmus der Musik. Und noch etwas war geschehen – etwas, das Tracys Atem stocken ließ.

Henry sah sie nicht an und lächelte auch nicht oder sang. Aber er wiegte sich hin und her. Henry wiegte sich zusammen mit Kate im Takt.

Er ließ Körperkontakt zu und er ließ sich von Kates Begeisterung für die Musik anstecken. Das war etwas, das sie noch nie zuvor gesehen hatte. Tracy presste eine Hand auf ihren Mund. *Gott, ist das deine Idee? Dass die wundervolle Kate hilft, die Tür in Henrys abgeschlossene Welt aufzustoßen?* Diese Möglichkeit war etwas, das Tracy nie in Erwägung gezogen hatte. Aber was sie hier sah, war außergewöhnlich.

Sie setzte sich leise, weil sie den Augenblick nicht zerstören wollte. Gleichzeitig spürte sie, wie ein neuer Friede durch sie hindurchströmte. Egal, wie oft sie den Film sahen oder wie viele Stunden sie in irgendwelchen Therapien verbrachten, egal, wie viele Monate oder Jahre es dauern würde, sie würde ihren Sohn niemals aufgeben. Henry war irgendwo da drin. Wenn sie herausgefunden hatten, wie sie die Tür zu seinem Gefängnis öffnen konnten, war sie sich einer Sache sicher: Es würde etwas mit Musik zu tun haben.

Aber vielleicht auch mit Kate.

4

Unheilvolle schwarze Wolken und ein wildes Gewitter waren in kurzer Zeit von Westen her aufgezogen, und jetzt tobte das schlimmste Unwetter seit Beginn der Saison um die *SS Wicked Water*. Dan Harris wappnete sich und stemmte sich mit aller Kraft in einen festen Stand, um das mit Garnelen beladene Netz ins Boot zu ziehen, aber während er sich abmühte, war ihm zweierlei klar: Erstens waren sie vierzig Meilen vom Ufer entfernt und damit zu weit draußen, um Hilfe von einem anderen Boot zu bekommen, wenn sie sie brauchten.

Und zweitens machte Kapitän Charlie sich Sorgen.

„Holt die Netze raus! Holt alles dicht!“ Der Kapitän hatte beide Hände am Ruder und versuchte, an die Küste zurückzukommen. Er drehte sich nicht um, um sich zu vergewissern, dass sie ihn trotz des Windes gehört hatten, und er warf noch nicht einmal einen Blick über die Schulter. Sein ernster, fast panischer Ton veränderte die ganze Stimmung auf dem Kutter.

Dan und die Mannschaft waren seinen Anweisungen schon einen Schritt voraus. Körbe und Leinen, Tonnen und Fässer sowie alles andere, was von Deck gefegt werden könnte, war bereits befestigt oder verstaut. Dan und ein anderer Deckhelfer holten gerade die letzten beiden Netze ein.

„Wir haben etwas gefangen!“ Dan versuchte das Gleichgewicht zu halten, als die erste Sturmwelle auf das Schiff traf und das Deck überschwemmte.

„Lass es.“ Der Wind heulte jetzt, und das Rufen der Deckarbeiter war in dem Lärm kaum zu hören. „Vergiss die Krabben!“

„Das können wir nicht!“ Dan spürte das Gewicht des Netzes in Unterarmen und Bizeps, Schultern und Rücken. Nach wochenlanger magerer Ausbeute hielt dieses Netz den besten Fang, seit sie in See gestochen waren. „Fest ziehen!“

Wieder schlug eine Welle gegen den Kutter, und das Gefährt bekam Schlagseite nach Backbord. Gegen diese Gewalten hatten Dan und sein Kollege keine Chance. Sie wurden quer übers Deck gespült und gegen die andere Reling geschleudert. „Aufstehen!“, schrie er den anderen Mann an. „Auf deinen Platz!“

Der Deckhelfer fluchte und steuerte halb schwimmend, halb kriechend die Luke an. Als das Schiff sich in die andere Richtung neigte und das Wasser sich auf dem Kutter verteilte, verschwand der Mann unter Deck. Wenn das Boot jetzt kenterte – so wie es jedes Jahr rund dreißig Fischerboote in diesen eisigen Meeren taten – dann waren die Männer unter Deck verloren.

Aber die meisten Toten unter den Fischern von Alaska gab es nicht aufgrund sinkender Schiffe. Die größte Gefahr waren die Wellen. Wütende, wilde, schäumende weiße Wellen wie die, die den Kutter gerade hin und her warf. Eine Welle, ein unsicherer Griff, und Dan würde über Bord gerissen werden – für immer verschollen. Selbst im September war das Wasser so kalt, dass ein Mann nicht lange darin überlebte, und wenn das aufgewühlte Meer ihn nicht ertränkte, würde die Unterkühlung ihn schon nach kurzer Zeit töten.

Dan wischte sich das Salzwasser aus den Augen und blinzelte in den Sturm. Die beiden Netze waren noch an Ort und Stelle – beide. Er konnte die Garnelen hochziehen, und wenn er den Fang sicherte, gab es vielleicht einen Bonus für ihn. Wenn nicht, würden die Netze in den nächsten zwei Minuten reißen und im Meer versinken. Gerissene Netze kosteten einen Monatslohn – Geld, das aus dem Erlös kam und einen niedrigen Lohnscheck für alle zur Folge haben würde. Er krallte sich in das splitternde Holz und kämpfte sich bis zur anderen Seite hinüber, zurück zu den Netzen. Sie waren schwer, aber vielleicht konnte er sie wenigstens an Bord hieven. Dann würde er sie festbinden und sich ins Innere des Bootes zurückziehen.

Er keuchte, weil seine Lungen Mühe hatten, in dem heftigen Wind richtig einzuatmen. Die nächste Welle türmte sich über dem Kutter auf, und bevor sie über ihn hereinbrechen konnte, biss Dan die Zähne zusammen und packte die beiden Stahlringe in seiner Nähe. Das Wasser schlug mit wütender Macht zu, und Dan hörte, wie beide Netze sich vom Boot losrissen. Er wollte atmen, musste atmen, aber das Wasser ging nicht zurück. Panik erfüllte ihn – und zugleich die Gewissheit, dass dies das Ende war. Sie waren unter Wasser und sanken zum Meeresgrund. Er dachte an Tracy und Henry zu Hause und daran, wie sie die Nachricht von seinem Tod aufnehmen würden. Aber als er nur noch eine letzte Sekunde lang die Luft anhalten konnte, wich das Wasser zurück und er war noch immer am Leben, die Stahlringe fest umklammert.

Guter Gott … du siehst uns doch, oder? Wir sind echt in Schwierigkeiten, Herr. Bitte beschütze uns.

Es gab keine laute Antwort, keine sofortige Stillung des Sturmes. Vielmehr schrie der Wind noch lauter als zuvor. Aber Dan sah vor seinem geistigen Auge ein Bild: Jesus in einem Fischerboot mit seinen Jüngern, und sie alle in einem furchtbaren Sturm. Die Jünger hatten schreckliche Angst, bestimmt würden sie sterben. Und Jesus?

Jesus schlief.

Dan schüttelte das eiskalte Wasser von seinem Gesicht und das Bild verschwand. Biblische Geschichten waren schön, aber im Moment brauchte er ein Wunder. Das Boot knarrte und stöhnte unter der Wucht des Unwetters, und jetzt regnete es so heftig, dass es unmöglich war zu atmen, ohne Wasser zu schlucken.

Noch eine Welle, ein weiterer Stoß gegen das schwankende Boot. Dan konnte den Kapitän nicht sehen, und er fragte sich, ob der Mann das Ruder verlassen hatte und unter Deck gegangen war. Nein, das würde Kapitän Charlie niemals tun. Er war ein Kämpfer, und bestimmt hatte er schon häufiger Stürme wie diesen hier erlebt.

Dan hielt wieder die Luft an und wartete, bis das Wasser vom Deck gelaufen war. Er hatte nur eine Chance, nämlich zum Niedergang zu gelangen und sich unter Deck in Sicherheit zu bringen. Er musste schnell sein. Wenn er es rechtzeitig bis dahin schaffte, würde er die nächsten paar Minuten überleben. Schaffte er es nicht und eine Welle schlug über ihm zusammen, während er sich übers Deck bewegte, dann hatte er keine Chance.

Aber andererseits konnte er auch nicht länger hier oben bleiben. Die Schmerzen in seinen Armen strahlten in seinen ganzen Körper aus, und er war nicht sicher, wie vielen Wellen er noch standhalten konnte.

Wieder drohten seine Lungen zu bersten, so rangen sie nach Atem, als das Wasser endlich abfloss. Er schnappte nach Luft und rappelte sich auf. Die nächste Welle, die mit rasender Geschwindigkeit auf ihn zukam und über dem Boot zusammenzuschlagen drohte, konnte er aus den Augenwinkeln schon sehen. *Bitte, Gott …* Mit langen, schnellen Schritten hechtete er zum Niedergang.

Schnell, schnell … Bitte … hilf, Herr.

Er packte den Griff und versuchte, die Luke aufzuschieben, aber – was war das? Dan stieß einen kehligen Schrei aus, der aus dem tiefsten Innern seiner Seele kam. Das Teil bewegte sich nicht, keinen Zentimeter. Der Druck des Wassers auf dem Boot hatte dazu geführt, dass sie klemmte. „Nein! Bitte, Gott!“

Die neue Welle war wie ein lebendiges atmendes Ungeheuer, und Dan musste sich nicht umdrehen, um zu wissen, dass sie noch größer war als alle vorherigen. Er konnte sie hinter sich fühlen, wie sie sich auftürmte und wuchs und sich darauf vorbereitete, ihn niederzustrecken, ihm das Leben zu rauben. In letzter Sekunde warf er sich in eine Nische, die sich ein paar Meter entfernt in der Mitte des Decks befand. Normalerweise diente dieser Stauraum für zusätzliche Leinen und Taue, aber was immer sich dort befunden hatte, war nun nicht mehr da.

Als er sich gerade in den Hohlraum geflüchtet hatte, schlug die Welle zu. Das eiskalte Wasser umfing ihn und er drohte das Bewusstsein zu verlieren. Warum hatten sie das Unwetter nicht rechtzeitig aufziehen sehen? Und welcher Sturm braute sich so schnell und ohne Vorwarnung zusammen? *Es tut mir leid, Tracy … ich wollte nicht, dass es so endet.*

Er hatte schon einige heftige Stürme erlebt, seit er mit der Fischerei in Alaska begonnen hatte, aber noch nie so etwas wie dies hier. Und plötzlich, in den Augenblicken, bevor der Tod ihn holen konnte, fragte er sich, was er eigentlich hier tat, warum er eine Arbeit gewählt hatte, die ihn ständig gefährlichen Situationen aussetzte.

Die Antwort war einfach.

Weil nichts hier draußen sich mit dem Sturm zu Hause vergleichen ließ, dem Sturm, dem er sich nicht entgegenstemmen konnte. Den er nicht überleben konnte. Er war hierhergekommen, weil er gehofft hatte, der Kampf gegen Wind und Wellen würde ihm irgendwie zeigen, wie er den Krieg, den er seit fünfzehn Jahren gegen den Autismus führte, gewinnen konnte.

Er konnte nicht atmen, und seine Arme und Beine spürte er auch nicht mehr. Gleich würde er Salzwasser einatmen und das war dann das Ende. Der Kampf war vorbei … und der Sturm hatte gesiegt. Aber das Traurigste, weswegen Dan noch ein paar Sekunden länger kämpfen wollte, war, dass er nicht nur den Kampf gegen den Sturm hier auf See verlor. Sein Tod bedeutete, dass er auch den Kampf mit Henry verloren hatte.

Und dann war er inmitten von unzähligen Farben und Gefühlen wieder dort, zu Hause bei Tracy in ihrem hübschen Haus in Dunwoody, und er war der Vorarbeiter bei der besten Einbauschränkefirma in der Region, und das Geld kam so beständig wie die Jahreszeiten. Henry war der Liebling des Viertels und wurde begrüßt, wohin er auch ging. Und Ella Reynolds war seine Freundin und sie würden zusammen aufwachsen und irgendwann zum Abschlussball gehen.

Die Ladies hatten schon alles geplant.

Und sie gingen zu Randy Reynolds' Spielen in der Regionalliga und später zu Hause spielten sie Karten, und Henry … Henry sang und lachte und tanzte mit Ella und dann … Was war dann geschehen? Waren es die Impfungen, von denen Tracy vor einigen Jahren gelesen hatte? Es musste etwas damit zu tun haben, dachten sie, weil er vorher gesund und glücklich und so aufgeweckt war. Oder gab es doch einen anderen Grund?

Dan konnte immer noch nicht atmen, aber sein Leben war jetzt nicht mehr wichtig. Er war in der Vergangenheit gefangen, in der Ruhe vor dem Sturm, dem Sturm, der ihn schon vor langer Zeit besiegt hatte. Kein kleiner Junge war so süß wie Henry. Seine blonden Haare und die hellblauen Augen nahmen Menschen überall für ihn ein.

Selbst in der Praxis des Arztes, als Henry knapp drei Jahre alt war. Tracy war mit ihm dort gewesen, um ihn gegen die üblichen Kinderkrankheiten impfen zu lassen. So viele Impfungen an einem Tag!

„Warum so viele?“, hatte er Tracy gefragt.

Der Grund hatte allen eingeleuchtet: Die regulären Untersuchungen waren nicht zustande gekommen … Henry war erkältet … oder sie waren im Urlaub gewesen. Immer war etwas dazwischengekommen. Als er dann in jenem Herbst endlich beim Arzt war, fehlten ihm einige Impfungen, und der Kindergarten, in den er und Ella gingen, wollte, dass alle Impfungen nachgeholt wurden.

Dan hatte in der Praxis angerufen. Wenigstens das hatte er getan. Als der Arzt zurückrief, war Dan kurz angebunden gewesen. „Der Kleine ist krank. Wie viele Impfungen hat er bekommen?"

„Neun. Aber keine Sorge, Mr. Harris. Kinder in Henrys Alter bekommen viele Impfungen."

„Neun Stück!"

Dan hatte mit dem Mann gestritten, aber es brachte nichts. Seither hatten sie in Erfahrung gebracht, dass eine einzige Impfung zum damaligen Zeitpunkt dreihundert Mal so viel Quecksilber enthielt, wie das Gesundheitsministerium für unbedenklich hielt. Inzwischen hatte sich das geändert. Aber damals ... Damals schienen die Gründe für die Impfungen gewichtiger als die Argumente dagegen. Vielleicht hatten sie Henry aber auch aus irgendeinem anderen Grund verloren. Vielleicht war der Zeitpunkt nur ein Zufall.

Das Wasser war überall. Dan konnte nichts sehen oder hören, und selbst seinen Herzschlag konnte er nicht mehr spüren. Er musste tot sein, aber wenigstens konnte er sich erinnern. Er konnte diese letzten Augenblicke an dem Ort verbringen, wo sie Henry verloren hatten. Er konnte zurückkehren, wie er es sich versagt hatte, seit er nach Alaska aufgebrochen war.

Henrys Fieber war schlimmer geworden, bevor es nachließ, aber irgendwann war es verschwunden und sie warteten. Sie warteten Tag für Tag darauf, dass Henry wieder so wurde wie früher, dass seine Energie zurückkam und sein Lächeln wieder seine Augen erhellte. Aber aus den Tagen wurden Wochen, und Dan konnte es spüren. Er spürte, wie sein Junge ihnen entglitt, und er konnte nichts dagegen tun.

Die Diagnose kam sechs Monate später. Henry war autistisch. Das hatte in Dan den Kampf ausgelöst, der bis heute in ihm tobte. Damals hatte er jeden freien Augenblick, wenn er nicht arbeitete oder schlief, mit Henry verbracht – mit ihm geredet, mit ihm gespielt, mit ihm gearbeitet. Gegen den Sturm angekämpft. Und er konnte noch die Therapeutin hören, erinnerte sich an den Tag, als sie ihm ins Gesicht sah und ihm die Wahrheit sagte: „Henry wird immer so sein, Mr. Harris. Sie können ihm helfen, ein paar soziale Fähigkeiten wiederzuerlangen, aber er wird nie wieder so sein wie früher."

Nie wieder … nie mehr so wie früher.

Es war die letzte Welle im Sturm seines Lebens – die Welle, die ihn begrub und erstickte und ihm den Atem raubte. Er hatte Tracy und ihren gemeinsamen Sohn im Stich gelassen. Die große Welle hatte plötzlich und mit Wucht zugeschlagen, und sie hatten alles verloren. Danach war jeder Tag mit Henry eine schmerzliche Erinnerung daran gewesen, dass der Sturm gewonnen hatte. Dass dieser neue Henry nie mehr der Junge sein würde, der sang und mit seiner Freundin Ella tanzte. Wie bei einer grausamen, bösartigen Entführung hatte der Sturm sie überfallen und Henry mitgenommen.

Und deshalb war er fortgegangen, um stattdessen gegen Stürme wie diesen anzukämpfen – in Alaska. Weil er hier buchstäblich gegen Wind und Wellen kämpfen und mit jedem Sieg wenigstens eines für seinen Sohn tun konnte, nämlich für seine Behandlungen zahlen. Das weiße Wasser und das tödliche Meer gaben ihm das Gefühl, immer noch zu kämpfen und wenigstens noch etwas Gutes zu bewirken.

Aber er hatte sich geirrt. Die Therapie half nicht. Der heftige, plötzliche Sturm würde auch ihn holen.

Dan hatte keine Ahnung, wie viel Zeit verstrichen war, und einen Großteil davon befand er sich am Rande der Wirklichkeit. Vielleicht waren es Minuten, vielleicht auch Stunden. Er war sich nicht sicher. Das erste Zeichen dafür, dass er überlebt hatte, war die Stimme von Kapitän Charlie.

„Harris … wir dachten schon, wir hätten dich verloren." Der Kapitän war außer sich. Er gab Dan ein paar Ohrfeigen. „Steh auf. Wir müssen dich aufwärmen."

„W…was?" Er versuchte die Augen zu öffnen, aber sie waren zugeschwollen. „Was ist passiert?"

„Du hast Glück gehabt, das ist passiert." Charlie packte ihn am Arm. „Komm schon, steh auf."

Ihm wurde schwindelig, und nachdem er sich mühsam aufgerichtet hatte, wankte er und musste sich übergeben. Zweimal, dann noch ein drittes Mal. Er wischte sich den Mund ab und zwang sich, zwischen seinen dicken Lidern hindurchzublinzeln. Der Himmel war blau, das Unwetter vorüber. Der Kapitän und ein anderer Fischereihelfer halfen ihm durch den Niedergang unter Deck und führten ihn zu einer Koje.

„Begrabt ihn unter Decken. Alles, was ihr finden könnt." Der Kapitän blieb noch eine Minute neben ihm stehen. „Du wirst schon wieder, Harris. Du bist ein kräftiger Kerl."

Dan fühlte sich schwach und krank und fiebrig. Aber er hatte den Sturm überlebt, also hatte der Kapitän wahrscheinlich recht. Er würde etwas Wasser trinken und sich aufwärmen, dann war er nach einem oder zwei Tagen sicher wieder fit. Diesmal würde der Sturm sein Leben nicht beenden.

Aber was wäre gewesen, wenn er es getan hätte? Tracy und Henry würden ihn vermissen, ja. Aber er gehörte nicht mehr zu ihrem Leben. Die Wahrheit war etwas, das Kapitän Charlie nicht verstand: Es spielte keine Rolle, ob Dan überlebte.

Denn in allem, was wirklich zählte, hatte der Sturm schon gesiegt.

5

Ella ging alleine zum Theaterraum. Sie hätte das glücklichste Mädchen in der ganzen Schule sein müssen. LaShante und die Mädchen waren immer noch ganz aufgekratzt. Sie erzählten allen, dass Ella die Rolle der Belle bekommen hatte, und gratulierten ihr, weil Jake Collins am Wochenende drei Touchdown-Pässe geworfen und dafür gesorgt hatte, die Mannschaft von der nahe gelegenen Johns Creek Highschool zu schlagen.

Aber während Ella zu ihrem Schauspielunterricht in der sechsten Stunde ging, wurde sie das kalte Gefühl in ihrem Herzen nicht los.

Das Footballspiel hatte Spaß gemacht, aber anschließend waren sie und Jake mit ein paar anderen zum Parkplatz von Stone Mountain gefahren. Beinahe alle hatten getrunken, auch Jake – weshalb Ella darauf bestanden hatte, auf dem Heimweg am Steuer zu sitzen. Die ganze Rückfahrt über hatte Jake sie gekitzelt und versucht, sie an Stellen zu berühren, an denen es ihr unangenehm war.

Sie wollte Jakes Alkoholkonsum die Schuld an ihrer Verärgerung geben, aber je länger sie fuhren, desto mehr musste sie daran denken, wie Jake und seine Kumpels sich über den behinderten Jungen lustig gemacht hatten. Vielleicht war Jake doch nicht so toll, wie sie gedacht hatte. Tja, das war ein Problem.

Und dann war da noch die Sache mit ihren Eltern.

Ihre Mutter trug das ganze Wochenende eine dunkle Sonnenbrille und einen dünnen Rollkragenpullover. „Ich mag es nicht, wenn man das Ergebnis sieht, bevor die Einstiche verheilt sind", sagte sie zu ihnen. Das ganze Wochenende über schien sie abgelenkt und unruhig, und da sie nicht fragte, was es Neues gab, erzählte Ella es ihr auch nicht. Und obwohl ihr Vater in der Stadt war, kam er nicht heim. Selbst ihre kleinen Brüder begriffen, dass da etwas nicht stimmte.

„Was ist denn mit Papa los?" Andrew musste buchstäblich die Hand seiner Mutter festhalten, damit sie lange genug stehen blieb, um ihn anzusehen.

„Ja." Alex gesellte sich zu ihnen, und nicht nur sein Aussehen, sondern auch seine Miene und Besorgnis waren identisch mit Andrews. „Er sollte zu Hause sein."

„Er hat viel zu tun. Sitzungen und so. Sein Vertrag läuft Ende des Jahres aus." Sie lächelte, aber Ella sah, dass ihr Kinn bebte, so als kämpfe sie mit den Tränen. „Er hat gesagt, wir sollen ihm gute Gedanken schicken. Vielleicht ist dies sein Jahr."

Gute Gedanken schicken? Ella hasste diesen Ausdruck.

Ella betrat den Klassenraum und stellte ihren Rucksack auf einen Tisch in einer der vorderen Reihen. LaShante war Christin. Na ja, vielleicht keine besonders gute, aber wenigstens ging sie ab und zu in die Kirche. Und wenn etwas schieflief oder eins der Mädchen

Hilfe brauchte, war sie immer die Erste, die anbot zu helfen oder – zu beten.

Beten ergab einen Sinn. Wenigstens bedeutete es, dass man eine höhere Macht um Hilfe bat. Aber gute Gedanken? Wie sollte das gehen … dass Menschen etwas Gutes herbeiführen konnten, nur indem sie daran dachten?

Ella hatte ein bisschen nachgeforscht, als ihre Mutter am Sonntagnachmittag ausgegangen war, um die Farbe ihrer Haarverlängerungen anpassen zu lassen. Sie rief beim Sportverein an und fragte nach ihrem Vater. Nach dem Mann, der zu sehr mit seinem Baseballtraining beschäftigt war, um nach Hause zu kommen und seine Familie zu sehen.

Einer der Angestellten nahm das Gespräch entgegen. „Er war das ganze Wochenende im Fitnessraum." Er kannte Ella und unterhielt sich ein paar Minuten mit ihr. Die Stimme des Mannes klang besorgt. „Die Jungs haben Montag frei. Bestimmt siehst du ihn dann."

„Bestimmt." Ella wollte ihm nicht das Gefühl geben, dass er etwas Falsches gesagt hatte. Wie sich herausstellte, behielt er recht. Ihr Vater kam spät an diesem Abend heim und blieb den Montag über zu Hause. Aber er war distanziert und abgelenkt und telefonierte viel.

Ella ließ sich auf einen Stuhl fallen und starrte auf die leere Bühne vorne im Raum. Ihr Vater musste endlich wieder treffen, sonst würde er nie der Kerl sein, der er einmal gewesen war. Als sie Kinder waren, hatten sie ihn immer wieder einmal so erlebt, wenn er nicht gut gespielt hatte. Wenn das so war, war ihre Mutter immer völlig verunsichert. Sie verbrachte jeden Morgen mit ihrem Trainer im Fitnessstudio und jeden Nachmittag im Wellnesscenter bei irgendeiner Anwendung. Diesmal schien die Distanz zwischen ihren Eltern noch größer zu sein als sonst.

Vielleicht standen sie ja kurz vor der Scheidung – Ella wusste es nicht.

Selbst LaShante hatte es bemerkt. Sie war in der vergangenen Woche einmal mit zu Ella nach Hause gegangen und die Situation war peinlich gewesen. Ellas Mutter trug gerade vor dem Wohnzimmerspiegel Wimperntusche auf, als sie hereinkamen, und sie trug enge schwarze Jeans und ein hautenges weißes ärmelloses Top. Als die Mädchen kurz darauf zu Ellas Auto gingen, stieß LaShante einen Pfiff aus. „Deine Mutter, Ella … Puh!"

„Ich weiß. Zu viel, oder?"

„Sie gibt sich wirklich Mühe." LaShante hatte eine wundervolle dunkelbraune Haut und leuchtende braune Augen. Ihre Haare waren zu unzähligen kurzen Zöpfchen geflochten, was ihrer humorvollen Persönlichkeit entsprach. „Ich meine, ich könnte mir vorstellen, mir die Haare verlängern zu lassen. Du weißt schon, so eine Art Jordin-Sparks-Look." Sie legte besorgt die Stirn in Falten. „Aber deine Mutter … ich meine, puh!"

Inzwischen war es so weit, dass Ella hoffte, ihre Eltern würden sich nicht in Fulton blicken lassen. Das Leben war schwer genug, ohne dass sie auftauchten und die anderen Schüler sich das Maul zerrissen. Wenn er da war, wirkte ihr Vater wie ein ausgelaugter Möchtegern in Designerjeans, weißen Pullovern mit V-Ausschnitt und hochmodischen Sakkos. Und ihre Mutter … LaShante hatte es schon treffend formuliert: Puh.

Die Schauspielklasse füllte sich, und Mr. Hawkins blätterte in einem Stapel Skripte, die auf seinem Schreibtisch lagen. Es gab Gerüchte, dass dies Mr. Hawkins' letztes Jahr in Fulton sein würde. Er war ziemlich alt und hatte nicht die nötige Geduld für Kids mit merkwürdigen Angewohnheiten oder Schüler, die ihre Texte nicht auswendig konnten. Wenn Mr. Hawkins eine Figur aus Winnie Puh wäre, müsste er I-Aah sein.

Die sechste Stunde bei Mr. Hawkins war nur für die Schüler, die in dem Stück mitspielen würden. Bis jetzt hatten sie grundlegende Theater- und Inszenierungsfragen besprochen. Es waren nicht viele zu dem Vorsprechen erschienen, trotz LaShantes Vorstellung, dass sich bestimmt hundert Mädchen um die Rolle der Belle beworben hätten. Durch die Haushaltskürzungen in diesem Jahr war die Schule gezwungen, eine Gebühr für diese Schauspielgruppe zu erheben, deshalb war das Interesse nicht sehr groß und es spielten auch kaum Jungs mit. Der Junge, der Gaston spielte, war groß und selbstverliebt. Das passte also. Das Biest wurde von einem Mitschüler gespielt, der so viel Bartwuchs hatte, dass die Leute von der Maske nicht viel zu tun hatten.

Aber abgesehen davon sahen die „Stadtbewohner" alle ziemlich ängstlich und brav aus. Man konnte sich kaum vorstellen, dass sie ihre Heugabeln auf die Bühne richteten und schrien: „Tötet das Biest!"

Aber egal. Es spielte keine Rolle. Die Schüler der Fulton High kamen sowieso nie zu den Aufführungen. Das Theater würde vielleicht zu einem Viertel gefüllt sein mit Eltern und anderen Verwandten, und das Publikum würde daher sehr wohlwollend sein. Ella überlegte, ob sie ihrer Mutter überhaupt noch von dem Stück erzählen sollte. Es geschah ihr recht, wenn sie nichts davon erfuhr, nachdem sie nicht einmal danach gefragt hatte.

„Also, ihr jungen Mimen, aufgestanden." Mr. Hawkins klang müde, aber sein für gewöhnlich eintöniger Tonfall war jetzt etwas munterer. „Erster Probentag. Wärmen wir uns also auf."

So liefen die Stunden von Mr. Hawkins immer ab. Nach den Aufwärmübungen für die Stimme lernten die Schüler die Gruppenstücke. Wenn sie die Musik beherrschten, fingen die Stellproben an. In der Zwischenzeit mussten alle ihre Texte lernen. Nach zwei Wochen Probe wurde erwartet, dass alle ihre Rolle konnten.

Mr. Hawkins nahm an dem alten Klavier in der Ecke Platz. „Achtung …" Er hielt eine Hand hoch. „Und los."

Er führte sie durch eine Reihe Tonleitern, wobei der Vokal jedes Mal wechselte. Nach fünf Minuten gab er seiner Assistentin ein Zeichen, die Skripte zu verteilen. „Schlagt das erste Stück auf. Es ist eine der größten Nummern in der ganzen Vorstellung, und wahrscheinlich kennt ihr sie. Die erste halbe Stunde der Probe wollen wir uns mit dem Rhythmus und dem Text vertraut machen. Dann teilen wir uns in die verschiedenen Stimmen auf."

Ella genoss all das – wie ein Theaterstück oder Musical zum Leben erwachte. Die Musik begann und alle sangen einstimmig, wobei manche ihre Stimme besser unter Kontrolle hatten als andere. Ella hatte Gesangsunterricht, seit sie sechs Jahre alt war, deshalb war das Stück für sie ebenso einfach wie vertraut, und sie sang ihre Solostellen in dem Lied ohne Mühe.

„Oh, ist das nicht erstaunlich … 's ist mein Lieblingsbuch. Kommt doch herbei! …" Sie hatte gerade die ersten wunderbaren Zeilen ihres Liedes gesungen, als sie aus dem Augenwinkel eine Bewegung an der offen stehenden Tür bemerkte.

Sie sang weiter, hob aber den Blick von ihren Noten und sah eine Gruppe Schüler vorbeigehen. Es waren die Kinder aus der Sonderschulklasse, die auf dem Weg zu der kleinen Turnhalle waren – für die letzte Unterrichtsstunde an diesem Tag. Sie gingen jeden Tag um diese Zeit am Theaterraum vorbei, aber Ella hatte sie nie wahrgenommen.

Er musste doch dabei sein, oder nicht? Der Junge mit den blauen Augen? Sie sang weiter, während sie den Blick auf die Tür gerichtet hielt, und dann kam er, als Letzter der Gruppe. Er bewegte wieder die Arme auf und ab, aber als er die Musik hörte, wurde er langsamer und blieb stehen. Er ließ die Arme sinken und machte einen Schritt in den Raum, wobei er sich am Türrahmen festhielt. Diesmal sah er sie nicht so an, wie er es in der Kantine getan hatte, sondern stattdessen hatte er die Augen geschlossen und wiegte sich sanft im Rhythmus der Musik.

Ellas Stimme verstummte, und die anderen wurden auf die Störung aufmerksam.

„Wir müssen uns konzentrieren, Leute." Mr. Hawkins schob seinen Klavierhocker zurück und warf Ella einen enttäuschten Blick zu. Er schien den Jungen an der Tür nicht zu bemerken. „Ich verlasse mich darauf, dass Sie die Führung übernehmen, Ms. Reynolds." Seine Schultern sackten ein paar Zentimeter und er warf die Hände in die Luft. „Also gut, fünf Minuten Pause. Dann fangen wir noch einmal von vorne an."

Ella hörte ihn kaum. Sie stand von ihrem Stuhl auf, ganz langsam, um den Jungen an der Tür nicht zu erschrecken. Inzwischen hatte er die Augen wieder geöffnet und sah sie mit diesen durchdringenden Augen an, die beinahe durch sie hindurchzusehen schienen. Wieder hatte sie das merkwürdige Gefühl, ihn zu kennen.

Das konnte natürlich nicht sein. Aber seine Augen übten eine besondere Anziehungskraft auf sie aus. Als sie näher kam, erschien eine Sonderschullehrerin, um ihn zu holen. Sie berührte sachte seinen Ellbogen und versuchte ihn dazu zu bewegen, wieder auf den Flur hinauszugehen.

Zuerst sah es aus, als würde der Junge schreien oder einen Anfall bekommen. Er wandte sich von Ella ab und starrte zuerst zur Decke hinauf und dann auf den Boden. Er ging ein paar Schritte in Richtung Turnhalle, stellte seinen Rucksack an die Wand und ließ sich dann zu Boden fallen, wo er anfing, Liegestütze zu machen. Perfekte, beinahe militärisch wirkende Liegestütze. Ella trat auf den Gang hinaus, weil der Junge sie faszinierte. Warum tat er das, und woran lag es, dass er nicht redete?

„Er ist Autist", wandte die Lehrerin sich mit leiser Stimme an sie. „Er macht Liegestütze, wenn er zu sehr stimuliert wird."

Zu sehr stimuliert? „Ich glaube, die Musik hat ihm gefallen." Ella hatte von Autismus gehört, und letztes Jahr hatte sie eine Wiederholung von *Rain Man* im Fernsehen gesehen. Aber sie hatte noch nie jemanden persönlich kennengelernt, der Autist war. „Kann er nicht hierbleiben? Damit er uns beim Singen zuhören kann?"

Die Frau schüttelte den Kopf. „Er muss zu den anderen." Sie trat ein paar Schritte auf den jungen Mann zu, der immer noch Liegestütze machte. So viele Liegestütze, dass Ella anfing, sich Sorgen um ihn zu machen.

„Vielleicht würde es ihm besser gehen, wenn er hierbleiben könnte."

Die Miene der Lehrerin wurde ungeduldig, als könnte Ella unmöglich einen Autisten verstehen. „Heute nicht."

Der Junge stand jetzt auf, und sein Gesicht war rot und verschwitzt. Er ging wieder ein paar Schritte in Richtung Turnhalle und drehte dann wieder um, aber er sah Ella nicht an, so wie er es vorher getan hatte. Sie ging auf ihn zu und blieb ein paar Meter vor ihm stehen. „Hi." Sie streckte die Hand aus. „Ich heiße Ella Reynolds." Im Klassenzimmer hinter ihr hörte sie, dass Mr. Hawkins wieder anfing Klavier zu spielen.

Der Junge ging zu seinem Rucksack, öffnete den Deckel und holte einen dicken Stapel Karteikarten heraus. Jedenfalls sahen sie wie Karteikarten aus. Er blätterte sie in Sekundenschnelle durch und fand, was er suchte. Dann hielt er die Karte hoch, damit Ella sie sehen konnte. Auf der Karte war ein Augenpaar abgebildet, und darunter standen die beiden Worte „Ich sehe“.

„Du siehst? Du siehst mich?“ Ella warf der Lehrerin einen Blick zu. Die hatte die Arme verschränkt und wartete offensichtlich ungeduldig darauf, dass sie weitergehen konnten. Ella wandte sich wieder dem Jungen zu. „Wie heißt du?“

„Henry Harris.“ Der Lehrerin ging allmählich die Geduld aus. „Er heißt Henry Harris. Das ist seine Lieblingskarte. ‚Ich sehe.‘ Er kann nur so kommunizieren.“ Sie gab ihm ein übertriebenes Zeichen. „Komm, Henry. Wir müssen gehen.“

„Was bedeutet das?“, wollte Ella wissen. Dem Blick in Henrys Augen nach zu schließen, sah er eine Menge. Mehr, als die anderen vermuteten.

„Nichts.“ Die Lehrerin deutete auf Henrys Rucksack. „Das ist die Karte, die er zeigt, wenn er sich aufregt, wenn er nicht weiß, was um ihn herum passiert.“

„Ella!“ Eines der Mädchen aus der Musicaltruppe streckte den Kopf zur Tür heraus. „Beeil dich. Die Pause ist vorbei.“

Sie hatte keine Zeit mehr. Henry steckte die Karte mit den Augen wieder in den Stapel zurück. Sie musste gehen. „Tschüss, Henry.“ Sie ignorierte die Lehrerin. „Komm bald wieder, ja?“

Er sah sie an, aber nur ein paar Sekunden lang. Dann nahm er seinen Rucksack und ging schnell in Richtung Turnhalle. Seine Lehrerin sagte nichts, sondern eilte ihm nur nach, offenbar froh, dass er wieder auf Kurs war.

Ella blickte ihm nach und lief dann in ihren Klassenraum zurück. Die meisten hatten wieder auf ihren Stühlen Platz genommen, und Mr. Hawkins saß am Klavier und blätterte in den Noten. Sie trat neben ihn und senkte die Stimme. „Mr. Hawkins? Was ist, wenn ein Schüler bei unserem Unterricht zuhören möchte? Wäre das in Ordnung?“

Mr. Hawkins stieß einen tiefen Seufzer aus und fuhr sich mit der Hand über den spärlich behaarten Kopf. „Warum habe ich das Gefühl, dass Sie diese Aufführung nicht ernst nehmen, Miss Reynolds?“

„Ernst?“ Ella sah ihn betroffen an. „Natürlich nehme ich sie ernst. Es geht nicht um mich. Ich habe mit einem Jungen aus der Sonderschulklasse gesprochen, und er wollte bleiben, aber seine Lehrerin hat ihn nicht gelassen. Deshalb dachte ich, beim nächsten Mal könnte er vielleicht …“

„Bitte, Miss Reynolds, Sie haben ja keine Ahnung, was Sie da verlangen.“ Er schüttelte den Kopf mit gequälter Miene. „So mitgenommen, wie unsere Theaterabteilung ohnehin schon ist, kann ich nicht auch noch einen Babysitterdienst daraus machen.“ Er wandte sich wieder seinen Noten zu. „Und jetzt, wenn Sie sich bitte setzen wollen …“ Er hob die Stimme. „Von vorne.“

Ella hätte am liebsten geschrien. Wenn Henry Harris ihnen gerne beim Singen zuhören wollte, was schadete das denn? Sie ging langsam zu ihrem Stuhl zurück und stimmte in den Gesang der anderen mit ein. Mr. Hawkins könnte Henry wenigstens eine Chance geben.

Sie konzentrierte sich auf ihr Solo, aber trotzdem sang sie jetzt mit weniger Leidenschaft. Nicht, weil sie Mr. Hawkins böse war oder weil sie ihren Willen nicht bekommen hatte, sondern weil sie immerzu an Henry denken musste. Daran, wie er zur Tür hereingesehen, die Musik in sich aufgesogen und sich im Takt des Liedes hin- und hergewiegt hatte. Und an die Worte auf der Karte, die er ihr gezeigt hatte. *Ich sehe*. Vielleicht hielt er die Karte öfter hoch als andere, weil er wirklich sehen konnte. Mehr, als die anderen wussten.

Der Gedanke setzte sich in Ellas Herzen fest, und als die erste Probenstunde vorüber war, hatte sie einen Entschluss gefasst. Sie würde nicht aufgeben. Wenn Henry ihnen beim Singen zuhören wollte, sollte er die Gelegenheit dazu bekommen.

Wenn die erste Probe ein Indikator für den Erfolg der Frühjahrsaufführung war, fürchtete Manny Hawkins, dass er sich besser gleich nach einer anderen Stelle umsehen sollte. Der Schulrat hatte ihn eine Woche vor Schulbeginn zu sich bestellt und ihm die Situation erklärt.

„Die Schauspielabteilung bringt nicht genug Geld ein." Der Ratsvorsitzende Tom Banks sah aus wie ein ehemaliger Basketballspieler. Wahrscheinlich hatte Banks noch nie im Leben ein Musical gesehen. „Wir haben das Budget gekürzt. Es wird keine neue Inszenierung im Herbst geben und keine Wiederholung an Weihnachten." Die einzige Vorstellung, die dieses Jahr in Fulton aufgeführt wurde, war das Musical im Frühjahr. Banks fand, dass die Abteilung dadurch eine bessere Chance auf Erfolg hatte. Manny hätte ihm am liebsten geantwortet, dass er beim Lotto eine bessere Chance hätte.

In Fulton High ging es um Sport und nicht um musikalische Aufführungen. Football, keine berühmten Musicals. Manny hatte keine Ahnung, was nötig war, um das Soll zu erfüllen. Vielleicht wenn sie Teeniestars wie Justin Bieber als Biest oder Zac Efron als Gaston auf die Bühne holten. Ansonsten würden die Schüler mit der gleichen Begeisterung in den Theatersaal streben wie in den Matheunterricht. Sie würden nur dann genug mit dem Musical einnehmen, wenn sie es auf dem Footballfeld veranstalteten und ein Match im Preis inbegriffen war.

Die Schüler hatten gerade Pause, und Manny nutzte die Gelegenheit, seinen Probenplan durchzusehen. Es schien so, als hätten sie mehr als genug Zeit für die Proben, aber bis zwei Wochen vor der Aufführung standen ihnen nur die normalen Unterrichtsstunden zur Verfügung und keine zusätzlichen Probentermine. Und bis dahin mussten sie Choreografie, Bühnenbild und Verstärkeranlage geklärt haben.

Das bedeutete, dass sie, wenn man Weihnachten und andere Ferientage abzog, noch einhundertzwanzig Stunden Probenzeit hatten, bis der Vorhang aufging. Das war nicht viel. Vor allem, da es seine letzte Chance war, ein Meisterwerk auf die Beine zu stellen. Dazu kam, dass Ella Reynolds nicht halb so engagiert schien, wie er es sich erhofft hatte. Sie war sehr gut, aber wenn sie ihre Rolle nicht mit Leidenschaft ausfüllte, würde die Vorstellung mit Sicherheit ein Flop werden.

Er hatte gerade seinen Plan zu Ende durchgesehen, als Ella auf ihn zukam. Noch bevor sie den Mund öffnete, wusste er, dass es um den autistischen Jungen ging. Er drehte sich zu ihr um und verschränkte die Arme.

Ella hob das Kinn. „Ich möchte Sie bitten, sich das mit Henry noch einmal zu überlegen."

„Dem autistischen Jungen?"

„Ja." Sie zeigte auf die Tür. „Haben Sie ihn nicht gesehen? Er war von unserem Gesang völlig fasziniert. Warum konnte er nicht bleiben und zuhören?"

„Ich habe Ihnen gesagt, warum. Dieses Stück ist sehr wichtig, Miss Reynolds. Die Schauspielabteilung hat nicht mehr viel Zeit, ihre Daseinsberechtigung unter Beweis zu stellen."

„Vielleicht zeigen wir, dass wir wichtig sind, indem wir zu Schülern wie ihm freundlich sind." Ella zögerte. „Ich meine, wieso sollte uns das denn schaden?"

Manny spürte, wie sein Kampfgeist erlosch. Ella war ein hübsches Mädchen mit ihren blonden Haaren, den grünen Augen und ihrem ganzen Aussehen. Sie hatte versprochen, in der Woche vor der Aufführung ihre Haare für die Rolle braun zu färben. Aber nichts würde der Belle so viel Persönlichkeit geben wie die Leidenschaft, die in diesem Moment in ihren Augen leuchtete. „Das ist Ihnen sehr wichtig, nicht wahr?"

Ellas Miene wurde etwas weicher, aber ihre Augen funkelten. „Ja, Sir."

Er dachte an den autistischen Schüler. Ella hatte recht. Er konnte nicht viel Schaden anrichten. Wenn er störte, musste er gehen, das war alles. Und was konnte ansonsten schon passieren? Wenn kein Wunder geschah, würde dies ohnehin ihre letzte Aufführung sein. Er wedelte mit der Hand, um Ella zu ihrem Platz zu scheuchen. „Also gut. Er kann hinten sitzen, aber wenn er stört, muss er gehen."

„Wirklich?" Ella sprang auf und klatschte in die Hände. „Danke,

Mr. Hawkins. Ich habe ein wirklich gutes Gefühl wegen der Sache. Sie werden es nicht bereuen.“ Sie lächelte Manny zu und ging mit federndem Schritt zu ihrem Tisch zurück.

Manny wandte sich wieder dem Skript zu, aber irgendwie war er jetzt etwas besser gelaunt. Vielleicht hatte Ella recht. Was konnte es schon schaden, wenn sie in diesem Probenstadium für Henry sangen? Wenigstens interessierte sich der autistische Junge dafür.

Und im nächsten Frühjahr konnten sie immerhin darauf zählen, dass mindestens ein Schüler der Fulton Highschool im Publikum saß.

6

Der Trommelschlag verstummte, und das war gut so. Henry war es leid, Liegestütze zu machen. Und er wollte auch nicht mit seinen Mitschülern einen Ball durch die Turnhalle werfen. Das hatte er der Lehrerin schon klargemacht, aber sie hatte es ignoriert. Deshalb musste er auf einem Stuhl in der Ecke der Turnhalle sitzen und an seinen Zahlen arbeiten.

Das war besser, als einen Ball zu werfen. Zahlen gaben ihm ein gutes Gefühl, und bald konnte er nach Hause fahren und bei seiner Mutter sein. Er hatte ihr heute so viel zu erzählen. Denn es war endlich geschehen! Er und Ella hatten wieder zueinandergefunden. Sie war genauso wie früher, mit ihren hübschen Augen und dem fröhlichen Lächeln. Und das Beste war, dass sie immer noch singen konnte, so wie Henry es immer in Erinnerung hatte.

Die Zahlen langweilten Henry inzwischen, er war mit ihnen fertig. Stattdessen zog die Musik ihn zu dem Ort, an dem Ella war, und er folgte ihr bereitwillig. Sie sah ihn an der Tür stehen, wie sie es beim letzten Mal getan hatte, und er ging zu ihr. Er war wirklich hier und es war kein Traum. Er fühlte sich schwindelig und erfüllt und glücklich. Sehr glücklich. Die Ränder waren ein bisschen unscharf, und die Farben waren nicht so klar wie in der Therapie, aber er war sich ziemlich sicher, dass dies echt war.

Er ging auf Ella zu. *Erinnerst du dich an die Zeit, als wir Kinder waren? Wir haben den ganzen Tag gelacht und gespielt und gesungen.*

Sie lächelte und nahm seine Hand. *Das war die beste Zeit überhaupt, Henry. Und jetzt bist du wieder hier!*

Henry sah sich um, aber er und Ella waren nicht mehr in dem Klassenzimmer, sondern auf einer Bühne, und die Bühne war lang und hatte schöne Bäume und Felder mit grünem Gras, das im Wind wogte. *Tanzt du mit mir, Ella?* Er hielt immer noch ihre Hand und nickte auf einen leeren Fleck auf der Bühne.

Ella lachte, wie sie in dem Film lachte. Und sie tanzten zu der Musik, so wie sie vor all den Jahren getanzt hatten. Henry wirbelte sie herum und tanzte mit ihr im Kreis, und Ella sang mit. In der Ferne konnte er Leute klatschen hören. Immer lauter klatschten sie, weil dies das Schönste war, was sie jemals gesehen hatten. Ella und Henry, die zusammen tanzten und ein Lied der Engel sangen.

Sein Leben lang hatte er seine Freundin Ella gesucht. Und jetzt war sie hier. *Weißt du, warum ich dir beim letzten Mal gesagt habe, dass ich sehe?* Er lächelte direkt in ihr Herz. Sie so anzulächeln war leicht. Ellas Herz stand weit offen.

Warum, Henry? Sie tanzte weiter und ihre Worte fügten sich in die Musik ein.

Weil ich dich immer sehen konnte. Selbst als du nicht hier bei mir warst. Ich habe nie aufgehört, dich zu sehen. Deine Seele ist bei mir geblieben.

Sie drehte sich wieder um ihre eigene Achse. *Deine Seele ist auch bei meiner geblieben. Weil das bei Freunden so ist, und du bist mein Freund.*

Henry war froh, nach einer so langen Zeit des Schweigens wieder mit Ella reden zu können. Jetzt, wo er sie gefunden hatte, konnten sie wieder beste Freunde sein und er würde ihr alles sagen – wie er sich gefühlt hatte und dass die Musik immerzu spielte und wie schön das Leben war. Er würde ihr erzählen, wie sehr er Fulton

High mochte und dass er die ganze Zeit für die Kinder um ihn herum betete. Denn einige von ihnen hatten traurige Augen oder wütende Stimmen. Die meisten hörten die Musik nicht.

Aber du hörst die Musik, Ella. Das hast du immer getan. Genau wie Michael.

Ella lächelte, als kenne sie Michael. Er hatte nicht viele Freunde, aber Henry würde ihm helfen, welche zu finden. Vielleicht konnte Ella ihm auch helfen. *Michael braucht unsere Hilfe, weißt du.*

Natürlich, Henry. Sie tanzten jetzt zusammen durch das Gras, und der Applaus wurde leiser. *Ich tue alles, was du willst.*

Henry spürte, dass jemand seine Schulter berührte. Erst sachte, doch dann immer fester, und er riss sich los, weil es wehtat. Schneidende, brennende Schmerzen. Er drehte sich um und sah Mrs. Bristowe, seine Lehrerin.

„Du sollst doch deine Matheaufgaben machen, Henry, weißt du noch?"

Seine Matheaufgaben? Er tanzte mit Ella über eine Wiese mit hübschen Blumen und wogendem Gras. *Ich habe meine Matheaufgaben schon gemacht. Jetzt tanze ich mit Ella.*

Mrs. Bristowe blickte unglücklich drein. „Siehst du das hier?" Sie hielt den Bogen mit den Aufgaben hoch. „Du hast die ganze Zeit hiergesessen und erst drei Aufgaben gelöst. Entweder du spielst mit den anderen Ball oder du machst deine Matheaufgaben, Henry. Du kannst nicht einfach hier sitzen und aus dem Fenster starren und …"

Ich starre nicht aus dem Fenster, Mrs. Bristowe. Ich tanze mit Ella, weil ich sie gerade erst wiedergefunden habe. Sie ist meine Freundin aus den Filmen, als ich noch klein war. Wir haben uns viel zu erzählen, zum Beispiel über die Leute hier an der Schule und dass manche so traurig aussehen. Und wir müssen über Michael reden, weil Michael Freunde braucht. Gute Freunde wie mich und Ella.

„… wenn du mitkommst und mit den anderen Ballübungen machst, wirst du dich nachher besser fühlen und …"

Ich fühle mich besser, wenn ich mit Ella zusammen bin, weil ich sie sehen kann. Sie kann mich sehen. So war es immer mit Ella. Michael sollte vielleicht auch hier sein, weil die Idioten nicht sehr nett zu ihm waren. Ihre Füße klingen wie Trommelschläge. Sehr laute Trommelschläge.

„… kannst mich hören, Henry. Du musst die Anweisungen befolgen. Erinnerst du dich? Das gehört zu deiner Therapie und …"

Der Sonnenschein war glücklich und warm. Henry blickte zum Fenster hinaus und konnte Ella wieder sehen. Sie wartete draußen auf ihn, wartete darauf, mit ihm zu tanzen und zu reden und seine Hand zu halten. Seit Ella gegangen war, hatte er Gott gebeten, sie zu finden, und nun war sie hier! *Ich muss Ella jetzt finden!*

Mrs. Bristowe sagte etwas, aber die Musik wurde lauter und dringlicher. Er konnte die Lehrerin nicht mehr hören, so laut war das Lied, und das war ihm nur recht. Offensichtlich stimmte irgendetwas nicht mit ihr, denn egal, was er sagte, sie reagierte nicht. Henry hatte das Gefühl, dass sie ihn gar nicht hören konnte.

Seine Lehrerin sah jetzt ein bisschen verärgert aus, und Henry schloss die Augen. Die Trommelschläge würden gleich wieder anfangen, er konnte sie spüren. Und tatsächlich begannen sie in diesem Augenblick … *Bummdidi bumm … Bummdidi bumm … BUMM, BUMM, BUMM.*

Hämmernde Trommeln, Schreien, Kreischen. Der Lärm wurde zu viel, und gleich darauf war Henry auf dem Boden, spannte die Muskeln an und presste sich durch den Lärm. Zu viel Lärm. Er war nicht schön wie die Musik in seinem Herzen. Zehn Liegestütze, fünfzehn. *BUMM, BUMM, bummdidi, bummdidi, BUMM, BUMM.* Zwanzig Liegestütze, fünfundzwanzig. Als er bei dreißig angekommen war, wurde der Klang der Trommeln leiser und verklang. Henry stand keuchend auf.

Wo ist sie? Das Lied war jetzt leiser, aber Mrs. Bristowe antwortete ihm nicht. *Wohin ist Ella gegangen, und warum kann ich nicht zu ihr gehen?*

„Henry Harris, du stellst meine Geduld wirklich auf die Probe und …"

Was habe ich falsch gemacht? Warum musste Mrs. Bristowe so wütend werden? Er würde seine Matheaufgaben später zu Ende machen. Er und seine Mutter konnten am Tisch sitzen, wie sie es immer taten, und über seinen Tag reden, und er konnte seine Matheaufgaben machen.

Er musste beten, das stand an der Wand in der Kirche. Hört nicht auf zu beten. Er konnte für Mrs. Bristowe beten und für Ella und für eine Auszeit von den Matheaufgaben, damit er tanzen und über grüne Wiesen laufen konnte.

Lieber Herr Jesus, ich bin's, Henry. Warum sind die Leute so ärgerlich? Sie haben traurige Augen und wollen nie die Musik hören. Aber im Moment möchte ich nur mit Ella tanzen. Könntest du bitte dafür sorgen? Bitte bring Ella wieder hierher, damit wir tanzen können. Ich weiß, dass du mich hören kannst, weil du gemacht hast, dass ich sie finde. Dafür danke ich dir. Und jetzt lass mich bitte wieder tanzen, das würde mir sehr gefallen. Ich weiß, dass du mich liebst. Dein Freund Henry.

Die grünen Wiesen riefen ihn und Ella wartete. Heute war ein schöner Tag, noch schöner als die anderen Tage. Sein Herz war voll und die Sonne schien hell weiß und an den Rändern weich. Alles, weil er Ella Reynolds gefunden hatte.

Er hatte Mrs. Bristowe das schon erklärt, aber sie wollte nicht zuhören. Oder vielleicht konnte sie nicht zuhören. Im Augenblick wollte er keinen Ball werfen oder seine Matheaufgaben lösen oder noch mehr Liegestütze machen. Er wollte nicht unter dem Lärm begraben werden. Er wollte nur, was er wollte, seit er in dem Film gewesen war, was er sich jeden Tag gewünscht hatte, wenn er an sie dachte oder wenn er zur Fulton Highschool kam.

Er wollte seine Freundin Ella.

7

Einmal im Monat sprach Tracy vor Schulschluss mit Henrys zuständiger Lehrerin, Beth Bristowe. Während der Unterhaltung saß Henry im Klassenzimmer, verloren in seiner eigenen Welt, und machte seine Matheaufgaben, wie er es gerne tat. Sobald er versorgt war, setzten Tracy und Mrs. Bristowe sich ein paar Meter entfernt an den Lehrertisch und sprachen über Henry, wie es ihm ging und welche Fortschritte er machte.

Früher hatte Tracy sich auf diese Unterredungen gefreut, weil Henry in seinem ersten Jahr auf der Highschool die Kommunikationskarten kennengelernt hatte. Damals hatte jeder Monat wieder einen Fortschritt oder eine Entwicklung mit sich gebracht, so schien es ihr. Wieder ein Schritt dahin, die Türen aufzuschließen, die ihren Sohn gefangen hielten.

Die Karten waren geblieben, aber während seines zweiten Jahres hatte Henry ein Plateau erreicht. Seine Therapeuten hofften, dass die Karten irgendwann zu mündlicher Kommunikation führen würden und – wie es bei ein paar wenigen Glücklichen geschah – die Rückkehr zu einem Hauch Normalität bedeuteten. Dafür betete Tracy jeden Tag. Aber heute war ihr erstes Treffen mit Mrs. Bristowe im neuen Schuljahr, und Tracy hatte das Gefühl, dass es keine guten Nachrichten gab.

Zu Hause behielt Henry seine Karten immer noch für sich und überließ sie Tracy nicht. Und während sie in der Vergangenheit hin und wieder einen kurzen Blickkontakt mit ihm hatte aufnehmen können, hatte Henry ihr gar nicht mehr in die Augen gesehen. Er regte sich auch mehr über die Behandlungen auf. Er schien nur dann glücklich und mit der Welt im Reinen zu sein, wenn sein Film lief und er im Schneidersitz vor dem Fernseher saß und zusah, wie er mit seinem Vater über eine Wiese lief oder lachend mit Ella auf dem Boden herumtollte.

Tracy konnte nur vermuten, dass er Rückschritte machte – was bei autistischen Kindern immer eine Möglichkeit war. Wenn Mrs.

Bristowe diese Möglichkeit heute bestätigte, war Tracy nicht sicher, wie sie damit umgehen sollte. Sie parkte ihr kleines Auto zwischen den SUVs und BMWs in der Nähe des Südeingangs. Bei der Abteilung für Sonderschüler.

Henry war nicht ihre einzige Sorge. Dan hatte heute Morgen angerufen und schrecklich geklungen. Er kämpfte mit einer Lungenentzündung und hatte kurz erwähnt, er habe sich bei einem Sturm neulich wohl erkältet.

„Mir geht es gut, Tracy. Mach dir keine Sorgen um mich. Bete nur." Er hustete, und es klang, als läge er im Sterben. „Alles wird gut."

Aber das war es nicht. Dan war dem Tod schon zu oft von der Schippe gesprungen. Irgendwann würde der Anruf aus Alaska von der Küstenwache kommen oder von der Fischereibehörde und sie darüber informieren, dass Dan nicht nach Hause kommen würde. Nie mehr.

Tracys Herz hämmerte in ihrer Brust. *Bitte, Vater … steh mir bei. Ich bin nicht sicher, was ich noch aushalten kann.*

Ich bin bei dir, mein Kind. Ich liebe dich und ich werde diese Schlacht für dich schlagen … Vertrau mir, mein geliebtes Kind, vertrau mir.

Die Antwort flüsterte in ihr ängstliches Herz und gab ihr etwas, woran sie sich festhalten konnte. Sie wusste nicht, was die nächste Stunde mit sich bringen würde. *Vertrau Gott*, ermahnte sie sich. *Egal, wie du dich fühlst, Tracy. Komm schon.* Sie zog ihre Walmart-Jacke aus, warf sie auf den Rücksitz und stieg aus dem Auto.

Sie war früh dran, also musste sie sich nicht beeilen. Stattdessen nahm sie alles um sich herum auf – die Schülergruppen, ihr Lachen und ihre Unterhaltungen. Das alles war ganz anders als das Leben, das ihr Sohn führte. Ein Anflug von Traurigkeit erfasste sie und legte sich um ihr Herz. Dies war sein letztes Schuljahr. Heute Abend würden diese Jugendlichen zu einem Footballspiel gehen und Henry würde seine Behandlung machen. Selbst wenn eines Tages irgendetwas dazu führen sollte, dass Henry ins Licht hinaustrat, in dem die anderen alle lebten, würde es für all das zu spät sein. Zu spät, um die Highschool zu erleben.

Hör auf, Tracy …

Sie ging zu Mrs. Bristowes Klassenzimmer und lugte durch das Fenster in der Tür. Henry saß bereits im Schneidersitz auf einem Kissen in der Ecke des Raumes, die Augen auf die nackte Decke über ihm gerichtet. Sie wollte zu ihm laufen und ihn in die Arme nehmen, ihn rufen. *Henry, Schatz … ich bin's, deine Mutter. Komm da raus, Baby. Was immer dich gefangen hält, reiß dich los.* Aber das konnte sie nicht tun. Sie hatte es einmal versucht, aber es machte ihm nur Angst. Einmal, als sie ihn gebeten hatte, zu ihr zurückzukommen, hatte er die Hände vors Gesicht geschlagen und sich eine halbe Stunde lang hin- und hergewiegt. Das war vor zwei Jahren gewesen. Tracy hatte das Thema nicht noch einmal angeschnitten.

Bitte, Gott … ich brauche dich. Die Schule und die Therapie … es funktioniert nicht, Vater. Wie kann ich ihn erreichen? Wir brauchen ein Wunder, Herr. Bitte.

Mrs. Bristowe musste sie gesehen haben, denn sie kam an die Tür und öffnete sie. Ihr Lächeln war freundlich, aber sie wirkte erschöpft. Kein gutes Zeichen. „Hallo, Mrs. Harris."

„Hallo." Sie wusste nie, ob sie in einem Moment wie diesem zu Henry gehen sollte. Er nahm sie kaum jemals zur Kenntnis, aber sie war entschlossen, ihn so zu behandeln, wie sie es tun würde, wenn er kein Autist wäre. Also durchquerte sie den Raum und hockte sich auf den Boden, um auf seiner Ebene zu sein. „Hallo, Henry. Heute ist Besprechungstag, in Ordnung? Ich rede mit Mrs. Bristowe, und du kannst deine Matheaufgaben machen. Dann fahren wir nach Hause."

Henry sah sie nur selten an und antwortete nie. Aber Tracy war ziemlich sicher, dass er sich ein wenig hin- und herwiegte. Sie lächelte ihm zu. „Ich deute das als ein Ja." Sie stand wieder auf und folgte Mrs. Bristowe zu ihrem Tisch. Als sie sich gesetzt hatten, legte die Lehrerin eine Akte mit Henrys Namen vor sich hin. „Sie wissen ja, dass die erste Besprechung im Schuljahr sehr wichtig ist, Mrs. Harris. Wir möchten eine Einschätzung geben, wie die Schüler sich im Laufe des Sommers entwickelt haben und ob unser Plan noch aktuell ist." Sie holte tief Luft, als sie Henrys Akte öffnete.

„Wir haben an Henry seit dem letzten Frühjahr eindeutig Veränderungen bemerkt."

„Ja." Tracy saß steif auf ihrem Stuhl, die verschwitzten Hände auf ihrem Schoß gefaltet. „Er scheint, ich weiß nicht … unruhig zu sein, würde ich sagen."

„Ja." Mrs. Bristowe machte eine Pause. „Ganz eindeutig." Sie zog ein einzelnes Blatt aus der Mappe und reichte es Tracy. „Hier ist ein Bericht über einen Vorfall neulich. Ich gebe Ihnen ein paar Minuten, um ihn zu lesen."

Tracy warf einen Blick zu Henry hinüber, aber er schien ihnen nicht zuzuhören. Er hatte seine Aufgabenmappe auf dem Schoß und saß über das Papier gebeugt, während er die Mathematikaufgaben so mühelos löste, wie er atmete. Sie nahm den Bericht von Mrs. Bristowe und fing an zu lesen.

Das Papier berichtete von einer Situation am vergangenen Montag, als Henry stehen geblieben war, um einem Lied zuzuhören, das die Musicaltruppe bei ihrer Schauspielprobe gesungen hatte. Tracy blickte zu Henrys Lehrerin auf. „Er wollte bleiben? Und der Musik zuhören?"

„Mit Sicherheit." Sie legte nachdenklich den Kopf schief. „Natürlich ist das kein Sonderschulkurs, und Henry hat nicht die Zugangsberechtigung für die Theatergruppe. Wir wissen nicht, wie er sich in einer solchen Situation verhalten würde."

„Er durfte also nicht dortbleiben?"

„Das ging nicht. Ich müsste an verschiedenen Stellen eine Erlaubnis einholen, bevor das möglich wäre." Sie zögerte. „Aber darauf komme ich gleich noch."

Tracy nickte. Warum musste eine Kommission für Henry entscheiden? Wenn er ein Lied hören wollte, konnte man ihn dann nicht unterstützen und ihn zuhören lassen? Alle waren sich doch einig, wie wichtig Musik war, oder? Selbst die Schultherapeuten. Tracy unterdrückte ihre Enttäuschung. Sie fand die Stelle in dem Bericht wieder, an der sie stehen geblieben war, und las, dass Henry sich aufgeregt hatte, sich auf den Boden hatte fallen lassen und mitten auf dem Gang zwei Dutzend Liegestütze absolviert hatte. Tracy spürte, wie ihr die Tränen kamen, als sie den letzten Satz las. *Als wir endlich in der Turnhalle ankamen, in der die anderen Sonderschüler waren, zeigte Henry sich ganz und gar unkooperativ.*

Unkooperativ? Weil er Musik hören wollte? Tracy hatte Mühe, nicht ungehalten zu werden. Sie tupfte ihre Augen trocken und gab der Lehrerin das Blatt Papier zurück. „Was meinen Sie mit ‚unkooperativ'?" Sie musste aufpassen, dass sie nicht aggressiv wurde. Es brachte nichts, wenn sie sich über die Frau ärgerte oder sie beleidigte. Schließlich war Henry auch für ihren eigenen Geschmack ein bisschen zu unkooperativ.

Mrs. Bristowes Miene wurde weicher, und jetzt lag Mitgefühl in ihren Augen. „Wir haben Regeln für die Schüler, das wissen Sie. Nachdem ich Henry wieder im Unterricht hatte, habe ich ihn also aufgefordert mitzumachen. Die Schüler haben einen Schaumstoffball hin und her geworfen, um ihre Grobmotorik und ihre interaktiven Fähigkeiten zu trainieren. Henry wollte das nicht tun."

Ein Schaumstoffball. Tracy dachte an die Frau, die vor einigen Wochen bei Walmart an ihre Kasse gekommen war. Und an den Jungen, der einen solchen Ball in der Hand gehalten und mit seiner Mutter darüber gesprochen hatte, dass sie später zusammen spielen würden. Als Henry zwei oder drei gewesen war, hatte er diese Spiele auch geliebt. Aber jetzt war er achtzehn. Vielleicht wollte er nicht mit einem Schaumstoffball spielen. Sie versuchte sich zu konzentrieren.

„Wir zwingen die Kinder nie mitzumachen. Wie Sie wissen, bieten wir ihnen eine alternative Beschäftigung an. Also habe ich Henry ein Blatt mit Mathematikaufgaben gegeben und ihn gebeten, sich auf den Beobachtungsplatz zu setzen."

„Den Beobachtungsplatz?"

„Ja. Es ist ein bequemer Sessel in der Ecke der Turnhalle, von dem aus Sonderschüler den anderen Kindern bei der Interaktion zusehen können. Die Forschung hat gezeigt, dass dieses Beobachten ihnen gut tut."

Tracy hätte am liebsten geschrien oder laut gelacht. Hatte Henry nicht genau das tun wollen? Anderen Schülern im Theaterraum zusehen? Und musste diese Frau unbedingt all die korrekten pädagogischen Begriffe benutzen? Sie konnte doch einfach sagen, dass sie Henry aufgefordert hatte, am Rand zu sitzen und seine Schulaufgaben zu machen. Sie ballte die Fäuste und nickte. „Sie sagten, er sei unkooperativ gewesen."

„Ja." Ihr Tonfall deutete an, dass das Schlimmste erst noch kam. „Anstatt seine Aufgaben zu machen, stand er auf und ging im Kreis. Erst lief er kleine Kreise, dann größere, dann ganz große Kreise, bis er den anderen Schülern beinahe in die Quere kam."

Kreise? Henry war keine Kreise mehr gelaufen, seit er fünf oder vielleicht sechs Jahre alt war. Panik stieg in Tracy auf. Sie hatten dieses Verhalten noch vor seinem siebten Geburtstag durch Therapie in den Griff bekommen, „Hat … hat er noch etwas anderes getan? Etwas, das erklären würde, warum?"

„Nein. Ich habe mehrmals mit ihm gesprochen, aber er hat mich nie angesehen. Er ging im Kreis, bis er irgendwann reizbar wurde. Dann ließ er sich fallen und machte eine Reihe Liegestütze – wie immer. Danach saß er in seinem Sessel, aber er hat den ganzen Tag nicht mehr an seinen Mathematikaufgaben gearbeitet." Sie sah Henry an. „Seitdem war er jeden Tag schlecht gelaunt."

Tracy konnte nicht begreifen, warum Henry gerade jetzt eine Rückentwicklung durchmachen sollte oder was der Grund dafür war. Sie betete ständig für ihn und ließ keine einzige Therapiestunde ausfallen. Diese Woche half seine Therapeutin ihm dabei, die Musikkarten zu verstehen. Das brachte Tracy auf eine Idee. „Normalerweise benutzt er doch seine Karten, oder? Hatte er sie bei sich? Sodass er Ihnen sagen konnte, was in ihm vorging?"

„Erstens …", Mrs. Bristowe lächelte geduldig, „sagt er uns eigentlich nicht sehr viel mit den Karten. Sie sind winzige Einblicke, das schon. Aber kaum mehr als das." Ihr Blick wanderte einen Moment lang zu Henrys Akte und dann wieder zu Tracy. „Und ja, er hatte seine Karten, als er stehen blieb, um der Schauspielklasse zuzuhören."

„Was hat er gesagt?" Vielleicht gab es hier ein Fenster, eine Möglichkeit herauszufinden, was Henry sich dabei gedacht hatte.

„Eine der Schülerinnen kam aus dem Klassenraum, um mit ihm zu sprechen. Er zeigte ihr eine Karte, die er oft benutzt." Sie zögerte. „Die mit dem Augenpaar."

„Mit den Worten ‚Ich sehe' darunter." Tracy warf einen Blick zu Henry hinüber, aber er blickte wieder nach oben und bekam höchstwahrscheinlich nichts von ihrem Gespräch mit. Sie beugte sich vor und senkte ihre Stimme. „Was ist, wenn er genau das gemeint hat, Mrs. Bristowe? Vielleicht konnte er sehen, dass die Klasse etwas mit Musik zu tun hatte, und er wollte mitmachen. Oder vielleicht wollte er der Schülerin mitteilen, dass er sie sehen konnte. Auch wenn er sie vielleicht nicht direkt angesehen hat."

„Natürlich." Mrs. Bristowe sah verunsichert aus. „All diese verschiedenen Erklärungen sind möglich. Und er hatte seine Karten auch in der Turnhalle dabei. Aber anstatt sie zu benutzen, um sich verständlich zu machen, ist er im Kreis gelaufen."

Tracy seufzte. Sie kamen nicht weiter. Sie konnte Henrys Verhalten nicht rechtfertigen, solange sie nicht wusste, was er dachte. Genau wie alle anderen, die mit ihm arbeiteten. „Was ist mit seinen schulischen Leistungen?"

„Die sind in etwa so wie letztes Jahr." Sie zog einige Blätter aus der Akte. „In Mathematik ist er natürlich wie immer hervorragend."

„Sie haben ihn doch dieses Jahr in den regulären Unterricht integriert. Wie läuft das denn?" Sie hatte Henry natürlich danach gefragt, aber er hatte ihr keinen Hinweis gegeben außer einem. „Seit den Ferien zeigt er seine Karten anders. Er hat sie mir sonst immer gegeben, aber nach dem ersten Schultag hat er damit aufgehört." Tracy kreuzte die Arme vor ihrer Brust. „Jetzt hält er die Karten fest, wenn er sie mir zeigt."

„Das habe ich auch bemerkt." Mrs. Bristowe schürzte die Lippen. „Ich habe das Gefühl, dass ein paar Jungs von der Footballmannschaft ihn hänseln." Sie zog ein Blatt Papier aus dem hinteren Teil der Akte. „Ein Junge aus dem unteren Jahrgang, Michael Schwartz, hat am ersten Tag nach den Ferien diesen Bericht im Sekretariat abgegeben."

Tracys Herz stockte, als sie das Papier nahm. Wenn Henry

gehänselt wurde, konnte er nicht am regulären Unterricht teilnehmen. Sie konnte einen Privatlehrer für ihn einstellen, oder seine Therapeutin könnte ihm bei Onlinekursen helfen. Henry durfte nicht zur Zielscheibe für irgendwelche Schultyrannen werden.

Sie las den Bericht. Er war nicht lang, nur ein Zettel mit dem Namen des Schülers, dem Datum und dem Ort, an dem der Zwischenfall stattgefunden hatte – in diesem Fall der Naturwissenschaftstrakt, zwei Türen von dem Raum entfernt, in dem Henrys Mathekurs stattfand. Unten standen ein paar Einzelheiten.

Ich war im Mathegebäude und habe gesehen, wie ein paar Footballspieler Henry Harris vors Schienbein traten. Ich kenne ihn, weil ich im letzten Jahr in den Sonderschulklassen Helfer war. Nachdem sie ihn herumgeschubst hatten, hat einer der Typen gegen Henrys Rucksack getreten. Seine Karteikarten haben sich überall auf dem Boden verteilt, und er schien ziemlich aufgeregt. Ich dachte, Sie sollten das wissen.

Tracys Hand zitterte, und ihr Herz schlug schneller als vorher. „Das ist die Antwort.“ Sie musste sich bemühen, ihre Stimme nicht zu erheben. „Kein Wunder, dass er seine Karten nicht loslässt. Henry wurde angegriffen, und bis jetzt hat mir niemand davon erzählt.“

„Angegriffen würde ich nicht sagen. Michael hat es vielleicht falsch verstanden.“ Mrs. Bristowe nahm das Blatt Papier und legte es in die Mappe zurück. „Aber Sie haben nach der Integration gefragt. Sein Lehrer sagt, er verhält sich nicht wie die anderen Schüler, schaut nicht auf die Tafel und spricht mit niemandem. Und er bewegt immer noch die Arme so, wie ich es Ihnen letztes Jahr erzählt habe. Aber ansonsten sind seine Klassenarbeiten und Noten bis jetzt überdurchschnittlich gut.“

Tracy lehnte sich auf ihrem Stuhl zurück. „Und …“ Sie spürte, wie ihr die Tränen kamen, aber sie kämpfte tapfer dagegen an. „Was machen wir jetzt?“

„Das ist Ihre Entscheidung. Im Unterricht macht sich niemand über Henry lustig.“

„Aber auf seinem Weg zum Klassenzimmer kommt er an vielen

Leuten vorbei, die es tun könnten." Wieder zwang sie sich, ruhig zu bleiben. „Ist es nicht so?"

„Das stimmt." Mrs. Bristowe zuckte mitleidig mit den Schultern. „Wenn er mein Sohn wäre, würde ich ihn rausnehmen. Er kann auch zu Hause seine Matheaufgaben machen."

„Aber wenn wir ihn in Mathematik nicht integrieren können, wie soll er dann jemals den Übergang in die reguläre Klasse schaffen?" Die Antwort traf sie wie ein Schlag, noch bevor Henrys Lehrerin die Chance hatte, etwas zu erwidern: Sie konnten Henry nicht integrieren, weil er den Übergang eben nicht schaffen würde. Weil die Therapie nicht funktionierte und keine Verbesserung stattfand und Henry seit dem letzten Frühjahr überhaupt keine Fortschritte gemacht hatte. Das war der Grund, warum Mrs. Bristowe so mutlos dreinblickte.

Die Lehrerin faltete die Hände auf ihrem Tisch und sah Tracy an. „Nun ... Es gibt da etwas ..."

Tracy hatte sich noch nie so niedergeschlagen gefühlt. Natürlich betete sie, und das würde sie auch weiterhin tun. Aber welchen Grund hatte sie, anzunehmen, dass sich für Henry jemals etwas ändern würde? „Was denn?"

„Ich habe doch gesagt, dass eine Kommission entscheiden muss, ob Henry im Theaterraum sein darf. Aber es ist etwas geschehen, das den Prozess beschleunigt hat." Sie lächelte, und zum ersten Mal seit dem Beginn ihrer Unterredung kam etwas Glanz in ihre Augen. „Die Schauspielschülerin – das Mädchen, dem Henry neulich seine Karte gezeigt hat – hat gefragt, ob Henry während der sechsten Stunde bei den Proben zuschauen darf. Der Schauspiellehrer Mr. Hawkins hat eingewilligt."

Tracy legte die Unterarme auf den Tisch und versuchte zu begreifen, was Mrs. Bristowe gerade gesagt hatte. „Das hat sie für ihn getan?"

„Ja." Mrs. Bristowe blätterte in der Akte und holte dann ein weiteres Blatt Papier heraus. „Ich habe die Idee mit den anderen Sonderschullehrern besprochen, und alle haben es abgesegnet. Jetzt entscheiden Sie."

„Natürlich." Tracy stieß ein Geräusch aus, das mehr ein Lachen als ein Weinen war. Sie berührte ihre Lippen mit einer Hand, während sie in ihrer Handtasche nach einem Stift kramte. Dann, mit neu erwachter Hoffnung, unterschrieb sie unten auf der Seite und reichte das Blatt Mrs. Bristowe zurück. „Wann ... wann kann er anfangen?"

„Am Montag." Die Lehrerin lächelte. „Ich weiß, dass Henry Musik liebt. Das wussten wir schon immer. Aber dies ist das erste Mal, dass er deswegen aktiv geworden ist, als er zeigte, dass er bei der Theatergruppe bleiben wollte. Das Mindeste wird sein, dass er es mehr genießt, bei den Proben zuzusehen, als mit einem Schaumstoffball zu werfen."

„Ja." Tracy setzte sich ein wenig aufrechter hin. „Das ist das Mindeste." Egal, wie klein dieser Schritt für Henry war, es war ein Schritt – ein Schritt in die richtige Richtung.

„Das ist alles, Mrs. Harris." Die Lehrerin erhob sich und reichte ihr die Hand. Sie nahm eine zweite Mappe von einem anderen Tisch in der Nähe. „Ich habe die Akte für Sie kopiert, für Ihre Unterlagen."

„Danke." Tracy sah der Frau in die Augen. „Das ... das war wichtig."

Sie ging zu Henry. „Wir müssen gehen, Schatz. Dein Essen wartet zu Hause auf dich."

Henry holte seine Karteikarten aus dem Rucksack und ging sie ganz konzentriert durch. Schließlich zog er eine abgenutzte Karte heraus, und diesmal streckte sie nicht die Hand danach aus. Auf der Karte waren kleine, ungleichmäßig geformte schwarze Punkte zu sehen, und darunter stand das Wort: „Rosinen."

„Du möchtest Rosinen essen." Tracy grinste, als Henry aufstand und ihr folgte. „Dann essen wir Rosinen."

Sie hatten die Hälfte des Weges zum Wagen zurückgelegt, als Henry das Footballfeld zu bemerken schien. Er blieb ein paar Sekunden lang stehen, dann faltete er die Hände, hob sie unters Kinn und bewegte die Ellbogen auf und ab. Der vertraute Anblick hielt nur ein paar Minuten an, aber Henry war ganz eindeutig nervös. Nachdem Tracy den Bericht gelesen hatte, verstand sie, warum.

„Komm, Henry. Es ist gut. Wir sind gleich beim Auto. Kate kommt auch bald nach Hause.“ Sie berührte seinen Arm, aber er zuckte zurück. Während er die restlichen Meter zum Auto ging, blätterte er in seinen Karten, und als sie das Auto erreicht hatten, zeigte er ihr die Karte, die er gesucht hatte. Ein Fernsehbildschirm war darauf abgebildet, versehen mit dem Wort „Film“. Auch diesmal sah er Tracy nicht in die Augen.

„Ja, Henry, wir sehen den Film an. Natürlich.“ Tracy bewegte den Kopf ein wenig und versuchte den besten Punkt zu finden, an dem ihre Blicke einander begegnen könnten. Aber es geschah nicht. Sie stiegen ins Auto und Henry war auf der Rückfahrt still und sah zum Fenster hinaus.

Sie holten Kate ab und gingen zu dritt in die Wohnung. Tracy und Kate bereiteten ihren kleinen Imbiss vor – und Tracy legte ganz bewusst mehr Rosinen auf den Teller. Henry brachte seine Karten mit an den Tisch, konzentrierte sich aber aufs Essen, geradezu versunken in diese Tätigkeit. Kate plauderte gut gelaunt, während Henry zwischen den einzelnen Bissen seine Rosinen am Tellerrand aufreihte, und Tracy überlegte, ob da eine Verbindung bestand. Was immer in Henry vorging, was er durchmachte, vielleicht half die geordnete Struktur des Im-Kreis-Gehens oder des Aufreihens von Rosinen ihm, damit fertigzuwerden.

Irgendwo gab es eine Verbindung, daran musste Tracy einfach glauben. Einen Grund für alles, was Henry tat, jede merkwürdige Angewohnheit, jede Stunde des Schweigens. Jetzt, wie an jedem Tag seit Henrys Diagnose, ging es darum, diese Verbindung zu finden.

Während Henry aufaß, schien er nervöser als sonst, und seine Bewegungen waren ruckartig und unsicher. Trotzdem setzte er sich vor dem Fernseher auf den Boden und Kate nahm neben ihm Platz. Es war, als spürte sie instinktiv, dass etwas mit Henry nicht stimmte und dass er ihre Gegenwart brauchte, während er den Film ansah. Aus irgendeinem Grund war ihr die immer gleiche Routine bisher nicht langweilig geworden. Dafür war Tracy dankbar. Kate half sehr … selbst wenn Henry aufgeregt war, nahm er ihre Anwesenheit wahr. In letzter Zeit hatte Tracy bemerkt, dass er Kate vor und nach dem Film kurz ansah.

Tracy ließ den Vorspann der DVD durchlaufen, und das Lied erklang. *Never be the same without your love … live alone … Try so hard to rise above.* Dann, wie an jedem Tag, solange sie denken konnte, drückte sie die Starttaste und der Film begann.

Aber heute wollte Tracy nicht an den wunderbaren, mitteilsamen kleinen Jungen erinnert werden, der Henry einmal gewesen war. Die Küche musste geputzt und die Wäsche sortiert werden. Kate war noch klein, aber ein zusätzliches Kind im Haus machte mehr Arbeit, und Tracy war froh über die Ablenkung. Sie war auf ihrem Weg zu Henrys Zimmer, als sie aus dem Augenwinkel etwas sah, was sie mitten in der Bewegung erstarren ließ.

Henry saß nicht im Schneidersitz, wie er es tausendmal bis zu diesem Tag getan hatte. Er und Kate waren aufgestanden und bewegten sich im Kreis.

Das flaue Gefühl in Tracys Magen traf sie wie ein eiskalter Winterwind und raubte ihr den Atem. *Nein, Henry … tu das nicht. Dadurch entfernst du dich nur noch weiter von mir.* Sie wollte zu ihm gehen und seine Schultern festhalten, ihm in die Augen sehen, wenn das möglich gewesen wäre, und ihn anflehen, bei ihr zu bleiben.

Sie hatte gerade zwei Schritte auf ihn zugemacht, als ihr Blick auf den Fernseher fiel, und wieder blieb sie wie angewurzelt stehen, zu erschüttert, um sich zu rühren. Auf dem Bildschirm war eine Szene zu sehen, in der Henry und Ella „Jesus liebt mich“ sangen. Aber das war nicht alles.

Sie tanzten.

„Henry …“, flüsterte Tracy. Jetzt wollte sie ihn nicht mehr unterbrechen.

Kate lief um ihn herum im Kreis, die Arme in die Luft gestreckt. „Wir tanzen, Henry!“ Sie kicherte und hüpfte ein paar Schritte. „Ich finde tanzen toll!“

Henry antwortete nicht, aber seine Kreise wurden größer und dann wieder kleiner. Und noch etwas an ihm war anders: Seine Augen waren geschlossen.

Tracys Blick ging von den tanzenden Dreijährigen auf dem Bildschirm zu ihrem Sohn und Kate und dann wieder zurück, und plötzlich wusste sie mit unerschütterlicher Gewissheit, was hier geschah. Was neulich in der Turnhalle geschehen war. So sicher war sie sich, dass sie am liebsten Mrs. Bristowe angerufen und sie gebeten hätte, sofort herzukommen. Das flaue Gefühl im Magen verließ sie, und ein Lächeln zuckte um ihre Mundwinkel. Henry tat etwas, das ihm früher großen Spaß gemacht hatte, etwas, das ihn mit einer Freundin verbunden und vor Freude zum Lachen gebracht hatte. Er ging nicht im Kreis, weil er Rückschritte machte. Dies konnte vielmehr die Erklärung dafür sein, warum er immer im Kreis gelaufen war, als er fünf und sechs gewesen war. Er war nicht trotzig oder schwierig oder nervös oder überreizt. Er ging aus einem ganz einfachen und unendlich schönen Grund im Kreis. Irgendwo in der abgeschlossenen Welt, in der er lebte, tat Henry etwas, das er für sein Leben gern tat.

Er tanzte mit Ella.

8

Der Englischunterricht war vorbei, und Ella war eine der letzten Schülerinnen, die den Raum verließen. Als sie auf den Gang hinaustrat, sah sie Jake und Sam, aber bevor sie sich zu ihnen gesellen konnte, beobachtete sie etwas, das sie kaum fassen konnte. Die Jungs hatten schon wieder einen Schüler in die Mangel genommen. Nach dem Zwischenfall mit Henry hatte Ella eines Nachmittags eine Stunde lang mit Jake gestritten.

„Das war nicht lustig“, hatte sie zu ihm gesagt.

„Es tut mir leid." Er berührte ihr Haar, und seine Augen waren wieder gütig und ehrlich. „Wir haben uns nichts dabei gedacht."

Ella wollte ihm glauben, aber diesmal war ihr Opfer Michael Schwartz, ein ruhiger, künstlerisch veranlagter Junge, der im Laufe der Jahre mehrmals die gleichen Kurse belegt hatte wie Ella. Er spielte im Schulorchester und würde wahrscheinlich einer der Flötisten beim Musical *Die Schöne und das Biest* sein. Im vergangenen Jahr waren sie in Sozialkunde einmal zusammen in der gleichen Arbeitsgruppe gewesen, und sie hatten über ihre Familien gesprochen. Sie wusste noch, dass sie und Michael beide nur ungern über ihre Verhältnisse zu Hause erzählt hatten.

„Meine Eltern lassen sich scheiden." Michael war still und nicht so selbstbewusst wie viele andere Jugendliche. „Ich rede eigentlich nicht darüber."

Und jetzt stand ihr Freund – der Typ, der ihr in den Sommerferien so nett erschienen war – da und machte den Jungen fertig. Ella beobachtete die Szene aus der Entfernung, so wie sie es in der Cafeteria getan hatte, als die Jungs Henry in die Ecke getrieben hatten. Denn sie konnte nicht fassen, was sie da taten, und sie wollte sicher sein, dass es nicht auf Gegenseitigkeit beruhte. Vielleicht hatte Michael sie zuerst provoziert.

„He, Blumenkind." Jake schnipste gegen die Stelle an Michaels Rucksack, wo das Design ein paar Blumen enthielt. „Blümchen auf dem Rucksack sind doch nur was für Weichlinge."

Ella wurde wütend. Was immer hier vor sich ging, war nicht Michaels Schuld. Der Junge wollte ganz offensichtlich weitergehen, aber an Jake und Sam ging ohne Zusammenstoß buchstäblich kein Weg vorbei. Sie wäre am liebsten hingelaufen und hätte die Jungs weggestoßen, aber wie hätte das ausgesehen? Dann würde Michael nur noch mehr als Opfer dastehen, und das war unter Umständen nicht gut für ihn. Stattdessen blieb sie in der Nähe der Tür zum Klassenzimmer stehen und kochte vor Wut.

Jetzt nahm Sam ihn aufs Korn. „Was denn, du Schwachkopf, hast du etwa was gegen Footballspieler?" Es war Freitag – der Tag, an dem die Spiele stattfanden – und er und Jake trugen ihre Trikots.

„Sind wir dir zu männlich, Flötenheini?“ Er lachte hässlich. „Ich habe gehört, nur Schwuchteln spielen Flöte.“ Sam tänzelte herum und tat so, als spiele er Querflöte.

Ella konnte ihre Wut kaum beherrschen. Mit Jake war sie fertig. Sie wollte nichts mit einem Typen zu tun haben, der andere so behandelte. Sie ging ein paar Schritte auf ihn und Sam zu, blieb dann aber stehen. Michael war nicht in Gefahr, und wenn sie versuchte, ihn zu retten, würde er wie ein Schwächling aussehen.

„Ich bin nicht schwul.“ Michael blickte zwischen seinen langen schwarzen Haaren hindurch zu Sam auf. „Geh mir aus dem Weg.“

„Ach was?“ Jake versetzte dem Jungen einen Stoß. „Du gibst meinem Kumpel Sam Widerworte?“

Ella konnte nicht mehr an sich halten. Sie stürmte auf die Jungen zu und wollte Jake aus dem Weg schubsen. Doch in diesem Augenblick kamen drei weitere Footballspieler dazu, und Ella hielt sich erneut zurück. Jakes Mannschaftskollegen schienen ziemlich schnell zu begreifen, was los war, und einer von ihnen gab Jake einen Klaps auf die Schulter.

„Lass den Jungen in Ruhe.“ Der Name des Schülers war Brian Brickell. Er war ebenfalls öfter in Ellas Kursen gewesen. „Komm schon, Jake, such dir jemanden in deiner Größe, wenn du Streit willst.“

Zuerst sah es aus, als würde Jake seinen Kameraden anbrüllen. Aber dann schlug er Sam auf die Schulter und sah Michael spöttisch an. „Lass dich hier nicht wieder blicken.“

Michael sagte nichts. Er nutzte die Gelegenheit, um sich aus dem Staub zu machen. Dabei blickte er sich nicht mehr um. Als er ging, rief Sam ihm nach. „Ja, so ist’s recht. Dreh dich bloß nicht um, Schwuchtel. Das hier ist unser Flur. Keine Flötenheinis, verstanden?“

Entsetzt blickte Ella Jake nach. Sie hätte ihn am liebsten gleich hier vor seinen Freunden zur Schnecke gemacht, aber ihr war zu schlecht, als dass sie etwas sagen oder sich auch nur rühren konnte. Sie würde später mit ihm Schluss machen. Das war das Aus für Jake.

Sie wandte den Blick in die andere Richtung, wo Michael Schwartz zügig das Gebäude verließ. Einen Moment lang war sie versucht, ihm nachzulaufen und ihm zu sagen, dass Jakes Verhalten ihr leidtat. Und die Tatsache, dass sie nichts dagegen unternommen hatte. Aber Jake würde sie sehen, und das konnte unangenehm werden.

Stattdessen ging sie in die andere Richtung und auf einen Seitenausgang zu. Was war nur mit den Kids in der Fulton Highschool los? Die Schule brauchte mehr Typen wie Brian Brickell, als Erinnerung daran, dass nicht alle Footballer so waren wie Jake und Sam.

Ella sah Jake erst zwei Stunden später in der Pause wieder. Er kam auf sie zu, und er wirkte gekränkt. „Du hast nach Englisch überhaupt nicht Hallo gesagt."

Sie blieb stehen und sah ihm prüfend in die Augen. „Wir müssen reden."

Er lachte leise, bemüht, seinen Charme spielen zu lassen. „Worüber denn?"

„Über uns." Sie lächelte nicht. „Ich habe die Sache mit Michael Schwartz mitbekommen."

Jake zog die Stirn in Falten, und sein Lachen klang etwas nervöser als zuvor. „Mit wem?"

„Dem Flötisten." Sie stemmte die Hand in die Hüfte. „Tu nicht so unschuldig, Jake. Ich habe alles mit angesehen."

„Ach, das?" Er lächelte immer noch, aber jetzt klang er nicht mehr so selbstsicher. „Das habe ich dir doch erklärt, Baby … ich und die Jungs machen so was eben." Sein Lachen war jetzt noch eine Spur nervöser. „Wir erlauben uns eben manchmal einen Spaß mit den anderen. Das ist doch keine große Sache."

Sie starrte ihn an. „Für mich schon." Ein Blick auf ihr Handy sagte ihr, dass sie sich auf den Weg zur nächsten Unterrichtsstunde machen musste. „Wir reden noch."

„Gut." Jake hob die Hände in gespielter Resignation. „Wir reden …" Er zuckte mit den Schultern und wandte sich ab. „Egal."

„Ja", rief sie ihm nach. „Egal."

Sie eilte die Treppe hinauf, ohne sich noch einmal umzusehen. In der Mittagspause mied sie den Hof und ging stattdessen in den Gebäudetrakt, in dem die Sonderschüler ihre Cafeteria hatten. Henry hatte die Erlaubnis erhalten, ihnen ab Montag bei den Proben für *Die Schöne und das Biest* zuzusehen. Ella fragte sich, ob ihm bewusst war, dass er seinen Willen bekommen hatte.

Während sie den Gang hinunterlief, versuchte sie sich vorzustellen, was er wohl normalerweise in der Mittagspause machte. Sie vermutete, dass er nicht mehr im Mathekurs war, weil sie ihn in letzter Zeit nicht auf dem Flur gesehen hatte. Wenn er nicht mehr an dem Kurs teilnahm, hatte er keinen Grund, durch die Mensa oder die naturwissenschaftliche Abteilung zu gehen, wie in der ersten Woche.

Ella erreichte die kleinere Cafeteria in diesem Teil der Schule und trat ein, um Henry zu suchen. Er saß alleine und ging seinen Stapel Karteikarten durch. Ella hätte gerne mit ihm gesprochen, aber sie wusste nicht, was sie sagen sollte, wie sie mit ihm in Kontakt treten konnte. Also ging sie stattdessen in die Bibliothek. Lieber lernte sie für Geschichte, als dass sie mit Jake und den anderen aus ihrer Clique herumhing.

Wenn sie ehrlich war … Henry faszinierte sie. Wenn er sie ansah, war es, als könne sie in sein Herz blicken. Und was sie sah, überzeugte sie davon, dass Henry ein liebenswerter, guter und ehrlicher Mensch war, vielleicht sogar der Schüler mit dem größten Herzen auf dem gesamten Campus. Sie wollte ihn kennenlernen, sein wahres Ich.

Den ganzen Nachmittag über musste sie an Henry denken, und auch nachdem Fulton den nächsten Sieg gelandet hatte – diesmal gegen Duluth. Nach dem Spiel schlug LaShante vor, dass sie alle zu Ella nach Hause gingen, wie sie es oft taten, seit sie in der Highschool waren. In ihrem Keller gab es einen riesigen Hobbyraum mit einem Billardtisch, bequemen Sofas und einem großen Flachbildfernseher, den perfekten Ort zum Abhängen also. Außerdem gab es bei Ella immer jede Menge zu essen, sodass es eindeutig besser war, als sich auf dem Parkplatz von Stone Mountain herumzutreiben. Normalerweise mochte Ella es, wenn Besuch da war.

Aber als die spontane Party ihren Lauf nahm, bereute Ella, dass sie Ja gesagt hatte. Es kamen mehr Leute, als sie erwartet hatte, und drei von ihren Freundinnen waren sauer aufeinander, weil eine von ihnen der anderen etwas über den Freund der dritten gesagt hatte. Oder andersherum. Das übliche Freitagabenddrama, aber diesmal nervte es Ella mehr als sonst. Sie fragte sich, was Leute wie Henry oder Michael Schwartz an diesem Abend wohl taten.

Sie lief nach oben, um die Schüssel mit Chips aufzufüllen, und erwartete, Jake und seine Kumpels in der Küche bei Ellas Mutter anzutreffen. Jake unterhielt sich immer mit ihrer Mutter. Aber Jake war nicht da, also streckte sie den Kopf durch die Balkontür nach draußen, und dort fand sie ihn tatsächlich – ans Geländer des Balkons gelehnt, der auf den gepflegten Garten hinausging.

Ella trat hinaus. „Jake?" Sie ging ein paar Schritte näher. Sie konnte genauso gut jetzt mit ihm Schluss machen. „Was machst du hier?"

„Nachdenken." Er wandte sich um und sah sie an, während er sich auf dem Balkongeländer abstützte. „Es tut mir leid, Ella. Du hast recht." Er zögerte, und seine Miene wirkte zerknirscht. „Ich war in letzter Zeit ein ziemlicher Idiot." Er streckte ihr die Hand entgegen.

Ella verschränkte die Arme. Jake musste die Botschaft verstanden haben, denn er ließ seine Hand sinken.

„Ich weiß nicht ... Irgendwie kommt meine schlechteste Seite zum Vorschein, wenn ich mit den Jungs zusammen bin."

Sie sah im Geiste Henry und Michael vor sich. „Die Jungs?" Sie ließ sich nicht beirren. „Sind sie der Grund?"

„Ja." Sein Tonfall klang reuevoll. „Es ist nur ... ich weiß nicht, unreif wahrscheinlich." Die Pause, die er machte, war nicht lang genug, als dass Ella hätte antworten können. „Ich muss immer an den Sommer denken, an unseren Ausflug zum Strand und wie wir im Sand gesessen, den Sonnenuntergang betrachtet und über die Zukunft gesprochen haben."

Ella erinnerte sich daran, aber ihr Tonfall blieb sachlich. Ihre Entscheidung stand fest. „Ich dachte, du wärst etwas Besonderes."

Er spitzte die Lippen, offenbar unzufrieden mit sich selbst. „Ich möchte, dass es wieder so wird wie im Sommer."

Ein paar Sekunden lang war Ella versucht nachzugeben und ihm zu sagen, dass sie sich dasselbe wünschte – den Jake, den sie in den Sommerferien lieben gelernt hatte. Aber bevor sie etwas sagen konnte, dachte sie daran, wie er und Sam Michael bedroht und sich über ihn lustig gemacht hatten. Oder wie sie Henry behandelt hatten. Das Blut in ihren Adern gefror bei diesem Gedanken und sie wappnete sich gegen seinen Charme. „Ich muss dir etwas sagen."

„Alles, Baby … was du willst." Jake lehnte sich gegen das Geländer, schob die Hände in die Hosentaschen und streckte die Beine ein wenig vor. Seine Augen blickten freundlich drein, und wie er so im Mondschein dort stand, war er der Inbegriff von Sportlichkeit und Selbstbewusstsein.

„Ich kann das nicht." Sie würde sich nicht erweichen lassen. „Die ganze Sache mit unserer Beziehung."

Er legte den Kopf schief, als hätte er nicht richtig verstanden. „Wenn du Zeit brauchst, dann ist das in Ordnung. Ich verstehe das."

„Nein … nicht Zeit." *Diese Freundlichkeitsmasche ist nur ein Trick*, ermahnte sie sich. Der wahre Jake war der Typ, den sie in der Schule gesehen hatte und der Schwächere tyrannisierte. „Ich mache Schluss mit dir." Sie klang eher müde als wütend. „Es ist aus."

„Was?"

„Komm schon, Jake. Tu nicht so überrascht." Sie trat einen Schritt zurück und rieb sich die Arme. Die Nachtluft an diesem Herbstabend war kühl. Ihr Lächeln wirkte traurig, und sie spürte es selbst. „Ich kenne dich nicht wirklich."

Er versuchte es noch einige Minuten, aber dann, als wäre ein Schalter umgelegt worden, veränderte seine Stimmung sich und er schien aufzugeben. „Also gut … man sieht sich sicher irgendwann."

„Ja." Ella trat aus dem Weg, damit er ins Haus gehen konnte. „Sicher."

Jake ging, und wenige Minuten später hörte sie die Reifen seines

Wagens auf der Straße quietschen. Die nächsten Stunden zog sie sich zurück, während die Party langsam ausklang. Irgendwann nach ein Uhr in der Früh ging sie schlafen, während ihre Mutter am Computer saß und in Facebook schrieb. Inzwischen waren auch die Zwillinge von ihren Freunden zurückgekommen und Ella war beinahe sicher, dass der Atem der beiden nach Alkohol roch. Sie benahmen sich auch seltsam.

Super, dachte sie. Die ganze Familie ist verkorkst. Ihr Vater war natürlich auf Tour mit der Mannschaft, auch wenn er seit zehn Spielen nicht mehr auf dem Platz gestanden hatte. Es war, als würde alles um sie herum auseinanderbrechen.

Der nächste Tag war auch nicht besser.

Das Spiel ihres Vaters begann um ein Uhr mittags, und es wurde erwartet, dass die ganze Familie hinging. „Und was ist, wenn ich Hausaufgaben habe?“ Ella hoffte, dass sie so um das Spiel herumkommen würde.

Aber ihre Mutter machte sich noch nicht einmal die Mühe sie anzusehen. „Die Hausaufgaben können warten. Euer Vater will, dass ihr alle dort seid.“ Sie war an diesem Morgen wieder auf der Sonnenbank gewesen, und ihre blonden Haare fielen stufig bis über ihre Schultern. Die Schwellung von den Botoxinjektionen war zurückgegangen, aber ihr Gesicht war steif und maskenartig. Sie trug schwarze Jeans, hochhackige Stiefel und ein enges, tief ausgeschnittenes T-Shirt. Sie lächelte Ella zu. „Wie sehe ich aus?“

„Seltsam.“ Ella wusste nicht, was sie sonst erwidern sollte.

„Ella Jean, das ist unhöflich.“ Die Falten auf der Stirn ihrer Mutter waren ausgeprägter, wenn sie verärgert war.

„Okay.“ Ella stemmte die Hände in die Hüften. „Du tust des Guten zu viel.“ Sie drehte sich um und ging.

„Komm sofort wieder her, Ella!“

Sie blieb nicht stehen, sah sich nicht um und sprach auch nicht mit ihrer Mutter, bis sie zusammen mit den Jungen zum Stadion fuhren, um das Spiel ihres Vaters zu sehen. „Dies ist sehr wichtig für euren Vater“, erklärte ihre Mutter. Ihr Parfüm hüllte den ganzen Audi ein. „Heute könnte ein Wendepunkt für ihn sein.“ Sie überprüfte ihren Lipgloss im Rückspiegel. „Ich bin froh, dass ihr alle dabei seid."

Keiner von ihnen antwortete. Ella hasste diese Situationen – wenn ihre Familie zu einem Spiel ging wie eine Art Jahrmarktattraktion. Warum sollten sie alle gemeinsam erscheinen, damit jeder sie sehen konnte? Randy Reynolds' wunderbare Familie. Toll. Ella behielt ihre Sonnenbrille auf. Sie hasste alles an dem Zirkus, der ihr Leben bestimmte. Das Spiel war eine üble Niederlage, selbst von ihren Plätzen in der ersten Reihe aus betrachtet. Ihr Vater spielte nur ein Inning und traf drei schnelle Bälle nicht. Er sah wütend und abgelenkt aus, als er in die Kabine zurückging. Sie saßen gleich neben dem Eingang zur Umkleide der Heimmannschaft, und Ellas Brüder versuchte zu klatschen und ihn zu ermutigen, aber er sah nicht in ihre Richtung – nicht ein einziges Mal.

Ella wollte nur nach Hause, und fünf Stunden später wurde ihr Wunsch endlich erfüllt. Ihre Brüder verschwanden, um sich mit ihren Freunden zu treffen, und ihre Mutter fuhr ins Fitnessstudio zu einem Abendtraining. So war Ella allein in dem großen Haus ihrer Eltern. Das ist doch ätzend, dachte sie. Das Leben ist immer einsam. Einsam und verkorkst.

Sie ging nach oben zu den Wandschränken, die den breiten Flur säumten. Gelangweilt öffnete sie einige der Türen. Sie hatte keine Ahnung, was sich dahinter befand, und im dritten Schrank fand sie schließlich einen Stapel alter Erinnerungsbücher und darunter zwei Fotoalben. Sie hatte den ganzen Tag mit niemandem aus der Schule gesprochen, und Pläne für den Abend hatte sie auch nicht. Also nahm sie den Stapel aus dem Schrank und setzte sich auf den Boden, den Rücken an die Wand gegenüber gelehnt.

Sie blätterte in dem ersten Fotoalbum. Es stammte aus der Zeit, als sie in der dritten oder vierten Klasse war. Ihre Brüder waren damals noch ganz klein gewesen, und ihre Eltern waren auf den meisten Bildern zusammen zu sehen. Ella fuhr mit dem Finger über die Gesichter auf den Fotografien. Was war mit ihrer Familie geschehen? Sie waren doch einmal glücklich gewesen, oder? Klar, ihr Vater war viel unterwegs, aber wenn er zu Hause war, hatten sie zusammen alles Mögliche unternommen: Wochenendausflüge und Nachmittage im Park. Oder sie waren an heißen Sommertagen im Pool hinterm Haus geschwommen.

Wann also hatte all das angefangen, sich aufzulösen?

Ein paar Seiten weiter stieß sie auf ein Osterbild, auf dem die drei Kinder in ihren Sonntagskleidern vor einer schönen Kirche standen. Ella betrachtete die Fotos interessiert. Sie konnte sich nicht daran erinnern, dass ihre Eltern mit ihnen in die Kirche gegangen waren, außer zu Weihnachten und an Ostern. Aber sie hatte das Gefühl, dass sie irgendwann einmal an Gott geglaubt hatte – jedenfalls mehr als in den letzten Jahren. Aber jetzt wurde bei ihnen zu Hause nur noch über das gesprochen, was an dem jeweiligen Tag los war. Die Fußballspiele der Jungen, ihr Training, der gefüllte Terminkalender ihrer Mutter zwischen Wellness, Fitness und diversen Schönheitsaktionen. Ella und ihre Mutter sprachen nie miteinander, höchstens ein paar Worte jeden Tag, und dabei ging es nur um die notwendige Kommunikation in Bezug auf Essen, Abwasch oder Hausaufgaben.

Ella schob das Album wieder an seinen Platz und zog das zweite, älter aussehende aus dem Stapel auf dem Boden. Dies hatte ein Foto von Ella und ihren Eltern außen auf dem Einband, als Ella vielleicht zwei oder drei gewesen war. „Haben wir damals alles verloren?“, flüsterte sie. „Bevor Papa angefangen hat, in der Profiliga zu spielen?“

Die erste Seite des Albums zeigte Bilder von ihren Eltern, die glücklich und ganz offensichtlich verliebt waren. Die Haare ihrer Mutter sahen natürlich aus und sie hatte ein paar Kilos mehr auf den Rippen. Nicht zu viel, nur so, dass sie irgendwie echt aussah. Nicht wie die Plastikpuppe, die sie jetzt war.

Wieder berührte Ella mit dem Finger das Foto. *Lieber Gott … wenn es dich gibt, kannst du mir das erklären? Was mit meiner Familie passiert ist?*

Sie bekam keine Antwort – aber die hatte Ella auch gar nicht erwartet. Sie war kein Mensch, der betete, genauso wenig wie die anderen Mitglieder ihrer Familie. Aber nachdem sie Brian Brickell neulich beobachtet hatte, wünschte sie irgendwie, sie wäre so ein Mensch. Brian war Christ, das wusste sie, weil er kein Geheimnis aus seinem Glauben machte. Er war freundlich und trat für Leute wie Michael oder Henry ein. Er schrieb Bibelverse auf die schwarzen Aufkleber, die Footballer unter den Augen trugen, so wie Tim Tebow es früher für die Universität von Florida getan hatte.

Jetzt wünschte sie sich, sie hätte diese Art Glauben an Gott.

Sie blätterte um und die Albumseite war gefüllt mit Fotos von einem Tag am Strand. Aber diesmal waren nicht nur Ellas Eltern auf den Bildern zu sehen, sondern außerdem ein anderes Paar und ein kleiner Junge in Ellas Alter. Auf einem Foto hielten sie und der Junge sich an den Händen, den Blick aufs Meer gerichtet. Der Kommentar unter dem Bild lautete: „Ella und Henry am Strand von Tybee Island."

Ella und Henry? Sie zog die Knie an und betrachtete das Foto aus der Nähe. Henry, und wie weiter? Sie und der Junge waren beide sonnengebräunt und blond – süße Kinder, die ganz eindeutig beste Freunde waren. Auf einem anderen Bild waren sie zu sechst abgelichtet. Ihre Familie und Henrys Familie. Beide Elternpaare sahen glücklich und entspannt aus – so wie Leute aussahen, die schon eine Ewigkeit befreundet waren.

Wieder betrachtete Ella die Bilder und vor allem die Gesichter ganz genau. Sie erkannte keinen von den anderen. Wer auch immer diese Leute waren, ihre Eltern mussten sie aus den Augen verloren haben. Ella legte den Kopf schief und war plötzlich ein wenig traurig. Es war für alle Beteiligten ein Verlust, wenn Freundschaften zu Ende gingen. Und diese Freundschaft war offensichtlich schon vor langer Zeit in die Brüche gegangen, denn Ella hatte keine Ahnung, wer diese Leute waren.

Auf den nächsten Seiten fanden sich ähnliche Bilder, und unter einigen Fotos hatte ihre Mutter das andere Ehepaar als Tracy und Dan identifiziert – aber ohne Nachnamen. Und jedes zweite Bild war eine süße Aufnahme von ihr und diesem Jungen Henry. Wer auch immer er war, er hatte riesige blaue Augen. Augen, die ihr beinahe vertraut vorkamen, und Ella fragte sich, ob ein Teil ihres

Gehirns sich vielleicht noch an diese längst vergangene Zeit erinnerte.

Erst weiter hinten im Album stieß sie auf eine Seite, die ganz mit einem vergrößerten Foto von ihr und dem kleinen Jungen gefüllt war. Das Bild zeigte sie, wie sie tanzten, und es wirkte fast wie eine professionelle Fotografie. Unter dem Foto …

Ella sog scharf die Luft ein. Ihre Füße rutschten nach vorne und beinahe hätte sie das Album fallen gelassen. „Das kann doch nicht …"

Unter dem schönen Foto stand: „Ella Jean Reynolds und Henry Benjamin Harris – 3 Jahre alt."

Henry Harris? Derselbe autistische Henry Harris, der in ihre Schule ging? Das war unmöglich, oder? Sie und ihre Eltern hatten zehn Jahre lang in New York gelebt. Und vorher überall in Atlanta. Sie waren von Dunwoody nach Duluth und schließlich vor vier Jahren nach Johns Creek gezogen. Der Junge auf den Bildern konnte unmöglich derselbe Junge sein, der in Fulton herumlief und mit den Armen wedelte. Der Junge auf den Bildern war normal. Er lächelte und spielte und tanzte wie ein gesundes Kind. Der Blick in seinen Augen war ganz wachsam, anwesend. Nicht der leere, abwesende Blick, den Henry hatte.

Aber je länger sie die Augen betrachtete, desto mehr erkannte sie die Wahrheit. Der Junge auf dem Foto und der Henry in der Schule hatten dieselben Augen. Und allmählich … wie bei einem wunderschönen Sonnenaufgang … dämmerte ihr die Wahrheit. Jetzt verstand sie, warum Henry ihr bekannt vorgekommen war.

Vor einer Ewigkeit waren Henry Harris und sie befreundet gewesen.

Vorsichtig hob sie den Rand der vergilbten Schutzfolie an und nahm ein kleineres Bild von Henry und sich heraus. Außerdem löste sie von der Seite ein Bild ihrer beider Eltern ab. Irgendetwas war hier mehr als faul. Wie hatten ihre Familien sich kennengelernt, und was war geschehen, dass sie auseinandergerissen worden waren? Und vor allem: Wie kam es, dass Henry auf den Bildern ganz normal aussah, wo er doch jetzt alles andere als das war?

Plötzlich erinnerte sie sich an die Karte, die Henry ihr gezeigt hatte, als er zum ersten Mal bei ihrem Schauspielkurs vorbeigekommen war. Auf der Karte war ein Augenpaar abgebildet gewesen und darunter die Worte „Ich sehe". Er hatte sich nicht so verhalten, als würde er Ella kennen, und er hatte auch nicht gesagt, dass er sie erkannte. Aber vielleicht hatten die Worte auf seiner Karteikarte eine tiefere Bedeutung. Vielleicht versuchte er ihr zu sagen, dass er sie kannte, dass er hinter die Jahre blicken konnte und das kleine Mädchen sah, das sie früher gewesen war. Das konnte doch sein, oder?

Ella hatte keine Antworten. Sie stellte die Fotoalben in den Schrank zurück und holte eine leere Mappe aus dem Büro ihres Vaters im Erdgeschoss. Sie schob die Bilder hinein und eilte zum nächsten Computer. Ihre Nachforschungen konnten die ganze Nacht dauern, aber das war ihr gleichgültig. Sie musste herausfinden, warum Henry sich verändert hatte und wieso sie keine Freunde mehr waren. Und das hier war ein Anfang. Sie setzte den Cursor in die Google-Zeile und tippte nur ein Wort ein.

Autismus.

9

Es gelang Tracy, sich in den Theatersaal zu schleichen und sich ganz hinten hinzusetzen, ohne dass Henry sie bemerkte. In dem Raum gab es etwa hundert Plätze und eine kleine Bühne – groß genug für die Proben, aber für mehr auch nicht. Tracy versuchte nicht allzu nervös zu sein. Dies war Henrys erster Tag als Zuschauer in diesem Kurs, und Tracy war froh, dass Mrs. Bristowe ihr erlaubt hatte, ebenfalls dort zu sein. Wenn Henry einen Anfall bekam, konnte niemand ihn so gut beruhigen wie sie.

Sie hatte sich das ganze Wochenende auf diesen Augenblick gefreut. Sie hatte sogar Dan angerufen und ihm davon erzählt. „Henry sieht sich eine Probe der Schauspielklasse an!"

Dans Schweigen am anderen Ende dauerte etwas zu lange. „Ist das gut?" Er klang nicht sarkastisch, sondern nur verwirrt.

Tracy versuchte, sich durch seine Reaktion nicht ihre Begeisterung nehmen zu lassen. „Natürlich ist das gut. Das ist ein regulärer Kurs. Henrys Therapeuten glauben, dass er sich vielleicht etwas mehr öffnet, wenn er Musik hört."

„Wirklich?" Dan musste draußen stehen, denn der Wind heulte im Hintergrund. „Na, dann ... wunderbar." Ein unbehagliches Schweigen hing zwischen ihnen. „Sag ihm, dass ich ihn liebe."

Ihr Gespräch dauerte nicht lange. Dan erzählte ihr, dass der Garnelenfang immer noch nicht gut lief. Nicht wie die Lachse im Juli. Ständig wurde die Region von Stürmen heimgesucht, und seine Lungenentzündung war auch noch nicht ganz überstanden. Als sie sich von ihm verabschiedete und ihm sagte, dass sie ihn liebte, hatte ihre freudige Aufregung sich beinahe völlig gelegt.

Aber jetzt, wo sie hier war und der Kurs gleich anfing, konnte Tracy auf ihrem Platz hinten im Saal kaum still sitzen. Henry saß ein paar Reihen vor ihr, aber immer noch ein ganzes Stück von den anderen Schülern entfernt. Tracy war froh, dass Henry sie nicht sehen konnte, denn sie wollte nicht, dass irgendetwas ihn ablenkte. Sie war immer noch davon überzeugt, dass Henry letzte Woche in der Turnhalle keineswegs unkooperativ gewesen war. Er hatte getanzt. Vielleicht tanzte er in Gedanken mit seiner kleinen Freundin Ella, wie er es vor so vielen Jahren getan hatte. Er hatte die Musik im Theaterraum gehört, war stehen geblieben um zuzuhören, und dann, etwas später, während er die Musik noch in sich trug, hatte er angefangen zu tanzen.

Was war daran so ungewöhnlich?

Sie hatte Mrs. Bristowe an diesem Morgen angerufen, um ihr von ihren Überlegungen zu erzählen, aber die Frau war nicht so schnell zu überzeugen. „Tanzen ist eine sehr soziale Aktivität." Sie sprach wieder mit diesem Tonfall, der besagte, dass ihre Ausbildung besser war als jeder Instinkt, den Tracy als Henrys Mutter haben konnte. „Henry befindet sich innerhalb des autistischen Spektrums in einem Bereich, in dem soziales Verhalten nicht möglich ist. Er ist völlig unkommunikativ.“

Sie hatten schon öfter darüber gesprochen. „Abgesehen von den Bildkarten.“

„Ja. Abgesehen davon. Aber zwischen dem Gebrauch dieser Karten und dem … Wunsch zu tanzen liegen Welten und viel Therapie. Im Kreis gehen, die Arme auf- und abbewegen … diese Art repetitiven Verhaltens ist für junge Menschen mit Autismus typisch.“

Tracy wollte nicht mit der Lehrerin streiten oder Zeit damit verschwenden, ihr Henrys Persönlichkeit zu erklären. Hier, im Theaterraum, konnte sie es selbst sehen. Bis dahin hatte sie noch ein paar Minuten Zeit, und die nutzte sie, um still für ihren Sohn zu beten. *Herr, dies ist eine Chance … etwas Neues. Vielleicht fängt hier das Wunder an, um das ich dich schon so lange bitte. Das tue ich auch hier und heute. Bitte, Vater, sei bei Henry und lass ihn nicht ausrasten. Wenn er es tut … dann darf er nicht bleiben. Also bitte, Herr … bitte hilf ihm.*

Steh zu deiner Meinung und bleib standhaft … und sieh, was ich in Bewegung bringe, meine Tochter.

Die Antwort war stark und atemberaubend. Sie füllte ihr Herz und ihre Seele und Gedanken mit banger Hoffnung. Gott war hier. Sie konnte spüren, wie er am Werk war. Jetzt musste sie nur durchhalten und beobachten, was in der nächsten Stunde geschah.

Mr. Hawkins ging nach vorne und verkündete, dass sie noch einmal an dem Lied der Belle arbeiten würden. „Diesmal singt jeder seinem Charakter entsprechend seine eigene Stimme. Sie kennen alle Ihre Rollen. Der Bäcker, der Buchhändler, Belle …“ Er sah sich um und seine Miene verdüsterte sich. „Wo genau ist eigentlich unsere Belle? Sie müsste doch längst hier sein.“

Tracy musterte den Schauspiellehrer. Er wirkte müde, so als zweifele er an den Fähigkeiten der Schüler, im kommenden Frühjahr wirklich eine überzeugende Aufführung zustande zu bringen. Sie verfolgte den Gedanken nicht weiter. Hier ging es nicht um die Schauspielklasse, sondern um Henrys Reaktion auf die Musik. Tracy betrachtete seinen hellbraunen Hinterkopf. Seine Haare waren dunkler als damals, als er noch ein kleiner Junge gewesen war, und lockten sich ein kleines bisschen. Doch meistens trug er sie so kurz, dass man die Wellen unmöglich sehen konnte. Tracy zwang sich, an seinem Haar und dem attraktiven Gesicht vorbei auf den Jungen zu sehen, der in seinem Innern eingeschlossen war. Was fühlte er in diesem Augenblick? Angst, Erregung, Staunen? Wie immer wusste sie nichts außer dem, was offensichtlich war. Er war hier, und er hatte sich ziemlich weit von den anderen Schülern entfernt einen Platz gesucht.

Bevor Mr. Hawkins zu spielen begann, kam ein ausgesprochen hübsches Mädchen in den Raum gerannt und setzte sich in die erste Reihe. Sie zog ihr Skript heraus, drehte sich zu Henry um und lächelte. Tracy konnte Henrys Reaktion nicht sehen, aber er schien das Mädchen anzusehen. Richtig anzusehen.

Mr. Hawkins sah zu dem Mädchen hinüber. „Danke, dass Sie sich zu uns gesellen, Belle."

„Tut mir leid." Sie klang wirklich kleinlaut. „Ich musste nach Hause fahren, um mein Skript zu holen."

„Ich hoffe, zum letzten Mal." Der Lehrer sah sie unverwandt an.

„Ja, zum letzten Mal, ehrlich", wiederholte sie, offensichtlich zerknirscht. Sie konzentrierte sich auf den Unterricht und schlug ihr Skript auf.

Tracy fragte sich, ob es dieses Mädchen gewesen war, das sich für Henry eingesetzt hatte, damit er hier sein konnte. Warum sonst hätte die Schülerin sich nach ihrer Ankunft zu ihm umdrehen sollen? Tracy beschloss, ihr zu danken, wer immer sie war.

Die Schüler standen auf und die Musik begann. Das Mädchen, das zu spät gekommen war, stimmte das Lied an, und seine Stimme klang hell und klar. Tracy lächelte. Sie würde eine wunderbare Belle sein, daran zweifelte Tracy nicht. Die anderen Jugendlichen setzten an den richtigen Stellen ein, und Tracy war beeindruckt. Wenn man von der Probe auf das Endergebnis schließen konnte, würde die Frühjahrsaufführung ein durchaus professionelles Niveau haben.

Tracy konnte nur die Rücken der Schüler sehen, aber sie war so von dem Gesang fasziniert, dass sie Henry beinahe vergaß. Als sie sich ihm schließlich wieder zuwandte, sah sie etwas, das ihr die Tränen in die Augen trieb. Es war genau so, wie sie vermutet hatte. Henry saß nicht mehr auf dem Stuhl und blickte zur Decke hinauf oder betrachtete den leeren Tisch vor ihm, so wie man es von ihm gewohnt war. Er stand und tat etwas, das angesichts der Musik, die ihn umgab, ganz und gar angemessen war. Für andere sah es vielleicht so aus, als ginge Henry im Kreis oder bekäme einen Anfall. Aber Tracy wusste es besser.

Henry tanzte.

Nachdem sie das Stück ein paarmal gesungen hatten, gewährte Manny seinen Schülern eine kurze Pause. Er war wirklich zufrieden damit, wie das erste Stück klang, und jetzt war es an der Zeit, etwas Neues zu proben. Er unterrichtete die einzelnen Nummern nie in der chronologischen Reihenfolge, sondern nach Schwierigkeitsgrad. „Belle" war für die Gruppe nicht so einfach, also wollte er ein weniger zeitintensives Stück folgen lassen. Deshalb hatte er sich für den „Mob Song" als nächste Aufgabe entschieden.

Er brauchte eine Kopie des Probenplans für die Mutter von Henry Harris – damit sie wusste, wann er zusehen sollte und wann nicht. Bis jetzt hatte der Junge sich ganz gut gemacht. Er war ein bisschen im Kreis gelaufen, hatte aber eigentlich niemanden gestört. Manny verließ den Raum und ging in sein Büro nebenan. Er suchte den Probenplan und blieb kurz am Fenster stehen. Zwei Stockwerke und hundert Meter entfernt trainierte das Footballteam. An diesem Morgen erst war verkündet worden, dass die Mannschaft der Fulton Highschool nach wie vor ungeschlagen war. „Ihr könnt stolz auf euch sein, Leute. Sehr stolz", hatte die Rektorin gesagt.

Manny blinzelte in die Sonne. Nur einmal – dieses eine letzte Mal – wagte er auf etwas zu hoffen, das während seiner Zeit in Fulton noch nie geschehen war: auf ein Musical, das den Schülern genau dieses Gefühl vermittelte.

Er holte langsam Luft und starrte auf den Probenplan in seiner

Hand, den er für Henry ausgedruckt hatte. Er wunderte sich über sich selbst. Irgendwie hauchte die Gegenwart des Jungen ihm neues Leben ein, gab ihm einen neuen Sinn. Wenn sein missachtetes Theaterprogramm einem Jungen wie Henry Harris auch nur ein bisschen helfen konnte, waren seine Bemühungen etwas wert gewesen. Heute erlaubte Manny sich, sogar ein wenig Begeisterung zu empfinden, als die Schüler „Belle" sangen. So etwas wie Hoffnung. Es klang wundervoll, und vielleicht hatten sie doch noch eine Chance. Es würde sich herumsprechen, und die Schule würde sie unterstützen. Vielleicht geschah doch noch ein Wunder.

Vor langer Zeit war Manny ein Mensch gewesen, der betete. Aber seine Gebete hatten ihm nicht geholfen, mit seiner Scheidung und dem anschließenden Sorgerechtsstreit fertigzuwerden. Seine Mädchen lebten in Los Angeles bei ihrer Mutter. Sie hatten seine Augen, wie er gerne betonte, und seine Arme. Jetzt waren sie weit weg. Seitdem hatte er nicht mehr oft gebetet. Aber heute, während Henry in der hinteren Reihe seine Kreise zog, hatte Manny das Bedürfnis, mit Gott zu reden. Ein stärkeres Bedürfnis, als er es in den letzten zwei Jahrzehnten jemals verspürt hatte.

Er schloss die Augen. *Also gut, Herr … hier bin ich. Erinnerst du dich noch an mich? Ich bin der Typ, den du vergessen hast.* Schuldgefühle packten Manny. *Na gut, vielleicht hast du mich nicht vergessen. Aber es hat sich so angefühlt. Das auf jeden Fall.* Er rang nach Worten. Beim Unterricht brauchte er nie lange nachzudenken. Aber mit Gott zu sprechen, das war schwieriger. *Jedenfalls, Herr … da ist dieser Junge, Henry Harris. Er hört uns gerne bei der Probe zu, und ich frage mich, ob du ihm vielleicht helfen kannst. Er ist Autist, Gott. Deshalb könnte er vielleicht ein anderer Mensch werden, wenn die Musik diese kleine Welt, in der er lebt, aufschließen kann.* Er hatte ein schlechtes Gewissen, um den Rest zu bitten, aber er hatte sich entschieden. Wenn Gott wirklich zuhörte, konnte Manny ihm genauso gut die ganze Liste sagen. *Noch eine Sache, Gott … wenn die Schüler nicht zu der Aufführung kommen, wird es im nächsten Jahr keine Schauspielabteilung mehr geben. Ich weiß nicht, wie ich sie dazu bringen soll zu kommen, aber ich könnte mir vorstellen, dass du es weißt. Wenn du es also hinkriegen könntest, wäre ich … also, ich wäre echt baff. Weil für beides ein Wunder nötig ist. Danke, dass du mir zugehört hast, Gott. Tut mir leid, dass ich mich so lange nicht gemeldet habe.*

Er öffnete die Augen. „Amen." Er sah noch einmal zum Fenster hinaus und ging wieder in den Probenraum. „Zurück auf eure Plätze, ihr schwatzhaften Geschöpfe." Das war Mannys Masche, sein Modus Operandi. Zu reden, als hätte er einen Abschluss in Shakespearestudien. „Genug palavert. Genug parliert."

Er bemerkte das Kichern und die merkwürdigen Blicke der Schüler angesichts seiner Wortwahl. Es machte ihm Spaß, sie aufzustacheln, damit sie aus ihrem begrenzten Wortschatz ausbrachen. Ihnen machte es ebenfalls Spaß, auch wenn es eine Weile her war, dass sie ihn lockerer erlebt hatten. Er ließ die Blicke durch den Raum schweifen. „Bitte bleiben Sie stehen." Dreißig Schüler füllten die ersten paar Reihen vor ihm. „Wie viele von Ihnen kennen die Stücke in diesem Musical?"

Fast alle hoben die Hand.

Manny warf einen kurzen Blick zu Henry hinüber. Er stand ebenfalls, lief aber nicht mehr im Kreis. Seine Augen waren auf die Decke über dem Fenster gerichtet, aber Manny hätte schwören können, dass der Junge ihn gelegentlich ansah. So als nähme er die Anweisungen auf, genau wie die anderen Jugendlichen.

„Sie sind jetzt Dorfbewohner, und Sie fürchten das Biest mehr als jedes Geschöpf, dem Sie jemals begegnet sind." Er blätterte in seinem Klavierauszug. „Wenn Sie dieses Stück singen, möchte ich Angst und Entschlossenheit in Ihren Stimmen hören. Entschlossenheit, die von Angst getrieben wird. Wenn ich das nicht höre, singen wir es noch einmal. Und wir werden es bis Dezember singen, wenn es sein muss, aber wir werden unsere inneren Ängste spüren."

Die Musik klang düster und bedrohlich, mit einem pulsierenden Rhythmus, der die stampfenden Füße und hämmernden landwirtschaftlichen Werkzeuge nachahmen sollte, die dem Stück seine Grimmigkeit verleihen würden. Manny brachte seine Schüler gerne dazu, dass sie die Emotionen in der Musik nachempfanden. „Also los … fünf … sechs, fünf-sechs-sieben-acht!"

Die meisten Sänger setzten mit dem gleichen Ton ein, aber man konnte es kaum unisono nennen. Manny hörte auf zu spielen und sah sie an. Dann fragte er: „Wer kann mir die Definition eines Ensembles sagen?“

Ella war die Erste, die sich meldete.

„Gut, Miss Reynolds. Wie lautet die Definition?“

„Es bedeutet, dass alle Mitwirkenden handeln, als wären sie eins.“ Sie zuckte leicht verlegen mit den Schultern. „Ich habe letztes Frühjahr ein Referat darüber gehalten.“

„Genau.“ Manny war beeindruckt. Die Frage hatten frühere Teilnehmer oft nicht beantworten können. Normalerweise waren sie der Ansicht, mit Ensemble seien alle außer den Hauptrollen gemeint. Alle Übrigen eben. Manny ging vor seinen Schülern auf und ab. „Alle Mitwirkenden handeln, als ob sie eins wären.“ Er blieb stehen und blickte in die zweite Reihe. „Das bedeutet, jedes Wort klingt, als würde es von wie vielen Personen gesungen?“

Die Schüler sahen einander an und murmelten dann: „Einer ...?“

Manny schüttelte den Kopf und rieb sich das rechte Ohr, als hätte er ihre Antwort nicht verstanden. „Von wie vielen?“

„Einer.“ Diesmal ertönte ihre Antwort laut und einstimmig.

„Sehr gut.“ Er ging zum Klavier zurück. „Noch einmal von vorne.“ Er zählte einen Takt vor und der Einsatz war diesmal deutlich knackiger. Ihre Aussprache würde in den kommenden Monaten noch besser werden, aber wenigstens konnte er jetzt schon den Text verstehen. „Lauter!“, rief er über den Gesang hinweg. „Ich will eure Angst spüren!“ Ihre Stimmen wurden kräftiger, und mit dem Klang kam auch der Schrecken, der für dieses Stück entscheidend war. „Ja, ein Biest. Jeder Zahn eine Waffe! ...“ Dann, nach einem schnellen Crescendo, erstarb das Lied plötzlich.

Manny hörte auf zu spielen und drehte sich um. Die Hälfte der Schüler sang nicht mehr, sondern sah Henry zu. Er ging an der Seite des Raumes auf und ab, die Hände unterm Kinn gefaltet, die Ellbogen von sich gestreckt und mit den Armen pumpend, als hätte er Schmerzen oder wäre ausgesprochen erregt. Er sah aus wie eine verängstigte Ente, und ein paar Schüler lachten über ihn.

Die positive Spannung des Nachmittags wich aus ihm wie die Luft aus einem alten Reifen. „Gut, Leute. Setzt euch.“ Er blickte zu Henrys Mutter hinüber. „Können Sie uns helfen?“

Ella folgte seinem Blick und sah nun hinten im Raum eine Frau, die ihr bekannt vorkam. Sie hatte sie vorher nicht bemerkt, aber sie musste die ganze Unterrichtsstunde über da gewesen sein. Die Frau war … Ella sog scharf die Luft ein. Sie war Henrys Mutter – die Frau auf den Bildern im Album von Ellas Eltern.

Tracy Harris war bereits auf dem Weg zu ihrem Sohn, aber Henry schien sie nicht zu hören. Er blieb plötzlich stehen und ließ sich auf den Boden fallen. Dann legte er etwas hin, das selbst die Muskelprotze auf dem Footballfeld nicht gekonnt hätten. Er absolvierte eine ganze Reihe perfekt ausgeführter Liegestütze. Absolut perfekt.

Ein paar der Mädchen wichen zurück. „Das ist doch unnormal“, flüsterte eine von ihnen so laut, dass die ganze Klasse es hören konnte. „Warum macht er das?“

„Ich weiß nicht“, lachte eine andere leise. „Aber er macht es echt gut.“

Es waren noch sieben Minuten bis zum Ende der Stunde, und Manny wollte die Schüler unbedingt wieder auf das Stück konzentrieren. Aber jetzt hatten die meisten Jungen sich um Henry versammelt und zählten seine Liegestütze, wie sie es bei einem Macho-Wettbewerb in der Umkleidekabine getan hätten.

Henrys Mutter bückte sich, die Hand auf seiner Schulter. Nach einigen Sekunden richtete sie sich wieder auf und bat die anderen Jugendlichen höflich, ein wenig zurückzutreten und ihren Sohn in Ruhe zu lassen. „Er wird nervös, weil er seinen Platz braucht.“ Ihre Worte klangen entschuldigend. „Es geht ihm gleich besser. Singt einfach weiter.“

Manny konnte die Schüler zu einem letzten Durchlauf des „Biest“-Lieds versammeln. Henry hatte genug von seinen Liegestützen und setzte sich schwer atmend wieder auf seinen Platz hinten im Klassenraum. Mit seinen angespannten Armmuskeln und den blauen Augen, die tief und ernsthaft dreinblickten, war er attraktiver als alle jungen Männer in der Schauspielklasse. Er wäre der perfekte Prinz, dachte Manny. Diese Rolle des verwandelten Biests war ein kurzer, aber wichtiger Part. Manny hatte sich noch nicht entschieden, wer aus der Gruppe diese Rolle übernehmen sollte – vor allem, weil keiner von ihnen wie ein Prinz aussah.

Keiner außer Henry Harris.

Wenn er kein Autist gewesen wäre, hätte er die Rolle alleine wegen seines Aussehens überzeugend spielen können. Aber das würde nicht geschehen, weil Henry schon wieder mit den Flügeln schlug. Er wedelte mit den Armen und nickte unaufhörlich mit dem Kopf. Manny spürte, wie sich in Kopf und Herzen Enttäuschung breitmachte. Warum hatte er sich überhaupt die Mühe gemacht zu beten? Sie würden kein Wunder erleben, was die Schauspielabteilung betraf, und auch keins in Bezug auf Henry Harris. Manny fand sich mit seiner Enttäuschung ab. Sie war ihm wenigstens vertraut. Und die Hoffnung, die er vorhin empfunden hatte, hatte niemandem wirklich geschadet.

Er hatte ja sowieso nicht wirklich geglaubt, dass Beten etwas nützte.

10

Ella konnte das Ende des Unterrichts kaum erwarten. Sie wollte Henry zur Seite ziehen und ihm die unglaubliche Wahrheit sagen – dass sie Freunde gewesen waren, als sie noch klein waren! Und wie wunderbar es war, dass sie einander jetzt wiedergefunden hatten. Aber als Mr. Hawkins den lautesten und intensivsten Teil des Liedes erreicht hatte, rastete Henry aus. Ella sah zu und konnte nichts machen. Schließlich wusste Henry noch immer nicht, wer sie war. Sie konnte nicht einfach zu ihm laufen und erwarten, dass er sich durch ein Wort oder eine Geste trösten ließ.

Selbst jetzt, als er von seinen Liegestützen erschöpft sein musste, bewegte Henry die Arme noch. Er sah aus, als konzentriere er sich auf etwas, als müsste er eine Aufgabe erfüllen. Ella drehte sich mehrmals zu ihm um, aber Henry erwiderte nie ihren Blick. Er sah ein wenig rechts oder links an ihr vorbei, aber nicht in ihre Augen. Das ist sein Autismus, sagte sie sich. Ein Mangel an Kommunikation, kaum oder kein Blickkontakt, wiederholte Verhaltensabläufe. Autisten waren in ihrer eigenen Welt eingeschlossen, hatte eine Internetseite erklärt.

Während der letzten mühsamen Minuten des Unterrichts ließ Mr. Hawkins alle noch einmal singen, aber ein paar von den Jungs machten immer noch ihre Witze.

„Vielleicht will er das Biest spielen", flüsterte einer von ihnen. „Wer weiß, vielleicht verwandelt er sich gleich."

„Hey!", mischte Ella sich mit gesenkter Stimme ein. Sie schlug dem Schüler kräftig genug auf die Schulter, um seine Aufmerksamkeit zu erlangen. „Er ist Autist, Mensch. Lass ihn in Ruhe."

Der Junge sah aus, als wollte er ihr ein Schimpfwort an den Kopf werfen, doch dann überlegte er es sich offenbar anders und hielt den Mund. Wieder brach Mr. Hawkins mitten im Lied ab.

„Also wirklich, meine Herrschaften. Ist das alles, was Sie zu bieten haben?" Er schüttelte traurig den Kopf. „Wenn, dann ist das eine große Enttäuschung. Wenn wir uns nicht fünf Minuten lang konzentrieren können, wird das Ergebnis schrecklich ausfallen." Er wartete, bis es still im Raum war. „Und jetzt möchte ich die Angst in Ihren Stimmen hören. Eine Stimme. Ensemble." Er spielte die ersten Akkorde auf dem Klavier. „Und … los!"

Diesmal gelang es den Schülern, das Stück ohne Ablenkungen durchzusingen, und als Mr. Hawkins sie entließ, nahm Ella ihre Bücher und drehte sich zu Henry um. Ein paar ihrer Mitschüler näherten sich ihm, als wollten sie ihn willkommen heißen oder ihm eine Frage stellen. Aber egal, wer ihn ansprach, Henry antwortete nicht. Er sah aus, als würde er jeden Augenblick aufspringen und das Zimmer verlassen. Aber stattdessen hielt er den Kopf gesenkt, die Armlehnen seines Stuhls umklammert und wiegte sich heftig vor und zurück – so heftig, dass er ein paarmal beinahe von seinem Stuhl gefallen wäre. Schließlich gaben die Jugendlichen auf und gingen.

Ella biss sich auf die Lippe und trat einen Schritt näher. *Also los*, sagte sie zu sich selbst. *Er wird sich an mich erinnern und dann fühlt er sich vielleicht sicher genug um zu sprechen.*

Sie sah Henry an, aber er starrte immer noch auf den Boden, während er sich vor- und zurückwiegte. Bis jetzt hatte sie noch niemandem von ihrer Entdeckung erzählt – dass sie und Henry unzertrennlich gewesen waren, als sie klein waren. Ihre Mutter war an dem Abend zu spät nach Hause gekommen und am nächsten Tag war sie kaum jemandem im Haus begegnet. Ella hatte ihrer Mutter immer noch nicht gesagt, dass sie die Rolle der Belle in der Frühjahrsaufführung bekommen hatte. Da würde sie bestimmt keine Fragen über Henry stellen. Nicht, bevor sie mit Henrys Mutter gesprochen hatte.

Sie hatte das Gefühl, dass sie von ihr eine ehrlichere Antwort bekommen würde.

Durch ihre Nachforschungen zum Thema Autismus hatte sie eine Menge Informationen gesammelt, aber vor allem hatte sie bestätigt bekommen, was die alten Fotos bereits deutlich gemacht hatten. Henry war nicht mit dieser Störung geboren worden. Manche Kinder zeigten von Geburt an Anzeichen für Autismus, aber andere, wie Henry, fingen erst im Alter von zwei oder drei Jahren an, sich in ihre eigene Welt zurückzuziehen. Regression wurde das auf der Internetseite genannt. Es gab alle möglichen Behandlungen, die Betroffene an ihren autistischen Kindern ausprobierten – Therapien mit Schwerpunkten auf Ernährung und motorischen Fähigkeiten, Intellekt oder Verhalten. Sogar etwas, das sich Chelat-Therapie nannte. Manche funktionierten, andere nicht, sagten die Experten.

Aber in den meisten Fällen fand eine Person, die mit Autismus diagnostiziert wurde, nie mehr ihren Weg aus ihrer Gedankenwelt heraus. Es gelang ihnen nicht, die Türen aufzuschließen und in die reale Welt hinauszutreten.

Mrs. Harris sprach mit Mr. Hawkins, also näherte Ella sich Henry. Er wiegte sich jetzt nicht mehr so heftig und saß etwas aufrechter auf seinem Platz, auch wenn er den Blick nach wie vor gesenkt hielt. Sie ging langsam näher, um ihn nicht zu erschrecken. Die anderen Jugendlichen waren jetzt alle gegangen, und der Flur vor dem Klassenraum war beinahe leer.

Die letzten Schritte machte sie sozusagen auf Zehenspitzen, und dann ließ sie sich vorsichtig auf dem Stuhl neben ihm nieder. Sie stellte ihren Rucksack lautlos ab und wandte sich ihm zu. „Henry?"

Er hörte auf, sich zu wiegen und blickte geradeaus.

Die blauesten Augen, die ich je gesehen habe, dachte sie. Glänzend und unschuldig und voller Licht. Sie fühlte sich ein wenig überrumpelt, und im ersten Augenblick wusste sie nicht, was sie sagen sollte. Es war, als wäre es genug, seine Augen zu sehen und zumindest eine tröstliche Gewissheit zu haben – dass die private Welt des Henry Harris ein schöner Ort sein musste. Sonst hätten seine Augen nicht so aussehen können.

Sie versuchte es noch einmal. „Henry?" Instinktiv wollte sie seine Schulter berühren, als ihr einfiel, dass er stets Abstand brauchte. Wahrscheinlich war sie schon nah genug. Sie suchte vergeblich nach den richtigen Worten, aber sie versuchte es trotzdem. „Henry?"

Er rührte sich nicht und sah sie auch nicht an.

„Henry … ich heiße Ella. Wir waren vor langer Zeit Freunde. Als wir zwei oder drei Jahre alt waren."

Henry bewegte den Oberkörper fast unmerklich vor und zurück, den Blick nach wie vor starr geradeaus gerichtet. Dann griff er in seinen Rucksack und zog seinen Stapel Karteikarten heraus. Mit einer schnellen, ruckartigen Bewegung blätterte er die Karten durch, ungeduldig auf der Suche, wie es schien, nach einer Karte, die er ihr zeigen wollte. Schließlich zog er eine aus dem Stapel, deren Ränder neuer aussahen als die der meisten anderen Karten. Beinahe so, wie ein Zauberer dem Publikum eine Karte zeigt, wenn er will, dass alle sie sehen, aber keiner sie berührt.

Diesmal waren auf der Karte ein Herz und einige Noten zu sehen. Unter der Zeichnung standen die Worte. „Ich liebe Musik."

„Das dachte ich mir." Ihr Herz schmolz dahin. Sie sprach sanft und freundlich. „Das habe ich mir schon gedacht. Deshalb wolltest du in dieser Klasse sein, nicht wahr?"

Henry schob die Karte in den Stapel zurück und mischte ihn ein wenig, indem er sie sortierte und hin und her schob, als hätte er ein festes Ordnungssystem für sie.

Sie musste immerzu an die Karte denken, die er ihr gezeigt hatte. Er liebte Musik. Sie hätte ihn am liebsten umarmt, aber wieder hielt sie sich zurück. Wenigstens öffnete er sich, wenn auch nur ein bisschen. Sie behielt ihre Hände bei sich und faltete sie auf dem Schoß. „Erinnerst du dich an mich, Henry? Und daran, wie wir zusammen gespielt haben, als wir klein waren?"

Er drehte den Kopf ein kleines bisschen zu ihr, und sie war sicher, dass er sie gehört hatte. Aber bevor er sie ansehen konnte, wie er es damals in der Cafeteria getan hatte, kam seine Mutter und trat an Henrys andere Seite. „Hi." Sie lächelte Ella zu. „Du musst das Mädchen sein, das Henry geholfen hat."

Mr. Hawkins hatte den Raum bereits verlassen und war in sein Büro nebenan zurückgekehrt. Ellas Herz hämmerte, aber sie stand auf und lächelte. „Ja, Ma'am. Ich habe Mr. Hawkins gebeten, ihn bei den Proben zuhören zu lassen, wenn Sie das meinen."

„Genau." Die Frau sah älter aus als auf den Fotos, und sie hatte Ringe unter den müden Augen. Aber sie war immer noch hübsch. Schlank mit schönen Wangenknochen und langen braunen Haaren, die sie in einem einfachen Pferdeschwanz trug. „Wir müssen Henry jetzt zu seiner Therapie bringen." Ihr Lächeln war warmherzig und aufrichtig. „Danke noch einmal, dass du dich um Henry gekümmert hast."

Ella war nicht sicher, ob dies der richtige Zeitpunkt war, vor allem wenn Henry und seine Mutter in Eile waren, aber sie konnte die Wahrheit nicht länger für sich behalten. „Erkennen Sie mich, Ma'am?"

Mrs. Harris sah sie prüfend an und ihr Lächeln war unverändert. Währenddessen mischte Henry seine Karten erneut in einem fast hektischen Tempo. Seine Mutter schien es nicht zu bemerken. Oder sie war Henrys merkwürdiges Verhalten gewohnt. Mrs. Harris schüttelte den Kopf. „Du kommst mir irgendwie bekannt vor." Sie lachte nervös. „Aber ich habe mich ja auch noch nicht einmal vorgestellt." Sie streckte die Hand aus. „Ich bin Tracy Harris. Henrys Mutter."

„Ja, Ma'am." Sie nahm die ausgestreckte Rechte der Frau und sah ihr unverwandt in die Augen. „Ich bin Ella." Sie zögerte, damit der Vorname seine Wirkung entfalten konnte. „Ella Reynolds."

Henrys Mutter war sprachlos. Zuerst spürte sie Überraschung und Freude, die sich aber gleich darauf in eine tiefe Traurigkeit verwandelten. Sie drückte Ellas Hand sachte und ließ sie dann los, während ihr Lächeln erstarb. „Ella …" Ihre Augen wurden feucht. „Ich hätte nie gedacht … Ich war nicht sicher, ob ich dich jemals wiedersehen würde."

Ella nickte. Auch sie hatte Tränen in den Augen. „Was … was ist passiert? Mit Ihnen und meinen Eltern?"

Mrs. Harris hob an, etwas zu sagen, aber ihr Kinn bebte. Stattdessen warf sie einen Blick auf Henry, der immer noch in seinen Karten blätterte. Plötzlich zog er eine Karte aus dem Stapel und zeigte sie seiner Mutter und dann Ella. Es war die Karte von neulich, die mit den Augen und den Worten „Ich sehe."

„Du *siehst*, Henry?" Mrs. Harris streckte die Hand aus, als wollte sie sie Henry auf die Schulter legen, aber dann schien sie es sich anders zu überlegen. Stattdessen verschränkte sie die Arme. „Was siehst du?"

Ella kam ein Gedanke. „Diese Karte hat er mir neulich gezeigt, als ich zum ersten Mal bemerkt habe, dass er sich für unseren Kurs hier interessierte." Sie wollte es nicht sagen, aber vielleicht hatte die Karte etwa mit ihr zu tun, vielleicht sogar, dass Henry sich daran erinnerte, sie schon einmal gesehen zu haben. „Warum also? Was ist mit Ihnen und meinen Eltern passiert?" Ella sah wieder Henrys Mutter an, und ihr Blick brauchte keine Erklärung.

Ein schreckliches Gefühl erfüllte Ellas Brust. „Henry?" Ihre Stimme war kaum mehr als ein Flüstern. „Ist das der Grund … warum Sie und meine Eltern …"

Die Frau sah sie traurig an. „Das ist lange her, Ella. Menschen ändern sich." Sie blickte auf ihre Uhr. „Ich würde mich gerne irgendwann mit dir unterhalten, aber wir müssen jetzt los."

Ella nickte, und ihre Kehle war wie zugeschnürt. „Ja, Ma'am." Sie berührte Henrys Ellbogen nur hauchzart mit ihren Fingerspitzen. Seine Arme waren kräftig, wie die der Footballspieler, mit denen sie zu tun hatte. Wahrscheinlich all die Liegestütze. Es brach Ella fast das Herz zu denken, was hätte sein können.

„Henry … ich bin froh, dass ich dich gefunden habe." Sie wischte schnell eine einzelne Träne fort, die über ihre Wange kullerte, und das Geräusch, das sie machte, war eine Mischung aus Lachen und Weinen. „Ich möchte gerne … dass wir wieder Freunde sind."

Henry sagte nichts. Er schob nur die Ich-sehe-Karte in den Stapel zurück und verstaute die Karten wieder in seinem Rucksack. Mrs. Harris nahm Ellas Hand und drückte sie kurz. „Danke … dass du Henry geholfen hast. Er liebt Musik sehr."

Ella spürte, wie ein kleines Lächeln an ihren Mundwinkeln zuckte. „Ich weiß."

Mrs. Harris ging mit Henry zur Tür und dann auf den Gang hinaus. Ella sah zu, ohne sich vom Fleck zu rühren, den Blick fest auf Henry gerichtet. Dann, bevor er den Raum verließ, tat er etwas, das ihr den Glauben an das Unmögliche, an das Wunder gab, das Henry Harris immer noch brauchte.

Er drehte sich um und sah sie an.

Nicht durch sie hindurch oder an ihr vorbei, sondern direkt in ihre Augen. Es spielte keine Rolle, dass er wieder mit den Armen zu wedeln begann, als er sich schließlich abwandte. In diesem Augenblick wusste Ella: Egal, was in der Vergangenheit geschehen war, warum die Freundschaft ihrer Eltern in die Brüche gegangen war und wie weit sich Henry in seine eigene autistische Welt zurückgezogen hatte – dies war erst der Anfang. Weil Henrys Augen sie nicht nur voller Licht und Unschuld angesehen hatten, sondern mit etwas, das sie darin vorher nicht gesehen hatte.

Mit einer reinen und kindlichen Hoffnung.

11

Henry konnte es kaum erwarten, für Ella zu beten. Das war schließlich der Grund, warum sie sich gefunden hatten. Gott hatte seine Gebete erhört und endlich … endlich hatte er Henrys beste Freundin zurückgebracht. *Lieber Herr Jesus, danke für diesen vollkommenen Tag! Ich durfte bei einer Theatergruppe dabei sein und ich konnte beten, als alle versuchten, das Biest zu töten. Er ist ein nettes Biest, Jesus. Das weißt du. Niemand muss ihn töten. Du hast dafür gesorgt, dass die Trommeln aufhören, und du hast meine Mama hergebracht, damit sie mitsingen kann. Aber vor allem hast du Ella zu mir gebracht! Danke, dass du das getan hast, Gott. Ich weiß, dass du mich liebst … dein Freund Henry Harris.*

Ein Gefühl der Freude und Befriedigung strömte durch Henrys Körper. Er ließ seine Unterhaltung mit Ella noch einmal in Gedanken ablaufen, während er mit seiner Mutter zum Auto ging. Sie war auf ihn zugekommen, genauso lieb und freundlich wie in dem Film jeden Tag. „Henry?“

Ja, Ella?

Ihr Lächeln mochte er am liebsten. „Henry, erinnerst du dich an mich?“

Natürlich. Ich war nur nicht sicher, ob du dich auch an mich erinnern würdest. Er mochte ihren Duft. Wie Blumen und frische Seife. *Wir sind immer zusammen über die Wiesen gelaufen und haben getanzt und gesungen, weißt du noch?*

Ella erinnerte sich. Natürlich erinnerte sie sich.

Unser Lieblingslied war „Jesus liebt mich“. Weißt du das auch noch?

Ein Lied erfüllte die Luft um sie herum. Es klang satt und tief und voll und breitete sich im Zimmer aus und strömte zum Fenster hinaus, sodass die ganze Schule und die ganze Stadt und sogar die ganze Welt es hören konnte. Diesmal hatte das Lied einen Text, und es war ihr Lied. Das Lied, das er und Ella immer gesungen hatten. *Jesus liebt mich ganz gewiss … denn die Bibel sagt mir dies … alle Kinder schwach und klein … lädt er herzlich zu sich ein.*

Selbst die Kinder, die später in die Busse stiegen, konnten das Lied hören, und alle sangen mit. Na ja, die meisten jedenfalls. Einige der Kinder kannten den Text noch nicht. Und er und Ella fingen an, im Zimmer zu tanzen, und seine Mutter schaute vom Rand aus zu, so wie sie es früher getan hatte, als sie noch klein waren. Nur Ellas Mutter war nicht da, aber irgendwo … irgendwo sang auch sie. Da war Henry sich sicher.

Und dann sprachen er und Ella über das Stück. *Die Schöne und das Biest.* Henry musste viel beten, als die Leute das Biest töten wollten, weil das Biest innerlich so freundlich war. Es sah gemein aus, aber sein Herz war gütig und sanft. Und nicht alle sahen so aus, wie sie waren. Manche Leute waren wie Gaston, der äußerlich nett aussah, aber innerlich verschlossen und traurig war. Manche Kinder in der Schule waren so. Viele von ihnen trugen Footballtrikots.

Sie waren wie Gaston.

Aber das Biest ist ein guter Mensch. Wenn Henry mitspielen könnte, würde er das Biest sein wollen und genauso freundlich. Aber vielleicht wäre er auch lieber der Prinz am Ende. Denn der Prinz sah so aus, wie das Biest innerlich war. Manchmal konnten die Menschen das Innere einer Person nur sehen, wenn sie das Äußere mochten. Weil sie noch nicht gelernt hatten, die Musik zu hören.

Seine Mutter sagte etwas, aber die Musik änderte sich und wurde wieder lauter, und die Streicher und das Klavier vermischten sich zu einem wunderschönen Klang. Henry sang mit, tanzte den Flur hinunter und betete für Ella. Das war ein Lied, das er noch nicht oft gehört hatte, aber vielleicht würde es irgendwann sein Lieblingslied sein. Weil dieses Lied das Lied war, auf das er sein Leben lang gewartet hatte.

Ein Lied mit dem Titel „Vielleicht bekommen Ella und ich eine zweite Chance, Freunde zu sein“.

Die ganze Zeit, während sie zur Therapie fuhren, erzählte er seiner Mutter davon.

12

Ella konnte sich nicht auf ihre Mathematikaufgaben konzentrieren. Sie hatte nicht alles, was sie wissen wollte, von Henrys Mutter erfahren, aber die Augen der Frau hatten ihr genug gesagt. Die Freundschaft zwischen den Familien musste auseinandergebrochen sein, als Henry angefangen hatte, Anzeichen von Autismus zu zeigen.

Je länger Ella über diese Möglichkeit nachdachte, desto wütender wurde sie. Die Sonne schien durch das Fenster und warf Lichtstrahlen auf die Küchenzeile. Ella schob ihre Hausaufgaben von sich und ging nach oben, um das Album mit den Fotos von ihr und Henry hervorzuholen. Wieder setzte sie sich auf den Boden und blätterte die Seiten um, und diesmal entdeckte sie andere Bilder, die ihr die Situation genauer erklärten. Ihre Familien waren nicht nur gute Freunde gewesen. Sie waren unzertrennlich gewesen.

Sie fand ein Foto, auf dem sie und Henry nebeneinander auf einer Schaukel saßen. Sie hatten jeder einen Arm um die Schultern des anderen gelegt, und in der freien Hand hielten sie etwas, das aussah wie eine Waffel mit Schokoladeneis. Ihre Wangen und T-Shirts waren mit Schokolade verschmiert, und das Bild ließ Ellas Verärgerung dahinschmelzen. Sie betrachtete Henrys kleines Gesicht, seine Augen, die die Kamera förmlich durchbohrten, die Freude in seiner Miene. Die Aufnahme war offensichtlich ein Schnappschuss, als sie gelacht hatten, und Henry war eindeutig glücklich und gesund.

Je länger Ella in die Augen des dreijährigen Henry blickte, desto überzeugter war sie: Was sie hier sah, war auch heute noch ein Teil von Henry. Das lebenslustige Kind war irgendwo in ihm drin. Sie hatte einen kurzen Einblick erhascht, als er sie angesehen hatte, bevor er mit seiner Mutter den Raum verließ.

Sie hörte die Haustür unten ins Schloss fallen. „Ella?" Es war ihre Mutter.

Wieder flammte der Zorn in ihr auf. Sie antwortete nicht. Stattdessen stand sie auf und klemmte sich das Album unter den Arm. Seit sie die Bilder von Henry und sich selbst zum ersten Mal gesehen hatte, war ihr klar gewesen, dass dieser Augenblick irgendwann kommen musste. Jetzt, nachdem sie einen Eindruck von dem bekommen hatte, was die beiden Familien getrennt hatte, war Ella unglaublich wütend auf ihre Mutter. Sie lief in die Küche hinunter und sah, wie ihre Mutter die Sporttasche fallen ließ und ein Glas aus dem Schrank holte. Sie drehte sich um, als Ella näher trat. „Oh, hallo, Liebling. Wie war es in der Schule?"

Als würde dich das interessieren, hätte sie am liebsten gesagt. „Okay." Sie verschränkte die Arme und drückte das Album fest an ihre Brust. Ihre Mutter trank jetzt ihr Wasser und betrachtete in der Glastür der eingebauten Mikrowelle ihr Spiegelbild. Das Botox hatte sich inzwischen gleichmäßig im Gesicht verteilt, sodass ihre Stirn wieder ganz glatt aussah. Zu glatt.

„Das ist alles?" Ihre Mutter richtete den Blick unverwandt auf ihr Spiegelbild und drückte mit den Fingern auf die Haut unter ihren Augen und über den Augenbrauen. „Nur okay?" Dann, als sie das Wasser ausgetrunken hatte, legte sie die Hand auf ihren flachen Bauch, als wollte sie überprüfen, ob das Training sich gelohnt hatte. Sie warf Ella einen Blick zu und betrachtete dann wieder ihr Spiegelbild.

Ella lehnte sich mit der Hüfte an die Küchenzeile. Sie hätte am liebsten geschrien. Alles an ihrer Mutter kam ihr unecht und oberflächlich vor – und wozu das alles? Ihr Vater war zu sehr damit beschäftigt, sich an die Vergangenheit zu klammern. Und in der Zwischenzeit hatten sie Freunde wie die Harris-Familie verloren. Was nützten also die falsche Bräune, das Botox und die unzähligen Stunden im Fitnessstudio?

„Also gut." Ihre Mutter drehte sich um und legte die Hände in die Taille. „Du bist nicht sehr gesprächig. Gibt es dafür einen Grund?"

Wenn sie nichts sagte, würde sie explodieren. „Ich habe eine Frage." Sie sprach jedes Wort ganz bewusst und beherrscht aus.

Ihre Mutter strich sich mit gespreizten Fingern die Haare aus dem Gesicht und seufzte. Es klang eher lustlos als müde. „Nur zu."

„Warum sind wir nicht mehr mit Henrys Familie befreundet?“

Es dauerte ein paar Sekunden, bis die Miene ihrer Mutter eine Reaktion zeigte. Zuerst öffnete sie den Mund, als wollte sie fragen, von wem Ella sprach oder ob sie erklären könne, was sie meinte, aber dann besann sie sich und hob das Kinn. Der defensive Blick, den sie Ella zuwarf, schuf eine unbehagliche Atmosphäre. „Du meinst Henry Harris und seine Eltern?“

„Natürlich meine ich Henry Harris.“ Ella atmete frustriert aus. Dann hielt sie ihrer Mutter das Fotoalbum hin. „Den Henry Harris, der mein bester Freund war, als ich drei Jahre alt war.“

„Du brauchst nicht zu schreien.“ Ihre Mutter füllte ihr Wasserglas noch einmal. Sie versuchte Zeit zu gewinnen, da war Ella sicher.

„Ich schreie nicht, ich frage dich.“

„Du fragst sehr laut.“

„Weil ich eine Antwort haben will.“ Ella schrie tatsächlich, aber sie war zu wütend, um es zuzugeben. Sie senkte die Stimme. Wenn sie noch mehr drängte, würde ihre Mutter einfach ohne ein weiteres Wort gehen. So war es immer.

Ihre Mutter trank einen Schluck Wasser und stellte das Glas auf die schwarze Arbeitsplatte aus Granit. „Was denn? Du hast dich gelangweilt und unsere Fotoalben angesehen?“

Natürlich langweile ich mich, hätte sie am liebsten geschrien. Stattdessen blieb sie regungslos stehen und bemühte sich, nicht die Beherrschung zu verlieren. „Du hast mir nicht geantwortet. Warum sind wir nicht mehr mit ihnen befreundet?“

„Wir sind unterschiedliche Wege gegangen.“ Ihre Mutter betrachtete ihre manikürten Fingernägel und sah ihre Tochter kaum an. „Das passiert manchmal.“ Dann verschränkte sie die Arme und warf Ella einen ungeduldigen Blick zu. „Du hattest als Kind viele Freunde.“ Ihre Stimme klang jetzt wieder abgeschlagen. „Wie kommt es, dass du nach denen nie fragst?“

„Weil *Henry* in meine Schule geht.“ So. Jetzt hatte sie es gesagt. Wieder beobachtete sie, wie die Überraschung wirkte.

„Er geht auf die Fulton Highschool?“ Zum ersten Mal an diesem

Nachmittag schien sie sich über etwas anderes als sich selbst Gedanken zu machen. „Er ist also … ein ganz normaler Schüler?"

„Natürlich nicht." Ella versuchte, nicht sarkastisch zu klingen. „Er ist Autist."

Ein Anflug von Traurigkeit lag in ihrem Blick. Sie blickte auf den Steinfußboden hinunter. „Ich weiß." Sie klang verlegen. „Ich dachte nur …"

Ella ließ den angefangenen Satz einen unbehaglichen Augenblick lang in der Luft hängen. „Dann … beantworte bitte meine Frage." Ella wartete, bis sie die ganze Aufmerksamkeit ihrer Mutter hatte. „Warum sind wir nicht mehr mit ihnen befreundet?"

Es klingelte an der Tür, und ihre Mutter fuhr hoch. „Das habe ich dir doch gesagt, Ella." Sie lief zur Haustür und Ella blickte ihr nach. Ihre Mutter trug nicht sehr viel, wie immer – nur enge Jazzpants und ein leuchtend blaues Top. Egal, was der Bote an der Tür wollte, er würde überrascht sein.

Aber anstatt in die Küche zurückzukehren, lief Ellas Mutter ins Obergeschoss.

Ella überlegte, ob sie aufgeben sollte. Sie kannte die Antwort doch schon, oder nicht? Henry war in seine autistische Welt verschwunden und Ella mit ihren Eltern aus seinem Leben. Was sonst konnte der Grund sein?

Aber diesmal wollte sie die Worte aus dem Mund ihrer Mutter hören. Oder vielleicht aus ihrem Herzen. Sie wollte sehen, wie ihre Mutter sich wand und dem Thema auszuweichen versuchte, bis sie sich der Tatsache stellen musste, dass Henry nicht der Einzige war, der vor fünfzehn Jahren eine Veränderung durchgemacht hatte. Ella lief die Treppe hinauf und setzte dabei jeden Schritt ganz bewusst auf. Wenn man mit einem Baseballspieler der Topliga verheiratet war, gab es bestimmte Erwartungen, oder nicht? Es versetzte Ella einen Stich ins Herz, als sie die Wahrheit noch deutlicher erkannte. Die Tochter von Randy und Suzanne Reynolds konnte unmöglich einen autistischen Freund haben. Wie sähe das denn aus?

Ella ging mit energischen Schritten den Flur hinunter und stieß die Tür zum Arbeitszimmer im westlichen Teil des Hauses auf. Ihre

Mutter saß vor dem Computer und hatte ihre Facebook-Seite geöffnet. Wieder hätte Ella am liebsten geschrien. Was tat sie hier, wenn sie doch wusste, dass Ella mit ihr reden wollte? Bevor sie etwas sagen konnte, bemerkte sie, dass Tränen über die Wangen ihrer Mutter liefen. Ella zögerte, denn tief in ihrem Herzen tat ihre Mutter ihr jetzt doch ein wenig leid. „Hast du geglaubt", sagte sie etwas freundlicher, „ich würde dich nicht suchen?"

Die feuchten Augen ihrer Mutter blickten sie niedergeschlagen an. „Ich dachte, wir wären mit unserer Unterhaltung fertig."

„Das sind wir nicht." Ella versuchte sachlich zu bleiben. „Ich warte immer noch auf eine Antwort. Was Henry Harris betrifft." Sie trat einen Schritt näher, ohne den Blick von ihrer Mutter abzuwenden. „Warum sind wir nicht mehr befreundet?"

Ihre Mutter sah aus, als wollte sie wieder ausweichend antworten, so wie sie es vorhin getan hatte, aber dann tupfte sie sich die Augen und starrte aus dem Fenster. Sie stieß einen Seufzer aus, der unmittelbar aus ihrer Seele zu kommen schien. Einem vergessenen Ort. Als sie sich Ella wieder zuwandte, war ihr Blick so weich wie schon lange nicht mehr. „Wir haben Henry geliebt. Er war … ein unglaublich süßer Junge." Ihr Lächeln löschte den Schmerz in ihren Augen nicht aus. „Wir haben immer davon gesprochen, wie ihr zwei zusammen aufwachsen würdet und …" Sie schluckte und schüttelte den Kopf. „Keiner von uns hat es kommen sehen, Ella. Es war als ob … als ob wir ihn über Nacht verloren hätten."

So viel hatte Ella schon vermutet, nachdem sie die Fotos gesehen hatte. „Warum also?" Sie senkte die Stimme, aus Trauer um Henry und alles, was er verloren hatte. „Warum sind wir keine Freunde mehr?"

Ihre Mutter ließ die Schultern hängen. „Er hat aufgehört zu lachen und zu singen. Bevor wir uns versahen, hat er nicht mehr getanzt oder gespielt, und er ist nicht mehr mit dir herumgelaufen wie früher." Ihr Kummer wandelte sich in Verlegenheit. „Er hat angefangen … Dinge aufeinanderzustapeln und eure Spielsachen in einer Reihe aufzustellen, wenn wir zusammen waren."

„Und da habt ihr uns getrennt?" Ihre Wut war zurückgekehrt,

und Ella hatte Mühe, sie zu unterdrücken. Sie warf die Hände in die Luft. „Weil er ruhig war? Weil er Sachen gestapelt hat?“

„Es war schwierig für dich, Ella.“ Ihre Stimme klang jetzt leidenschaftlicher als zuvor. „Du hast … du bist zu ihm gegangen und hast ihm auf die Schulter getippt und versucht, ihn dazu zu bringen, dass er mit dir herumläuft und spielt oder singt.“ Sie presste zwei Finger gegen ihren Nasenrücken und schloss die Augen, als könnte sie ihre Erklärung nicht beenden. Als sie aufblickte, war ihre Miene wieder hart. „Ich erwarte nicht, dass du dich daran erinnerst, aber nach ein paar Wochen hat er … er hat dich nicht einmal mehr angesehen. Er hat nicht mehr geredet. Kein Wort.“ Sie lehnte sich auf ihrem Stuhl zurück. Die Vergangenheit zeichnete ihre Miene. „Manchmal hast du geweint, weil du ihn so haben wolltest, wie er früher war.“

Ella kannte nicht alle Einzelheiten über autistische Störungen, aber eins wusste sie: Die Therapie musste sofort beginnen. Je früher, desto besser. „Ich hätte also weiter ein Teil seines Lebens sein können. Wir hätten mit nach einer Lösung suchen können, aber stattdessen … was? Es war zu peinlich, Mama, oder?“

Ihre Mutter schob ihren Stuhl vom Schreibtisch zurück und stand auf. Für sie war die Unterhaltung eindeutig beendet. „Ja, es war peinlich.“ Sie verschränkte die Arme. „Ist es das, was du hören willst? Gut. Wir haben aufgehört, miteinander befreundet zu sein, weil es zu peinlich war.“ Sie hielt Ellas Blick stand. „Und jetzt würde ich gerne duschen, wenn du nichts dagegen hast.“

Sie stürmte an Ella vorbei und den Flur hinunter in ihr Zimmer. Ella rührte sich nicht. Sie sah zum Fenster hinaus und ließ die Wahrheit sacken. Sie und Henry waren beste Freunde gewesen, aber als er sich veränderte und der Autismus begann, wurde es peinlich und ihre Eltern gingen eigene Wege. Alles, was an dem kleinen Jungen Henry schön gewesen war, hatten sie abgetan und vergessen. So wie man vergisst, dass man eine Lieblingskamera oder ein Handy verloren hat.

Sie zwang sich, tief einzuatmen.

Auf welche Weise hätte Henry vielleicht schon vor Jahren aus seiner eigenen Welt herausgefunden, wenn sie beide weiter hätten befreundet sein dürfen? Ihre Verbindung damals war ganz eindeutig sehr eng gewesen. Diese Art kindlicher Freundschaft hätte doch sicherlich geholfen, ihn zu erreichen, oder nicht?

Ella setzte sich an den Computer und betrachtete die Facebook-Seite, die immer noch aufgerufen war. Ihre Mutter verbrachte viel zu viel Zeit hier, auf der Suche nach alten Freunden und sogar nach Typen, mit denen sie ausgegangen war. Es war ihre Form der Flucht, vermutete Ella. Selbst an einem Nachmittag wie diesem, obwohl sie wusste, dass Ella mit ihr zu reden versuchte. Stattdessen war sie hier heraufgekommen und hatte etwas gesucht – aber was? Einen Weg, um …

Plötzlich begann ihr Herz schneller zu schlagen. Sie starrte auf die Facebook-Maske und traute ihren Augen kaum. „Das ist nicht die ganze Geschichte", flüsterte sie. „Nicht wahr, Mama?"

Es konnte nicht alles gewesen sein. Denn auch wenn ihre Mutter das Thema Henry Harris vermieden hatte, war er ihr offensichtlich nicht gleichgültig. Immerhin hatte sie geweint. Vielleicht traf der Verlust sie schwerer, als sie zugeben wollte, oder die Trennung war schwieriger gewesen, als sie Ella weiszumachen versuchte. Etwas musste das Herz ihrer Mutter angerührt haben, und diese neue Erkenntnis ließ Ellas Wut in einem Meer der Traurigkeit zerfließen. Zum ersten Mal seit Langem hasste Ella sie nicht. Denn sie und Henry waren nicht die einzigen Freunde gewesen, die einander vor fünfzehn Jahren verloren hatten. Das sagten ihr die Worte in der Suchmaske.

Ihre Mutter hatte „Tracy Harris" eingegeben.

13

Freitags vermisste Tracy den alten Henry am meisten.

Am letzten Schultag der Woche gab es für sie immer einen Grund, vor Schulschluss bei der Highschool vorbeizufahren. Unterlagen im Büro oder eine Besprechung mit seiner Lehrerin, ein schnelles Wort mit der Schultherapeutin. Irgendetwas. Und an diesen Tagen nahm Henry nicht den Bus, sondern fuhr mit ihr nach Hause.

Tracy stempelte ihre Zeitkarte im Pausenraum der Walmart-Filiale ab und ging eine Stunde früher, so wie sie es meistens an Freitagen tat. Ich hole meinen Sohn von der Schule ab, sagte sie zu sich selbst, als sie auf den überfüllten Parkplatz hinaustrat und sich hinter das Lenkrad ihres Honda Baujahr 1998 setzte. Und die ganze Fahrt über fühlte sie sich wie jede andere Mutter und tat, was jede andere Mutter tun könnte. Aber das war das Problem. Der Grund, warum sie ihn an Freitagen so sehr vermisste.

An den anderen Tagen, an denen er aus dem behindertengerechten Bus stieg, konnte sie die Realität nicht leugnen. Henry kämpfte mit seiner eigenen autistischen Welt, Dan kämpfte mit dem Meer in Alaska, und Tracy kämpfte vor Gott auf Knien mit ihrer Verzweiflung – indem sie ihn jeden Tag um ein Zeichen oder einen Durchbruch anflehte. Indem sie betete, dass Henry sie irgendwann ansehen oder in den Arm nehmen würde, oder dass sie ihn umarmen oder seine Hand halten konnte. Sie vermisste so viele Dinge an Henry, aber seine Berührung vielleicht am meisten. Die Berührung durch sein Lächeln und seine leuchtenden Augen, das Gefühl seines jungenhaften, verlorenen Wesens in ihren Armen. Dass seine Finger ihre berührten, während sie über den Parkplatz gingen oder abends ein Buch lasen.

Sie vermisste das alles so sehr, dass es meist besser war, wenn sie sich nur auf den Augenblick konzentrierte.

Aber freitags konnte sie nicht anders, als an die Vergangenheit zu denken.

Das Verrückte war, dass er und Ella an ihre Verbindung von damals angeknüpft zu haben schienen. Tracy war sicher gewesen, dass sie einander nie wiedersehen würden, schließlich gab es Dutzende Schulen in der Gegend von Atlanta. Nur Gott konnte sie beide nach Fulton gebracht haben. Es schien wie ein Fingerzeig Gottes, den Tracy nicht ganz begreifen konnte. Aber etwas Wundersames ging hier vor sich, denn sie gingen nicht nur in dieselbe Schule, sondern Ella hatte sich auch mit ihm angefreundet. Sie hatte bei ihrem Schauspiellehrer Mr. Hawkins nicht lockergelassen, und das, bevor sie überhaupt wusste, dass sie als Kinder Freunde gewesen waren.

Suzanne Reynolds' Tochter … wie hoch war die Wahrscheinlichkeit, dass so etwas geschah?

Die Ampel wurde grün und sie ließ sich im Straßenverkehr voranschieben. Es hatte keine bösen Worte oder schrecklichen Streitereien gegeben, als ihre Freundschaft mit Ellas Mutter zerbrochen war. Sie war einfach gestorben, wie so viele andere Beziehungen und Freundschaften, die auf dem Müllhaufen des Lebens landeten. Je mehr Zeit verging, desto weniger passend war es ihr erschienen, Suzanne anzurufen. Und Suzanne war es wahrscheinlich genauso gegangen, denn das Telefon klingelte nie.

Eine Brise kühlte ihre feuchten Wangen, als sie nach links auf die Hauptstraße abbog, die zur Schule führte. *Lieber Gott, manchmal vermisse ich sie immer noch. Ich vermisse sie so, wie ich Dan und Henry und unser früheres Leben vermisse.* Sie blinzelte, um die neu aufsteigenden Tränen zurückzudrängen. An den meisten Tagen war sie bei Walmart oder anschließend mit Henry zu sehr beschäftigt, um über all das nachzudenken, was sie verloren hatte. Aber in Augenblicken wie diesem war die Last so schwer, dass sie nicht sicher war, ob sie es aushalten konnte. *Bitte, Gott … sprich mit meiner alten Freundin und ihrem Mann … und danke für ihre Tochter.* Sie wischte die nächsten Tränen fort. Ella war zu einem wunderbaren Menschen herangewachsen. So wie ihre Mutter es gewesen war, als sie beide noch zur Schule gingen. Seit sie Ella gesehen hatte, vermisste sie Suzanne auf eine Weise, die sie seit mehr als einem Jahrzehnt nicht mehr empfunden hatte. Sie schniefte und versuchte, ihre Gefühle in den Griff zu bekommen. Sie durfte nicht weinen, wenn sie auf den Parkplatz der Schule fuhr. Heute hatte sie eine Besprechung mit Henrys Sportlehrer. *Also, Vater, ich weiß nicht, was du vorhast, aber ich spüre, dass irgendetwas geschieht. Habe ich recht, Gott?*

Meine teure Tochter, schau nach vorne, denn ich will etwas Neues schaffen! Es hat schon begonnen … Hast du es noch nicht gemerkt? Durch die Wüste will ich eine Straße bauen, Flüsse sollen in der öden Gegend fließen. Ich liebe dich, mein Kind … du bist nicht allein. Jetzt nicht und niemals.

Tracy wäre beinahe von der Fahrbahn abgekommen. Die Antwort war so deutlich, so stark, dass sie unwillkürlich einen Blick in den Rückspiegel warf, als säße Gott auf ihrem Rücksitz. Dies war der Vers, den sie in Bezug auf Henry so oft gebetet hatte. Der Vers in Jesaja 43,19, in dem es darum geht, dass Gott einen Weg durch die Wüste bahnen und Ströme fließen lassen wird. Aber noch nie – nicht ein einziges Mal, seit sie diesen Vers betete – hatte sie das Gefühl gehabt, dass Gott ihn ihr als Antwort gab.

Bis zu diesem Augenblick.

Sie war nicht mehr weit von der Schule entfernt und fuhr die letzten Kilometer auf der Autobahn, als eine Erinnerung von vor fünfzehn Jahren glasklar und lebendig vor ihrem geistigen Auge aufstieg. Sie saß mit Suzanne in deren Küche, wo sie gesüßten Tee tranken, und Suzanne sagte etwas davon, dass die Zitronen besser seien als sonst, und plötzlich drang aus dem Garten das schier grenzenlose Gelächter von Henry und Ella herein.

Die Erinnerung war so lebhaft und echt, dass sie die Zitronen riechen und das kühle Glas in ihrer Hand fühlen konnte. Und sie konnte das Lachen ihrer Kinder hören, das in ihrem Herzen, ihrer Seele und ihren Gedanken widerhallte, wie es damals gewesen war.

Sie und Suzanne hatten sich bei dem Geräusch beide umgedreht. „Hörst du das?" Suzanne lächelte, und die Zukunft leuchtete in ihren Augen. „Das ist der Klang der vorbeirasenden Jahre." Sie schnipste mit ihren manikürten Fingern.

„Da hast du recht." Tracy sah die Kinder an. „Morgen werden sie ihren Highschool-Abschluss machen."

„Sie sind wundervolle Kinder." Suzanne starrte wieder aus dem Fenster. „Sieh sie dir nur an."

Tracy sah sie an. Und sie tat es auch jetzt noch, denn das Bild hatte sich unauslöschlich in ihrem Herzen eingebrannt. Henry hielt eine Handvoll Löwenzahn, während er Ella um die Schaukel jagte und sie allmählich einholte, und Ella drehte sich und beide lachten. Sie lachten immerzu. Und Tracy saß neben ihrer besten Freundin und die Sonne schien auf die Gesichter ihrer Kinder und Henry sagte: „Die Hälfte für dich, weil du meine Ella bist! Ja? Die Hälfte für dich."

Und Ella streckte die Hände aus und sagte zu Henry: „Gut, gib mir die Hälfte!" Henry nahm einen Teil der Löwenzahnblüten und drückte sie Ella in die kleinen Finger. Sie grinste ihn an, zog die blonden Augenbrauen hoch und kreischte: „Und jetzt?"

„Jetzt musst du sie hochwerfen!" Und Henry warf den Löwenzahn in die Luft und Ella tat es ihm gleich, und beide kicherten, als die gelben Blüten auf ihre Köpfe herunterregneten. Ein paar Löwenzahnblüten verfingen sich in den Haaren der Kinder, und der Anblick schien sie zu belustigen, denn sie sammelten die Blüten auf und legten sie auf ihre Köpfe, bis sie aussahen wie zwei Hippiekinder. Und die ganze Zeit lachten sie, bis sie sich auf dem Boden kringelten, zwei Blondschöpfe mit dreckigen Knien und Löwenzahn im Haar.

Das Lachen verschwand zuerst, dann das Bild von ihren Gesichtern und schließlich, wie bei jedem anderen schönen Augenblick der Vergangenheit, verschwand auch die Erinnerung im Gestern, wo sie hingehörte. Sie vermisste so viel. So unendlich viel. Tracy fuhr mit den Fingern unter ihren Augen entlang und trocknete ihre Tränen. Aber gegen den Kummer in ihrem Herzen konnte sie nichts machen. Denn das Gestern lieh Erinnerungen wie diese nur in Augenblicken wie diesem aus – wenn Tracy die normalsten Dinge der Welt tat.

Zum Beispiel zur Fulton Highschool fahren, um Henry abzuholen.

14

Ella war nicht sicher, aber sie hatte das Gefühl, dass Henry sich an sie erinnerte. Er wedelte an diesem Nachmittag wieder mit den Armen, aber Liegestütze machte er keine. Als Mr. Hawkins den Schülern sagte, sie könnten eine Pause machen, drehte Ella sich um und sah, wie er sie anstarrte. Nicht an ihr vorbei oder durch sie durch, sondern ein direkter Blick. So wie er es schon mehrmals getan hatte. Sobald sie seinen Blick erwiderte, wandte er ihn ab, aber das änderte nichts an der Tatsache. Am Ende ihrer dritten gemeinsamen Probe hatte Ella eine Ahnung, was in Henry vorging.

Er verstand mehr, als den anderen Schülern in Fulton bewusst war.

Der Unterricht war jetzt zu Ende, und Ella ging zu Henry. Er saß noch auf seinem Platz und wiegte sich ein wenig vor und zurück, während er in seinem Rucksack kramte. Wahrscheinlich suchte er seine Karteikarten. „Henry, ich bin Ella. Erinnerst du dich an mich?“

Er hörte auf zu schaukeln und setzte sich aufrechter hin. Dann hob er den Blick ganz langsam und eindeutig mit Absicht und sah sie an. Diesmal wich er ihrem Blick nicht aus, sondern blieb mit ihr verbunden, und sie brauchte keine Antwort zu hören. Seine blauen Augen sagten ihr alles, was sie wissen musste.

Ja, er erinnerte sich an sie.

Sie war nicht sicher, wie das kam, denn fünfzehn Jahre waren eine lange Zeit. Aber Henry erinnerte sich, dessen war sie sich sicher. Und jetzt, wo die anderen Jugendlichen weg waren und sie in Mr. Hawkins’ Klasse stand, erinnerte sich Ella irgendwie auch an ihn. Nicht nur an die Fotos in dem Album, das sie an diesem Tag mit in die Schule gebracht hatte. Sondern an ihn … an das Herz hinter seinen erstaunlichen Augen.

Hinter ihr ertönte ein Geräusch, und Ella drehte sich um. Henrys Mutter stand in der Tür. Ihre Blicke begegneten sich, und die

Frau lächelte. Aber ihre Augen waren immer noch traurig. „Hallo, Ella."

„Hallo, Mrs. Harris." Ellas Blick wanderte zu Henry zurück. Er starrte jetzt wieder auf seinen Rucksack, und die Verbindung, die gerade noch zwischen ihnen bestanden hatte, war unterbrochen. „Ich wollte nur …" Sie sah Mrs. Harris an. „Ich habe mich mit Henry unterhalten. Ich habe ihn gefragt, ob er sich an mich erinnert."

„Hmm." Sie schien es nicht eilig zu haben, anders als beim letzten Mal. „Du bist sehr nett zu ihm, Ella. Ich bete schon die ganze Zeit, dass Henry einen Freund findet. Ich bete, dass ein Wunder geschieht. Ich hätte nur nicht gedacht …"

„Sie hätten nicht gedacht, dass ich es sein würde." Ella hörte die Enttäuschung in ihrer Stimme. Wenn ihre Mutter Henry doch nur eine Chance gegeben hätte. Sie brachte ein kleines Lächeln zustande. „Ich habe mit meiner Mutter darüber gesprochen."

Die Nachricht schien Mrs. Harris zu treffen, denn etwas in ihrer Miene veränderte sich, wenn auch nur für einen Augenblick. Sie trat näher und Ella spürte einen inneren Frieden in ihr. So als hätte sie einen besonderen Glauben, eine Art Vertrauen. Sie blieb an Henrys anderer Seite stehen. „Du hast gefragt, ob er sich an dich erinnert." Ihr Lächeln wurde weicher und sie sah Henry an und dann wieder Ella. „Das tut er, Ella. Ich weiß es."

„Ich glaube auch." Ella ließ den Gedanken einige Sekunden lang in ihr Herz sinken. „Er hat mich angesehen. Gerade, bevor Sie kamen." Aus dem Augenwinkel sah sie, wie Henry in seinem Rucksack kramte. Er zog seine Karten heraus und begann sie zu mischen.

„*An*gesehen?" Mrs. Harris zögerte. „Du meinst, er hat in deine Richtung gesehen, also dicht an dir vorbei?"

„Nein." Sie lächelte und sie lachte leise. „Er hat mir direkt in die Augen gesehen. Das hat er jetzt schon ein paar Mal gemacht. Deshalb glaube ich, dass Sie recht haben und dass er sich an mich erinnert."

Henry zog eine Karte aus seinem Stapel, überlegte es sich dann aber anders und steckte die Karte irgendwo in den Stapel zurück.

Mrs. Harris warf ihm einen Blick zu und ließ sich dann langsam auf dem Platz neben ihm nieder. „Bist du froh, dass du Ella gefunden hast, Henry?“

Ella hatte erwartet, dass er wieder aufblicken würde, aber er sortierte weiter seine Karten. Nach einer halben Minute stand Mrs. Harris wieder auf und senkte die Stimme. „Er … er hat mir schon lange nicht mehr in die Augen gesehen. Und seit seiner Diagnose hat er kein Wort mehr gesagt.“

Die Wahrheit traf Ella wie zerbrochenes Glas. Sie blinzelte ungläubig. Henry sah seine Mutter nicht an? Wie schwer es sein musste, mit jemandem zusammenzuleben, der keinen Kontakt herstellte. Aber andererseits … mit ihr hatte er definitiv Kontakt aufgenommen.

Wieder zog Henry eine Karte aus seinem Stapel, und diesmal hielt er sie hoch, dass sie sie sehen konnten. Sowohl Ella als auch Mrs. Harris beugten sich näher. Das Bild zeigte ein Herz und Noten und etwas, das wie ein altmodisches Radio aussah. Darunter standen die Worte „Ich mag dieses Lied“. Während er die Karte hielt, sah er keinen von beiden an. Sein Blick war nach oben gerichtet, auf einen fernen, leeren Fleck an der Wand des Theaterraums.

Ella spürte Enttäuschung in sich aufsteigen. Wenn Henry sie ansah, war er für kurze Zeit genauso wie jeder andere Jugendliche. Nein, er war besser als die anderen, weil seine Augen freundlich und gütig und voller Hoffnung waren. Als wäre nie jemand gemein zu ihm gewesen oder hätte ihn gehänselt. Als wäre alles im Leben möglich. Aber jetzt … Sie sah Henrys Mutter an. „Welches Lied?“

Der hilflose Blick ließ ihre Miene weicher erscheinen, und sie lächelte Henry kurz zu. „Ich bin nicht sicher. Die Musikkarten sind neu.“ Sie seufzte. „Henry liebt jede Art von Musik. Es war sehr nett von dir, Ella, dass du ihn hierhergebracht hast.“

„Er ist stehen geblieben und wollte zuschauen, als seine Klasse vorbeiging.“ Sie zuckte mit einer Schulter. „Ich fand, er sollte die Möglichkeit bekommen zu bleiben.“

„Danke jedenfalls.“ Sie blickte Ella prüfend an, als sehe sie wieder das kleine Mädchen, das sie früher gewesen war. „Du warst ein zauberhaftes Kind. Ich war immer der Meinung, dass du zu einem netten Mädchen heranwachsen würdest." Sie streckte die Hand aus und berührte ganz leicht Ellas Wange, und Tränen glänzten in ihren Augen. „Ich war nicht sicher, ob wir dich jemals wiedersehen würden."

Ella erinnerte sich an das Fotoalbum. „Oh, warten Sie." Es lag auf der anderen Seite des Raumes, und sie lief, um es zu holen. Ella hatte nicht erwartet, dass sie sich mit Henrys Mutter so verbunden fühlen würde. Bis jetzt schien diese Frau alles das zu sein, was ihre eigene Mutter nicht war. Sie unterhielt sich offen und war von einer erfrischenden Ehrlichkeit. Nichts an ihr sah künstlich oder gekauft oder gespritzt aus. Vielleicht waren es ja die Gebete, von denen sie vorhin gesprochen hatte. Etwas, das es in Ellas Familie nicht gab.

Als Ella mit dem Album zurückkam, beobachtete sie, wie Henry die Liedkarte wieder in den Stapel schob und langsamer durch die Karten blätterte. Ella setzte sich auf einen Stuhl, der ein Stückchen entfernt stand. Sie gab Henrys Mutter ein Zeichen, sich zu ihr zu setzen. „Das hier hab ich von zu Hause mitgebracht."

Mrs. Harris nahm auf dem Stuhl neben ihr Platz. Sie starrte das Album an und strich vorsichtig über den Einband. „Ich erinnere mich daran. Wir haben beide eins gemacht." Sie sah zu Ella auf. „Deine Mutter und ich."

Ella fuhr mit der Hand darüber. „So habe ich von Henry erfahren. Ich wollte es ihm zeigen." Sie warf Henry einen Blick zu. „Aber vielleicht ist es noch zu früh."

„Ja." Auch Mrs. Harris sah zu Henry hinüber und ließ ihren Blick einen Moment lang auf ihm ruhen. „Vielleicht."

Ella schlug das Album auf und blätterte über die ersten Seiten hinweg bis zu der Stelle, an der die Bilder auch ihre Eltern zeigten. „Das hier gefällt mir." Sie zeigte auf ein Foto, auf dem Henry und sie im Schneidersitz auf einem Rasen saßen, der wahrscheinlich zum Garten von Henrys Eltern gehörte. Sie saßen einander gegenüber und machten Seifenblasen. „Wir hatten viel Spaß, nicht wahr?"

„Die ganze Zeit." Sie lächelte. „Ich erinnere mich noch an diesen Tag."

Ella blätterte weiter zu einem Bild der Mütter, die ihre Köpfe zusammengesteckt hatten und albern grinsten. Die Freundschaft zwischen Henry und ihr war nicht die einzige, die verloren gegangen war. „Sie und meine Mutter … haben Sie sich nahegestanden?“

Mrs. Harris lehnte sich auf ihrem Stuhl zurück. „Ja.“ Es klang wie ein leiser Seufzer. „Sehr nahe.“

Ella betrachtete die Fotos. „Wie haben Sie sich kennengelernt?“

Henrys Mutter lehnte sich wieder etwas vor, den Blick auf das Bild geheftet. „Am ersten Tag … wir waren neu in der Highschool. Sie war in dreien von meinen Kursen, und wir hatten beide das gleiche blaue Top an. Am Ende des ersten Schultages erzählte sie den Lehrern bereits, wir wären Zwillinge.“ Sie lächelte, als wäre es eine glückliche Erinnerung. „Von dem Tag an waren wir beste Freundinnen.“

Ella fand, dass es eine schöne Geschichte war, aber … beste Freundinnen? Ihr verging das Lächeln. „Wie … allerbeste Freundinnen?“

„Hast du das Hochzeitsalbum deiner Eltern gesehen?“ Der Blick, den Henrys Mutter ihr zuwarf, war ganz weich.

„Das ist schon lange her.“ Sie dachte daran, wie ihre Eltern sich in letzter Zeit verhielten, dass sie niemals zusammen waren, nie miteinander sprachen. Sie blinzelte, um den Gedanken zu verscheuchen. „Die Bilder … Ich glaube, die hat schon lange keiner mehr angesehen.“

„Ich war die Trauzeugin deiner Mutter.“ Sie berührte die Gesichter unter der Plastikfolie. „Und sie war meine. Unsere Männer waren wegen uns befreundet. Aber deine Mutter … sie war für mich wie eine Schwester.“ Wieder glänzten ihre Augen feucht, und ihr Lächeln war beinahe ganz verschwunden. „Ich vermisse sie immer noch.“

„Warum rufen Sie sie nicht an?“ Ella war traurig, weil ihre Mutter eine Freundin wie Tracy Harris verloren hatte. „Ich meine, war es so schlimm? Wie alles auseinandergegangen ist?“

„Wir haben uns nicht gestritten. So war es nicht.“

Henry wiegte sich wieder hin und her, nicht sehr schnell oder heftig, aber irgendetwas ärgerte ihn. Ella wünschte, sie wüsste, was. Verstand er sie? Erinnerte er sich an die Zeit, als ihre Familien befreundet und ihre Mütter wie Schwestern gewesen waren? Sie sah wieder Henrys Mutter an. „Es war, weil ... weil die Dinge sich geändert hatten, nicht wahr?"

Mrs. Harris seufzte. „Neulich ... ich hoffte, ich würde mehr Zeit mit dir haben, damit ich etwas über deine Eltern hören kann. Wie es ihnen geht." Sie sah an Ella vorbei in den bewölkten Nachmittagshimmel hinaus. „Nachdem unsere Freundschaft in die Brüche gegangen war, gab es Tage, an denen ich nicht sicher war, was an dem Schmerz der Verlust von Henry war und was der Verlust deiner Mutter. Lange Zeit verschwammen beide, vor allem, nachdem Henrys Vater fortgegangen war."

„Oh." Ella war enttäuscht. „Sie und Henrys Vater sind geschieden?"

„Nein." Wieder sah ihr Lächeln traurig aus. Sie blickte zu Henry hinüber. Wenn er zuhörte, ließ er es sich nicht anmerken. Er schaukelte jetzt nicht mehr so schnell und sortierte wieder seine Karten. Mrs. Harris sah Ella an. „Mein Mann ist Fischer in Alaska. Wir sehen ihn kaum."

„Ach so." Ella dachte darüber nach. Henry tat ihr leid, weil sein Vater nicht da war. Er hatte in den vergangenen Jahren so viel verloren, und jetzt, nachdem sie schon so viel erfahren hatte, wollte sie den Grund kennen, ihn aus Mrs. Harris' Mund hören. „Was ist denn passiert? Weshalb ist die Freundschaft zwischen unseren Familien in die Brüche gegangen?"

„Das ist lange her, Ella." Sie sah aus, als wollte sie niemandem die Schuld geben. „Henrys Diagnose war für uns alle schwer."

„Inwiefern?"

Wieder zögerte die Frau, als überlege sie, wie viel sie sagen sollte. „Deine Mutter hat sich Sorgen gemacht, was Henry betraf ... welche Auswirkungen seine Krankheit auf dich haben könnte. Ob es ein erlerntes Verhalten war oder ansteckend oder ob es wieder weggehen würde."

Ella konnte sich ihre Mutter so vorstellen – dass sie sich mehr

Gedanken darüber machte, Ella könnte auch Autistin werden, als über die Tatsache, dass sie Henry verloren hatten.

Mrs. Harris faltete die Hände und starrte einige Sekunden darauf. „Ich war …also, ich habe auf die Fragen deiner Mutter nicht gut reagiert. Ich war sehr defensiv." Sie zog eine Schulter hoch. „Wir haben uns nicht mehr gut verstanden, könnte man sagen."

„Das tut mir leid." Die Geschichte ergab allmählich einen Sinn. Ella konnte sich vorstellen, dass das Unbehagen ihrer Mutter irgendwann einen Keil von der Größe Georgias zwischen sie getrieben hatte. Und Mrs. Harris konnte Henry vielleicht irgendwann nicht mehr verteidigen, ohne aggressiv zu werden.

„Ich weiß noch, wie es war … als die Trennung endgültig wurde." Mrs. Harris betrachtete wieder die Fotos. „Wir telefonierten immer seltener, sahen uns nicht mehr so oft. Deine Eltern nahmen dich im Frühjahr mit nach Florida, wo dein Vater trainierte." Sie lächelte. „Es gab damals kaum jemanden, der besser schlug als dein Vater."

„So hat er schon lange nicht mehr geschlagen."

„Ja … jedenfalls, als eure Familie nach einem Monat aus Florida zurückkam, nahm keiner von uns den Kontakt wieder auf. Aus Wochen wurden Monate … aus Monaten Jahre." Sie schwieg eine ganze Weile. „Fünf Weihnachten später ging ich mit meinem Highschool-Jahrbuch auf die Terrasse und weinte eine Stunde lang."

Ella wusste nicht, was sie sagen sollte. Sie wollte die Frau fragen, warum sie nie den ersten Schritt getan hatte, wenn der Verlust sie so sehr schmerzte, oder warum die Männer sich nicht in Verbindung gesetzt hatten, wenn die Frauen schon nicht miteinander sprachen. Aber sie wollte nicht unhöflich oder zu neugierig sein. Es überraschte sie ohnehin, dass Henrys Mutter so offen über all das sprach.

„Ich hatte immer gehofft …" Sie blinzelte die Tränen zurück, und ihre Augen schienen in lang zurückliegenden Erinnerungen verloren zu sein. „Niemand hat sie jemals ersetzen können."

„Aber sie war nicht einfühlsam … was Henry betraf." Über diesen Teil konnte Ella sprechen.

„Manche Leute werden durch Autismus abgeschreckt …" Sie fuhr sich mit dem Finger unter den Augen entlang und blickte zu Henry hinüber. Er hielt immer noch seine Karten in der Hand, aber jetzt starrte er aus dem Fenster. Mrs. Harris seufzte. „Autismus ist … na ja, es ist kompliziert."

Kompliziert? Henrys Mutter brauchte nicht so rücksichtsvoll zu sein. Der eigentliche Grund war hässlich und es fiel schwer, ihn auszusprechen. Vor allem vor Henry. Ja, Mrs. Harris hätte nach all der Zeit als Erste anrufen können. Aber Ellas Mutter war diejenige gewesen, die ein autistisches Kind abgelehnt hatte. Sie hätte Mitgefühl zeigen oder helfen oder wenigstens zuhören können, während Henrys Mutter all das durchmachen musste. Aber stattdessen war sie davongelaufen.

Das war doch wirklich erbärmlich. Ella spürte, wie ihr die Tränen kamen. Sie betrachtete wieder die Fotos. „Ich kenne meine Mutter eigentlich gar nicht. Sie hat mir nie von Ihnen erzählt. Von Ihrer Freundschaft."

Die Wahrheit tat ganz offensichtlich weh. Mrs. Harris suchte nach den nächsten Worten. „Wahrscheinlich gibt es Dinge, die so traurig sind, dass man nicht darüber sprechen kann." Ihre Worte schienen ihr selbst genauso zu gelten wie Ella. Dieses Detail – dass ihre Mutter diese ganz besondere Freundschaft nie erwähnt hatte – verursachte neuen Schmerz. Das war unvermeidlich. Henrys Mutter holte tief Luft und zwang sich zu einem Lächeln. „Ich muss sagen, deine Mutter und ich hatten viel Spaß." Sie nickte, als wollte sie sich selbst überzeugen. „Sie konnte mich immer zum Lachen bringen. Wir waren jeden Tag zusammen. Wir haben uns etwa zur gleichen Zeit verliebt und unsere Männer im gleichen Jahr geheiratet. Ihre Hochzeit war im Frühling, meine im Sommer."

Ella lauschte staunend. Sie erfuhr hier, in einem leeren Klassenraum und von einer Frau, die sie gerade erst kennengelernt hatte, mehr über ihre Mutter, als sie jemals gewusst hatte. Sie hätte die ganze Nacht hier sitzen können, wenn es bedeutete, dass sie noch mehr solcher Einzelheiten erfuhr.

„Einige Jahre später bekamen wir unsere Babys – nur drei Monate auseinander."

„Wer ist älter?"

„Er." Mrs. Harris warf ihrem Sohn einen liebevollen Blick zu. „Nicht wahr, Henry?"

Seine Augen waren auf keine von ihnen beiden gerichtet, aber sein Blick war offen. Er sagte, dass alles in der Welt gut und richtig war. Wenigstens schien seine Miene das zu sagen. Ella sah auf die Uhr an der Wand. „Ich muss gehen, Mrs. Harris." Sie musste vor vier Uhr für ihre Mutter Sachen aus der Reinigung holen. Das war etwas auf der Liste der „Das ist das Mindeste, was du für mich tun kannst"-Aufgaben, die ihre Mutter ihr gelegentlich auftrug. „Ich würde gerne irgendwann mehr hören, wenn es Ihnen nichts ausmacht."

„Gerne." Wieder lächelte die Frau freundlich. „Du musst uns besuchen kommen. Ich habe einen selbst gedrehten Film von euch beiden."

Ellas Herz schlug schneller. „Das würde ich gerne sehen. Danke." Sie stand auf und Henrys Mutter tat es ihr gleich. „Ich habe eine Frage."

„Du kannst mich alles fragen." Mrs. Harris ging zu Henry und legte sachte die Hand auf seinen Rücken. Ihre Berührung musste eine Art Signal sein, denn er verstaute seine Karten und stand auf. Er schwankte ein bisschen, schlug aber nicht mit den Armen und sah auch nicht aufgeregt aus.

„Darf Henry bei dem Musical mitmachen?" Sie hatte mit diesem Gedanken gespielt, seit sie ihn zum ersten Mal in der Tür des Theaterraums gesehen hatte. „Ich meine, wenn ich ihm eine Rolle beschaffen kann?"

Die Frau blickte nervös drein und warf Henry einen kurzen Blick zu. „Das würde ihm gefallen, da bin ich sicher." Die kalte Realität dämpfte ihre Begeisterung. „Aber ich fürchte … Es ist für Henry schon schwierig genug, im Publikum zu sitzen." Sie wollte Henrys Gefühle nicht verletzen, das war deutlich. „Du weißt, was ich meine?"

Ella konnte es nicht leugnen, aber sie war nicht bereit aufzugeben. „Wenn er offiziell in unserem Kurs eingeschrieben wäre und Lust hätte, könnte er wenigstens mitmachen. Im Chor."

Henrys Mutter tätschelte Ellas Schulter. Sie sah aus, als wollte sie Ella sagen, sie verschwende ihre Zeit, aber dann senkte sie ihre Stimme zu einem Flüstern. „Selbst wenn Gott ein Wunder vollbrächte und Henry auf einer Bühne stehen könnte, ohne auffällig zu werden, könnten wir uns die Gebühren nicht leisten." Sie umarmte Ella und legte eine Hand auf Ellas Wange. „Aber danke, dass du ihn unterstützen willst." Sie lächelte und sah Ella prüfend an. „Du bist wirklich ein reizendes Mädchen, Ella. Du bist genauso geworden, wie ich es mir immer vorgestellt habe."

Henry wartete geduldig, aber er ging im Kreis und seine Hände waren wieder unter seinem Kinn gefaltet.

„Hier." Mrs. Harris kramte in ihrer Handtasche und zog Stift und Notizblock heraus. Dann schrieb sie etwas auf. „Das ist unsere Telefonnummer. Das mit dem Besuch habe ich ernst gemeint. Du kannst jederzeit anrufen." Sie ging mit Henry zur Tür. „Kannst du mir einen Gefallen tun, Ella?"

Die Zeit war zu schnell vergangen. Ella wollte noch mit Henry sprechen und ihm noch viel im Fotoalbum zeigen. Aber das ging jetzt nicht.

„Natürlich."

„Sag deiner Mutter … einen schönen Gruß."

„Mach ich." Ella lächelte zum Abschied. Dann packte sie ihre Sachen zusammen und verließ den Raum durch die andere Tür, die näher am Schülerparkplatz war. Auf dem Weg nach draußen wäre sie beinahe mit Michael Schwartz zusammengestoßen. „Oh … tut mir leid."

„Schon in Ordnung." Er machte einen Schritt zur Seite und zögerte. Er hatte einen Instrumentenkoffer bei sich – wahrscheinlich für seine Flöte. Es war der Rucksack, über den die Footballspieler sich auf dem Gang lustig gemacht hatten. Seine schüchternen Augen sahen sie an. „Was du für Henry tust … das ist echt cool."

Ella war gerührt. Machte die Neuigkeit, dass Henry bei den

Theaterproben dabei war, etwa in der Schule die Runde? „Woher weißt du das?"

„Ich behalte ihn im Auge." Ein schiefes Grinsen zog an seinen Lippen. „Diese Idioten würden ihn sonst umbringen. Sie wollen nämlich eine Schule, in der niemand anders oder stiller ist, weißt du. Alle müssen so sein wie sie."

Ella fühlte die Reue wie eiskaltes Wasser in ihrem Gesicht. Michael war einer der wenigen Schüler in Fulton High, die für Henry Harris eintraten. Aber wer trat für Michael ein? Sie erinnerte sich daran, wie Jake und sein Kumpel ihn in die Ecke gedrängt hatten, und konnte ihre Stimmen noch hören. „Du spielst Flöte? Das machen die meisten Schwulen … du Schwuchtel! Das hier ist unser Flur …" Wie hatte sie jemals auf einen Kerl wie Jake reinfallen können?

„Du spielst doch Flöte, oder?" Sie hatte ihn noch nie gefragt, hatte nie Interesse an einem Typen wie Michael gezeigt, der so anders war als die Masse.

„Stimmt." Er hob seinen Koffer ein wenig an. „Ich spiele im Orchester. Wir arbeiten gerade an der Frühjahrsaufführung."

„Klar. Das dachte ich mir." Das bedeutete, dass Michael in den letzten Wochen vor der Aufführung im April zusammen mit ihr proben würde. „Ich spiele bei dem Stück mit."

„Mhm." Er lachte leise. „Du bist die Belle. Das weiß jeder."

So viel hatte sie in den ganzen drei Jahren, die sie jetzt gemeinsam diese Schule besuchten, noch nicht mit Michael Schwartz gesprochen. Er war ein Jahr jünger, aber sie hatte ihn schon oft gesehen – auf den Gängen oder in der Cafeteria, und in verschiedenen Kursen. Aber so wie heute hatte sie noch nie mit ihm gesprochen. In gewisser Weise war ihre Behinderung schlimmer als die von Henry. Wie konnte sie rechtfertigen, dass sie nichts sagte? Dass sie sich aussuchte, mit wem sie redete und mit wem nicht?

Ella verbarg ihre selbstkritischen Gedanken. „Das wird bestimmt gut, wenn wir im nächsten Halbjahr zusammen proben." Sie wollte mehr über Michael erfahren, wohin er nach dem Unterricht ging und wer seine Freunde waren.

„Klar." Sein Blick wanderte zur Seite und dann wieder kurz zu ihr, so als wollte er weitergehen. „Bestimmt."

Ella wurde es schwer ums Herz. Michael glaubte ihr nicht, nachdem sie drei Jahre lang so getan hatte, als gäbe es ihn gar nicht. Sie wollte ihn bitten, noch ein paar Minuten zu bleiben, aber andererseits konnte sie nicht mit einem Schlag die ganze Vergangenheit wiedergutmachen. Sie hatte sich in den Grenzen ihrer eigenen oberflächlichen und niederträchtigen Clique bewegt und war nicht bereit gewesen, sich mit anderen Jugendlichen außerhalb dieser Gruppe abzugeben.

Aber damit war es jetzt vorbei.

Sie starrte einen Augenblick zu Boden und überlegte krampfhaft, was sie sagen sollte. „Übrigens ..." Sie umklammerte den Riemen ihres Rucksacks, und ihre Stimme klang vor Scham nur noch halb so laut. „Das neulich tut mir leid. Wie Jake und die anderen Typen dich behandelt haben." Sie sah ihn entschuldigend an. „Sie sind wirklich Idioten."

„Stimmt." Er zuckte mit den Schultern, aber sein Lächeln war verschwunden. „Ist schon gut. Solche Typen kriegen immer, was sie wollen." Er setzte sich in Bewegung, die Finger fest um den Griff seines Flötenkoffers geschlossen. „Bis dann, Ella."

Sie blickte ihm nach, ohne sich vom Fleck zu rühren. „Mach's gut, Michael." Zum ersten Mal gaben beide zu erkennen, dass sie den Namen des jeweils anderen kannten.

Ella ging langsam zu ihrem Auto, während die Sonne ihre Schultern wärmte. Michael hatte recht. Typen wie Jake bekamen immer, was sie wollten. Sie waren praktisch Helden, nur weil sie einen Ball werfen oder aus einem Pass einen Touchdown herausholen konnten.

Aber vielleicht würden dieses Jahr Henry und Michael ihre Chance bekommen. Michael konnte im Orchester Flöte spielen, und vielleicht würde Henry irgendwie bei dem Stück mitwirken, und die ganze Schule würde kommen und zusehen. LaShante würde ihr helfen, alle dafür zu begeistern. Das war doch möglich, oder nicht?

Bei dieser Vorstellung musste Ella lächeln. Als sie bei ihrem Wagen ankam, konnte sie nur noch an eines denken: Mrs. Harris betete für ein Wunder. Vielleicht geschahen Wunder ja tatsächlich, und vielleicht geschahen sie, wenn Menschen beteten. Menschen wie Mrs. Harris. Wenn das stimmte, dann war ja vielleicht wirklich ein Wunder im Anmarsch. Für Mrs. Harris und Ellas Mutter und Henry. Und sogar für Michael.

Für sie alle.

Sie dachte an das, was Henrys Mutter gesagt hatte. Selbst wenn er sich gut genug beherrschen konnte, um schweigend in der hinteren Reihe des Chores zu stehen, hatten sie kein Geld, um seine Teilnahmegebühr zu bezahlen. Aber wenn Henry nicht wenigstens eine Chance erhielt, konnte auch kein Wunder geschehen. In diesem Jahr betrugen die Kosten beinahe zweihundert Dollar pro Teilnehmer – eine Hürde, über die Ella nie nachgedacht hatte. Während sie in ihr Auto stieg, wusste sie bereits, was sie tun würde, nachdem sie die Sachen ihrer Mutter aus der Reinigung abgeholt hatte.

Sie würde einen Weg finden, um Henrys Schauspielgebühr zu bezahlen.

15

Henry tanzte geradezu auf dem Weg zum Auto seiner Mutter. So war es immer, wenn er mit Ella getanzt hatte, wie vor einigen Minuten im Theaterraum. Immer im Kreis hatten sie getanzt und dabei gelacht, während das schöne Lied erklang. Sein Lieblingslied mit dem Titel „Vielleicht bekommen Ella und ich eine zweite Chance, Freunde zu sein“.

Alle, die auf dem Campus an ihnen vorbeigingen, waren glücklich und freundlich, und Henry lächelte ihnen zu, und er betete auch für sie. Für jeden Einzelnen. Denn einige der Jugendlichen waren innen freundlich, aber ihr Äußeres war gefangen. Schüler wie die Footballspieler und ein paar von den Mädchen, die viel lachten. Also betete Henry, dass die Freundlichkeit in ihnen an die Oberfläche kommen möge, wo die Menschen sie sehen und spüren konnten. Mehr Freundlichkeit würde allen in Fulton guttun.

Ist das nicht der beste Tag der Welt, Mama? Er lächelte sie an, als sie den Wagen erreichten. *Wir haben uns gut mit Ella unterhalten.*

„Steig ein, Henry." Seine Mutter hielt ihm die Tür auf. „Und vergiss deinen Gurt nicht."

Ich vergesse ihn nicht, weil Gurte uns beschützen. Er hörte, wie die Musik lauter wurde und die Streicher einsetzten. Als seine Mutter einstieg, grinste er wieder. *Ich bin froh, dass du bei mir und Ella warst. Ich finde, wir sollten alle wieder Freunde sein – nicht nur sie und ich.*

„Ella hat mir erzählt, dass du sie heute angesehen hast." Seine Mutter hielt den Blick geradeaus gerichtet, weil sie den Wagen fuhr.

Natürlich habe ich sie angesehen. Henry fühlte sich so gut wie seit einer Ewigkeit nicht mehr. *Ich habe dir doch gesagt, dass ich Ella sehe. Und sie kann mich sehen. Wir konnten einander immer sehen. Durch unsere Augen und in unseren Herzen.*

Seine Mutter sagte etwas, aber Henry konnte sie wegen der Musik nicht so gut hören. Schöne, beruhigende Musik ohne einen einzigen Trommelschlag. Henry holte tief Luft und lehnte den Kopf an die Kopfstütze. Dies war der beste Tag in seinem ganzen Erwachsenenleben. Weil Ella sich an ihn erinnerte, und weil Ella und seine Mutter einander wiedergefunden hatten.

Sein Lieblingsaugenblick war, als Ella das Fotoalbum herausgeholt hatte. „Das habe ich mitgebracht, um es dir zu zeigen, Henry", hatte sie zu ihm gesagt.

Das ist nett von dir, Ella. Er sah die Bilder in dem Buch und ihm war nach Singen zumute. *Ich erinnere mich an diese Bilder, erzählte er ihr. Das war schön damals. Vor allem die Seifenblasen.*

„Wir hatten viel Spaß, nicht wahr?" Ella sah glücklich aus, so als genieße sie die Erinnerung.

Ja, den hatten wir. Wir haben den ganzen Tag gespielt und gelacht und gesungen. Richtig, Mama?

„Die ganze Zeit." Seine Mutter lächelte. Sie lächelte immer. „Ich erinnere mich an den Tag."

Henry erinnerte sich auch. *Du warst an dem Seifenblasentag wirklich lustig, Ella. Du wolltest eine Blase machen, die bis zum Himmel reicht, und mir hast du gesagt, ich soll auch so eine große Seifenblase pusten. Also haben wir es immer wieder versucht, und irgendwann waren unsere Augen ganz glücklich und du hast zu mir gesagt: „Siehst du! Ich glaube, die konnte Jesus sehen." Und dann haben wir uns im Gras abgestützt und das Gras war weich zwischen unseren Fingern und wir haben zugesehen, wie die Seifenblasen in einer langen Reihe bis zu Jesus hinaufstiegen. Eine Blase, dann zwei, dann drei, dann vier … Weißt du noch?*

„Ja … natürlich erinnere ich mich." Ella erzählte ihm noch viele Geschichten aus der Zeit, als sie klein waren, aber sie erzählte sie mit ihren Augen. Ihre Worte waren still, weil die Musik lauter war. Wundervolle Blasinstrumente und Tasten und Flöten erfüllten den Raum, und sie erfüllten Henrys Herz und Seele und spielten sein Lieblingslied. Die Flöte war schön, weil es Musik war, wie Michael sie mochte. Michael spielte Flöte.

Ich mag dieses Lied, hatte Henry Ella und seiner Mutter erzählt. Und sie hatten gelächelt, weil eins sicher war. Seine Mutter und Ella hörten die Musik auch.

Sein Herz war so voll und glücklich, dass Henry auf dem Heimweg einfach beten musste. *Lieber Herr Jesus, danke für diesen besonders schönen Tag und für die Zeit mit Ella und meiner Mama. Ich sehe alles wie auf einem Gemälde, lieber Gott. Mich und Ella und Michael in der Frühjahrsaufführung. Und meine Mutter und Ellas Mutter werden wieder Freundinnen sein und alle werden sich lieb haben und niemand wird jemals wieder gemein sein, weil die Freundlichkeit in der ganzen Schule befreit werden wird. Das wird eine fantastische Zeit, Herr. Und ich weiß, dass es so kommen wird, weil es heute so toll war, und das kommt von dir. Alle guten Dinge kommen von dir. Sei bei Ella und sprich mit ihr. Manchmal denke ich, dass sie deine Stimme hören muss. Danke, Jesus. Ich weiß, dass du mich liebst. Dein Freund Henry.*

Ja, alles würde so kommen, weil er jetzt mit Ella zusammen in dem Stück spielen würde, und das kam, weil er jeden Tag dafür gebetet hatte. Gott hatte seine Gebete heute erhört, als Ella davon angefangen hatte. „Darf Henry in dem Stück mitmachen?“

Und Henrys Mutter hatte gesagt: „Natürlich darf er mitspielen. Dabei wäre er bestimmt gut. Und er liebt *Die Schöne und das Biest*.“

Das war also geregelt.

Er und Ella würden zusammen in *Die Schöne und das Biest* spielen, was eines ihrer Lieblingsvideos gewesen war, als sie klein waren. Er erinnerte sich daran, weil seine Mama immer das Lied sang, in dem es darum ging, dass man dort zu Hause ist, wo das Herz ist. Und das stimmte, aber nicht immer. Im Moment war sein Herz nicht zu Hause.

In Mr. Hawkins' Schauspielkurs, in der elften Reihe ziemlich weit hinten, zwischen dem großen Musikposter mit der Abbildung der Klaviertasten und sieben Oktaven und fünfundzwanzig Akkordtypen mal vier Lagen, was eine Summe von einhundert Akkorden pro Oktave mit zwölf verschiedenen Grundtönen ergab, was bedeutete, dass es eintausendzweihundert Akkorde pro Oktave oder achttausendvierhundert mögliche Akkorde gab … Dort zwischen dem Musikposter, das Henry mochte, und dem Fenster mit den sechs Scheiben darin, zwei Plätze von rechts und vier Plätze direkt hinter Ella, unter der Uhr, die leise tickte …

Dort war sein Herz.

16

Ella zahlte in der Reinigung und fuhr auf die andere Seite des Parkplatzes. Sie brauchte einen ruhigen Ort, um sich zu konzentrieren. Sie rief ihren Vater sonst nie an, daher könnte er sich überrumpelt fühlen. Sie zog ihr Handy heraus und suchte seine Nummer. Sie war nicht unter den Lieblingsnummern gespeichert.

Als es zu klingeln begann, fühlte Ella, wie ihr Herz einen merkwürdigen Rhythmus anschlug. *Warum habe ich solche Angst?* Sie schloss die Augen und schirmte ihr Gesicht mit der freien Hand ab. *Er ist schließlich mein Vater.*

Er ging beim letzten Klingeln dran, bevor die Mailbox anspringen konnte. „Randy hier."

Seine Worte taten weh, aber sie ließ den Schmerz nicht Fuß fassen. Egal, dass er ihre Telefonnummer nicht erkannte. Sie hätte seine auch nicht erkannt. Sie sprachen ja kaum miteinander, wenn sie im selben Raum waren, geschweige denn am Telefon. „Papa ... ich bin's, Ella."

„Oh, hallo, Liebling." Er klang, als wäre er in Eile und wollte das Gespräch so schnell wie möglich hinter sich bringen. „Was ist los?"

Im Hintergrund hörte Ella mehrere Stimmen. „Randy, leg auf ... Komm schon! Oder hast du ein Mädchen in der Leitung?"

„Halt die Klappe, Simmons. Ich spreche mit meiner Tochter, okay?" Das Geräusch von Gewichten erklang im Hintergrund.

So erbärmlich die Bemerkung des Typen auch war – die Antwort ihres Vaters bewies zumindest etwas: Sie war ihm wichtig genug, dass er sie öffentlich als seine Tochter anerkannte. Der Gedanke berührte sie so, dass sie einen Moment innehielt.

„Ella?" Er klang abgelenkt. „Liebling, ich habe zu tun. Gibt es einen Notfall? Brauchst du irgendwas?"

Liebe und Gespräche und einen Vater, den es interessiert, was ich mache, hätte sie am liebsten gesagt. Sie biss die Zähne zusammen und kämpfte gegen ihre Wut an. „Ich brauche Geld. Zweihundert Dollar." Das war die Summe, die für Henrys Gebühr nötig war, falls er mitspielen durfte. Sie hasste den Gedanken, dass sie keinen anderen Grund hatte, ihren Vater anzurufen, aber sonst hatte sie nichts zu sagen. Sie würde ihm die Situation mit Henry nicht erklären.

„Die Verbindung ist schlecht, ich kann dich kaum hören, Liebling. Irgendwas mit Dollar?" Wieder ertönte Gelächter im Hintergrund. „Kannst du etwas lauter sprechen?"

Ella kam sich plötzlich wie ein Dummkopf vor. Was versprach sie sich eigentlich davon, ihren Vater anzurufen? Was sollte das bringen? Sie wollte keine Minute länger mit ihm telefonieren. Wie auch immer sie das Geld für Henry zusammenbekam, ihr Vater würde nichts damit zu tun haben. Nein, das war ihre eigene Entscheidung, und sie musste selbst dafür bezahlen. Vielleicht konnte sie arbeiten. Aber egal, was sie tat, sie würde selbst das Geld aufbringen. Ihr Vater wartete. „Egal, Papa. Wir sprechen uns später."

„Tut mir leid." Er klang niedergeschlagen. Wieder waren die Geräusche im Hintergrund beinahe lauter als seine Stimme am Telefon. „Ich kann dich immer noch nicht richtig hören. Wir reden heute Abend weiter, in Ordnung?"

Tränen brannten in Ellas Augen. „In Ordnung." Sie legte auf, ohne sich zu verabschieden. Er würde sie ja doch nicht hören.

Sie hatte schon die halbe Strecke ihres Heimwegs zurückgelegt, als ihr bewusst wurde, dass sie sich eigentlich keine Arbeit suchen konnte. Mit den ganzen Proben und den Hausaufgaben hatte sie gar keine Zeit. Aber bevor der Mut sie verließ, hatte sie eine andere Idee. Sie konnte etwas verkaufen. Ihren iPod Touch vielleicht. Der hatte doch doppelt so viel gekostet, wenn sie sich recht entsann. Eine ihrer Freundinnen würde ihn ihr sicherlich für den halben Preis abkaufen.

Ella legte das Telefon auf ihren Schoß. Ihre Hände zitterten, aber ihr Herz schlug schneller, wenn sie an die Möglichkeiten dachte. Sie konnte es kaum erwarten, die Nummern in ihrem Handy durchzugehen und gleich heute Abend ihre Freundinnen anzurufen. Die meisten Schüler in Fulton hatten Geld. Jemand würde bestimmt schon morgen ihren iPod kaufen. Dann konnte Henry sich offiziell für den Schauspielkurs einschreiben.

Und dann, das glaubte Ella von ganzem Herzen, konnte alles passieren.

Suzanne fragte sich, ob sie umfallen und sterben würde. Nicht, weil der Schock so groß war – das war er nicht. Aber jetzt wusste Ella es, und das war ihr so peinlich, dass sie kaum atmen konnte. Sie konnte alles tun, um jung zu bleiben. Sie konnte sich in eine noch kleinere Jeans hungern und ihren Körper bräunen und sich Botox spritzen lassen. Aber sie konnte ihren Mann nicht zwingen, nach Hause zu kommen.

Ihre Ehe war nur noch eine Farce.

Sie erinnerte sich an eine Szene von vor zwanzig Jahren. Als sie Randys Heiratsantrag angenommen und es in der Familie erzählt hatte, hatte ihre Mutter ein paar Minuten lang mitgefeiert und sie dann beiseitegenommen. Während ihr Vater und ihre Geschwister nebenan waren, hatte ihre Mutter die Stimme gesenkt und ihr zwei Ratschläge gegeben: Bleib dünn und lass fünf gerade sein. „Randy wird irgendwann in der Topliga spielen, das kannst du mir glauben. Profisportler haben andere Maßstäbe."

Suzanne fand die angebliche Weisheit ihrer Mutter widerlich, also wandte sie sich an Tracy Harris – ihre beste Freundin damals. Die beste Freundin, die sie jemals gehabt hatte. Tracy war Christin, und deshalb hatten auch Suzanne und Randy angefangen, sich für Gott zu interessieren. Ein Jahr vor ihrer Hochzeit hatten die beiden Paare begonnen, gemeinsam zum Gottesdienst zu gehen, und Suzanne spürte, wie etwas in ihr sich veränderte. Randy hatte das gleiche Gefühl – jedenfalls sagte er das. Er schloss sich sogar der Männergruppe der Gemeinde an, und ein Jahr lang fuhren er und Dan jeden Montag zusammen zur Kirche, um einander im Glauben zu unterstützen.

Tracys Rat, als Suzanne Randy heiraten wollte, war ganz anders gewesen als die Ratschläge ihrer Mutter. Suzanne erinnerte sich noch an jedes Wort, weil Tracys kluge Worte in den ersten paar Jahren wie ein Zauber wirkten. *Liebe zuerst Gott und dann deinen Mann. Denk daran, ihm Komplimente zu machen, denn wenn du es nicht tust, wird es jemand anders tun. Und gib immer hundert Prozent. Wenn ihr das beide beherzigt, werdet ihr auch klarkommen, wenn einem mal ein kleiner Ausrutscher passiert.*

Aber was genau war ein kleiner Ausrutscher? Randy war aufmerksam, wenn er gut spielte, wenn er auf den Sportseiten der Zeitungen erwähnt wurde und Spiele gewann. Je weniger er spielte, desto weniger blieb er zu Hause und verbrachte Zeit mit ihr. In letzter Zeit nahm er sie überhaupt nicht mehr wahr – egal, wie sie aussah.

Wenn Randy in ihren ersten Jahren einen Durchhänger hatte, war er zu Hause wie abgemeldet, erklärte das aber später und entschuldigte sich. Eine Weile war dann zwischen ihnen alles wieder gut. Vor allem in dem Jahr, als er und Dan zu der Bibelgruppe für Männer gingen. Aber in solchen Zeiten musste Suzanne, wenn sie wirklich ehrlich war, zugeben, dass weder sie noch Randy ihr Leben wirklich Gott anvertraut hatten. Sie sprachen davon, diese klare Entscheidung für ein Leben mit Gott treffen zu wollen, und sie sahen, wie andere Leute es taten. Aber es gab immer einen Grund, warum sie es dann doch nicht taten. Sie brauchten mehr Informationen … sie wollten sicher sein … sie verstanden nicht alles, was die Bibel lehrte …

Aber nachdem ihre Freundschaft mit Tracy und Dan in die Brüche gegangen war, waren Suzanne und Randy nicht mehr zum Gottesdienst gegangen, und was sie an Glauben noch hatten, erkaltete schnell. Zuerst schien es keine Rolle zu spielen. Randy spielte gut, und sie zogen nach New York, wo er aufblühte. Aber selbst da sprach er nicht viel, vor allem wenn seine Mannschaft verlor oder er nicht die persönlichen Ergebnisse erzielte, die er wollte. Suzanne dachte, wenn sie sich mehr Mühe gab – mehr Sport trieb, immer sonnengebräunt war und jung aussah –, würde er lieber zu Hause sein. Aber jetzt, mit den Gerüchten, dass der Verein Randys Vertrag nicht verlängern würde, tat er so, als hätte er weder eine Frau noch ein Zuhause noch eine Familie. Er verhielt sich, als wäre er wieder ein Student in irgendeiner Bruderschaft, bei der er mit den Jungs abhing … mit den Jungs Gewichte stemmte … mit den Jungs ausging.

Suzanne war nicht sicher, wie viel sie noch ertragen konnte.

Sie ging in ihr Zimmer, schloss die Tür und verriegelte sie. Vielleicht war es Zeit, sich die ganze Wahrheit einzugestehen. Nicht nur ihre Ehe war eine Lüge, ihr ganzes Leben war kaum mehr als eine einzige Farce. In letzter Zeit hatte sie das Gefühl, dass die

Leute sich über sie lustig machten, über die Frau des Profisportlers, die versuchte, wieder neunundzwanzig zu sein, während ihr Mann einem hoffnungslosen Traum nachjagte.

Vielleicht besser, auf einem Hoch aufzuhören und abzutreten, als sich den prüfenden Blicken der Medien und der Demütigung auszusetzen, wenn er abgesägt wurde. Vor allem, nachdem er früher einmal so gut gewesen war und zu den prominenten Spielern gehört hatte. Während Randy sich abmühte, das Spiel in sich zu finden, machte sie Überstunden bei dem Versuch, seine Aufmerksamkeit zu erlangen. Aber was hatte ihr das gebracht?

Sie ging ins Bad und starrte ihr Spiegelbild an. Egal, was sie tat, sie konnte das Aussehen, das sie in jüngeren Jahren hatte, nicht wiedererlangen. Es waren nicht ihr Teint oder der Farbton ihrer Haare. Das Problem waren ihre Augen. Sie sahen älter aus, als sie war, und nichts von dem, was sie ausprobierte, schien zu helfen. Randy war nicht der Einzige, der gescheitert war; sie war genau in der gleichen Situation. Ein schrecklicher, erbärmlicher Witz.

Im Spiegel sah sie ihre Möglichkeiten. Sie würde ihn natürlich anrufen und bitten, früher nach Hause zu kommen – so wie sie es einmal die Woche tat. Aber er würde lange wegbleiben, wie immer. Er würde in die Bar gehen, über Sport reden und nach Mitternacht heimkommen. Dann würde er durchs Haus gehen, als wäre sie unsichtbar. Wenn es andere Frauen gab, dann erfuhr Suzanne es nie, fand nie irgendwelche Beweise. Sie vermutete, dass er wahrscheinlich treu war – jedenfalls meistens. Aber ihre Ehe war mehr oder weniger nur noch eine Formalität. Kein Wunder, dass ihr Selbstbewusstsein mit der Zeit weggespült worden war wie ein sandiges Ufer bei einem Sturm.

Suzanne blinzelte, aber den toten Blick ihrer Augen konnte sie nicht abschütteln. Natürlich würde sie verlieren. Sie war Randy Reynolds' Frau. Das war ihre Identität, in der sie immer ihren Wert und ihre Selbstbestätigung gefunden hatte. Und es gab natürlich noch einen anderen Vorteil: Randys Gehalt. Selbst wenn er auf der Bank saß, war der Verdienst immer gut. Damit konnte sie Botox, Schönheitssalon und Wellness finanzieren.

Desillusioniert blickte sie sich im Spiegel an. Was war nur aus ihr geworden? Eine Sklavin ihres Aussehens und Ansehens? Eine Frau, die ihre Seele für ein sechsstelliges Bankguthaben verkauft hatte? Und was musste sie jetzt, nachdem Ella Henry gefunden hatte, alles tun, um Tracy nicht sehen zu müssen? Der Verlust ihrer Freundschaft war ihr unangenehm, und Suzanne hatte keine Ahnung, was sie zu Tracy sagen sollte, wenn ihre Wege sich wieder kreuzten.

Aber was Suzanne an sich selbst am meisten hasste, war die Tatsache, dass sie zwanzig Jahre nach ihrer Hochzeit tatsächlich nach den Ratschlägen lebte, die ihre Mutter ihr damals gegeben hatte. Ihre Mutter war jetzt seit dreizehn Jahren tot – sie war an einem schweren Lungenkrebs erkrankt und gestorben. Aber wenn ihre Mutter sie jetzt sehen könnte, würde sie kein Mitleid für Suzanne empfinden. Sie wäre vielmehr stolz auf ihre Tochter. Nach den Maßstäben ihrer Mutter war Suzanne auf dem richtigen Weg, weil sie immer noch schlank war.

Und die Kunst, fünf gerade sein zu lassen, beherrschte sie meisterhaft.

17

Es sah aus, als würde es heute wieder stürmen. Dan war darauf vorbereitet, während er auf seinem Platz auf dem Krabbenkutter kauerte. Die Ausbeute war in der letzten Zeit hervorragend gewesen – so gut, dass Tracy die noch ausstehenden Rechnungen und die Therapeuten bezahlen konnte. Vielleicht hatte sie sogar ein bisschen zurücklegen können, um für das nächste Mal vorzusorgen, wenn das Meer zum Fischen zu aufgewühlt war oder ein Boot ausfiel oder die Ausrüstung kaputtging.

„Sieht wieder mal ziemlich übel aus." Dan erinnerte sich an das letzte Unwetter von diesem Kaliber, bei dem er beinahe ums Leben gekommen wäre. Diesmal würde er vorsichtiger sein, die Krabben schneller raufziehen und verstauen und schneller unter Deck gehen. Letzte Woche war ein Sturm so plötzlich und heftig aufgezogen, dass sie es nicht einmal aufs Meer hinaus geschafft hatten. Aber diesmal mussten sie es durchstehen, weil die Zeit nicht reichte, um zurückzufahren. Außerdem gab es derzeit jede Menge Garnelen. Je größer der Fang, desto besser der Verdienst. Das war das Motto für Männer wie ihn.

Dan spürte das Handy in seiner Hosentasche vibrieren. Er bewahrte es in einer doppelten Ziploc-Tüte und im trockensten Teil der Hose auf. Sie hatten nicht immer ein Netz, aber wenn sie eines hatten, wollte er zumindest die Möglichkeit haben, zu Hause anrufen zu können. Er versuchte, sich ein paarmal in der Woche bei Tracy zu melden, aber jetzt war das letzte Mal vier Tage her. Sie hatten fast rund um die Uhr gearbeitet.

„Geh ruhig dran." Der Mann neben ihm kam an seinen Platz zurück. „Aber mach es kurz. Wir brauchen jeden."

Dan vermutete, dass sie noch zehn Minuten hatten … höchstens fünfzehn. Er zog das Telefon aus der Gesäßtasche und holte es aus den Plastiktüten. Es war Tracy. Vor etwa einem Monat hatte er einen Anruf von seinen Eltern bekommen, aber ansonsten hatte er keinen Kontakt mehr mit irgendjemandem aus seinem alten Leben. Dem Leben, bevor Henry Autist wurde. Er betätigte die rechte Taste und hielt sich das Handy ans Ohr. Das andere Ohr hielt er sich zu, sonst hätte er bei dem Wind kein Wort verstanden.

„Hallo?" Die Gischt einer Welle sprühte über sein Gesicht.

„Hi." Sie klang gekränkt, distanziert. „Du hast dich lange nicht gemeldet."

„Stimmt." Er fuhr sich mit der Hand über die Augen und ignorierte das Brennen des Salzwassers. „Tut mir leid … ich hatte viel zu tun."

„Hmm." Sie schwieg einen Moment. „Es klingt sehr windig."

„Ein Sturm zieht auf." Dan blinzelte zu den näher kommenden schwarzen Wolken hinüber. „Wahrscheinlich hast du das Gefühl, dass ich das immer sage."

„Es kommt mir wirklich so vor. Aber dir geht es gut?“ Die Distanziertheit in ihrer Stimme wich der Besorgnis. „Bist du warm genug angezogen?“

„Ich bin okay.“ Er schloss die Augen. Es tat gut, ihre Stimme zu hören. Eigentlich sollte er erst Weihnachten nach Hause reisen – in drei Monaten –, aber er fragte sich, ob er nicht schon eher fahren konnte. „Ich vermisse dich.“

„Ich vermisse dich auch.“ Jetzt klang ihre Stimme lebhafter. „Dan ... ich rufe an, weil ... ich glaube, Gott macht etwas mit Henry. Ehrlich.“

Dan öffnete die Augen wieder und starrte auf das raue Meer, das ihr altes Boot umgab. „Was meinst du damit?“ Er hielt seine Gefühle im Zaum. Henry machte niemals wesentliche Fortschritte.

„Vor ein paar Tagen ... hat er Ella gefunden.“ Sie zögerte, und der Wind deckte ihre Stimme beinahe ganz zu. „Ella Reynolds, Dan. Sie haben sich in der Highschool wiedergefunden.“

Dan spürte, wie seine Hoffnung schwand. Eine alte Freundin zu finden, war eine Sache. Gott in Henrys Leben am Werk zu sehen, war etwas ganz anderes. „Die Reynolds’.“ Er hörte, dass seine Stimme mutlos klang. „Das ist lange her.“

„Da ist noch was ...“ Tracy fing an zu erklären, dass Ella sich bemüßigt gefühlt hatte, Henry zu helfen, und dass es ihr zu verdanken war, dass Henry bei den Proben für das Musical im nächsten Halbjahr dabei sein durfte. „Und das hat sie getan, bevor sie wusste, wer er ist und dass wir uns früher kannten.“

Dan hätte gerne geglaubt, dass Henry es ihr gesagt hatte. Henry erinnerte sich bestimmt an Ella. Schließlich sah er sich jeden Tag das Video mit den beiden an. Seit mehr Jahren, als Dan zählen konnte. Aber das war nicht möglich.

Der Wind blies jetzt stärker, und bald würde das Unwetter losbrechen. Er konnte nicht mehr lange sprechen, aber er hob die Stimme, damit sie ihn hören konnte. „Wie hat sie es herausgefunden?“

„Ein Fotoalbum. Sie hat sich Familienbilder angesehen und hat welche mit uns allen zusammen gesehen. Henrys Name stand darunter, vermute ich, und Ella hat eins und eins zusammengezählt."

Dan erinnerte sich an die Spannungen zwischen den beiden Familien nach Henrys Veränderung. „Ist sie … wie ihre Mutter?"

Tracy zögerte. „Sie ist so, wie Suzanne früher war. Sie ist freundlich und echt und sie will, dass Henry bei der Aufführung im Frühjahr mitwirkt. Sie spielen *Die Schöne und das Biest*."

Der Gedanke war absurd – es sei denn, es gab etwas, das Tracy ihm nicht sagte. „Henry kann kaum eine Stunde ruhig sitzen, ohne Liegestütze zu machen."

„Er versucht es. Ich muss glauben, dass es etwas bringt."

„Darum geht es nicht." Dan musste auflegen. Der Sturm würde jeden Augenblick über sie hereinbrechen. „Er hat Schwierigkeiten, Tracy."

„Das weiß ich." Ihre Begeisterung schien ein wenig nachzulassen. „Aber Dan, Ella sagt, dass Henry sie angesehen hat. Er hat ihr direkt in die Augen gesehen."

Es war die erste Information, die auch nur einen kleinen Hoffnungsstrahl aufkommen ließ. Er umklammerte den Griff der Kurbel vor ihm. „Gut. Hat er dich angesehen? Oder seine Therapeuten?"

„Die nicht. Und mich in letzter Zeit auch nicht." Ihr Tonfall machte deutlich, dass sie sich davon nicht beirren ließ. „Aber es ist ein Anfang." Sie nahm sich kaum Zeit Luft zu holen. „Ich weiß nicht, Dan, ich habe das Gefühl, dass Gott etwas Größeres vorhat, als wir uns vorstellen können."

Ein Donnerschlag erschütterte den Himmel unweit von seinem Standort entfernt. Er hatte sich eindeutig verschätzt. Das Unwetter war da und er hatte erst acht oder neun Minuten gesprochen. „Das ist gut, Tracy. Wirklich. Wir können nur beten, nicht wahr?"

Sie antwortete nicht sofort. „Ja. Mehr können wir nicht tun."

Manchmal konnte er die Tränen in ihren Augen am Ende ihrer Unterhaltungen förmlich sehen. Dies war ein solcher Moment. „Ich wünschte, du könntest eher nach Hause kommen."

„Ich auch." Vor allem jetzt. Ein Blitz zuckte in unmittelbarer

Nähe über den Himmel. „Hör zu, ich muss Schluss machen. Ich rufe in ein paar Tagen an, in Ordnung?"

Wieder ein kurzes Zögern. „Ich liebe dich, Dan."

„Ich lie..." Ein Besetztzeichen ertönte und Dan sah auf das Display seines Handys. Die Verbindung war unterbrochen worden. Er schob das Telefon in die Plastikbeutel zurück und dann in die Hosentasche. Und plötzlich sah er etwas, das er in seinen fünf Jahren auf See noch nie gesehen hatte.

Eine Welle von sieben oder mehr Metern Höhe kam direkt auf sie zu.

„Eine Riesenwelle!" Der Ausruf eines halben Dutzends Fischer drang übers Deck zu ihm herüber. „In Deckung! Eine Monsterwelle! Monster- ..."

Mehr Zeit hatten sie nicht. Die Welle hätte sie eigentlich zum Kentern bringen müssen, aber irgendwie hatte der Kapitän offenbar das Ruder herumgerissen, sodass die Welle sie nicht seitlich, sondern von vorne traf. Dan duckte sich unter die Kurbel und drückte sich fest an die Schiffswand, während er umklammerte, was er erreichen konnte. Aber gegen die Welle hatte er keine Chance. Sie riss ihn aus seinem Versteck und einige Sekunden lang hatte er keinerlei Berührung mit dem Boot mehr. Er wurde im Wasser hin und her geworfen und trat und tastete nach irgendetwas, woran er sich festhalten konnte. Das Wasser war eisig – so kalt, dass er nicht sicher war, atmen zu können, selbst wenn es ihm gelingen sollte, den Kopf aus dem Wasser zu strecken.

Wie kann es sein, dass das schon wieder geschieht? *Gott ... hilf mir! Bitte ...*

Als er befürchtete, dass es mit ihm zu Ende gehen würde, schlug sein Körper gegen einen Mast. Dan konnte ihn nicht mit den Händen fassen, also schlang er seinen ganzen Leib darum und klammerte sich mit den Beinen und Füßen daran fest. Er konnte immer noch nicht atmen, und er wusste, dass es nur eine Frage der Zeit war. Bald würde er das Bewusstsein verlieren, und dann würde der Tod ganz schnell kommen.

Gott, wenn du mich nach Hause holst, dann soll es eben so sein. Ich liebe dich und habe es immer getan. Aber Vater … wenn du etwas mit Henry tust, wenn du ein Wunder in seinem Leben vollbringen willst, dann lass mich bitte leben. Das Wasser wirbelte um seinen Mund und sein Gesicht. Seine Lungen schrien nach Luft. Jeden Augenblick würde er das salzige Meerwasser einatmen. *Herr, ich höre mit der Fischerei auf, bleibe zu Hause und suche mir eine andere Arbeit. Ich werde tun, was du willst, Herr. Nur lass mich bitte nicht sterben, bevor ich gesehen habe, wie Henry zurückkommt. Und wenn es auch nur ein bisschen ist, Gott. Wenn er mich ansehen könnte, wie er Ella angesehen hat, würde ich alles tun, um zu leben. Bitte, Gott … bitte …*

Dan atmete gerade den ersten Schluck Wasser ein, als ein mächtiges saugendes Geräusch zu hören war und die Welle zurückging. Er holte japsend Luft und hustete das Wasser aus, das seine Luftröhre hinunterlief. Was war geschehen? War er wirklich am Leben oder war er im Himmel? Er versuchte auf Händen und Knien zu kriechen, aber er war zu schwach, zu erschöpft von dem Kampf gegen die Welle. Stattdessen lag er auf dem hin und her schaukelnden Boot, während sein Körper vor Prellungen und Schürfungen schmerzte.

Der Kapitän stieß die Tür auf und schrie über das Deck: „Alle Mann nach unten. Wir müssen durchzählen."

Dies war nicht der Himmel. Durchzählen bedeutete, dass jemand vermisst wurde, nicht wahr? Einige der Männer, die an seiner Seite gefischt hatten, waren so schnell über Bord gespült worden, wie die Riesenwelle über sie hereingebrochen war. Der Sturm beutelte sie immer noch, und der Regen fing gerade erst richtig an. Dan hatte das schon öfter erlebt. Er musste unter Deck, sonst konnten sie in ein paar Minuten seinen Namen zu denen der anderen Männer hinzufügen, die vermisst wurden.

Er versuchte wieder aufzustehen und fiel flach auf den Bauch. *Komm schon, Dan … du schaffst das.* Während er dort lag, erinnerte er sich an sein Gebet. Er hatte Gott angefleht, ihn leben zu lassen, wenn eine Chance bestand, dass er eine Veränderung in Henry sah, wenn er etwas von seinem Sohn zurückbekam. Und jetzt war er hier – am Leben! Das musste doch etwas bedeuten, nicht wahr? Er stellte sich Henry vor, der unermüdlich seine Tage bestritt und sich durch seine Behandlungen und die Hausaufgaben kämpfte und nie einen Erfolg sah.

Das Bild von dem gütigen Herzen und dem mutigen Geist seines Sohnes hauchten ihm neuen Atem, neues Leben ein.

„Los, unter Deck!“, schrie der Kapitän. „Sofort ... die nächste Welle!“

Dan stemmte sich auf Hände und Knie und begann zu kriechen. Er würde es schaffen. Wenn Henry sich durch eine stille Welt des Autismus kämpfen konnte, konnte Dan es auch unter Deck schaffen. Es war das Mindeste, was er tun konnte. Er zwang sich, die Splitter, die in seine Knie schnitten, zu ignorieren. Wie oft würde er dies noch tun? Wir oft musste er noch beinahe sein Leben verlieren, bevor er aufgab und nach Hause zurückkehrte? *Streng dich an, Dan*, sagte er zu sich selbst. *Bitte, Gott ... du hast mich schon einmal verschont. Hilf mir, unter Deck zu gelangen. Bitte ...*

Ich bin eine sichere Burg, mein Sohn ... lauf zu mir.

Die Antwort gab ihm einen neuen Schub Kraft. Hier draußen auf See verloren viele Menschen den Draht zu Gott, aber bei Dan war es nie so gewesen. Er konnte spüren, wie die Welle sich über ihnen auftürmte, und als er die Luke zum Niedergang anhob und sich durch die Öffnung fallen ließ, konnte er den Schatten der zweiten Riesenwelle spüren, die wie ein verrücktes Ungeheuer auf sie niederstürzte. Er fiel zwischen den Kojen zu Boden, als die Welle auf den Kutter traf. Dabei schlug er sich den Kopf an einem Bettgestell und hielt die Luft an, weil er sicher war, dass das Boot kentern würde.

Aber das tat es nicht.

Und obwohl das Unwetter tobte und das Boot hin und her geworfen wurde, gab es keine Monsterwellen mehr. Dan konnte sich auf ein Bett ziehen, wo er eine Stunde lang reglos liegen blieb. Er hatte in seiner Zeit auf Fischerbooten in Alaska schon Furcht einflößende Wellen gesehen. *Der gefährlichste Job Alaskas* – diese Bezeichnung war realistisch, so viel hatte er inzwischen gelernt. Aber keine Realityshow im Fernsehen konnte jemals die nackte Angst einfangen, wenn man völlig der Ungnade des Meeres ausgeliefert war.

Er konnte Henrys Kämpfe nicht ausfechten, und wieso hatte er geglaubt, dass er gegen das Meer in Alaska ankommen würde? Und was war mit Tracys Vorstellung, dass Gott etwas in Henrys Leben angestoßen hatte? *Gott ... ich gebe auf. Ich ergebe mich. Ich bin ganz auf deine Gnade angewiesen ...*

Sei stark und mutig ... ich bin bei dir.

Noch immer erdrückte ihn die Erschöpfung förmlich, während seine Rippen schmerzten und die Lunge versuchte, wieder normal zu atmen. Aber als Gottes Wort ihn traf, erfüllte es ihn mit Kraft und Frieden – einem Frieden, wie er ihn schon viel zu lange nicht mehr gespürt hatte. Was war, wenn er – nach achtzehn Jahren – einfach genug gekämpft hatte? Vielleicht sollte er endgültig nach Hause gehen, sich dort eine Arbeit suchen und seine Frau und seinen Sohn neu kennenlernen.

Später erfuhr er, dass zwei Fischer und ein Helfer über Bord gegangen waren, als die Riesenwelle über das Boot hereingebrochen war. Eine Reihe Monsterwellen hatte sich auf dem aufgewühlten Meer gebildet und zwei kleinere Boote zum Kentern gebracht. Ihre Mannschaften und sieben weitere Männer waren in den eiskalten Ozean gespült worden. Die Story füllte die Schlagzeilen im ganzen Land, und in den Nachrichten wurde tagelang darüber berichtet. Dan rief Tracy an, sobald er wieder ein Netz hatte. „Ich bin in Sicherheit, das wollte ich dir nur sagen", erklärte er ihr. Die anderen Einzelheiten konnte er sich für später aufheben.

Er war immer noch nicht sicher, ob er Alaska für immer verlassen sollte, aber in den Tagen nach dem Sturm verging keine Minute, in der Dan nicht ein bisschen Hoffnung verspürte. Er hatte Gott gebeten, ihn am Leben zu lassen, wenn er wirklich etwas mit Henry tat, so wie Tracy es glaubte. Das bekam größeres Gewicht, weil Dan trotz des Sturmes immer noch hier war, immer noch lebte. Es konnte eigentlich nur eines bedeuten, was sein einziges Kind, seinen erwachsenen Sohn betraf.

Vielleicht ... vielleicht hatte Tracy recht.

18

Ella verkaufte ihren iPod an Jenny, ein Mädchen aus dem Cheerleaderteam, und brachte das Geld am Montagmorgen zum Sekretariat. Sie öffnete die Tür und ging zu dem Tresen, hinter dem Ms. Henley saß. Die Frau, die in Fulton arbeitete, so lange Lehrer und Schüler sich erinnern konnten, lächelte nur selten. Ms. Henley tippte einige Meter entfernt etwas in ihren Computer. Sie musste Ella gehört haben, aber sie ließ sich weitere zwei Minuten Zeit, bevor sie sich umdrehte und auf ihre Armbanduhr blickte. „Streng genommen mache ich erst in fünf Minuten auf."

„In Ordnung." Ella lächelte, die zweihundert Dollar fest in der Hand. Heute konnte nichts ihre Begeisterung dämpfen. „Ich kann warten."

Ms. Henley stieß einen Seufzer aus. „Also gut." Sie bewegte sich langsam und schwerfällig und erhob sich mit übertriebener Mühe. „Worum geht es denn?"

Ella legte die Geldscheine auf den Tresen. „Ich möchte die Schauspielgebühr für Henry Harris bezahlen."

Die Frau zog eine Augenbraue hoch und sah Ella misstrauisch an. „Henry Harris?" Sie schüttelte den Kopf. „Er hat keine Genehmigung, an dem Schauspielkurs teilzunehmen. Er ist Autist, Miss Reynolds."

Das Mitgefühl für Henry verstärkte Ellas Entschlossenheit nur noch. „Ich weiß über Henry Bescheid. Seine Mutter und ich glauben, er könnte bei dem Stück mitwirken und nicht nur bei den Proben zuschauen."

Die Schulsekretärin nickte langsam und sarkastisch. „Ach ja? Sie und Henrys Mutter?" Sie verschränkte die Arme und lehnte sich gegen den Tresen hinter ihr. „Haben Sie denn Mr. Hawkins gefragt? Es ist *seine* Theateraufführung."

Ella hatte nicht mit solchen Schwierigkeiten gerechnet. Sie zwang sich, ruhig und bestimmt zu sein. Ihr Blick fiel auf Ms. Henleys Namensschild auf ihrem Schreibtisch: *Roberta Henley, Büro-*

leiterin. Vielleicht musste sie anders vorgehen. Ella holte tief Luft. „Die Schauspielabteilung braucht doch Geld, nicht wahr?"

„Also …" Ms. Henley funkelte Ella an. „Das stimmt schon. Die Schauspielabteilung ist für Fulton High ein großer Kostenfaktor."

„Na dann …" Sie schob die zweihundert Dollar ein Stück in Richtung der Frau. „Hier ist die Gebühr für Henry Harris. Wenn er auf die Bühne kann und mithelfen kann, gut. Wenn nicht, kann die Schule die Gebühr behalten." Sie lächelte. „Und machen Sie sich keine Sorgen über Mr. Hawkins. Ich sage ihm, dass das Geld für Henry bezahlt ist. Nur für den Fall."

„Für welchen Fall?"

„Für den Fall, dass Henry sein Wunder erlebt." Sie hatte gewonnen! Sie konnte den Sieg schon spüren, und tatsächlich streckte Ms Henley die Hand nach dem Geld aus. Dann nahm sie einige Papiere aus einem ihrer Aktenordner und reichte sie Ella. „Wir brauchen die Unterschrift seiner Mutter."

„Natürlich." Ella musste einfach lächeln, als sie sich rückwärts in Richtung Tür schob. „Sie wird heute noch unterschreiben."

Ms. Henleys strenger Blick wurde etwas weicher. „Ich weiß, dass Sie es gut meinen, Miss Reynolds", sagte die Sekretärin mit ihrem starken Südstaatenakzent.

„Danke, Ma'am." Ella war selbst im Süden geboren, aber sie hatte trotzdem Mühe, Ms. Henley zu verstehen.

„Die Wahrheit ist, dass Sie Ihr Geld verschwenden, Miss Reynolds. Henry Harris wird nicht auf der Bühne singen. Die Spezialisten der Schule versuchen immer noch, ihm das Wedeln mit den Armen abzugewöhnen." Sie sah Ella mit einem Blick an, der eher Mitleid als Kritik ausdrückte. „Sie können Geld für den Jungen ausgeben und ihm einen Platz in der Theatergruppe wünschen, aber das wird nichts an den Tatsachen ändern. Henry ist Autist, der Arme. Er kann nicht mit anderen Schülern kommunizieren. Nie im Leben wird er sich auf diese Bühne stellen und im Frühjahr bei dem Musical mitmachen."

„Ja, Ma'am. Danke für Ihren Rat." Ella straffte die Schultern. Wie traurig, dass die Vertreter der Schule nicht daran glaubten, dass Henry sich ändern konnte. Bei einer solchen Einstellung konnte es keine Hoffnung geben. „Vielleicht wird Henry nie zusammen mit uns auf der Bühne stehen und mitmachen, aber jetzt hat er wenigstens die Chance.“ Sie lächelte. „Auf Wiedersehen, Ma'am.“

Als Ella das Büro verließ, verspürte sie etwas so Erfüllendes und Tiefes und Ungewohntes, dass sie überlegen musste, was es war. Es war ein Gefühl der Freude – eine Freude, wie sie sie schon lange nicht mehr erlebt hatte. Und plötzlich war sie froh, dass sie das Geld ihres Vaters nicht genommen hatte, den dies war das größte Geschenk, das sie sich denken konnte – etwas für Henry zu tun.

An diesem Nachmittag erzählte sie Mr. Hawkins noch nichts von Henrys Schauspielgebühr, aber mit jedem Tag, der verging, rückte der Zeitpunkt näher, an dem sie es tun würde. Der Grund dafür war Henry. In jeder Probe sah sie kleine Veränderungen in seinem Verhalten. Am Montag ertappte sie ihn dreimal dabei, wie er sie ansah, und jedes Mal hielt er ihrem Blick ein wenig länger stand.

Als sie sich am nächsten Tag umdrehte und bemerkte, dass Henry sie ansah, lächelte sie und er erwiderte ihr Lächeln. Wenigstens meinte sie, ein Lächeln gesehen zu haben. Er lief die ganze Zeit mit einem Anflug von Lächeln herum – als wäre er der glücklichste Junge auf dem gesamten Campus. Aber diesmal war es anders. Diesmal hatte er sie *angelächelt.*

Am Mittwoch saß Henry die ganze Probe über da, ohne einen einzigen Liegestütz zu machen, und zweimal während einer der großen Nummern des Musicals warf Ella ihm einen Blick zu und sah, wie er ein wenig die Lippen bewegte. So als wollte er die Texte des Liedes mitsingen. Am nächsten Tag ging Ella zu Mr. Hawkins. „Können Sie es sehen? Wie Henry sich verändert?“

„Verändert?“ Mr. Hawkins blickte von seinem Schreibtisch auf. Er hatte das Skript von *Die Schöne und das Biest* aufgeschlagen vor sich liegen und machte sich am Rand Notizen.

Ella verbarg ihre Enttäuschung. Vielleicht sah sie die Veränderungen nur, weil sie so genau hinsah. Oder sie bildete sich das alles nur ein. „Haben Sie es nicht bemerkt?“

„Hmm … Er hat diese Woche die Proben nicht gestört, wenn Sie das meinen."

„Er folgt dem, was wir machen. Heute habe ich mich umgesehen, als wir gesungen haben, und beide Male hat er die Lippen bewegt! Das muss doch etwas bedeuten."

Mr. Hawkins verdrehte nicht direkt die Augen, aber seine Körpersprache hatte dieselbe Wirkung. „Ich erwarte nicht, dass Sie eine Expertin in Sachen Autismus sind, Miss Reynolds, aber Sie müssen wissen, dass seltsames, sich wiederholendes Verhalten Teil des Krankheitsbildes ist. Bitte … versuchen Sie in die Eigenarten, die Mr. Harris während der Proben an den Tag legt, nicht zu viel hineinzuinterpretieren." Er widmete sich wieder seinem Skript. „Es reicht, dass der junge Mann seine Zeit bei uns genießt. Darüber hinaus würde ich mich nicht auf irgendetwas versteifen."

Ella hatte ihm eigentlich erzählen wollen, dass sie Henrys Schauspielgebühr bezahlt hatte, aber dies schien jetzt nicht mehr der geeignete Zeitpunkt zu sei. Sie trat von seinem Schreibtisch zurück. „Ja, Sir. Danke, dass er dabei sein darf."

Ihr Lehrer legte den rechten Unterarm auf seinem Schreibtisch ab und drehte sich ein wenig um, sodass er ihr zugewandt war. „Darf ich offen sein, Miss Reynolds?"

„Natürlich, Sir." Vielleicht würde Mr. Hawkins ja doch zugeben, dass er die Veränderungen in Henry bemerkt hatte. Sie wartete mit großen Augen.

„Unsere kurze Probenzeit muss noch andere Ziele haben als die Fortschritte, die Henry Harris macht oder auch nicht. Dies ist zweifellos das wichtigste Frühjahrsmusical, das in Fulton High jemals aufgeführt wurde."

„Ja, Sir." Sie verbarg ihre Enttäuschung. Sie wusste bereits, wie viel an dieser Vorstellung hing. Aber viel wichtiger war doch, was sie als Gruppe für Henry Harris tun konnten.

„Miss Reynolds." Ein Hauch von Freundlichkeit wärmte seinen Tonfall. „Ich weiß Ihre philanthropischen Bemühungen zugunsten von Mr. Harris durchaus zu schätzen, aber Sie müssen sich konzentrieren." Er machte eine dramatische Handbewegung. „Sie sind die

Belle, die Unschuld aller Unschuldigen. Die typische Disney-Rolle mit dem Potenzial, die Schüler zu begeistern und jeden Platz in unserem Theater zu füllen.“ Er hielt inne und sah sie unverwandt an. „Versuchen Sie daran zu denken, in Ordnung?“

„Aber vielleicht, wenn wir …“

„Bitte.“

Sie biss sich auf die Lippe, um ihm nicht zu widersprechen. Sie musste Mr. Hawkins auf ihrer Seite haben, wenn sie Henry jemals auf die Bühne bringen wollte. „Ja, Sir.“ Sie nickte mit so viel Respekt, wie sie aufbringen konnte. „Ich werde daran denken. Danke, Sir.“

Ellas Unterhaltung mit Henrys Mutter am Freitagnachmittag war zu einer regelmäßigen Gewohnheit geworden, und diesmal – nachdem Henrys Mutter die Unterlagen unterschrieben hatte, die Henry erlaubten, an der Aufführung teilzunehmen – ließ sie ihrem Frust freien Lauf. „Niemand glaubt, dass er auf einer Bühne stehen kann. Dass er es jemals können wird.“

„Wir dürfen ihnen keine Vorwürfe machen.“ Wieder strahlte die Frau einen Frieden aus, der das Zusammensein mit ihr so angenehm machte. Sie erklärte, dass es verschiedene Ausprägungen von Autismus gab und damit auch ein breites Spektrum an beeinträchtigten Verhaltensweisen. „Manche Erkrankten haben etwas, das man als Asperger-Syndrom bezeichnet, also eine Form des Autismus, mit der sie besser funktionieren können.“ Sie konnte die Traurigkeit in ihren Augen nicht verbergen. „Henry gehört offenbar nicht dazu. Die Lehrer – auch Mr. Hawkins – sind sich dessen bewusst. Sie folgen also nur den Erkenntnissen der Forschung und der Erfahrung. Ein Schüler wie Henry hätte danach nie die Fähigkeit, Theater zu spielen.“

Ella erfuhr während ihrer Unterhaltungen eine Menge über Henry. Mrs. Harris erklärte ihr, dass Henry nicht berührt werden wollte. „Das ist für Menschen mit seiner Form von Autismus typisch.“ Allen Erkenntnissen zufolge war Berührung ein zu starker Reiz für Menschen mit schweren autistischen Störungen, sodass Henry sogar in Panik geraten, sich auf den Boden werfen und eine

Reihe Liegestütze absolvieren konnte, wenn man nur flüchtig seine Hand streifte.

„Ich versuche es hin und wieder, aber ich habe nicht mehr seine Hand gehalten oder ihn umarmt, seit er drei Jahre alt war“, hatte Mrs. Harris Ella am letzten Freitag erzählt. Sie blinzelte die aufsteigenden Tränen fort.

„Nicht ein einziges Mal?“ So etwas konnte Ella sich gar nicht vorstellen. Selbst in ihrer Familie umarmte man sich gelegentlich.

„Jedenfalls nie am Tag. Er schläft meist unruhig, aber manchmal, wenn ich leise bin, kann ich mich in sein Zimmer schleichen und auf einem Stuhl an seinem Bett sitzen, nur um ihm nahe zu sein. Hin und wieder berühre ich sein Gesicht oder sein Haar, aber nicht sehr oft.“

Das war für Ella das Traurigste von allem – dass Henry sich nie von jemandem berühren ließ. Sie hatte im Soziologiekurs gelernt, dass Berührung ausgesprochen positive Wirkungen hatte. Sie hatte Studien gelesen, nach denen Babys in Kinderheimen gediehen oder verkümmerten, je nachdem, wie viel körperliche Zuwendung sie erhielten. Nach dem Gespräch mit Mrs. Harris war Ella davon überzeugt, dass die Berührung irgendwann einen entscheidenden Schlüssel in Henrys Entwicklung darstellen würde.

Mit jedem Tag fühlte Ella sich mehr zu Henry hingezogen. Aus den geflüsterten Worten wurden gelegentliche gesummte Töne – in genau der richtigen Höhe. Anstatt aus dem Fenster zu starren sah er hin und wieder Mr. Hawkins direkt in die Augen. Er wiegte sich nicht mehr so viel hin und her und sortierte auch seine Karten nicht so oft. Es gab Veränderungen in Henry, auch wenn sie unspektakulär waren, und Ella war entschlossen, ihm zu helfen. Er war früher einmal gesund gewesen, und er konnte es wieder sein, davon würde Ella sich nicht abbringen lassen. Trotzdem beschloss sie zu warten, bis Henry noch mehr Fortschritte gemacht hatte, bevor sie Mr. Hawkins fragen würde, ob Henry bei dem Stück mitspielen konnte.

Im Laufe der nächsten Woche gab Ella sich Mühe, ein wenig deutlicher zu singen und die Texte mit mehr Betonung auszusprechen. Wenn sie Henry helfen wollte, musste sie ihre beste Leistung für Mr. Hawkins zeigen. Das war eine wirkungsvollere Methode, als mit ihm zu streiten. Wenn er mit den Proben zufriedener war, würde er auch eher die Veränderungen bei Henry wahrnehmen.

Ella musste nicht lange warten. Der größte Durchbruch für Henry kam am Donnerstag – dem dritten Donnerstag im Oktober –, beinahe zwei Wochen nach ihrer Unterredung mit dem Schauspiellehrer.

Die Besetzung sang das letzte Lied der Vorstellung, die Wiederholung des Themas, als Ella eine neue Stimme hinter sich hörte. Sie war nicht so klar wie die anderen Stimmen und ein bisschen zu laut. Aber irgendwie kam ihr die Stimme bekannt vor. Sie drehte sich um und erwartete, einen neuen Schüler in einer der Reihen hinter sich zu sehen. Stattdessen sah sie, was die anderen ebenfalls bemerkten.

Henry Harris sang.

Er sah keinen von ihnen an, nicht einmal Ella. Sein Blick war auf eine Stelle über ihnen gerichtet, wo Decke und Wände zusammenliefen. Aber das Offensichtliche war nicht zu leugnen. Henry sang mit. Ella hätte die Probe am liebsten unterbrochen, um zu feiern, aber sie wollte nicht, dass Henry aufhörte zu singen. Ella sang weiter, aber sie winkte Mr. Hawkins zu.

Als sie schließlich seine Aufmerksamkeit erlangt hatte, zeigte sie verstohlen auf Henry. Mr. Hawkins musste ihn auch singen gehört haben, denn der Lehrer wandte den Blick sofort den hinteren Reihen zu und ließ ihn dort ruhen. Die Überraschung stand deutlich in seinen Augen und der Rhythmus des Liedes schwankte ein wenig. Aber Mr. Hawkins wandte den Blick nicht ab, während er weiterspielte.

Ella hätte vor Freude über diesen Sieg laut lachen oder im Raum herumtanzen können, aber sie wollte nicht, dass irgendetwas das Fenster zuschlug, das sich in Henrys Geist geöffnet hatte. Also sang sie weiter und wartete, bis der Unterricht zu Ende war. Dann, während sie ihr Skript in den Rucksack stopfte, beobachtete sie heimlich, wie einige ihrer Mitschüler sich Henry näherten.

„Mensch“, sagte der Junge, der Gaston spielte. „Schön, dich singen zu hören.“ Er versuchte, Henry die Hand zu reichen, aber der starrte nur auf den Boden und nickte. Der Unterschied war, dass er sich diesmal nicht vor- und zurückbewegte oder mit den Armen wedelte.

Ella sah ihn mit prüfendem Blick an. Bildete sie sich seine Reaktion nur ein? Sie sah genauer hin, aber jedes Mal, wenn ein Mitschüler auf ihn zukam und „Gut gemacht“ oder „Das klang gut“ sagte oder ihm ein anderes Kompliment machte, tat Henry das Gleiche wieder. Ein kleines Nicken zum richtigen Zeitpunkt.

Als die anderen gegangen waren, trat Ella zu Henry. Sie hatten inzwischen feste Gewohnheiten, und Ella ging jeden Tag mit ihm zum Bus – außer freitags, wenn seine Mutter herkam. Heute musste Henry mit dem Bus fahren, also hatte Ella nicht viel Zeit. Sie kam zu ihm und blieb einen halben Meter vor dem Platz, auf dem er immer noch saß, stehen. „Das war schön, Henry. Dich singen zu hören.“

Er nickte, aber diesmal hatte er den Blick nicht auf den Boden gerichtet. Er hob das Gesicht zu ihr auf und lächelte. Dann tat er etwas, das Ella fast den Atem raubte. Er öffnete den Mund und fing an zu singen. „Märchen schreibt die Zeit in des Dichters Kleid, die Schöne und das Biest.“

Ella stieß einen Laut aus, der eine Mischung aus Lachen und Aufschrei war. *Du darfst jetzt nicht überreagieren*, ermahnte sie sich. *Nicht, dass du ihn verschreckst.* Sie unterdrückte ihre Erregung. „Das war perfekt. Genau so.“ Sie machte einen Schritt in Richtung Tür. „Komm, du musst deinen Bus erwischen.“

Henry stand auf und die beiden verließen den Klassenraum. Bevor sie gingen, sah sie aus dem Augenwinkel eine Bewegung und drehte sich um. Und was sie sah, machte sie beinahe genauso froh wie Henrys Gesang.

Von dem Platz an seinem Schreibtisch aus hatte Mr. Hawkins alles mitangesehen.

Nichts war ungewöhnlich daran, als sie Henry an diesem Nachmittag aus dem Bus steigen sah, und es gab keine Anzeichen dafür, dass dies ein Tag war, den Tracy nie mehr vergessen würde. Natürlich stimmte sie Ella zu: Henry veränderte sich. Langsam, nach und nach, schien er mehr Verbindung aufzunehmen. Das Schwere für Tracy war, dass er diese Verbindung nur zu Ella herstellte. Bis jetzt gab es keinen Unterschied in der Art, wie sie beide ihre Nachmittage und Abende verbrachten.

Kate war bei einer Freundin zum Spielen, also waren sie heute nur zu zweit. Es nieselte, als sie vom Bus zur Wohnung gingen, aber das Wetter beeinflusste Henrys Tempo nicht. Er ging ein paar Schritte geradeaus und dann ein paar im Kreis, um anschließend wieder ein paar Schritte geradeaus zu gehen und wieder einen Kreis zu vollführen. Dies war etwas Neues, das begonnen hatte, seit Henry wieder Kontakt zu Ella hatte. Tracy versuchte zu analysieren, was die Kreise zu bedeuten hatten, aber sie konnte sich nur vorstellen, dass er Ella suchte. Als fiele ihm alle paar Schritte ein, dass sie hier sein sollte, es aber nicht war.

Was auch immer der Grund für diese Kreise war – Henry schien glücklich zu sein. Seine Miene war immer freundlich gewesen, aber in letzter Zeit lief er immerzu mit einem kleinen Lächeln herum. Mit großen unschuldigen blauen Augen und einem glücklichen Gesichtsausdruck. Er schien weitaus weniger beeinträchtigt als manche der missmutigen Kunden bei Walmart.

Sie kamen bei der Wohnung an und setzten sich wie jeden Nachmittag schweigend an den Küchentisch, wo Henry seinen Snack aß. An den meisten Tagen stellte Tracy keine Fragen, weil sie nicht ertragen konnte, dass er nie reagierte. Stattdessen machte sie Feststellungen, von denen sie vermutete, dass sie den Tatsachen entsprachen. „Mathe war heute gut, Henry. Du bist sehr gut in Mathe."

Er sah sie dabei nie an und reagierte nicht.

„Ella sagt, dass du bei den Theaterproben gut mitmachst. Sie will, dass du bei dem Stück mitspielst. Aber das weißt du sicherlich, Henry."

Was Henry als Nächstes tat, war derart entgegen aller Gewohnheit, dass Tracy beinahe zu träumen glaubte. Als Reaktion auf ihre Äußerung über das Theaterstück nickte Henry mit dem Kopf. Er sah sie nicht an und seine Miene veränderte sich nicht. Noch immer war sein Blick auf die Rosinen geheftet, die er an seinem Tellerrand aufgereiht hatte, aber das änderte nichts an den Tatsachen. Sie hatte mit ihm geredet und als Reaktion darauf hatte er genickt!

Ella hatte ihr erzählt, in welcher Weise Henry in letzter Zeit Fortschritte gemacht hatte. Wie oft er sie angesehen hatte und dass er die Lippen bewegte, als würde er mitsingen. Da Tracy all das noch nicht mit eigenen Augen gesehen hatte, fiel es ihr manchmal schwer, es zu glauben. Aber jetzt … jetzt tat Henry genau das, von dem Ella sagte, er sei in der Lage dazu. Er zeigte eine angemessene Reaktion.

Er kommunizierte!

Lieber Gott … das ist ein Wunder. Was auch immer du hier tust, bitte … bitte lass es weitergehen. Tränen rannen über Tracys Wangen wie die Ströme in der Wüste. So lange hatte sie Gott angefleht! Sie wäre am liebsten aufgesprungen, um ihren Sohn in den Arm zu nehmen, aber stattdessen presste sie die Füße auf den Boden und rührte sich nicht vom Fleck. Die eine Regel, die Henrys Therapeuten im Laufe der Jahre immer wieder betont hatten, war: Wenn er Fortschritte zeigt, darf man ihn nicht überfordern. Einen Weg aus dem Autismus zu finden, wenn auch nur in kleinen Schritten, musste langsam geschehen.

Sie wischte ihre Tränen fort, ängstlich darauf bedacht, keinen Laut von sich zu geben, der Henry auf ihre Gefühle aufmerksam machte. Henry hatte ein sensibles Gehör, deshalb war es in einem Augenblick wie diesem wichtig, keine ungewohnten Geräusche zu machen. Sie wartete, bis ihre Kehle nicht mehr so zugeschnürt war. „Ich glaube, du wärest gut in dem Chor, so sehr, wie du die Musik liebst."

Sie sah ihn an und wartete atemlos auf die gleiche Reaktion. Und dann … bevor sie Zeit hatte zu beten, tat Henry es wieder. Er nickte. Dann drehte er den Kopf in Richtung Wohnzimmer.

„Zeit für deinen Film, nicht wahr?"

Noch ein Nicken, und seine Augen leuchteten. Das neue wundervolle Lächeln zog seine Mundwinkel nach oben. Er stand auf und ging ins Wohnzimmer und sie folgte ihm. Der Film war bereits eingelegt, wie immer, also setzte Tracy sich aufs Sofa, nahm die Fernbedienung und drückte auf die Starttaste.

Das war für gewöhnlich der Zeitpunkt, an dem Henry sich ein Stück vor dem Bildschirm auf den Boden setzte und sich in den Film vertiefte. Aber stattdessen tat er diesmal etwas völlig Untypisches – etwas, das ihr Herz einen Schlag aussetzen ließ.

Er setzte sich neben sie aufs Sofa.

Nicht unmittelbar neben sie, aber so dicht, dass Tracy sich nicht rühren oder Luft holen konnte, sondern nur versuchte, das Offensichtliche zu begreifen. Es war eine ganz bewusste Entscheidung. Henry hatte von sich aus die Routine vieler Jahre durchbrochen und beschlossen, sich neben sie zu setzen. Als wollte er diesmal den Film mit ihr zusammen ansehen. Wieder kamen Tracy die Tränen, und sie musste an sich halten, um nicht laut zu schluchzen. Sie hatte die letzten fünfzehn Jahre immer auf Armlänge von Henrys Körper verbracht, und sein Herz war eine Million Kilometer entfernt. Fünfzehn Jahre lang hatte sie für Henry gebetet und Gott angefleht, ihr ein Zeichen zu geben, dass der alte Henry immer noch irgendwo in diesem Jungen steckte. Fünfzehn Jahre ohne ein einziges Zeichen einer Antwort.

Bis heute.

Sie konnte nicht verhindern, dass die Tränen über ihre Wangen liefen, aber irgendwie gelang es ihr, kein Geräusch zu machen. Um nichts in der Welt hätte sie diesen Augenblick zerstört, und sie konnte kaum fassen, dass dies wirklich geschah. Henry saß neben ihr. Das hatte er seit fünfzehn Jahren nicht mehr getan. Tracy schlang die Arme um ihre Taille, um sie nicht auszustrecken und ihn zu umarmen.

Dann – als sie einfach nicht mehr anders konnte – tat sie das Einzige, was sie zu tun wagte. Sie legte die Hand auf das Sofa neben sich, zwischen Henry und sie. Eine Minute verging, während die Tränen weiter über ihre Wangen strömten. Und dann, an der Stelle des Films, an der Ella und Henry nebeneinanderstanden und „Jesus liebt mich“ sangen, geschah es.

Ohne sie anzusehen und ohne irgendeine Vorwarnung, dass etwas Ungewöhnliches geschehen würde, schob Henry seinen Arm näher an ihren und berührte ganz leicht ihre Finger. Tracy spürte, wie sie innerlich bebte, aber sie betete von ganzem Herzen, dass Henry es nicht bemerkte. Sie schloss die Augen und ließ die Tränen fließen – heiße, reinigende Tränen, die sich Jahr um Jahr in ihrem Herzen angestaut hatten, während sie auf diesen Augenblick gewartet hatte.

Die Chance, wieder die Hand ihres Sohnes zu spüren.

19

Henry eröffnete Ella eine ganz neue Welt. Als der November näher rückte, fing sie an, früher zur Schule aufzubrechen, damit sie Henry an der Bushaltestelle abholen konnte. Dann ging sie mit ihm quer über den Campus zu dem Teil des Schulgebäudes, in dem die Sonderschüler unterrichtet wurden. Nach ihrem Matheunterricht in der fünften Stunde traf sie sich wieder mit ihm, sodass sie zusammen zur Probe gehen konnten.

Es war der erste Dienstag im November, und Ella war früher als sonst an der Bushaltestelle. Von dort, wo sie stand, konnte sie sehen, wie Jake und seine neue Freundin in seinem Mustang vorfuhren und zusammen das Gebäude betraten.

LaShante hielt Ella auf dem Laufenden, was die Leute aus ihrer früheren Clique betraf. Offenbar hatte Jakes neues Mädchen einen schlechten Ruf, aber das überraschte Ella nicht. Jake mochte Mädchen, die nicht Nein sagten. Er hatte den Jungs in der Footballmannschaft erzählt, dass er mit Ella Schluss gemacht hatte, weil sie ihm zu langweilig sei. Ihr war es egal. Sollte er den Leuten erzählen, was er wollte, wenn sie ihn nur los war.

Einige Cheerleader gingen vom Parkplatz hinein und ihr Lachen erschallte über den Platz. Ella blinzelte in ihre Richtung und dachte daran, was es für ein Gefühl gewesen war, Teil dieser Gruppe zu sein. In der Schule herumzulaufen, als gehöre ihr das Ganze, und sicher zu sein, dass jeder Typ auf dem Campus sie scharf fand und jedes Mädchen sein wollte wie sie.

LaShante löste sich jetzt aus der Gruppe. Sie war ein paarmal im Probenraum erschienen und hatte Henry sogar einmal singen gehört. „Er ist wirklich süß", sagte sie. „Ich frage mich, ob er jemals normal sein wird. Du weißt schon, so wie wir."

Ella machte die Frage ihrer Freundin nichts aus. „Vielleicht gibt es so etwas wie normal gar nicht."

Es stimmte. Nicht nur, was die Schüler der Highschool betraf, sondern auch in Bezug auf ihre eigene Familie. Ihr Vater war noch mehr weg als sonst. Ihre Brüder wohnten praktisch bei ihren Freunden im Haus gegenüber und ihre Mutter war immer unterwegs – zum Bräunen und Trainieren oder im Schönheitssalon. So, als wäre alles normal und sie wären eine perfekte, glückliche Familie.

Ja, je öfter sie mit Henry zusammen war, desto normaler schien er ihr.

Sie drehte sich um, als sie den Bus kommen hörte, und sah zu, wie er hielt und die Tür sich öffnete. Henry war immer der Erste, der ausstieg, und dann stand er beinahe Gewehr bei Fuß, während die anderen Schüler die Stufen herunterkamen. Sobald die ersten Kinder an ihm vorbeigingen, faltete er die Hände unterm Kinn und wedelte mit den Armen.

Diese Angewohnheit beunruhigte Ella nicht mehr so wie früher, aber sie hätte gerne gewusst, was er sich dabei dachte, warum er es tat. Sie hatte ihre Vermutungen. Vielleicht versuchte er, sein Gesicht ein wenig vor den anderen Schülern zu verbergen. Oder vielleicht war es eine Form der Begrüßung. Sie war sich nicht sicher, aber eines wusste sie: Es war etwas, das er mit Absicht tat, denn Henry tat es immer zur gleichen Zeit.

Wenn er aus dem Bus stieg und wenn sie über den Campus gingen – immer, wenn sie an einer Gruppe Schüler vorbeikamen. Etwas an den anderen Jugendlichen in der Schule löste dieses Verhalten bei Henry aus und irgendwann … irgendwann würde Ella herausfinden warum. Sie hatte inzwischen genug über autistische Störungen gelesen um zu wissen, dass Therapien und Ernährungsumstellungen und Integration manchmal Veränderungen bewirkten. Manchmal half etwas, die Welt von Autisten aufzuschließen. Ja, es würde weiterhin Unterschiede geben – manchmal in Angewohnheiten oder der Art, wie sie mit sozialen Situationen umgingen –, aber für diejenigen, die aus dem Gefängnis des Autismus ausbrachen, war die Verwandlung wie ein Wunder.

Die Verwandlung, die sie sich für Henry erhoffte.

Er blickte auf und sah sie – sah sie eindeutig an. Auch das hätte er vorher nie getan. Als er auf sie zukam, musste sie sich bewusst daran erinnern, dass er Autist war. Er trug Jeans und ein blaues T-Shirt, und sein Blick begegnete ihrem. Was wäre, wenn der Autismus nicht gewesen wäre? Ella hatte schon oft darüber nachgedacht. Ihre Familien wären immer noch befreundet und vielleicht würden Ella und ihre Familie noch in die Kirche gehen. Ihre Eltern hätten vielleicht eine wunderbare Ehe und sie und Henry … wer konnte das schon sagen? Sie und Henry hätten vielleicht eine Liebe zueinander entwickelt, die genauso wundervoll war wie die Freundschaft, die sie als Kinder miteinander verbunden hatte.

Das alles hätte sein können, wenn Henry kein Autist geworden wäre.

Sie sahen einander unverwandt an, bis er vor ihr stand, aber dann wandte er den Blick ab und sah zu den weißen Schäfchenwolken hinauf, die den winterlich anmutenden Himmel zierten. „Hallo, Henry." Das sagte sie immer, obwohl er nie antwortete. Er sang ihr jetzt ohne große Scheu etwas vor, manchmal sogar dann, wenn sie nebeneinanderher gingen. Henrys Fortschritte waren bemerkenswert, darin waren sich alle einig.

Aber er hatte immer noch nicht mit ihr gesprochen.

Sie hatten die Hälfte des Weges zu Henrys Gebäudetrakt zurückgelegt und gingen gerade an der Cafeteriaterrasse vorbei, als Ella Rufe hörte und ein paar Jugendliche auf das Geräusch zulaufen sah. Jemand war in Schwierigkeiten. „Komm." Sie schlug eine

Richtung ein, die sie normalerweise nicht nahmen, damit sie sehen konnte – wenigstens aus der Entfernung –, was dort los war. Als sie um die Ecke des Gebäudes kamen, blieb sie stehen und Henry tat es ihr gleich.

„Jesus liebt mich ganz gewiss." Henry sang leise, während sein Lächeln erstarb. „Denn die Bibel sagt mir dies ..."

Sie hätte ihm am liebsten gesagt, er solle leise sein, denn dies war nicht der richtige Zeitpunkt für ein Lied. Aber das konnte sie schlecht tun, nachdem sie diejenige gewesen war, die seine tägliche Routine aufgebrochen hatte. Und Menschen mit Autismus brauchten Routine. Sie schirmte die Augen gegen die Sonne ab und starrte zu einer Gruppe Schüler hinüber, die sich um einen der Picknicktische versammelt hatten. Eine Stimme war lauter zu hören als die anderen, und Ella erkannte sie.

Sie gehörte Jake.

Plötzlich hatte sie das ungute Gefühl, dass Jake es wieder auf jemanden abgesehen hatte. Vielleicht Michael Schwartz. Sie hatte den Jungen mehrere Wochen nicht gesehen. Durch ihre Beschäftigung mit Henry hatte sie beinahe alle anderen Mitschüler vergessen. Sie wollte hingehen, aber Henry würde sicherlich nicht in die Nähe der Auseinandersetzung geraten wollen.

Sie beschloss, auf Nummer sicher zu gehen. „Komm, wir gehen." Sie drehte sich um und wieder blieb Henry an ihrer Seite. „Wir müssen zum Unterricht."

„Märchen schreibt die Zeit ..." Er sang den Text und begann dann, die Melodie zu summen, eindeutig entspannter, als er es gerade noch gewesen war. Er blieb stehen und zog seine Karteikarten aus dem Rucksack. Er mischte sie nicht, wie er es früher immer getan hatte, aber er verließ sich immer noch auf die Karten. Vielleicht hatte er so das Gefühl, als würde er reden. Ella war nicht sicher, aber sie genoss es, darauf zu warten, dass er die richtige Karte zog.

Er hielt sie auch nicht mehr hoch. Er fand die Karte, die er gesucht hatte, und reichte sie ihr. Auf der Karte waren zwei unglückliche Personen abgebildet, und unter der Zeichnung standen die Worte „Gibt es ein Problem?"

Seine Auffassungsgabe war perfekt. „Ja." Sie sprach ganz ruhig, damit er sich keine Sorgen machte. „Das war da drüben. Aber wir machen uns keine Gedanken darüber, okay?"

„Okay." Henry sah sie an und dann wieder auf seine Karten hinunter.

„Was?" Ella lachte. Sie hatte Henry immer noch nicht angefasst, aber jetzt berührte sie ohne nachzudenken seine Schulter. Es war nur eine leichte Berührung, aber sie zögerte, für den Fall, dass er darauf reagierte. Das tat er nicht, also ließ sie die Hand dort liegen. „Du hast mit mir gesprochen, Henry. Weißt du das?"

Ein Lächeln zog an seinen Mundwinkeln, während er die Karten in den Rucksack schob und den Reißverschluss zuzog. Dann sah er sie wieder an. „Okay."

Sie hätte Henry am liebsten allen Lehrern und Therapeuten vorgeführt, die bezweifelten, dass bei Henry eine Veränderung möglich war. Aber das hätte ihm nicht gutgetan, also ging sie mit ihm zu seinem Klassenzimmer. Während Henry seinen Rucksack zu den Taschen der anderen Schüler stellte und zu seinem Platz ging, wandte Ella sich an die Lehrerin. „Er hat mit mir gesprochen." Sie lächelte selbstbewusst. In der Vergangenheit hatte sie schon ein paarmal mit Henrys Bezugslehrerin gesprochen, und die Frau meinte es gut, schien aber eingeschränkt durch ihre Überzeugung, dass Menschen mit Henrys Form von Autismus keine bedeutenden Veränderungen durchmachen konnten.

Ella bezweifelte, dass sie an Wunder glaubte.

Jetzt zog die Lehrerin die Augenbrauen ein wenig hoch. „Er hat mit Ihnen gesprochen?" Jedes Wort klang ganz und gar skeptisch.

„Ja. Ich habe zu ihm gesagt, dass wir zum Unterricht gehen, und er hat ‚Okay' gesagt." Ella hatte keine Zeit, hierzubleiben und darüber zu diskutieren. Es war ihr egal, ob die Lehrerin ihr glaubte. Sie nickte zum Abschied und wandte sich zur Tür um. „Ich wollte Ihnen nur Bescheid sagen."

Draußen erinnerte Ella sich an das Problem, wie Henry es formuliert hatte. Sie lief zu den Picknicktischen zurück, aber jetzt waren dort nur noch wenige Jugendliche versammelt – Jake und seine

Kumpel und ... ja, Michael Schwartz. Was auch immer geschehen war, die Pausenklingel hatte die meisten Schüler offensichtlich vertrieben. Sie ging näher, bis sie die Lage einschätzen konnte, und blieb dann wie angewurzelt stehen. Was sie sah, machte sie wütend.

Es musste eine Prügelei gegeben haben, denn einer der Footballspieler hatte ein blaues Auge. Vielleicht war der ursprüngliche Streit gar nicht zwischen dem Spieler und Michael gewesen. Vielleicht war er nur vorbeigekommen ... Ella war nicht sicher. Der Inhalt von Michaels Rucksack – Dutzende lose Blätter, Hefte, Bleistifte, Münzen – war auf dem nassen Boden verstreut. Immer wenn er sich bückte, um etwas aufzuheben, trat Jake ihn. Dann lachten Jake und seine Freunde jedes Mal, als wäre es das Lustigste, was sie je gesehen hatten.

„Du brauchst nicht zu glauben, dass wir dich nicht sehen, wenn du hier vorbeikommst, du Schwachkopf", sagte Jake. „Dieser Teil der Schule gehört uns."

„Genau", lachte Sam und zeigte auf den Trakt der Sonderschule. „Du gehörst zu den anderen da drüben."

Es reichte. Ella hatte endgültig genug. „Hey!" Sie rannte die letzten zehn Meter, die sie von den Jungs trennten. „Geht in eure Klasse, Jake ... Sam, Ryan."

„Was?" Er fuhr herum und sah sie an. Ein paar Sekunden lang sah es so aus, als wollte er sie ebenfalls schlagen, aber dann entspannte seine Haltung sich und er sah seine Kumpels an, während er in höhnisches Gelächter ausbrach. Seine Augen brannten vor Wut. Er bedachte sie mit einer Reihe Schimpfwörter, aber das war ihr egal.

„Du bist widerlich", zischte sie ihn an. Dann ging sie einfach an ihm vorbei zu Michael. Ungebeten kniete sie sich hin und fing an, Papier und Bleistifte aufzusammeln. „Bist du in Ordnung?"

Michael stand auf, und sein Gesicht war bleich. „Was soll das?"

„Ich helfe dir." Sie erhob sich ebenfalls. Hinter ihr konnte sie Jake und die anderen näher kommen und lachen hören.

„Ist das nicht süß?" Jake ließ nicht locker. „Zwei Freundinnen, die sich gegenseitig helfen."

„Ich habe gesagt …", Ella drehte sich zu ihm um, „dass du verschwinden sollst. Lass ihn in Ruhe!"

„Ella …" Michael klang, als würde er jeden Augenblick die Beherrschung verlieren. „Ich bin in Ordnung. Geh ruhig."

Bevor Jake noch etwas sagen konnte, hatte einer seiner Freunde offenbar einen Lehrer erspäht, denn sie liefen schnell davon, immer noch lachend. Und so waren Michael und Ella die Einzigen, die übrig blieben.

Sie bückte sich wieder und machte sich daran, seine Sachen einzusammeln. Aber Michael stand nur dort und starrte sie an. Nachdem sie einige Dinge aufgehoben hatte, hielt sie inne und sah zu ihm auf. „Ist irgendetwas?"

„Ja." Er zeigte mit den Händen in die Richtung, in der Jake und seine Kumpels verschwunden waren. „Willst du dich über mich lustig machen, Ella? Du bist mir gerade vor den schlimmsten Typen in der ganzen Schule zu Hilfe gekommen." Er entfernte sich ein paar Schritte und kam dann zurück. „Das werden die mir bis in alle Ewigkeit unter die Nase reiben."

„Was sie getan haben …" Ihre Stimme klang lauter, als sie beabsichtigt hatte. „Das war unrecht, Michael. Du kannst dich doch nicht so behandeln lassen."

„Ich kann tun, was ich will." Er wischte sich den Dreck vom Hemd – Dreck, den Jakes Schuh bei seinem letzten Tritt dort hinterlassen hatte. „Ich komme mit den Typen schon klar. Ich gehe ihnen aus dem Weg, und alles ist in Ordnung."

„Und was war heute?" Ellas Entrüstung war deutlich zu hören. Wie konnte Jake es wagen, einen Jungen wie Michael davon zu überzeugen, dass es in Ordnung war, schikaniert zu werden? „Warum bist du ihnen heute nicht aus dem Weg gegangen?"

„Bin ich eben nicht." Michael riss ihr seine Schulsachen aus der Hand und stopfte sie in seinen Rucksack. Er ging in die Hocke und sammelte mit ein paar schnellen Handbewegungen die restlichen Gegenstände ein. Das meiste war nass und dreckig, aber wenigstens konnte er jetzt zum Unterricht gehen.

„Und warum nicht?"

„Nur so.“ Er warf sich den Rucksack über die Schulter. „Der Typ, auf den sie es abgesehen hatten, spielt mit mir im Orchester. Die allmächtigen Adler haben beschlossen, dass alle in dem Kurs schwul oder dumm sind. Ich musste ihm wenigstens helfen.“

Ella verschränkte die Arme vor der Brust und ließ den Kopf hängen. Wirklich? War Jake so abgestumpft, dass er Streit mit einem Jungen aus dem Orchester anfing, nur um selbst als großer Macker dazustehen?

„Ich brauche keine Hilfe, okay? Nie wieder.“ Er klang nicht verärgert, nur ängstlich. Denn jetzt hatten Jake und seine Bande noch einen Grund, ihn zu hänseln. „Ich weiß, dass es gut gemeint war, Ella, aber ehrlich ... lass mich einfach in Ruhe.“ Michael trat ein paar Schritte zurück, während er den Blick über Hof und Cafeteria schweifen ließ. „Ich komme schon klar.“ Er umklammerte den Gurt seines Rucksacks und ging.

Ella sah ihm nach, aber er hatte kaum zwei Schritte getan, als sie rief: „Warte!“

Michael blieb stehen und drehte sich langsam um. Er sah aus, als wäre ihm nach Heulen zumute, aber das konnte er natürlich nicht tun. Wenn Jake und die Jungs davon erfuhren, würden sie es sofort gegen ihn verwenden. Er ließ die Schultern noch ein wenig mehr hängen. „Was?“

„Wer hat Jakes Freund das blaue Auge verpasst?“

„Ich.“ Er zögerte. „Ich habe dir doch gesagt, dass ich mich eingemischt habe, weil jemand für die Schüler aus dem Orchester und die Musiker der Band eintreten muss. Für all die anderen, die nicht sind wie Jake Collins, verstehst du?“

„Ja.“

„Jemand musste den Typen die Stirn bieten.“ Er zögerte, aber nach ein paar Sekunden setzte er sich wieder in Bewegung. „Bis demnächst, Ella.“

„Tschüss.“ Sie sagte es zu leise, als dass er es hätte hören können. Die ganze Situation war schrecklich. Sie wäre am liebsten geradewegs zur Schulleiterin marschiert und hätte ihr erzählt, was passiert war, damit Jake und seine Freunde vom Unterricht suspendiert oder besser noch der Schule verwiesen wurden. Aber Michael hatte recht. Wenn sie ihm noch einmal half – vor allem wenn sie das Geschehene öffentlich machte –, würde es ihm das Leben nur noch schwerer machen.

Früher hätte es ihr leidgetan, dass Michael in Schwierigkeiten war, aber sie hätte nicht im Traum daran gedacht, deswegen etwas zu unternehmen. Jetzt, auf dem Weg zum Literaturunterricht, überlegte sie es sich anders. Sie würde nicht guten Gewissens in den Spiegel schauen können, wenn sie nicht in irgendeiner Form über den Vorfall Bericht erstattete. Deshalb ging sie in das Hauptgebäude, wo sich die Schulverwaltung befand, und bat um ein Gespräch mit jemandem aus dem Rektorat. Die Fulton Highschool war so groß, dass sie drei Konrektoren hatte.

Einer von ihnen kam heraus. „Hallo, Ms. Reynolds." Er lächelte entspannt und fröhlich. Offenbar war ihm nicht bewusst, wie manche Schüler jeden Tag auf dem Campus behandelt wurden.

„Ich möchte etwas zur Anzeige bringen." Die nächsten fünf Minuten verbrachte sie damit zu erklären, was Michael und dem anderen Jungen aus dem Orchester zugestoßen war. Ella achtete darauf, keine Einzelheit auszulassen. „Aber ... wenn diese Typen erfahren, dass ich etwas gesagt habe, bringen sie Michael um. Ich möchte nur, dass Sie Bescheid wissen."

Aber auch die Tatsache, dass sie das Richtige getan hatte, ließ sie nicht zur Ruhe kommen. Den Footballspielern würde mit an Sicherheit grenzender Wahrscheinlichkeit nichts passieren, und sie würden den Michaels und Henrys dieser Schule das Leben nur noch schwerer machen. Es war schwierig, Schultyrannen zu überführen, weil die Opfer nie darüber sprachen, was ihnen angetan wurde. Wenn sie petzten, liefen sie Gefahr, beim nächsten Mal noch mehr schikaniert zu werden.

Also schwiegen sie.

Ella dachte wieder an Michael. Er hatte sie völlig entsetzt angesehen, und was er gesagt hatte, würde ihr immer im Gedächtnis bleiben. „*Ich bin in Ordnung ... ich komme schon damit klar.*" Aber das stimmte nicht. Irgendwann würde irgendjemand ernsthaft verletzt werden, nur aufgrund von Gruppenzwang oder Bandenmentalität und unter dem Vorwand, es sei doch nur Spaß. Aber es war kein Spaß – es war Schikane und es war grausam. Nein, es war sogar regelrecht bösartig.

Während Ella zum Unterricht ging, kämpfte sie gegen die Tränen an. Sie konnte die Art, wie Schüler in Fulton gehänselt und schikaniert wurden, nicht ändern, und sie konnte die Verwaltung auch nicht dazu bringen, dass sie Angriffe wie den auf die Musikschüler heute unterbanden. Sie musste an Henrys Mutter denken, die jeden Tag für ihren Sohn betete. Warum also versuchte sie es nicht selbst mit beten? Sie wusste nicht, wie das ging, aber sie hatte gehört, wie Mrs. Harris betete. Es war beinahe so, als würde man mit einem Menschen reden. Sie ging langsamer und ließ ihre Worte lautlos erklingen – nur für ihr eigenes und für Gottes Herz.

Hallo, Gott, ich bin's – Ella Reynolds. Ich habe noch nie mit dir gesprochen, oder ich kann mich jedenfalls nicht daran erinnern. Aber wir brauchen deine Hilfe hier in Fulton. Die Jungs sind schrecklich. Das siehst du doch, oder? Sie wartete, aber eine Antwort war nicht zu hören. *Ich möchte etwas unternehmen, aber ich weiß nicht, wo ich anfangen soll. Es gibt so viele Schüler hier, die Angst vor anderen Jugendlichen haben. Deshalb gib mir bitte die Gelegenheit, etwas daran zu ändern. Wenn du zuhörst, Gott, dann zeig mir doch bitte, wie diese Gemeinheit in der Schule beendet werden kann. Was ich dazu tun kann. Und hilf Henry aus seiner abgeschotteten Welt heraus. Danke, dass du zugehört hast. Amen.*

Irgendwie fühlte es sich gut an zu beten. So, als würde sie schweben. Ella konnte nicht viel für die Kinder an ihrer Schule tun, die tyrannisiert wurden, die gehänselt und schikaniert wurden. Schüler wie Michael. Aber sie konnte weiter tun, was sie tat – nämlich Henry Harris eine Freundin sein. Sie konnte die Tyrannen anzeigen, und sie konnte das hier tun.

Sie konnte beten.

20

Die Fassade bröckelte. Suzanne konnte spüren, dass die alten Lügen nicht mehr funktionierten. Es reichte nicht mehr, einen Geldanlageplan und daheim einen BMW und ein Speedboot in der Dreiergarage zu haben. Es reichte nicht, die Frau von Randy Reynolds zu sein. Ihr Leben war sinnlos, leer und reine Routine. Wenn sie aufwachte, hätte sie schreien können, und ohne ihre Tabletten konnte sie abends gar nicht einschlafen. Etwas musste sich ändern, sonst würde sie irgendwann in einer Zwangsjacke in der Anstalt landen.

Es war Sonntagmorgen, und sie hatte wieder einmal kaum geschlafen. Randy war seit Dienstag nicht mehr zu Hause gewesen. Die Spielsaison war zwar vorbei, aber es gab private Trainingslager. Randy wollte so fit wie möglich sein, wenn sie über seinen Vertrag sprachen.

Sie reckte sich und spürte das vertraute Ziehen in ihren Bauchmuskeln. In letzter Zeit hatte sie ihren Frust an den Bauchmuskelgeräten ausgelassen, obwohl das ihrem Leben auch nicht mehr Sinn gab als alles andere. Sie trat ans Fenster und lehnte die Stirn an das kühle Glas. Ihr Rasen vor dem Haus war fast einen halben Hektar groß und selbst jetzt, wo der Winter anfing, hübsch und gut gepflegt. Während sie so dortstand, erinnerte sie sich an einen alten Film, den sie und Tracy einmal gesehen hatten, als sie noch zur Schule gingen, nämlich die Originalverfilmung von *Die Frauen von Stepford*.

Szenen aus dem Film liefen vor ihrem geistigen Auge ab. Die gruselige Geschichte hatte sie damals in dunklen Nächten begleitet und sie nervös gemacht, wenn sie allein unter der Dusche stand. Jetzt holte diese Handlung sie wieder ein. Die Frauen von Stepford waren nach und nach durch Roboter ersetzt worden, die ihnen nachempfunden waren. Die beiden Hauptpersonen waren befreundet, und sie schworen sich, dass sie nie wie die anderen werden würden. Dann eines Tages besuchte die eine die andere und sah ganz anders aus – ihr Kleid war sorgfältig gebügelt, das Haar perfekt gekämmt und ihr Make-up makellos.

Es folgten unheimliche Musik und eine Reihe nervöser Fragen von der unveränderten Frau, bis sie ihrer Freundin beim Zwiebelschneiden versehentlich in die Hand stach. Aber es war kein Blut zu sehen – nur Drähte und Getriebe. Die Freundin war nichts als ein Roboter, eine mechanische Kopie ihres ursprünglichen Selbst.

Suzanne blinzelte und die Erinnerung verflüchtigte sich. So kam sie sich in letzter Zeit vor. Sie erinnerte sich daran, dass sie und Tracy sich als Teenager bei den gruseligsten Stellen des Films die Augen zugehalten hatten. Und später an jenem Abend waren sie sich einig gewesen, dass sie nie vollkommen sein wollten, nur mit Äußerlichkeiten beschäftigt und verzweifelt darauf bedacht, ein bestimmtes Image zu wahren.

Aber genau so war Suzanne geworden. Sie war nichts anderes als eine der Frauen von Stepford. Kein Herz, keine Seele, keine Gefühle. Sie wandte sich vom Fenster ab und ging zu ihrem begehbaren Kleiderschrank. So viele Sachen. Jedes Top und jeder Pullover, jede enge Hose ein verzweifelter Versuch … ja, was versuchte sie eigentlich damit? Ein Image zu präsentieren? Den Schein zu wahren?

Sie zog ein T-Shirt und enge schwarze Jazzpants an, aber dann sah sie sich aus dem Augenwinkel im Spiegel. Was tat sie da eigentlich? Die Jazzpants waren etwas, das sie trug, wenn Ellas männliche Freunde zu Besuch waren. So wollte sie beweisen, dass sie immer noch knackig war und dass ein Achtzehnjähriger sich auch jetzt noch nach ihr umdrehte.

Die Wahrheit widerte sie an. Sie zog die Hose aus und stopfte sie in die Schublade zurück. Eine Jogginghose, die war besser. Bequeme Kleidung war für einen Sonntagmorgen passender. Sie fand eine Hose, und als sie angezogen war, trat sie auf den Flur hinaus, und ihr kam ein Gedanke. Es hatte eine Zeit gegeben, als die Kirche – nicht die Jogginghose – passender für einen Sonntagmorgen gewesen war. Damals, als sie und Tracy Harris noch Freundinnen waren.

Sie ging leise an den Zimmern der Kinder vorbei und warf einen

Blick hinein, erst bei Ella, dann bei den Jungs. Es war erst acht Uhr, und das bedeutete, dass sie noch mindestens eine Stunde schlafen würden. Sie dachte an ihren Mann und daran, dass er wieder nicht nach Hause gekommen war. Sie konnte die Wahrheit nicht länger leugnen: Er wollte nicht zu Hause sein.

Inzwischen hatten die Kinder wahrscheinlich nur noch Mitleid mit ihr. Sie war ein schlechter Witz, und mit der Zeit würden sie lernen, sich nichts mehr daraus zu machen. Und was dann? Dann würde sie allein alt werden, ohne die Achtung der Menschen, die sie am meisten lieben sollten. Irgendwann würde Randy sie verlassen. Mit einem Fuß war er doch jetzt schon aus der Tür. Der Gedanke jagte einen Schauer der Angst durch ihre Adern und verstärkte das flaue Gefühl in ihrem Magen nur noch.

Der Titel „Ehefrau von Randy Reynolds“ war der einzige, den Suzanne je gehabt hatte.

Sie atmete bewusst tief ein und aus und ging den Gang hinunter bis ans Ende, wo ein maßgefertigtes Bücherregal die Nische ausfüllte. Sie starrte es an, halb gefüllt und zugestaubt. Als sie dieses Haus gebaut hatten, war ihr Plan gewesen, diese Ecke mit Fotoalben und Erinnerungsstücken zu füllen. Sie wollten so viele glückliche Erinnerungen haben, dass ein Regal niemals ausreichen konnte.

Sie wusste, sie hatten zwölf Bände insgesamt – zehn aus der Zeit, bevor Ella vier Jahre alt war, und zwei von all den Jahren danach. Suzanne spürte, wie ihr die Tränen kamen. Die Botschaft war so laut, dass sie betäubend war: All die guten Zeiten, beinahe jeder glückliche Augenblick hatte stattgefunden, bevor Ella in den Kindergarten kam.

Sie trat näher und betrachtete die Beschriftung auf den Rücken der Alben. Eines war aus der Highschool, ein anderes aus dem Sommer nach ihrem Abschluss. Es gab ein Erinnerungsalbum mit Randys frühen Baseball-Abenteuern und eines, das den Titel „Verlobungsjahr“ trug. Für die Hochzeit gab es ein eigenes Album und ein weiteres für ihre Hochzeitsreise. Danach gab es ein dickes Buch für jedes Jahr, bis Ella vier war. Bei dem nächsten Album war eine

Dreijahresspanne auf dem Rücken notiert, und das letzte war nur halb voll.

Der Kleber, der aus ihnen eine Familie gemacht hatte, hatte irgendwann auf dem Weg seine Kraft verloren – ob dieser Kleber die Liebe war, die sie nicht mehr füreinander empfanden, oder das Lachen, das nicht mehr das Haus füllte, konnte sie nicht sagen. Was immer es war, Suzanne wusste nicht, wie sie es zurückgewinnen sollte.

Das Fotoalbum aus ihrem zweiten Ehejahr fiel ihr ins Auge. Sie zog es heraus und nahm es mit in ihr Arbeitszimmer. Mit einem Handgriff drehte sie den Bürostuhl so, dass sie durch das riesige Panoramafenster auf den Garten hinaussehen konnte. Auf ihren perfekt getrimmten Rasen. *Das beste Haus im Viertel*, sagte sie zu sich selbst. *Die Leute müssen glauben, du hättest das große Los gezogen.* Aber die Wahrheit sah anders aus. Wenn die Kinder nicht wären, könnte sie das alles stehen und liegen lassen. Der Gedanke war verlockend.

Sie schlug das Fotoalbum auf und sah gleich auf der ersten Seite ein Bild von sich und Tracy, wie sie ihre Kinderwagen denselben Gehweg entlangschoben und ihre Gläser mit Eistee in die Kamera hielten, wahrscheinlich die von Dan. Er war der Fotograf unter ihnen, ganz anders als Randy. Wenn der mit von der Partie war, fotografierten die Leute *ihn*, nicht andersherum.

In dem Buch waren noch weitere Fotos, und plötzlich wollte sie sie alle sehen. Nicht nur kurz darüber hinweghuschen, sondern sie wirklich ansehen. Sie blätterte die nächste Seite um, und dort waren sie wieder, sie und Tracy nebeneinander auf den Schaukeln, Henry auf Tracys Arm und Ella auf ihrem eigenen. Suzanne hob das Album an, sodass sie besser sehen konnte, und betrachtete die Fotos.

Ich erinnere mich noch an diesen Tag. Es war eines der ersten Male, dass sie Tracy von ihren Sorgen in Bezug auf Randy erzählt hatte, dass ein attraktiver Footballspieler Mühe haben würde, treu zu sein.

„Aber du hast deinen Glauben“, hatte Tracy zu ihr gesagt. „Halte dich immer an Jesus, dann wirst du es überleben.“

Suzanne war nicht überzeugt. „Was ist mit den Leuten, die sich Christen nennen, aber es trotzdem vermasseln?"

Sie konnte Tracys Lächeln noch vor sich sehen, und wie sie Henrys Kopf küsste und dass ihre Stimme ganz sanft wurde. „Jeder macht Fehler. Was uns als Christen definiert, ist nicht, wie wir hinfallen, sondern wie wir wieder aufstehen."

Die Antwort hatte Suzanne nicht gefallen. „Es gibt also keine Garantie für ein glückliches Leben? Nicht einmal mit Gott?"

Tracy dachte eine Weile darüber nach. „Das hängt wohl davon ab, wie du glücklich definierst." Sie stieß ihre Schaukel ein wenig an. „Mit Jesus hast du die Garantie, in den Himmel zu kommen ... und die Garantie, dass Gott bei dir ist, dass er dich liebt." Sie ließ die Schaukel ausschwingen und ihre Antwort schien tief aus einem Ort in ihrer Seele zu kommen. „Je näher du Jesus bist, desto seltener fällst du hin." Sie lächelte. „Und wenn du wirklich für Gott lebst, hilft er dir, dich zu fangen, bevor alles aus dem Ruder läuft."

Der Teil ergab einen Sinn – so viel Sinn, dass Suzanne die Worte ihrer Freundin seither nicht vergessen hatte. Jesus als eine dicke Schutzmauer um sie herum, dann konnten sie vielleicht alles überstehen. Aber damit war es schon seit mehr als einem Jahrzehnt vorbei. Suzanne betrachtete ihr eigenes Gesicht auf dem Foto, ihre Augen. Sie waren lebendig und leuchtend und voller Vertrauen. Jetzt, wo sie in diese Augen sah, konnte sie sich beinahe daran erinnern, wie es sich angefühlt hatte zu glauben.

Ihr Blick wanderte zu Tracys Augen, zu der Freude und Hoffnung und dem sorglosen Lächeln, das ihr aus dem Foto entgegenstrahlte, als könnte die Zeit dem Glück, das in ihr ruhte, nichts anhaben. Dann tauchte eine andere Erinnerung vor Suzanne auf, nämlich die letzte Gelegenheit, bei der sie Tracy gesehen hatte, eine Woche vor dem Frühjahrstraining in dem gleichen Jahr. Ihre Unterhaltung war kurz und steif gewesen und zu unbehaglich, als dass sie lange geredet hätten. Zu diesem Zeitpunkt sah Tracys Blick ganz anders aus, verschlossen und beschützend, ja sogar zornig.

Das Problem war Henry.

Keiner von ihnen hatte jemals mit angesehen, wie ein vollkommen gesundes, normales Kind in eine fremde Welt entglitt. Wie sollten sie damit klarkommen? Suzanne blätterte ein paar Seiten weiter, bis sie zu einer Nahaufnahme von Henry und Ella kam. Damals war er lebhaft und vollkommen anwesend, hatte ihnen in die Augen gesehen und mit ihnen gesprochen. Natürlich stellte Suzanne Fragen, als das Kind sich zu verändern begann. Der Verlust war verheerend, und jedes Mal, wenn sie nach Henrys Veränderung zusammen waren, konnte Suzanne an nichts anderes denken, war völlig besessen von einer lähmenden Frage: Was, wenn das Gleiche mit Ella geschah?

Es war nicht ansteckend, das wusste Suzanne. Aber was war, wenn Ella versuchte, Henrys Verhalten zu imitieren, oder wenn es etwas im Haus ihrer Freunde war, das es verursachte? Der Gedanke schien ihr jetzt lächerlich, aber damals war es anders gewesen. Wenn es möglich war, dass Henry Harris sich in seine eigene Welt zurückzog und nur noch die Hülle seines Körpers zurückließ, dann konnte es auch jedem anderen Kind passieren.

Das Problem war, dass Tracy anfing, die Fragen persönlich zu nehmen. Suzanne konnte die Veränderung spüren, aber sie konnte nicht aufhören zu fragen und sich für Henry und seine dramatische Verwandlung zu interessieren. Bei einer ihrer letzten Begegnungen hatten Suzanne und Tracy in Tracys Wohnzimmer auf dem Sofa gesessen, geschwiegen, Kaffee getrunken und den Kindern zugesehen. Damals hatte Tracy Henry untersuchen lassen, aber noch war keine Diagnose genannt worden.

Ella hatte eine Puppe im Arm und sprach mit ihr, sang ihr etwas vor und wiegte sie hin und her, während sie mit ihrer piepsigen Stimme vor sich hin plapperte. Es dauerte ein paar Minuten, bis man verstand, was Ella sagte, was sie spielte. Aber dann sahen sie, wie sie die Puppe ablegte und zu Henry ging.

Henry, der ihr bester Freund war und ihr so nahestand, dass er ihr Zwillingsbruder hätte sein können.

„Holly“, so hatte Ella ihn damals genannt. Bevor er sich zurückzog, hatte Henry Ellas Stimme gekannt und wie sie ihn rief, und er war zu ihr gelaufen. Egal, von wo, er lief immer zu ihr.

Aber an diesem Tag reihte er seine neuen Spielzeugautos vor dem Wohnzimmerfenster auf, den Blick nach draußen gerichtet. Henry musste drei Kisten voller Autos haben. Als Ella zu ihm ging, drehte er sich nicht um, er sah sie nicht an und reagierte nicht so, wie er es immer getan hatte.

„Holly!“ Ella berührte seine Schulter, weil sie wollte, dass er sich umdrehte. „Spiel mit mir, Holly.“

Nichts. Keine Reaktion. Henry sah nichts außer den Autos in der Kiste oder dem Auto in seiner Hand. Gewissenhaft, fast wie in Trance, nahm er das nächste Auto und stellte es zu den anderen in die lange Reihe. Stoßstange an Stoßstange in einem merkwürdigen, unheimlichen Muster. Grünes Auto, rotes Auto, blaues Auto, gelbes Auto, Laster … grünes Auto, rotes Auto, blaues Auto, gelbes Auto, Laster … grünes Auto …

Die Gleichförmigkeit des Musters war erstaunlich. Ella sah ihm ein paar Sekunden lang zu und lachte dann, aber es klang mehr wie ein Aufschrei, so als würde sie alles tun, damit er mit ihr spielte. So wie er es sonst getan hatte.

„Warum spricht er nicht mit ihr?“ Suzanne verstand es nicht. Henrys Gehör funktionierte einwandfrei. Er liebte Ella … aber er ignorierte sie. Sie drehte sich zu Tracy um. „Hast du versucht, ihn zu einer Reaktion zu zwingen? Ich meine, vielleicht ist das eine späte Form der Trotzphase. Du weißt schon, dass er versucht, seine Unabhängigkeit zu beweisen.“

Suzanne erinnerte sich an ihre Worte und es war ihr unangenehm, wie sie nach so vielen Jahren im Rückblick klangen. Aber auch hier galt: Was hätte sie über Autismus wissen oder wie ihn verstehen sollen? Henry wirkte aufsässig oder trotzig, so als hätte er vielleicht gehorcht, wenn jemand zu ihm gegangen, ihn umgedreht und eine Antwort verlangt hätte.

Aber wie auch immer Suzannes Tonfall an jenem Tag geklungen hatte oder wie sie ihre Worte gewählt hatte, Tracy hatte heftig reagiert. Ihre Miene war erstarrt und ihre Augen hatten vor Wut und Intensität gefunkelt, wie Suzanne es noch nie gesehen hatte. „So ist das nicht.“ Sie starrte Henry an und ihr Blick wurde weicher.

Nach einer Minute wurden ihre Augen feucht. „Er macht kein Theater. Es ist sein Gehirn … etwas verändert sich in seinem Gehirn."

Zwischen ihnen stand jetzt eine Verlegenheit, die zu groß und breit und hoch war, als dass sie darüber hinweg hätten sehen können, und so wandten sie ihre Aufmerksamkeit wieder den Kindern zu und starrten fasziniert die Tragödie an, so wie Menschen nicht anders können, als bei einem Autounfall zu gaffen.

„Hörst du mich nicht, Holly?" Ella sah aus, als würde sie gleich weinen, und Suzanne brach das Herz, so leid tat ihre Tochter ihr. „Spiel mit mir!"

Als er sich nicht umdrehte, sondern ihre Bemühungen ganz und gar ignorierte, ging sie wieder zu ihrer Puppe. Und was sie als Nächstes tat, trieb beiden Frauen die Tränen in die Augen. Ella zog die Puppe ganz nah an ihr Gesicht, und allmählich kehrte ihre Zufriedenheit zurück.

„Hallo, Holly, ich bin's, Ella!" Ihr Singsang klang wieder fröhlich. „Wir singen ein Lied, Holly, in Ordnung?" Sie bewegte die Puppe ein wenig, als würde das Baby ihr antworten. „Das hier – bist du so weit?" Sie wartete nicht auf eine Antwort. „Jesus liebt mich ganz gewiss … denn die Bibel sagt mir dies … Alle Kinder schwach und klein … lädt er herzlich zu sich ein …"

Tracy und Suzanne sahen schweigend zu, während die Tränen über ihre Wangen liefen. Was konnten sie sagen? Ella war von Henry zurückgewiesen worden, also hatte sie sich einen neuen Freund gesucht. Ihre Puppe redete oder sang vielleicht nicht, aber wenigstens sah sie Ella an.

Die Erinnerung verblasste. Suzanne hatte seitdem mehr über Autismus erfahren. Es hätte offensichtlich nicht funktioniert, Henry zu befehlen, er solle reden, oder ihn durch Schimpfen aus seinem zurückgezogenen Verhalten zu holen. Sie war nicht sicher, ob dies das allerletzte Mal gewesen war, dass sie und Tracy und die Kinder Zeit miteinander verbracht hatten, aber es war eine der letzten unbeschwerten Begegnungen gewesen. Sie starrte wieder das Foto von Henry und Ella an, so lange und intensiv, dass sie beinahe glaubte, sich wieder in jene Zeit zurückversetzen zu können.

In die Zeit, bevor Henry sie verlassen hatte.

Die Wahrheit war, dass sie alle etwas verloren hatten, als Henry verloren ging. Natürlich waren ihre Gespräche und Besuche danach anders und angespannt gewesen. Es war unmöglich, auf dem Sofa zu sitzen und Kaffee zu trinken und zu lachen, wenn ihre Kinder ein paar Meter entfernt litten.

Aber sie hätte sensibler auf Tracys Gefühle eingehen können. Stattdessen hatte Suzanne sich völlig auf Ellas Traurigkeit konzentriert. Auf Ellas Verlust … darauf, wie die Situation mit Henry ihre Tochter beeinträchtigte. Aber hatte sie Tracy jemals einfach nur in den Arm genommen und mit ihr geweint? Suzanne konnte sich nicht daran erinnern. Nachdem Henry anfing, sich zu verändern, lag über ihrer Freundschaft immer ein Hauch von Traurigkeit. Wie andere auch, empfand Suzanne permanent Mitleid. Aber vielleicht hatte sie mehr sich selbst und ihre Tochter bemitleidet, als Mitgefühl für das zu empfinden, was Tracy durchmachte.

Ohne etwas von Autismus zu verstehen, hatte Suzanne wirklich geglaubt, Henry wäre nur ungehorsam oder krank … etwas, das sich beheben ließ. Sie erinnerte sich noch an eine andere Frage, die sie Tracy an jenem Tag gestellt hatte. *„Bekommt er vielleicht Zähne?“* Sie hatte versucht, hoffnungsvoll zu klingen, denn wenn es das war, konnte Henry in ein, zwei Tagen wieder normal sein.

Tracy erwiderte einen Augenblick lang gar nichts, sondern sah sie mit einer Leere an, die Suzanne an ihrer Freundin nicht kannte. „Es sind nicht seine Zähne.“

„Ich meine nur … manche Kinder sind schlecht gelaunt, wenn sie Zähne kriegen.“

Als der Besuch damals zu Ende war, hatten sie und Tracy sich nicht gestritten oder gegenseitig beschuldigt – aber was ihre Freundschaft betraf, war etwas geschehen. Sie war vorbei. Wochenlang gestalteten sich ihre gemeinsamen Unternehmungen so, und Suzanne fragte gelegentlich, wann es Henry denn wohl besser gehen würde. In den Jahren seit damals hatte Suzanne diese Unterhaltungen manchmal in der Erinnerung durchgespielt und sich eine Entschuldigung von Tracy gewünscht. Damals wusste niemand viel von Autismus, und Suzanne war nicht die Einzige, die geglaubt hatte, Henrys Veränderungen wären nur vorübergehend. Selbst Tracys Mann glaubte das. Tracy war die Einzige, die glaubte, dass Henry die Behandlung durch einen Experten brauchte. Auch nach der Diagnose hatten Suzanne und die Männer gedacht, sie könnten Henry zurücklocken.

Nur Tracy hatte die Wahrheit in Bezug auf ihren Sohn verstanden. Tracy, die gezwungen war, allein mit dem Verlust fertigzuwerden.

Die Wirklichkeit schmerzte wie Fingernägel auf einer Schultafel. Suzanne hätte eine bessere Freundin sein können – weniger mit ihren eigenen Sorgen beschäftigt, weniger besorgt wegen Ellas Verlust. Sie hätte sie mehr unterstützen können. Aber als sie für Henry dann eine Diagnose hatten, gab es andere Gründe, warum die Freundschaft zwischen ihr und Tracy sich nie erholt hatte. So waren sie zum Beispiel zusammen und Ella sagte etwas Niedliches oder vollbrachte einen Purzelbaum oder etwas in der Art, und Suzannes Begeisterung war gedämpft und steif. Wie konnte sie sich über Ellas Errungenschaften freuen, wenn Henry sich zurückentwickelte?

Ob es Suzannes mangelnde Sensibilität war oder Tracys defensive Einstellung, die Verlegenheit und Spannung zwischen ihnen begrub ihre Freundschaft mit jedem Treffen ein bisschen mehr. Als sie dann einen Monat fort waren, schien Ellas Traurigkeit über Henrys Situation sich zu legen. Sie sprach immer noch von ihm und ihre Puppe hieß auch weiterhin Henry. Aber eine Woche, nachdem sie wieder nach Hause zurückgekehrt waren, lernten sie ein paar Baseball-Familien kennen, die alle kleine Kinder hatten. Eines davon war ein Mädchen in Ellas Alter. Die Leere in ihrem Leben war gefüllt und die Zeit entfernte sie schnell immer weiter von Henry und seinen Eltern.

Natürlich vermisste Suzanne Tracy. Aber sie vermisste die alte Tracy, den alten Henry, die alte Art, wie sie zusammen gewesen waren, bevor … bevor Henry sich verändert hatte. Mit jeder Woche, die verstrich, schien der Gedanke, Tracy anzurufen, überwältigender, und als aus den Wochen Monate wurden und aus den Monaten Jahre, starb die Freundschaft.

Eine Freundschaft, die ewig hätte halten sollen.

Suzanne blätterte die nächsten Seiten des Fotoalbums um und hielt bei einem letzten Bild inne – einer Aufnahme von ihr und Tracy beim Sommerfest vor Henrys Veränderung. Sie trugen alberne große grüne Hüte und riesige Sonnenbrillen aus orangefarbenem Plastik und lila Federboas. Ihre Männer hatten diese Utensilien gewonnen, indem sie einen Baseball auf eine Holzwand geworfen hatten.

„Ewige Prinzessinnen" stand unter dem Bild.

Suzanne konnte die heiße, schwüle Sonne, die an jenem Tag auf ihre Gesichter geschienen hatte, noch spüren, das Popcorn riechen und die Schausteller rufen hören, die sie drängten, näher zu treten. Wenn es einen Weg gegeben hätte, wie sie diese Zeit zurückholen könnte, sie hätte ihn eingeschlagen. Und wenn Henry angefangen hätte, sie zu verlassen, wäre sie dann einfühlsamer gewesen. Suzanne wollte weinen, wollte hier und jetzt zusammenbrechen, während die Kinder noch schliefen, und den Preis betrauern, den sie alle bezahlt hatten, als Henry ihnen durch die Finger rann.

Dies war der Augenblick, in dem ihre Tränen hätten fließen können, weil seitdem immer mehr verloren gegangen war. Zuerst Henry und Ella, dann die Zeit, die ihre beiden Familien gemeinsam verbracht hatten … die entspannte Freundschaft ihrer Männer und eine Million glücklicher Augenblicke wie der auf dem Foto. Sie hatten alles verloren, und am Ende … hatten sie auch ihren Glauben verloren. Und dieser Verlust, da war sich Suzanne sicher, war es, der die nächsten Veränderungen mit sich gebracht hatte. Dass Randy auf Distanz ging, sich der Familie entzog, dazu ihre Besessenheit mit ihrem Aussehen und die schlechte Beziehung, die sie beide zu ihren Kindern hatten, ihr Selbsthass und ihre Gefühlsarmut.

Die Antworten auf ihre Fragen schienen jetzt ganz klar zu sein. Der Bruch mit Tracy und ihrer Familie hatte eine Kettenreaktion in Gang gesetzt, die sie nicht aufhalten konnte. Sie konnte nicht zurück und die Vergangenheit ungeschehen machen.

Suzanne begann zu zittern. Sie hatte im Laufe der Jahre so viel verloren, dass sie eigentlich hätte weinen müssen. Das war das größte Problem, das ihr förmlich den Magen umdrehte: Ihr Leben war ein einziger Scherbenhaufen, aber ihre mit Botox umspritzten Augen blieben trocken.

Nur Drähte und Getriebe.

Tracy nahm Henry nicht immer mit in den Gottesdienst. Er liebte die Musik, aber manchmal – wenn der Pastor zu lebhaft predigte oder seine Stimme mehr erhob als sonst, oder wenn zu viele Leute ihr Liedblatt gleichzeitig öffneten – fing Henry an, sich hin und her zu wiegen. Und wenn seine Umgebung sich nicht schnell wieder beruhigte, ließ er sich aus der Kirchenbank auf den Boden fallen und vollführte seine Liegestütze. Die Gemeinde war freundlich, eine große Familie, die sich regelmäßig nach Tracy erkundigte und für Henry betete, aber es gab Störungen, die den Gottesdienstbesuchern zu viel abverlangten.

Und Henry störte oft.

An diesem Sonntag wachte Henry jedoch glücklich und summend auf. Ja, das war die jüngste Veränderung, die Tracy an ihrem erstaunlichen Sohn bemerkt hatte: Er summte. Bis jetzt hatte sie gehört, wie er die Titelmelodie von *Die Schöne und das Biest* summte und das Lied „Zuhause" aus dem Stück. Sie hatte keinen Zweifel daran, was die Verbesserung von Henrys Zustand bewirkt hatte. Der Grund war das Frühjahrsmusical, und – mehr noch als das – Ella.

„Ich finde, wir sollten heute in den Gottesdienst gehen, Henry." Sie teilte ihm ihren Entschluss mit, während sie sich im Stehen eine Tasse Kaffee einschenkte.

Henry saß am Küchentisch und aß getoastete Waffeln, während er in seinen Karten blätterte. Er antwortete noch immer nicht mit Worten, aber immer öfter reagierte er nun überhaupt. Er hielt die Gabel fest in der Hand, während er den nächsten Bissen nahm.

Sie beobachtete ihn und hoffte, dass er jetzt auch auf irgendeine Weise antworten würde. *Bitte, Gott … ich weiß, dass Henry mich hört … Ich würde meinen Sohn so gerne in den Gottesdienst mitnehmen, Herr … bitte.* „Hast du gehört, was ich gesagt habe, mein Schatz?“

Henry legte seine Gabel ab und nickte ein paarmal, die Augen fest auf den Kartenstapel geheftet. Schnell, beinahe hektisch, fing er an, blitzschnell die Karten nach einer Antwort zu durchsuchen.

Tracy trat näher und setzte sich neben ihn. „Ich bin hier, Henry. Ich weiß, dass du versuchst, mit mir zu sprechen.“ Sie legte eine Hand ganz vorsichtig auf seine Schulter. Als er nicht zurückzuckte, jubelte sie innerlich. Wie viele Jahre hatte sie sich nach diesem einfachen Augenblick gesehnt, nach der Gelegenheit, ihren Sohn zu berühren, ohne sich sofort zurückgewiesen zu fühlen, weil er sich ihr entzog?

Schließlich schien Henry die Karte gefunden zu haben, nach der er gesucht hatte. Ohne Tracy anzusehen, reichte er ihr die Karte.

Die Karte ließ Tracys Herz höher schlagen. Es war so, wie sie es immer vermutet hatte: Henry konnte viel mehr verstehen, als alle anderen glaubten. Der Text auf der Karte war der Beweis dafür. Das Bild zeigte eine junge Frau, und die Worte darunter lauteten schlicht „Das Mädchen“.

Die Karte stellte nicht Tracy dar, da war sie sicher. Aber gleich darauf wurde ihr klar, was sie bedeutete, und ihr Herz füllte sich mit Zärtlichkeit und Klarheit. „Ella? Meinst du sie? Du möchtest, dass Ella mit uns in den Gottesdienst geht?“

Henry starrte immer noch auf seinen Teller, aber er lächelte ein bisschen mehr. Dann summte er ein wenig, öffnete den Mund und sang.

Tracy blinzelte, und in ihrem Kopf rotierte es. Der Text, den er sang, stammte aus *Die Schöne und das Biest*, und er handelte vom Angsthaben und davon, noch nicht für den nächsten Schritt bereit zu sein. Wenn sie nicht gesessen hätte, wäre sie umgefallen. Henry verstand genau, worum er da bat. Er wollte, dass Ella Reynolds mit ihnen in die Kirche ging, aber er verstand auch, dass die Situation peinlich sein könnte, weil bei ihnen allen das Nervenkostüm etwas dünn war.

Tracy war unsicher. Vielleicht wollte Ella außerhalb der Schule nicht mit Henry zusammen sein, und die Enttäuschung könnte seine Fortschritte aufhalten. Aber sie wollte ihren Sohn nicht warten lassen. „Okay." Sie stand auf und durchquerte die Küche, um ihr Handy zu holen. „Ich kann sie anrufen. Vielleicht kann Ella uns dort treffen."

Immer noch kein Blickkontakt, aber Henry nickte. Er nickte ganz eindeutig.

„Also gut." Tracy kämpfte gegen ihr hämmerndes Herz an. Was, wenn Ellas Mutter das Gespräch entgegennahm? Oder wenn Suzanne etwas dagegenhatte, dass Tracy ihre Tochter in die Kirche einlud?

Ich schaffe das … ich kann alles tun durch Christus, der mir Kraft gibt. Es war ein weiterer Vers aus dem guten Buch, noch eine Wahrheit, an die sie sich jeden Tag klammerte. Wenn sie um Ströme in der Wüste betete und glaubte, dass Gott sie selbst durch die trockensten Wüstentage tragen würde, wenn der Sand ihre Füße verbrannte.

Sie und Ella hatten am Telefon über ein paar Dinge gesprochen – über Gelegenheiten, bei denen Henry etwas getan hatte, oder wenn Ella eine Idee hatte, wie sie Henry helfen könnte, sich noch mehr zu öffnen. Zuerst glaubten die Therapeuten nicht, dass die Veränderungen mehr waren als „Anomalien" in seinem Verhalten, Marotten, die nichts zu bedeuten hatten. Schließlich hatte er immer gerne Musik gehört. Der Gedanke, dass er es genießen würde, den Proben zuzuschauen, war nicht neu.

Aber als er anfing zu singen, merkten auch alle seine Therapeuten und Lehrer auf. Es war etwas, das nicht bei jedem autistischen Kind mit der Krankheit dieses Schweregrades vorkam. Bei den meisten geschah so etwas nicht. Aber wie durch ein Wunder erreichte hier etwas Henrys Geist. Tracy hatte keinen Zweifel daran, dass die Musik der Schlüssel war. Und Ella war diejenige, die diesen Schlüssel in der Hand hielt.

Sie wählte die Nummer des Mädchens und wartete. *Bitte, Gott … lass sie rangehen … Mach, dass sie mitkommen will … dass es ihr nicht unangenehm ist … bitte, Gott.*

Ella nahm den Anruf beinahe sofort entgegen. „Hallo?" Sie klang freundlich, aber müde.

„Oh, tut mir leid, Ella." Tracy konnte nicht erwarten, dass sie sonntags früh aufstand. „Ich hatte eine Idee, aber nicht, wenn du noch schläfst. Ich wollte nicht …"

„Nein, Mrs. Harris, ich bin wach, das ist schon in Ordnung." Ihre Stimme klang jetzt lebhafter. „Was gibt's?"

Tracy warf Henry einen Blick zu. Er bewegte den Oberkörper ein wenig vor und zurück, und sein Blick war auf die Waffel auf seinem Teller geheftet. „Also gut." Sie schloss die Augen – jetzt gab es kein Zurück mehr. „Henry und ich gehen in die Kirche. Wir haben uns gefragt … na ja, eigentlich hat er gefragt, ob du mitkommen magst."

Henry hörte auf sich zu wiegen und hob den Kopf, den Blick geradeaus gerichtet.

„Wirklich?" Sie lachte, aber es war eindeutig ein Ausdruck der Freude, eine Fortführung des Lächelns, das in ihrer Stimme lag. „Henry möchte, dass ich mitkomme?"

„Das möchte er gerne." Sie erklärte die Geschichte, die Sache mit der Karte und dass er genickt hatte, als sie ihn gefragt hatte, ob sie Ella anrufen solle. „Der Gottesdienst fängt in einer Stunde an."

„Gern. Ich würde gerne mitkommen." Sie klang so glücklich und fröhlich wie damals, als sie noch klein war.

Tracy erklärte ihr, wo die Kirche war und wie sie von der Highschool, die nicht weit von Ellas Haus entfernt war, am besten dort hinfand. „Dann … sehen wir uns dort?"

Henrys Lächeln wurde breiter.

„Auf jeden Fall." Dann fügt sie hinzu: „Danke, dass Sie angerufen haben. Es bedeutet mir sehr viel – dass Henry mich mitnehmen möchte."

„Es ist so, wie du gesagt hast. Gott tut etwas Großes in Henrys Leben."

„Genau genommen", Ella zögerte, und ihre Stimme klang jetzt emotionaler als gerade noch, „tut er bei uns beiden etwas Großes."

Als sie aufgelegt hatte, hörte Tracy Henry wieder summen. Sie drehte sich um und lächelte ihn an. Wenn sie ihn doch nur in den Arm nehmen und drücken und mit ihm feiern könnte, dass er eine Freundin in die Kirche einladen konnte. Die Umarmung war nicht möglich, aber als sie aufstand, fing Henry an zu singen. Diesmal war es das Lied, das Henry und Ella früher so oft gesungen hatten. Das Lied, das jeden Nachmittag in ihrer Wohnung ertönte. Seine Stimme klang jetzt etwas älter, aber die Ähnlichkeit war so groß, dass Tracy sich an der Küchenzeile abstützen musste. Henry bemerkte es nicht. Er starrte weiter auf sein Rührei und wiegte sich und sang dieselben Worte immer wieder.

„Jesus liebt mich ganz gewiss … denn die Bibel sagt mir dies … Alle Kinder schwach und klein … lädt er herzlich zu sich ein."

21

Der Durchbruch geschah in der Kirche. Ella hatte sich eilig geduscht und angezogen und machte nur kurz in der Küche halt, um ihrer Mutter zu sagen, wohin sie ging.

Ihre Mutter machte sich gerade ein Omelette aus Eiweiß, aber sie erstarrte und die Farbe wich aus ihrem Gesicht. „Du gehst in die *Kirche*?"

„Ja." Ella widerstand der Versuchung, die Augen zu verdrehen. Es wäre nicht sehr nett, ihre Mutter zum Gespött zu machen, wenn sie gerade auf dem Weg in die Kirche war. Außerdem erledigte ihre Mutter das ganz alleine.

„Henry möchte, dass ich mitgehe."

„Henry?" Wieder schien die Nachricht ihre Mutter wie ein Schlag zu treffen. „Ich dachte, er kann nicht reden."

„Mama." Ella überlegte, dass ihre Mutter ihr leidtun sollte. Sie dachte an all die Gelegenheiten, bei denen ihre Mutter sie nicht umarmt oder sie nach ihrem Tag gefragt hatte oder danach, was sie so machte. Sie wusste immer noch nichts von dem Frühjahrsmusical. Ella lächelte widerstrebend. „Man braucht nicht für jede Kommunikation Worte."

Sie wartete eine Minute – nur für den Fall, dass ihre Mutter lächeln oder sagen wollte, dass sie das verstand oder dass sie mitkommen wollte. Etwas, woran zu sehen war, dass Ella ihr wichtig war. Aber ihre Mutter stand nur regungslos und mit steinerner Miene da. Ella versuchte, sich nicht gekränkt zu fühlen. „Also dann … bis später." Mit diesen Worten eilte sie zur Tür hinaus und betrat zehn Minuten später Henrys Kirche. Sie suchte sich einen Platz in der hintersten Reihe und starrte das hölzerne Kreuz an, das an der Stirnwand hing. Aus den Gesprächen mit Henrys Mutter wusste Ella, dass es eine Zeit gegeben hatte, als ihre eigenen Eltern selbst jede Woche in den Gottesdienst gegangen waren. Bei dem Versuch zu verstehen, was zwischen ihren Eltern schiefgelaufen war, schien die Tatsache, dass sie aufgehört hatten, in die Kirche zu gehen, ein offensichtlicher Grund zu sein.

Nach allem, was Ella wusste, hatten ihre Eltern, als sie nicht mehr in den Gottesdienst gingen, auch aufgehört zu glauben. Sie und ihre Brüder hatten nichts über Gott oder das Beten oder die Ewigkeit gelernt – nichts davon. Und sie hatte noch nie den anderen Gedanken in Erwägung gezogen, von dem Mrs. Harris erzählt hatte, nämlich eine Beziehung zu Jesus zu haben – wie bei einer Freundschaft. Während sie sich setzte, dachte sie an ihr letztes Telefonat mit Henrys Mutter zurück.

„Ich rede während des Tages mit ihm und er redet mit mir."

„Er spricht mit Ihnen?"

„Nicht laut." Mrs. Harris lachte. Sie war eine unheimlich nette Frau und so geduldig mit Ella. So liebevoll. „Aber er spricht durch sein Wort mit uns – durch die Bibel. Und manchmal hörst du seine Wahrheit im Herzen und dann weißt du hundertprozentig, dass er es ist, der mit dir redet und dir durch schwierige Zeiten hilft. Der dir Weisheit und Orientierung gibt."

Wenn irgendjemand es wissen musste, dann Mrs. Harris. Deshalb war Ella die Entscheidung, in die Kirche zu gehen, leichtgefallen. Eine Freundschaft mit dem Gott des Universums zu finden und zu wissen, dass derselbe mächtige Gott im Gegenzug mit ihr befreundet sein wollte? Selbst wenn Henry sie nicht eingeladen hätte, wäre sie daran interessiert gewesen. Sie dachte schon seit Wochen immer wieder darüber nach.

Henry und seine Mutter kamen, und die drei gingen gemeinsam zu einer Bankreihe weiter vorne. Als sie sich setzten, beugte Mrs. Harris sich vor, blickte an Henry vorbei, der zwischen ihnen saß, und grinste Ella an. „Wir sind froh, dass du hier bist."

„Ich auch." Bevor sie ihre Aufmerksamkeit den Leuten zuwandte, die vorne sangen, begegnete sie Henrys Blick. Er sah sie an, wie er es nun schon häufiger getan hatte. Ella lächelte, und bevor er den Blick abwandte, erwiderte Henry ihr Lächeln.

In der Predigt ging es darum, ein lebendiges Opfer zu sein und das eigene Leben so leuchten zu lassen, dass es Gott verherrlichte. Zur Veranschaulichung hatte der Pastor – Pastor Jeff – etwas, das er als Altar bezeichnete, in das Gemeindehaus bringen lassen. Es sah wie eine große Steinplatte aus, die auf sechs kräftigen Steinen lag.

„Es geht nicht um den Altar, das Äußerliche, die Maske, die wir für andere aufsetzen." Pastor Jeff war ein freundlicher Mann und seine Worte und seine Botschaft waren deutlich. „Es geht um das Opfer. Was tust du für Gott? Wie ehrst du ihn?"

Ella dachte an all die Jahre, die sie im Schatten der coolen Typen, der angesagten Clique verbracht hatte. Sie hatte Gott nicht gekannt, aber sie hatte die Wahrheit über ihre Freunde gekannt. Wie sie andere Schüler behandelten, war schrecklich. Und sie war dabei gewesen und hatte nichts gesagt.

Aber was ist jetzt, überlegte sie. *Lebe ich so, dass ich dir Freude mache, Gott, oder Ehre? Was muss ich tun, damit du mich lieben kannst?*

Ich liebe dich, meine Tochter … du kannst dir meine Liebe nicht verdienen.

Der Gedanke senkte sich auf sie wie ein sanfter Regen, und Ella lehnte sich in der Bank zurück. War es das, was Henrys Mutter gemeint hatte? Sie hatte sich die Antwort ganz sicher nicht eingebildet, aber sie hatte auch keine vernehmbare Stimme gehört. *Du liebst mich, Gott? Obwohl ich bis vor Kurzem kaum mal an dich gedacht habe?*

Die Antwort kam nicht noch einmal, aber die Erinnerung daran war da. Er liebte sie. Sie konnte nichts tun, um seine Liebe zu ändern, nichts, um sie zu verdienen. Aber sie konnte versuchen, ihn besser zu verstehen, und sie konnte herausfinden, was Christsein genau bedeutete – damit sie so leben konnte, wie Mrs. Harris und Henry es taten.

Am Ende der Predigt rief Pastor Jeff einen kleinen Jungen nach vorne, der mit seinen Grübchen und seinem aschblonden Haar süß und vorwitzig aussah. Er trug Jeans und ein kariertes Flanellhemd, und sobald er auf dem Podest vorne stand, grinste der Pastor ihn an. „Hallo, Kumpel." Er wandte sich an die Gemeinde. „Das ist TJ. Er ist sechs Jahre alt und mein einziger Sohn." Pastor Jeff ging in die Hocke und die beiden lächelten einander an. Dann flüsterte der Junge etwas. Sein Vater lachte und genoss den vertrauten Vater-Sohn-Augenblick offensichtlich.

Ella konnte sich nicht erinnern, mit ihrem Vater jemals einen solchen Augenblick erlebt zu haben.

Neben ihr faltete Henry die Hände und hob sie unters Kinn. Er blickte nicht unmittelbar nach vorne, wo sich alles abspielte, aber er war eindeutig interessiert, das war Ella klar. *Vielleicht vermisst er seinen Vater auch*, dachte sie. Zum ersten Mal wurde ihr bewusst, dass sie das gemeinsam hatten, sie und Henry. Sie hatten in gewisser Weise beide den Vater verloren.

Pastor Jeff wandte sich wieder an die Gemeinde. „Ich liebe meinen Sohn mehr als alles auf der Welt." Seine Augen glänzten vor Gefühl. „Für diesen Jungen würde ich alles tun." Er stand auf und gab TJ ein Zeichen. „In Ordnung, Kumpel. Du kannst anfangen."

Der Junge sprang auf den Steinaltar, dann legte er sich mitten auf die Platte, und seine kleinen Füße zappelten, während er versuchte still zu liegen. Neben ihr hob Henry die Ellbogen und begann, sie ein bisschen auf- und abzubewegen.

„Es ist in Ordnung“, flüsterte Ella ihm ins Ohr. „Dem Jungen passiert nichts, Henry.“

Seine Arme hörten auf zu wedeln, aber er hielt die Hände unterm Kinn gefaltet.

„Ich liebe meinen Sohn sehr.“ Pastor Jeffs Stimme klang gepresst. „Wenn Gott mich auffordern würde, ihn zu opfern, so wie er von Abraham verlangt hat, Isaak zu opfern …“ Er schüttelte den Kopf. „Ich bin nicht sicher, was ich dann sagen würde.“ Der Pastor sah seinen Sohn an, und die ganze Gemeinde tat es ihm gleich.

Ella hörte, wie die Leute auf ihren Sitzen rutschten, um besser sehen zu können, und sie hoffte, dass die Geräusche Henry nichts ausmachten. Sie tätschelte seine Hand, damit er wusste, dass sie da war.

Pastor Jeff lächelte. „Alles klar, TJ, du kannst wieder aufstehen.“

Der Junge setzte sich auf und grinste, während er von dem Stein heruntersprang und sich wieder neben seinen Vater stellte. Der Pastor umarmte ihn und fuhr ihm mit der Hand durchs Haar. Dann erhob er sich wieder, den Arm immer noch um die Schulter des Jungen gelegt. „Das Erstaunlichste an Gott ist, dass er das nie von uns verlangen wird. Von Abraham hat er es letzten Endes auch nicht verlangt, und er wird es von mir nicht verlangen.“ Er hielt inne, und wieder waren die Emotionen im Raum zu spüren. Einige Leute in der Gemeinde sagten leise Amen. „Der Grund dafür ist, dass Gott es schon für uns getan hat. Er hat seinen einzigen Sohn genommen und für uns geopfert. Und Jesus ist bereitwillig ans Kreuz gegangen, weil er dich und mich liebt.“ Der Blick des Pastors wanderte wieder zu dem improvisierten Altar. „Was gibt es in deinem Leben, das du opfern, das du geben kannst? Nicht deinen Sohn – das ist bereits geschehen. Aber vielleicht deine Zeit oder deine Begabungen … dein Geld. Wir haben eine Chance, unser Leben zu einem Opfer, zu einer Gabe für Gott zu machen. Fangen wir heute damit an.“

Ella setzte sich aufrechter hin. Plötzlich war die Botschaft ganz klar. Gott liebte sie nicht nur aus der Ferne. Er liebte sie so sehr, dass er seinen einzigen Sohn für sie hergegeben hatte. Das war eine

Art Liebe, die Ella sich nie hatte vorstellen können, geschweige denn, dass sie sie selbst erlebt hätte. *Ich möchte mehr wissen, Gott … Hilf mir beim Lernen, damit ich dir nachfolgen kann.* Es war ein Anfang, das spürte Ella in ihrem Herzen. Den Glauben, den diese Menschen hatten, den Glauben von Henry und seiner Mutter – den wollte Ella auch haben.

Pastor Jeff betete, und wieder begann Henry seine Ellbogen auf- und abzubewegen, und mit einem Mal – als wäre eine Glühbirne eingeschaltet worden – begriff Ella. Henry betete! Wenn er die gefalteten Hände unters Kinn hob und mit den Armen wedelte, sprach er mit Gott! Und das bedeutete … es bedeutete, dass Henry ständig mit Gott sprach, aus allen möglichen Gründen. Diese Erkenntnis ließ ihr das Herz aufgehen, und sie konnte es kaum erwarten, seiner Mutter davon zu erzählen. Wenn sie recht hatte, dann betete Henry, wenn Schüler gemein waren, und er betete, wenn seine Freunde aus dem Bus stiegen. Natürlich betete er. Die Schüler mit Behinderungen konnten das Gebet schließlich gebrauchen, nicht wahr?

Ella kamen die Tränen angesichts der Güte ihres Freundes neben ihr. Ella war ihr ganzes Leben lang von Menschen umgeben gewesen, die sich als Freunde bezeichneten, aber keiner von ihnen war so echt gewesen wie Henry.

Ihr fiel eine andere Gelegenheit ein, bei der er gebetet hatte. Als sie in dem Schauspielkurs davon gesungen hatten, das Biest zu töten. Jedes Mal, wenn sie das Lied sangen, faltete Henry die Hände und wedelte mit den Armen. Vielleicht machte er sich Sorgen um die Dorfbewohner. Sie dachte einen Augenblick darüber nach und beschloss, dass es das nicht sein konnte. Die Dorfbewohner waren in dem Stück die Angreifer.

Also sorgte er sich vielleicht um das Biest. Das missverstandene Geschöpf, dessen äußere Erscheinung keinen Hinweis auf das gutherzige Wesen in seinem Innern gab. Diese Möglichkeit rührte sie noch mehr, während Henrys Mitgefühl und Weisheit ihr Herz ergriffen.

Als der Gottesdienst zu Ende war und sie mit einigen Leuten gesprochen hatten und schließlich draußen bei den Autos waren, war Ellas Herz noch immer erfüllt von der Erkenntnis, dass Henry betete.

„Danke für die Einladung." Ella umarmte Henrys Mutter und es war ein wunderbares Gefühl. Sie konnte sich kaum vorstellen, dass Mrs. Harris und ihre eigene Mutter einmal beste Freundinnen gewesen waren, so verschieden waren sie. Ella lächelte. „Ich möchte mehr darüber wissen, wie das ist, mit Jesus zu leben. Vielleicht können Sie mir helfen."

„Das mache ich gerne." Henrys Mutter sah glücklich aus, so als wären ihre Augen Fenster zu ihrer Seele.

Henry blickte auf den Boden und nickte. „Jesus liebt mich ganz gewiss ..."

„Er singt ..." Die Augen seiner Mutter glänzten, und ihre Worte waren ein staunendes Flüstern. „Ich kann gar nicht glauben, dass er singt." Sie sah Ella an. „Das war euer Lied, das ihr am häufigsten gesungen habt."

Sie wünschte, die Melodie käme ihr bekannt vor, aber sie konnte sich nicht daran erinnern. „Das hat er mir noch nicht vorgesungen."

„Vielleicht, weil du hier bist." Mrs. Harris grinste.

Ella war sich nicht sicher, ob sie vor Henry über die Sache mit dem Beten sprechen sollte, aber andererseits glaubte sie nicht, dass es ihm etwas ausmachte. Vielleicht gefiel es ihm ja auch, dass er endlich verstanden wurde. „Ich glaube, ich habe etwas herausgefunden." Sie schob den Riemen ihrer Handtasche über ihre Schulter. Die Luft war kühl, aber der schöne Himmel über Georgia war klar und blau, wie er es Mitte November oft war.

„Über Henry?"

„Ja." Sie bewegte die Ellbogen ein paarmal auf und ab. „Wissen Sie, wenn er das tut – wenn er die Hände unterm Kinn faltet und mit den Armen wedelt?"

„Es ist ein Zeichen für Überstimulation. Wie die Liegestütze." Mrs. Harris legte die Stirn in Falten. „Ich habe nie ein richtiges Muster erkennen können. Ehrlich gesagt macht er es in der Schule häufiger als zu Hause."

„Eben.“ Ella lächelte Henry an und wandte sich dann wieder an seine Mutter. „Ich glaube, wenn er diese Bewegungen macht, betet er. Das ist mir klar geworden, als ich neben ihm saß.“

„Ich habe schon mal darüber nachgedacht, aber ... na ja ...“ Ihre Freude ließ nach. „Die anderen in der Schule ... sie machen sich über ihn lustig.“ Ein Schatten legte sich über ihre Augen. „Sein Verhalten scheint mir mehr eine Art Selbstverteidigung zu sein.“

Ella blickte zwischen Henry und seiner Mutter hin und her. „Vielleicht ist es ja beides.“

„Beides?“ Kummer und Verwirrung waren in Mrs. Harris' Miene zu lesen. „Ich weiß nicht so recht, was du meinst.“

„Vielleicht betet er für sie ... und um Bewahrung.“ Je mehr Ella darüber nachdachte, desto wahrscheinlicher schien es ihr. „Das ergibt doch einen Sinn, oder? Henry betet, wenn er ängstlich oder nervös ist.“

Seine Mutter ließ den Gedanken einen Augenblick sacken. Sie trat näher zu Henry. „Ist es das, was du tust, Henry? Betest du für die anderen? Betest du für deine Klassenkameraden?“

Henry hörte auf zu singen. Er ging mit schnellen, ruckartigen Schritten zum Auto seiner Mutter, öffnete die Beifahrertür und holte seinen Stapel Kommunikationskarten heraus. Er blätterte darin und zog schließlich eine aus dem Stapel und hielt sie ihnen beiden hin. Das Bild zeigte eine Uhr und darunter standen die Worte „Jede Stunde“.

Jede Stunde! Ella schlug sich die Hand vor den Mund, aber trotzdem entwich ihr ein kleiner Aufschrei. Sie und Henrys Mutter sahen sich an und Ella war nicht sicher, ob die Frau weinend zusammenbrechen oder laut auflachen würde. Dies war das Verhalten, das Henry am häufigsten an den Tag legte, und jetzt verstanden sie, warum.

Henry lief nicht herum und benahm sich wie ein Verrückter. Er betete. Heute hatte er für den kleinen Jungen gebetet, dessen wertvolle Demonstration in der Kirche ihnen erklärt hatte, dass der Preis für ihre Erlösung bereits vollständig bezahlt war. Henry konnte nicht sprechen und er konnte kaum Blickkontakt halten.

Aber eines konnte er für die Menschen um ihn herum tun, die in Schwierigkeiten waren. Genau das, womit Ella gerade erst angefangen hatte. Er konnte beten. Für die gemeinen Jungs und für seine behinderten Freunde und für die erschöpften Lehrer.

Und ja, sogar für das Biest.

22

In den nächsten Wochen fühlte Ella sich immer mehr zu Henry hingezogen, weil sie unbedingt seine Gedanken und Hoffnungen und Träume kennenlernen wollte. Denn nachdem sie Henrys ständige Gebete begriffen hatte, war Ella sicher, dass sie erst anfing, die schöne Seele, die in Henry Harris eingeschlossen war, zu verstehen.

Eines Nachmittags, bevor die anderen Schüler im Theatersaal ankamen, stand sie allein auf der Bühne, als Henry eintraf. Mr. Hawkins war in seinem Büro und der Unterricht fing offiziell erst in zehn Minuten an. Henry musste die vorangegangene Stunde früher beendet haben, denn er und eine Helferin erschienen in der Tür.

„Er ist früh dran.“ Die Frau sah aus, als hätte sie es eilig. „Ich bleibe, wenn es nötig ist.“

Ella musterte Henry und sah, dass seine Blicke überallhin wanderten, nur nicht zu der Helferin oder zu ihr. Sie lächelte. „Sie können ruhig gehen.“ Sie blieb auf der Bühne stehen. „Ich bin seine Freundin und werde auf ihn aufpassen.“

Sobald das Wort Freundin über Ellas Lippen kam, ließ Henrys Nervosität nach. Er sah sie an, direkt in ihre Augen, und nickte. Es dauerte nur einen kurzen Moment, dann wandte er den Blick ab und schlurfte zu seinem Sitz hinten im Raum. Derselbe Stuhl, genau derselbe Platz für seinen Rucksack. Aber heute war etwas anders. Er lehnte sich vor und ließ die Unterarme auf den Knien ruhen, während seine Aufmerksamkeit sich auf die Bühne richtete. Nicht auf sie, sondern auf die Bühne.

Er möchte auftreten, dachte Ella bei sich. Sie ging die paar Schritte zu dem CD-Spieler, der auf einem Stuhl stand, und drückte die Starttaste. Musik erklang und Henry setzte sich aufrechter hin, die Brust herausgestreckt und seine Miene ausgeglichen. So, als bekäme er zum ersten Mal an diesem Tag frische Luft.

Ella ging zu ihrem Platz auf der Bühne und fing an zu singen. Es war das Lied, das Belle sang, nachdem sie von dem Biest im Schloss eingesperrt worden war – ein Lied, indem es darum ging, ein Zuhause im eigenen Herzen zu finden.

Henry erhob sich langsam und sah ihr direkt in die Augen.

Ella sang weiter und richtete ihr Lied, ihre Darbietung, ganz auf ihn aus.

Sie waren immer noch allein, und es würde noch mehrere Minuten dauern, bis ihre Mitschüler sich zu ihnen gesellten. Während das Lied auf seinen Höhepunkt zulief, ging Henry langsam nach vorne und betrat mühelos neben ihr die Bühne. Sie war zu verblüfft, um irgendetwas anderes zu tun als zu singen und weiter die Rolle der Belle zu spielen.

Aber jetzt sang Henry leise mit, und während das Lied zu Ende ging, vergaß Ella den Text, weil sie zu fasziniert war von dem Wunder, das sich vor ihren eigenen Augen abspielte. Henry sang nicht nur, er sang mit vollkommener Intonation und einer satten, melodischen Stimme und … es war atemberaubend. Irgendwann füllte der Klang den ganzen Raum und Ella konnte nur noch ehrfürchtig staunend zusehen. Henrys Vorstellung hätte jedes Publikum begeistert, und Ella spürte, dass ihre Knie weich wurden, während sie ihn beobachtete.

Vor allem die letzten Zeilen des Liedes. „Bau deine Wände höher …" Henrys blaue Augen durchbohrten ihr Herz, ihre Seele. Er sang weiter, jedes Wort und jeder Ton perfekt. „Mein Herz fliegt, fliegt nach Haus und ist frei!"

Ella wünschte, das Lied würde weitergehen, aber nach ein paar Takten verstummte die Musik. Ohne den Blick von Henrys Augen abzuwenden, betätigte Ella die Austaste. „Das war wunderbar, Henry."

Seine Vorstellung war so echt, so überzeugend gewesen, dass Ella beinahe erwartete, er würde jetzt weiter wie jeder andere Junge reagieren, als wäre er plötzlich wieder ganz normal. Aber sobald die Musik aufhörte, versteifte Henry sich und fing an, seine Hände zu kneten. Er blickte zu Boden, wippte ein wenig auf und ab, den Blick auf seine Finger gerichtet.

„Henry?"

Er hielt sich die Ohren zu und sprang ungelenk von der Bühne. Bevor er noch seinen Platz hinten im Raum erreichte, ließ er sich zu Boden fallen und machte zwei Dutzend Liegestütze. Dann setzte er sich, öffnete seinen Rucksack und suchte hektisch nach seinen Karten.

„Henry ..." Mr. Hawkins hatte lautlos den Raum betreten. Sein Gesicht war bleich und er starrte Henry mit großen Augen an. „Das war fantastisch."

„Sie haben ihn gehört ...? Da bin ich aber froh." Ella stand noch immer auf der Bühne, zu erstaunt angesichts dessen, was sie miterlebt hatte, als dass sie sich hätte rühren oder irgendetwas hätte tun können, außer Henry voller Verwunderung anzustarren. Sie wandte sich an den Lehrer. „Er hat hier oben gestanden und Theater gespielt." Sie lächelte mit Tränen in den Augen. „Ich kann es gar nicht glauben."

Wenn Mr. Hawkins nicht selbst dabei gewesen wäre, hätte er ihr niemals geglaubt, da war Ella sicher. Sie blickte wieder zu Henry hinüber. Er starrte auf seine Karten, wiegte sich hin und her und nahm die anderen Schüler, die allmählich den Raum füllten, gar nicht wahr.

„Vielleicht tut er es ja noch einmal." Mr. Hawkins' Miene war neugierig, als müsse er sich selbst davon überzeugen. Langsam ging er auf die hinteren Stuhlreihen zu.

„Mr. Hawkins." Ella sprang von der Bühne und folgte ihm. „Seien Sie vorsichtig", flüsterte sie, sodass nur der Lehrer es hören konnte. „Vielleicht möchte er es nicht noch einmal machen."

Ihre Mitschüler bemerkten nicht, welche dramatischen Ereignisse sich zwischen Ella und Mr. Hawkins und Henry abspielten. Ihre Stimmen lieferten einen Klangteppich, sodass Henry nicht bloßgestellt wurde, egal was Mr. Hawkins sagte. Der Lehrer ging auf Henry zu und blieb dann ein Stück von ihm entfernt stehen. „Henry? Können Sie mich hören?"

Henry blickte nicht auf. Er wiegte sich weiter und blätterte ein bisschen schneller in seinen Karten.

„Sie haben eine sehr schöne Stimme, Henry." Ella trat näher und legte eine Hand auf die Schulter ihres Freundes. Aber die Berührung ließ ihn zurückzucken, und er hielt sich erneut die Ohren zu. Ella zog ihre Hand zurück, aber seine Reaktion tat weh. Was war das auf der Bühne gewesen? Hatten sie nicht eine ganz besondere Verbindung gespürt? War es vielleicht ein Moment aus der Vergangenheit? Sie schlang die Arme um ihren Oberkörper. „Macht nichts." Sie gab Mr. Hawkins ein Zeichen. „Wenn er mitspielen möchte, wird er es uns schon sagen."

Henry ließ die Hände sinken und suchte wie verrückt in seinen Karten. Dann zog er eine aus dem Stapel und reichte sie Ella – ein Zeichen, dass er ihr vertraute. Ella nahm die Karte, und als sie sie sah, fühlte sie frische Tränen in ihren Augen brennen. Das Bild zeigte ein geknicktes Strichmännchen und darunter standen einfach nur die Worte „Es tut mir leid".

Ella zeigte sie Mr. Hawkins, und der Lehrer nickte enttäuscht. Dann räusperte er sich. „Also gut, Leute." Er ging nach vorne und wandte sich an die Schüler. „Holen Sie bitte Ihre Skripte heraus."

Ella zögerte, die Karte noch immer in ihrer Hand. „Es ist in Ordnung, Henry. Ich bin dir nicht böse." Sie sprach leise und lächelte, für den Fall, dass er sie aus dem Augenwinkel beobachtete. „Ich habe gerne mit dir gesungen. Du warst einfach … einfach fantastisch." Sie gab ihm die Karte zurück, und als sie es tat, hielt er ein paar Sekunden lang vorsichtig ihre Finger fest. Dann hob er kurz den Blick, und wieder war die Verbindung zwischen ihnen intensiv und unmittelbar. Henry war da drin. Er war in diesem Körper und wollte heraus, wollte mit ihr und den anderen Mitschülern in Kontakt treten. Wenn Ella ihn richtig deutete, wollte Henry sogar auf der Bühne stehen und mitmachen.

Bitte, Gott, befreie ihn. Hol ihn aus dem Ort, an dem er sich versteckt, heraus. Das Herz tat ihr weh, wenn sie den jungen Mann vor sich ansah, den es solch unendliche Anstrengung kostete, einem anderen Menschen einfach nur in die Augen zu sehen. Die Schüler setzten sich auf ihre Plätze, also hatte Ella nicht viel Zeit. Sie sah zum Fenster hinauf und hob den Blick zum Himmel hinauf. *Herr, ich weiß, dass du Henry liebst. Könntest du ihm bitte ein Wunder schenken? Bitte? Danke, dass du zuhörst. Amen.*

Ella setzte sich und schlug ihr Skript auf, aber sie konnte nicht an Belle oder das Biest oder irgendetwas anderes denken als an das, was sie gerade mit Henry erlebt hatte. Für eine Weile war er genau der Mensch gewesen, der er sein sollte – auf der Bühne singend und spielend, sein Gesang rein und seine Stimme etwas, das Ella nie mehr vergessen würde. Sie würde mehr Zeit mit Henry verbringen und mehr solcher Augenblicke schaffen, wie sie ihn gerade miteinander geteilt hatten, bevor der Raum sich mit Menschen gefüllt hatte. Wenn Henry tief in seinem Innern singen wollte, dann würde Ella ihren Teil dazu beitragen, so wie sie es heute getan hatte.

Sie würde die Musik dazu spielen.

Manny Hawkins konnte sich kaum auf die Probe konzentrieren, denn er hatte mehr gesehen, als er verraten hatte. Als die schöne Tenorstimme vor dem Unterricht erklungen war, hatte er seinen Stift weggelegt und aufgehört, in dem mageren Haushalt der Schauspielabteilung nach noch ein paar Dollars mehr zu suchen. Er ging zur Tür seines Büros und öffnete sie einen Spaltbreit. Und in der nächsten Minute starrte er durch diesen Spalt, und es verschlug ihm beinahe den Atem, während er seinen Augen kaum traute. Henry Harris? Die betörende Stimme gehörte dem autistischen Jungen? Wie konnte das sein?

Von dort, wo er stand, konnte er nicht sehen, ob Henry Ella ansah, aber er sang nicht einfach nur. Er spielte regelrecht die Rolle, das war nicht zu leugnen. Manny hätte es nicht überrascht, wenn Henry aufgesprungen und für eine Zugabe auf die Bühne gesprungen wäre – auch nachdem die anderen Schüler eingetroffen waren. Aber woher auch immer Henry aufgetaucht war, jetzt war er wieder an jenem Ort verschwunden.

Und deshalb sah Manny mit großer Vorfreude durch die angelehnte Tür seines Büros, wie Henry jeden Tag eher kam, sich zu Ella auf die Bühne stellte und beinahe jedes Lied des Musicals sang. Manny sprach mit Ella nicht über das, was er sah, aber er war ziemlich sicher, dass sie sich über seine Anwesenheit bewusst war. Manchmal warf sie ihm einen Blick zu, bevor der Unterricht anfing, und nach einigen Tagen sprach sie ihn an.

„Sie können ihn hören, nicht wahr? Er singt jeden Tag mit mir, Mr. Hawkins." Ihre Augen waren ernst und überzeugt. „Geben Sie ihm eine Rolle … bitte. Er schafft das. Nur etwas Kleines."

Egal welche kosmische Fügung oder welch merkwürdiges Wunder Manny in Bezug auf Henry Harris miterlebt hatte – er war nicht bereit, einem autistischen Schüler eine Bühnenrolle zu geben. Dies würde seine letzte Vorstellung werden. Wenn es sich herumsprach, dass Sonderschüler mitmachten, würde niemand kommen. Die Schüler der Fulton Highschool wollten nicht, dass diese Kinder Erfolg hatten, sie wollten eine gute Vorstellung sehen. Und wenn man aus der Vergangenheit schlussfolgern konnte, wollten sie nicht einmal das.

Manny seufzte und fuhr sich mit der Hand durch sein schütter werdendes Haar. „So einfach ist das nicht. Wir werden beobachtet." Er zeigte auf die abgenutzten Requisiten und die alte Bühne. „Diesmal muss alles perfekt sein …" Er hielt ihrem Blick stand und zuckte dann bedrückt mit den Schultern. „Die Antwort lautet Nein, aber ich erwarte nicht, dass Sie das verstehen."

Am nächsten Tag versuchte Ella es wieder. „Er kann singen, Mr. Hawkins. Er ist der beste männliche Sänger, den wir haben … wir müssen ihn nur dazu bringen, dass er mit den anderen zusammenarbeitet."

„Das ist es ja." Manny stieß ein trauriges Lachen aus. „Dies ist kein Projekt, sondern ein Schauspiel. Wir haben keine Zeit, es ihm beizubringen."

Ellas Blick brach Manny fast das Herz. Einen Augenblick lang erinnerte sie ihn an seine älteste Tochter, so wie sie ihn angesehen hatte, als Mannys Exfrau auf ihrem Weg in einen anderen Bundesstaat bei seiner Wohnung vorbeigekommen war. Damals hatte seine Tochter ihn so angesehen, wie Ella es jetzt tat. Verraten und verwirrt und sicher, dass der Schmerz, den sie spürte, nur seine Schuld war.

Danach fragte Ella nicht mehr. Aber dennoch war Manny von Henrys Verwandlung auf eine Weise fasziniert, die er seit Jahren nicht mehr für etwas empfunden hatte. Er wartete jeden Nachmittag darauf, dass es zehn nach zwei wurde, und beobachtete Henry durch den Spalt seiner Tür. Am Ende der zweiten Woche, am Freitag, ging Ella den Text in der Schlussszene des Musicals durch, wenn das Biest sich in den Prinzen verwandelt.

Manny hielt die Luft an und rührte sich nicht, als er sah, wie Henry im Türrahmen erschien. Er ging langsam zur Bühne und zu der Stelle, an der Ella ihren Text übte.

Ella musste ihn gesehen haben und wissen, dass sie beobachtet wurde. Aber anstatt ihre Aufmerksamkeit Henry zuzuwenden, schlüpfte sie vollständig in ihre Rolle. Als sähe sie wirklich das sterbende Biest, fiel sie auf die Knie und schlug die Hände vors Gesicht. Ihr Weinen klang verzweifelt und überzeugend. „Nein! Bitte … bitte verlass mich nicht." Sie hob den Blick zu einer leeren Stelle auf der Bühne. „Ich … ich liebe dich."

Aber dann, anstatt den Zeitpunkt abzuwarten, an dem durch Nebel und Spezialeffekte das Biest und der Prinz die Plätze tauschen konnten, stand Ella auf und fing an, ein Lied zu singen. Nicht die Wiederholung, die am Ende dieser Szene vorgesehen war, sondern den ganzen Titelsong. Während die Musik durch den Raum hallte, kletterte Henry mit der Sportlichkeit eines Footballspielers auf die Bühne. Er sah Ella mit heldenhafter Liebenswürdigkeit an, als sie sich zu ihm umdrehte.

„Märchen schreibt die Zeit …"

Ella streckte die Hand aus – vorsichtig, ohne Henry zu berühren. Aber als wäre er nie Autist gewesen, nahm Henry ihre Hände und sang von der unerwarteten Freundschaft, jedes Wort mit Bedeutung gefüllt.

Der nächste Text war Ellas, während sie sich immer noch an den Händen hielten. Und als die Musik lauter wurde, tanzten sie im Kreis, ihre Blicke miteinander verschmolzen. Es war, als spräche er die Worte geradewegs in ihr Herz, und die Botschaft war so passend: Sie sprach von der Angst und davon, für diese Art Freundschaft noch nicht bereit zu sein.

Sie beendeten das Lied gemeinsam und Manny wünschte, er hätte daran gedacht, diesen Augenblick mit seiner Filmkamera festzuhalten. Es war ohne jeden Zweifel eines der schönsten Duette, die jemals die Bühne dieser Schule geziert hatten.

„Märchen schreibt die Zeit ... in des Dichters Kleid ... Die Schöne und das Biest."

Plötzlich, als hätte Manny eine Vision gehabt, ergab alles einen Sinn. Was, wenn Henry Harris dies auch vor einem Publikum tun konnte? Würden nicht sogar die abgestumpften, gleichgültigen, ungebildeten Schüler der Fulton Highschool Schlange stehen, um zu sehen, was Manny gerade erlebt hatte?

Die Musik verstummte, und dieses eine Mal hoffte Manny, die Veränderung würde nicht kommen und Henry würde nicht reagieren, als hätte jemand das Licht ausgeschaltet. *Bleib bei ihr, Henry ... Komm schon. Geh nicht weg ...*

Aber nachdem Hörner und Flöten und Geigen verklungen waren, legte der Schalter sich so sicher um wie das Amen in der Kirche. Henry stieg von der Bühne, ein anderer Mensch, nervös, ängstlich, und der selbstbewusste Schauspieler war verschwunden. Diesmal wedelte er mit den Armen, die gefalteten Hände unters Kinn gepresst – etwas, das Manny ihn seit Wochen nicht hatte tun sehen.

Manny trat von seiner Bürotür zurück und blinzelte. Was dachte er sich nur? Er konnte Henry Harris genauso wenig die Rolle des Prinzen geben, wie er in der Pause Zirkustiere aufmarschieren lassen konnte. Egal wozu Henry fähig war – es gab keine Möglichkeit, ihn regelmäßig so zu erreichen, sich auf ihn verlassen zu können. Und Manny brauchte Schüler, auf die er sich verlassen konnte – jetzt mehr denn je. Nein, Henry Harris konnte niemals bei diesem Musical mitspielen.

Der Gedanke war absurd und Manny schwor sich, das einzig Vernünftige zu tun – er würde nie wieder über so etwas nachdenken.

23

Ella war in der ganzen Saison noch bei keinem Basketballspiel gewesen. Sie und Jake sprachen nicht miteinander, und mit ihren eigenen Freundinnen von früher war sie auch nicht mehr oft zusammen – auch nicht beim Mittagessen in der Cafeteria. Aber an diesem Freitag flehte LaShante sie an mitzukommen. „Alle treffen sich vor dem Spiel in Callies Haus, um was zu trinken." Sie verdrehte die Augen. „Ich steh da nicht drauf, also komm bitte mit. Ich brauche dich, Ella. Alleine mag ich nicht hingehen."

Eigentlich hatte sie vorgehabt, den Abend mit Henry und seiner Mutter zu verbringen. Sie war schon ein paarmal dort zu Besuch gewesen – meistens, um seiner Mutter von Henrys Auftritten zu erzählen, die immer nur ein paar Minuten dauerten und jeden Tag vor der Probe stattfanden. Heute war seine Mutter extra früher zur Schule gekommen, um es mit eigenen Augen zu sehen – durch das Fenster zum Flur. Henry wusste nicht, dass sie dort war, und als sie zu Ende gesungen hatten, hatte Ella seiner Mutter kurz zugegrinst. Auf der anderen Seite der Glasscheibe wischte Mrs. Harris sich die Tränen fort. Nicht, dass sie Ella nicht geglaubt hätte, aber Henry so zu sehen, musste für sie sein, als ob … als ob Henry nie Autismus entwickelt hätte.

Aber heute Abend hatte sie Lust, zu einem Basketballspiel der

Schule zu gehen. Sie verabredeten, dass Ella LaShante abholen würde, und auf dem Weg zum Spiel versuchte sie die Fortschritte, die sie in Henry sah, zu erklären. „Du solltest ihn hören."

„Er kann singen?" LaShante nahm eine Handvoll ihrer dünnen Zöpfe und band sie zu einem Pferdeschwanz zusammen. „Können Leute mit Autismus das?"

„Manchmal." Ella hielt den Blick auf die Straße gerichtet. „Ich glaube, Henry hört die Musik. Vielleicht besser als andere Menschen."

„Hm."

„Nein, im Ernst." Ella konnte die Veränderung, die in Henry vorging, gar nicht genug betonen. „Er klingt wie Michael Bublé oder so. Ernsthaft. Er kann singen, und wenn er es tut, sieht er mir direkt in die Augen. Mit einem Blick, der einem das Herz schmelzen lässt."

„Wow." LaShante zog eine Augenbraue hoch. „Wenn ich es nicht besser wüsste, würde ich sagen, du bist in ihn verknallt."

„Quatsch." Ella lachte und es klang unbeschwert. „Er ist ein guter Freund. Er war schon mein Freund, als wir drei Jahre alt waren."

„Aber er ist süß." LaShantes Augen tanzten. „Ich meine, komm schon, Mädchen, er ist der schärfste Typ in Fulton – verrückt oder nicht." Sie presste die Lippen aufeinander. „Mmmm-hmm. Und diese blauen Augen. Er guckt dir in deine? Ich weiß nicht …"

„So ist das nicht." Ella lachte wieder und bog in den Schulparkplatz ein. „Aber du musst ihn mal singen hören. Es ist, als wäre er dann ein anderer Mensch."

„Vielleicht ist die Musik der Schlüssel." LaShante richtete sich auf und zupfte ihren blauen Rollkragenpulli gerade.

„Das sage ich ja." Ella parkte den Wagen und wandte sich an ihre Freundin. „Die Musik holt ihn aus seiner Welt heraus, da kann er sich öffnen."

„Dann ist die Antwort klar, würde ich sagen." LaShante öffnete die Tür des Wagens und lächelte. „Du musst dafür sorgen, dass die Musik nicht aufhört, Mädchen."

Ella grinste. „Genau.“ Sie und LaShante stiegen aus und liefen über den Parkplatz zur Sporthalle. Das Spiel war eine vernichtende Niederlage – Jake und seine Freunde wurden von den Rivalen des anderen Stadtteils haushoch geschlagen. Während der Halbzeitpause kaufte LaShante Popcorn und eine Sprite, und als sie wieder auf die Tribüne zurückkehrte, sah sie Ella mit besorgter Miene an. „Ich muss dir etwas sagen.“

Ella spürte, wie ihr Herz heftiger schlug. LaShante hatte genauso wenig Interesse an Highschooltratsch wie Ella. Was immer sie auf dem Herzen hatte, war wichtig, sonst hätte sie es nicht zur Sprache gebracht. „Irgendetwas mit Krissy oder Jenny?“

„Nein.“ LaShante zog eine Grimasse. „Es geht um Jake. Ich habe es diese Woche gehört und wollte dir erst eine SMS schicken. Aber dann dachte ich … ich dachte, ich warte lieber, bis wir uns sehen.“

„Okay.“ Ella entspannte sich wieder. Jake war ihr egal. Es gab kaum etwas, das LaShante ihr erzählen konnte, was ihr schlaflose Nächte bereiten würde. „Also sag schon.“

„Er erzählt allen, dass du und Henry …“ Sie zögerte und senkte den Blick. Es gab nicht viel, was LaShante peinlich war – sie war von Ellas Freundinnen diejenige, die am wenigsten ein Blatt vor den Mund nahm. Aber diesmal lag in ihren hübschen braunen Augen Unsicherheit, ob sie weitersprechen sollte. „Er erzählt den Leuten, dass du mit Henry zusammen bist.“ Sie zog die Augenbrauen hoch. „Ich meine … dass ihr es tut.“ Sie verdrehte die Augen. „Deshalb habe ich ein schlechtes Gewissen, weil ich dich auf dem Weg hierher aufgezogen habe.“

Ella war es, als hätte jemand ihr einen Schlag in die Magengrube versetzt. „Warum tut er so was?“ Ellas Blick wanderte zum Basketballfeld. Wie hatte sie Jake Collins jemals attraktiv finden können? Die Tatsache, dass er sie davon überzeugt hatte, er wäre ein anständiger Kerl, ließ Ellas Wut auf sich selbst aufflammen. Die Adler betraten wieder das Spielfeld, spielten einander den Ball zu und machten Trainingswürfe, um sich für die zweite Halbzeit aufzuwärmen. Selbst aus dieser Entfernung konnte Ella das eingebildete Lächeln in Jakes Gesicht sehen.

LaShante seufzte, und ihre Miene war noch immer verlegen. „Das ist noch nicht alles."

Ella wappnete sich. Was immer es war, sie konnte LaShante vertrauen. Und wenn es bedeutete, dass sie sich ganz aus den Kreisen der Fulton-Schüler zurückziehen musste, dann war es eben so. In gewisser Weise hatte sie das ja ohnehin schon getan. LaShante und Henry waren die einzigen echten Freunde, die sie hatte – und der Highschoolabschluss war nur noch ein Halbjahr entfernt. Was kümmerte sie Jake?

Ihre Freundin verschränkte die Arme und zog eine Grimasse. „Er hat eine Wette mit Sam laufen. Irgendwann vor dem Schulabschluss würde er mit dir schlafen – so oder so. Sonst schuldet er Sam hundert Dollar."

„Hundert Dollar?" Ella war speiübel. War das der Wert, den sie für Jake und die Jungs hatte? Eine Hundert-Dollar-Wette? Plötzlich kam ihr ein Gedanke. „So oder so?"

„Ja." LaShantes Augen funkelten wütend. „Er hat gesagt, wenn Henry dich kriegt, will er dich auch. Für mich klingt das wie eine Drohung." Sie zeigte mit dem Daumen in Richtung Basketballfeld. „Und ich würde mir an deiner Stelle überlegen, ihn anzuzeigen."

Würde Jake Collins sie etwa vergewaltigen? Im September hätte sie über diese Vorstellung noch gelacht. Aber jetzt … sie fröstelte. Auf jeden Fall würde sie sich von ihm fernhalten.

Wenn ihre Mutter sich für ihr Leben interessieren würde, wäre Ella heute Abend nach Hause gefahren und hätte ihr alles erzählt. Aber ihre Mutter kannte sie ja nicht einmal. Nein, sie musste auf sich selbst aufpassen. Sie würde Jake aus dem Weg gehen und ihre Zeit lieber mit Henry verbringen und – hin und wieder – mit LaShante.

Ella war beinahe froh, dass sie jetzt noch einen Grund hatte, sich abzusetzen. Je länger sie nichts mit den beliebten Typen zu tun hatte, desto deutlicher erkannte sie, wie die Schlimmsten von ihnen wirklich waren. Eingebildete, arrogante Tyrannen. Ihr Verhaltenskodex als Gruppe erforderte gemeines, höhnisches Verhalten. Beim Mittagessen saßen sie zusammen und machten sich über jeden lustig, der vorbeikam – Jugendliche, die zu klein waren oder zu schlau oder zu dick. Dürre Jungs wie Michael und solche wie Henry.

Ella sah zu, wie die Spieler durch die Halle liefen oder sich beim Trainer oder den Schiedsrichtern beschwerten. Wünschte irgendeiner von ihnen sich, aus all dem auszubrechen, so wie sie es getan hatte? Sein eigenes Leben zu führen und seine eigenen Entscheidungen zu treffen, ohne Jake oder seinen Jungs imponieren zu wollen? Ella hoffte es.

Henry war nicht der Einzige, der in einem inneren Gefängnis saß.

Ella sah Michael erst nach dem Spiel draußen auf dem Schulhof. Ella und LaShante unterhielten sich gerade mit einigen anderen Mädchen, die von einer Party später am Abend erzählten, als Michael aus dem Haupteingang der Schule trat. Vielleicht hatte er mit dem Orchester geprobt, denn er hatte seinen Flötenkoffer unter den Arm geklemmt und ging zu den Fahrradständern am Rand des Parkplatzes.

„Und Jake hat dieses hässliche Mädchen aus dem ersten Jahr angebaggert." Krissy kicherte mehr als sonst, was wahrscheinlich an dem Alkohol lag, der vor dem Spiel geflossen war. „Sie kommt auch zu der Party, Ella. Du musst unbedingt kommen – dann kannst du Jake zur Besinnung bringen."

„Ja, du darfst ihn dir nicht entgehen lassen." Jenny stemmte die Hände in die Hüften. „Ihr müsst euch noch vor den Weihnachtsferien wieder vertragen."

„Ich mag Jake nicht", sagte Ella geduldig, aber sie wäre am liebsten gegangen. Aus dem Augenwinkel beobachtete sie Michael. Er wirkte einsam und bedrückt, und sie überlegte, ob sie die Mädchen stehen lassen und mit ihm reden sollte. Sie setzte ein Lächeln auf. „Das Mädchen aus dem ersten Jahr kann ihn haben."

„Wen kann sie haben?"

Sie spürte, dass jemand hinter ihr stand, und als sie sich umdrehte, sah sie einen frisch geduschten Jake auf sich zukommen, eingerahmt von Sam und Ryan. Ella war drauf und dran, den Jungen einen finsteren Blick zuzuwerfen, aber sie beherrschte sich. Es war besser, eine Konfrontation zu vermeiden. Sie sah ihm kurz in die Augen. „Jake … Sam … Ryan."

Krissy hüpfte zwischen sie. „Gutes Spiel, Jungs. Die Schiedsrichter waren schrecklich. Ihr hättet gewinnen müssen!"

„Ja, der Drei-Punkte-Wurf war echt der Hammer", kicherte Jenny. „Stimmt's, Mädchen?"

„Tja, ich war eben voll gut drauf." Jake grinste, und seine Arroganz umgab ihn wie eine undurchdringliche Macht. Sein Blick war auf Ella geheftet und nur auf sie. „Nächstes Mal kriegen wir sie."

Bevor die anderen Mädchen noch mehr Lobhudeleien von sich geben konnten, versetzte Sam Jake einen Stoß. „Guck mal." Er zeigte in Richtung Parkplatz. „Da ist der komische Typ. Der schwule Musiker, weißt du noch?"

Ellas Magen begann sich umzudrehen. „Lass ihn in Ruhe." Sie sagte es nicht laut oder mit Nachdruck, aber sie sagte es.

„Was ist das denn?" Jake lachte – ein gemeines Lachen, an dem man erkennen konnte, dass er in Fahrt geriet. „Du willst doch wohl nicht sagen, dass du für die Schwuchtel auch was übrig hast, oder? Er und Henry Harris?" Er stieß einen belustigten Laut aus und boxte Sams Schulter. „Hast du das gehört?"

Sam grinste Ella höhnisch an. „Zwei Schwachköpfe."

Jake löste sich aus der Gruppe und ging auf Michael zu. Als er noch etwa zwanzig Meter entfernt war, rief er hinüber: „He, Emo!"

Michael war damit beschäftigt, sein Fahrradschloss aufzuschließen, und seine Flöte lag neben ihm auf dem Boden. Offenbar hatte er Probleme mit der Zahlenkombination, denn es dauerte zu lange. Wieder wäre Ella gerne zu ihm gerannt und hätte ihm geholfen, aber das wäre nicht gut gewesen. Nicht, während Jake und die anderen zusahen.

„Hast du mich nicht verstanden?" Jakes Tonfall wurde hässlicher. Laut und gemein. „Was ist denn los? Kannst du dich nicht mehr an die Zahlen erinnern?"

Ein paar andere Jungs aus der Basketballmannschaft gesellten sich zu Jake und lachten leise. Durch ihre Anwesenheit machten sie deutlich, dass sie den Angriff guthießen. „Was machst du überhaupt hier, Schwachkopf?", schrie Jake. „Warum warst du nicht bei dem Spiel?"

„Er hatte Flötenstunde." Sam sprach absichtlich mit hoher, piepsiger Stimme. „Wie alle schwulen Jungs."

„He!" Ella trat einen Schritt vor und versetzte Jake einen Stoß gegen die Schulter. „Halt den Mund und lass ihn in Ruhe."

Jake schüttelte Ella ab und beachtete sie nicht weiter. „Das ist es doch, oder?", rief er so laut, dass andere Schüler, die vorbeigingen, jedes Wort hören konnten. „Du bist schwul, oder? Du kannst es ruhig zugeben. Jungen, die Querflöte spielen, sind schwul."

Endlich hatte Michael das Schloss geöffnet und zog sein Fahrrad aus dem Metallständer. Er stand da und starrte Jake an, und einen Augenblick lang dachte Ella, der stille Junge würde sich wehren. In seinen Augen flackerte die Wut, eine Wut, die im Schein der Laternen deutlich zu sehen war. Aber er war sich offensichtlich im Klaren darüber, dass er gegen Jake und seine Kumpels keine Chance hatte, also hob er seine Flöte auf und stieg auf sein Fahrrad, den Koffer fest an seine Rippen gedrückt.

„Seht ihr?" Jake lachte laut auf und sah die anderen an. „Der Emo-Junge ist schwul."

„Jake!" Ella stieß ihn wieder. „Hör auf damit!"

Diesmal ließ LaShante die anderen Mädchen stehen und kam ihr zu Hilfe. „Du bist echt ein Versager, weißt du das?" Sie spuckte die Worte förmlich aus. Dann schnipste sie mit den Fingern und ihre Stimme klang laut, während sie ihn von oben bis unten musterte. „Auf dem Spielfeld genauso wie sonst auch."

LaShantes Ausbruch schlug ein wie eine Bombe. Die Jungs hörten auf zu lachen und standen schweigend da und warfen einander nervöse Blicke zu. Sie wirkten fast beschämt, sogar Jake. Ellas Protest hatte vielleicht keine große Wirkung gezeigt, aber LaShante hatte ihre Aufmerksamkeit erlangt. Sie stemmte die Hände in die Hüften und funkelte Jake an, dann Sam und die anderen. „Ihr solltet euch was schämen." Mit diesen Worten nickte sie Ella zu. „Wir sind hier fertig."

Als sie gingen, blickte Ella Michael nach. Er fuhr auf seinem Fahrrad davon, eine Hand am Lenker, während er mit der anderen seinen Flötenkasten festhielt. Er fuhr bis zur Kreuzung und dann links, wahrscheinlich zu seinem Haus oder seiner Wohnung, wo auch immer er wohnte.

„Idioten." LaShante war immer noch auf hundertachtzig. Sie marschierte auf den Wagen zu. „Am liebsten würde ich den Jungen einholen und ihm anbieten, ihn im Auto mitzunehmen. Man sollte niemanden so behandeln."

„Warte!" Ella blieb stehen, nur um gleich darauf wieder weiterzulaufen – diesmal schneller als vorher. „Das ist eine super Idee. Wir könnten sein Fahrrad ins Auto tun."

Sie eilten zu Ellas Wagen und fuhren eilig vom Parkplatz. Drei Häuserblocks weiter holten sie ihn ein und ein Gefühl der Erleichterung durchströmte Ella. Es war noch nicht zu spät. Sie konnten Michael zeigen, dass er ihnen nicht egal war. Dass ihnen Jakes Verhalten leidtat. An der nächsten Ampel wurde sie langsamer und betätigte den elektrischen Fensterheber, um das Fenster ihres SUVs herunterzufahren. LaShante übernahm das Reden, weil Michael mit seinem Fahrrad auf ihrer Seite des Autos fuhr.

„Hi …" Sie streckte den Kopf zum Fenster hinaus und sagte freundlich: „Sollen wir dich mitnehmen?"

Michael sah beinahe erschrocken aus. Ella lehnte sich an ihrer Freundin vorbei und fügte hinzu: „Ist echt kein Problem. Wir können dein Fahrrad hinten reinpacken."

Andere Autos hielten an der Ampel, also hatten sie nicht mehr viel Zeit. Wenn Michael das Angebot annehmen wollte, musste er es sagen. LaShante versuchte es noch einmal. „Komm schon … wir fahren rechts ran."

Michaels Blick huschte zu den anderen Autos, als würde er nach Jake und seinen Freunden Ausschau halten. Er schüttelte den Kopf und sah sie mit großen Augen an. „Ist schon okay." Auf seiner Stirn stand der Schweiß. „Ich hab's nicht weit."

„Bist du sicher?" LaShante klang enttäuscht. „Es macht keine Mühe."

Die Ampel wurde grün und Michael trat in die Pedale. „Nee, ist schon gut." Er nickte ihnen noch einmal zu und fuhr dann weiter.

LaShante ließ das Fenster wieder hochfahren – der Wind war für diese Jahreszeit ziemlich kalt. „Wir haben getan, was wir konnten." Sie fröstelte und rieb sich die Oberarme. „Diese Typen regen mich echt auf." Sie warf die Hände in die Luft. „Warum sind sie so? Dass sie jeden um sich herum schikanieren."

„Sie sind Idioten, wie du gesagt hast."

Ellas Herz war voller Kummer. Michael musste sich schrecklich fühlen. Sie überlegte anzuhalten und darauf zu bestehen, dass er mit ihnen fuhr, aber dann … wenn Jake und die Jungs vorbeifuhren und das sahen, würden sie Michael am Montag nur noch mehr triezen. Weil er sich von einem Mädchen mitnehmen ließ.

LaShante war immer noch wütend. „Wo wohnt Jake eigentlich? Wir sollten dort auf ihn warten und ihn zur Rede stellen." Sie knirschte mit den Zähnen und machte ihrem Unmut über das, was in der Schule vorgefallen war, lautstark Luft. „Am liebsten würde ich mich vor seinem Haus aufbauen und ihm mal so richtig die Meinung sagen … damit er weiß, was Sache ist."

Am Ende entschieden sie sich jedoch dagegen, und Ella fuhr mit LaShante nach Hause. Bevor sie ausstieg, warf LaShante mit einer Kopfbewegung ihre Zöpfe über die Schulter und richtete ihren Zeigefinger in die dunkle Nacht hinaus. „Wenn du mit Henry Harris befreundet sein kannst, dann kann ich auch mit diesem Michael befreundet sein." Sie schüttelte den Kopf und sagte mit angewidertem Tonfall: „Vergiss die Sportstypen. Sie sind es nicht wert, dass wir uns mit ihnen abgeben."

„Das stimmt."

„Außerdem … liebe ich Querflöte." Sie lächelte und schwang die Beine aus dem Wagen. „Vielleicht darf ich Michael mal zuhören."

Ella gefiel der Gedanke, und als sie weiterfuhr, musste sie bei der Vorstellung, dass LaShante etwas zusammen mit Michael Schwartz unternahm, unwillkürlich lächeln. Vielleicht konnte Michael ihr ja sogar beibringen, wie man Flöte spielte. Das wäre doch was. Sie und Henry zusammen in einem Theaterstück und

LaShante und Michael, die gemeinsam im Schulorchester Flöte spielten. Ihre fröhlichen Gedanken verblassten und die Wut stieg wieder in ihr auf, als sie an Jake dachte und daran, wie er Michael behandelt hatte. Und wie er gewettet hatte, dass er Ella noch vor dem Ende des Schuljahres flachlegen würde. Der Gedanke ließ sie frösteln. Es war Zeit, dass sich in Fulton etwas änderte, und wenn diese Veränderung von ihr und LaShante abhing, dann musste es eben so sein.

Nach diesem Abend waren sie beide dieser Herausforderung gewachsen.

24

Als Michael Schwartz mit seinem Fahrrad in die Straße einbog, in der sein Wohnblock lag, war er außer Atem und ihm war schlecht. Seine Mutter saß am Küchentisch, als er die Wohnung betrat. Sie hatte den Kopf in die Hände gestützt und ein Glas mit billigem Wein neben sich stehen.

„Du bist spät dran." Sie sah auf und ihre Miene wirkte abgekämpft. Immer abgekämpft. „Ich dachte, deine Probe wäre um acht zu Ende."

„Wir mussten länger bleiben." Er trug seinen Flötenkoffer noch immer unterm Arm. Seine Mutter mochte es nicht, wenn er sie herumliegen ließ. Sie mochte die Flöte überhaupt nicht. „Nächste Woche ist doch das Weihnachtskonzert."

„Ach ja." Sie starrte einen Stapel Post an und blätterte durch ein paar Umschläge. Mit zitternden Händen trank sie einen Schluck Wein. „Das hatte ich vergessen." Sie hob den Kopf nicht noch einmal, aber irgendwie begegnete sie trotzdem seinem Blick. „Hast du einmal drüber nachgedacht, was ich gesagt habe?"

„Das mit dem Schlagzeug?" Michael verlagerte sein Gewicht auf das andere Bein. Seine Tennisschuhe hatten ein Loch in der Sohle, und er war ziemlich sicher, dass er sich eine Blase gelaufen hatte.

„Ja." Sie versuchte weniger frustriert und dafür geduldiger zu klingen. „Dein Vater hat Schlagzeug gespielt. Er wäre stolz, wenn sein Junge es auch tun würde."

„Er hat jetzt eine neue Familie." Michael ging ein paar Schritte in die Küche und schenkte sich ein Glas Wasser ein. Er hasste es, wenn seine Mutter von dem Schlagzeug oder von seinem Vater anfing. Er hasste es. „Und ..." Er leerte das Glas zur Hälfte. „Ich steh nicht auf Schlagzeug. Ich mag Querflöte."

„Aber vielleicht könntest du wenigstens einmal ..." Sie verstummte und zögerte lange. Dann atmete sie aus und wandte sich wieder der Post zu. „Egal. Die Flöte ist auch gut. Spiel ruhig Flöte, Michael."

„Das mache ich auch." Er trank sein Wasser aus und stellte das Glas ab. Dann betrachtete er seine Mutter lange. Sie war früher einmal hübsch gewesen, als sein Vater noch mit ihnen zusammengelebt hatte. Als sie noch eine Familie waren. Vor drei Jahren hatte er sein langjähriges Verhältnis gestanden und die Tatsache, dass er in einem anderen Teil der Stadt zwei Babys hatte. Jetzt lebte er dort und rief nur noch einmal die Woche an.

Michael erinnerte sich noch daran, als er im Kindergartenalter gewesen war und das Schlagzeug seines Vaters im Gästezimmer entdeckt hatte. Sein Vater hatte ihm geholfen, auf den Hocker zu klettern, und ihm die Stöcke in die Hand gedrückt. „Irgendwann wirst du auch Schlagzeug spielen, genau wie ich." Er konnte das Lächeln seines Vaters noch vor sich sehen, die Hoffnung in seiner Stimme hören.

Als sein Vater ging, nahm er nicht viel mit. Aber das, was wichtig war, das hatte er mitgenommen. Das Schlagzeug und Mamas Schönheit. Oder das, was an Schönheit noch übrig war. Sie tat Michael leid, so gefangen in ihren Bergen von Rechnungen und in ihrer Art zu leben. All das hatte sie nicht nötig. Wenn er nicht wäre, könnte sie noch einmal von vorne anfangen. Eine neue Ehe, eine neue Familie. So wie Michaels Vater es getan hatte.

Er ging zu ihr, legte eine Hand auf ihre Schulter und gab ihr einen Kuss auf die Wange. „Brauchst du Hilfe?“

Seine Frage schien sie zu erschrecken, und sie hob ihr müdes Gesicht zu ihm auf. „Ich komme schon klar.“ Das Lächeln erreichte ihre Augen nicht. Sie hatte noch ihre Krankenhausuniform an, die sie als Pflegehelferin trug, wenn sie die Bettpfannen ausleerte oder Botengänge für die Patienten verrichtete. „Morgen arbeite ich eine Doppelschicht. Du brauchst nicht aufzubleiben.“

„In Ordnung.“ Er ging nicht gleich, so wie er es sonst immer tat. „Du arbeitest zu viel.“

„So ist das Leben.“ Wieder hatte ihr Lächeln keine Kraft. Sie blinzelte zu ihm hoch. „Ist irgendwas? Du benimmst dich komisch.“

„Mir geht's gut.“ Er lächelte sie an, und es fühlte sich so merkwürdig an, wie es wahrscheinlich aussah. Dann drückte er ihre Schulter ein wenig. „Ich hab dich lieb, Mama.“

„Ich dich auch.“ Sie hatte sich schon wieder der Post und den Rechnungen zugewandt. Mit ihrem Gehalt ihren Lebensunterhalt zu bestreiten, grenzte wahrscheinlich an Zauberei. Vor allem in letzter Zeit. Sein Vater hatte seine Arbeit verloren, also kam von ihm kein Geld.

Als Michael den Flur hinunterging, waren ihm der fleckige abgenutzte Teppich und die schäbigen Wände deutlich bewusst. Sie wohnten hier seit der Scheidung, und der Vermieter hatte noch nichts an der Wohnung getan. Er betrat sein Zimmer und schloss die Tür hinter sich. Vielleicht würde er Seil springen – das tat er manchmal, wenn es so wehtat, dass er es keine Minute länger aushielt. Wenn er so wütend war, dass er am liebsten ein Fenster eingeschlagen oder seine Faust gegen die Wand gerammt hätte. Manchmal sprang er eine halbe Stunde lang Seil, bis der Schmerz so weit nachließ, dass er wieder atmen konnte.

Das Seil hing über der Kommode und wartete auf ihn. Seine Atempause.

Oder vielleicht sollte er Flöte spielen. Der Koffer fühlte sich von der Fahrt nach Hause kalt an, und er legte ihn auf das Fußende seines Bettes und öffnete ihn.

Dann stand er da und starrte lange auf das Instrument. „Spiel Schlagzeug …" Er ließ die Worte seiner Mutter über ihm zusammenschlagen. Als würde das jemals geschehen. Er nahm die Flöte aus dem Kasten und hob das kalte Metall an seine Lippen. Sein Lieblingslied aus dem Weihnachtskonzertprogramm war „O Heilige Nacht". Er kramte in seinem Rucksack und zog ein gefaltetes Notenblatt heraus.

Er schlug es auf und betrachtete die Noten, die von der Bedeutung der Worte durchdrungen waren. Das hatte er noch nie im Leben gespürt. Eine heilige Nacht. Er blies so vorsichtig in das Instrument, dass der Klang nur das Zimmer erfüllte. Aber egal, wie leise er spielte, seine Mutter würde ihn hören. Vielleicht mochte sie den Klang ja doch und setzte sich zu ihm. Kam und hörte zu, wie er Flöte spielte. Sie hatte ihn seit beinahe einem Jahr nicht mehr spielen gehört, nicht seit dem letzten Weihnachtskonzert. Er übte normalerweise in der Schule oder wenn sie bei der Arbeit war.

Weil er nicht wollte, dass sie im Zimmer nebenan saß und sich wünschte, er würde Schlagzeug spielen.

Der Text hüllte ihn ein, während er spielte … *O Heilige Nacht … die Sterne hell erstrahlen … Es ist die Nacht, da unser Retter kam.* Die Musik beruhigte ihn und linderte seinen Schmerz – den Schmerz, der wie ein riesiger Grizzlybär über ihm aufragte, ihn packte und sich in ihn krallte. Ihn verschlang. *Lang lag die Welt … verstrickt in Sündenqualen …*

Gab es wirklich einen Retter? War wirklich ein Baby geboren worden, um die Welt zu retten? Wenn, dann hatten seine Eltern nie von ihm gesprochen. Sie waren als Familie nie in die Kirche gegangen oder hatten Michael Anlass gegeben, an Gott zu glauben. Aber das Lied gab ihm Hoffnung. O Heilige Nacht … Vielleicht war es ja tatsächlich geschehen, irgendwann vor langer Zeit. Und die Sterne waren hell erstrahlt.

Michael ließ die Flöte sinken. Nur schwule Jungen spielten Querflöte? Dachten das wirklich alle? Dass er ein schwuler Emo war, der Flöte spielte? Wie ein Mädchen oder so? Er legte die Flöte aufs Bett und starrte aus dem Fenster. Es ging nach Nordwesten hinaus, das war Michael wichtig. Nordwesten, die gleiche Richtung, in der sein Vater fünf Kilometer entfernt mit seiner neuen Familie lebte.

Ich werde nie Schlagzeug spielen, Papa … Er stand auf und ging zum Fenster, fasziniert von der Dunkelheit und ihrer Weite. Warum war er überhaupt hier? Sein Vater wollte ihn nicht. Der Austausch war vollzogen. Neue Frau, neue Kinder. Und seine Mutter? Sie arbeitete wegen ihm so viel, oder nicht? Wenn sie ihren Sohn nicht hätte, den sie ernähren und kleiden musste, dann hätte sie vielleicht Zeit, mit jemandem auszugehen.

Er dachte an Montagmorgen, und der Schmerz schlug nach ihm, wie er es schon so oft getan hatte. Wie viele Leute hatten heute gehört, was Jake Collins ihm an den Kopf geworfen hatte? Wie er ihn schwul und dumm genannt und der ganzen Welt verkündet hatte, dass Michael Flöte spielte. Wie viele Schüler würden ihn am Montagmorgen höhnisch ansehen und über den schwulen Typen tuscheln, der wie ein Mädchen Flöte spielte?

Früher hatten Schüler wie Henry Harris ihm leidgetan. Jake und seine Freunde ließen Henry nie in Ruhe – vor allem, seit Ella mit ihm befreundet war. Aber die Sache war die … Henry bemerkte es gar nicht. In seiner eigenen Welt konnte der Schmerz ihm nichts anhaben.

Aber was war mit Michael Schwartz? Mit dem dünnen Michael Schwartz in seinen billigen Klamotten? Wo war seine eigene Welt? Der Ort, an dem kein Schmerz ihm etwas anhaben konnte? Er sah sich in seinem Zimmer um … das schmale Bett, die alte Korkpinnwand, in deren Ecke noch eine Mathearbeit aus dem letzten Schuljahr hing. Eintrittskarten für das Baseballspiel der Technischen Uni Georgia, das er vor zwei Jahren mit seiner Mutter gesehen hatte. Eine Einladung zum Fünf-Kilometer-Lauf von vor einem Jahr. Als er noch dachte, das Seilspringen könnte sich zu einer Leidenschaft fürs Laufen entwickeln. Die leere schwarze Nacht auf der anderen Seite des Fensters … die Flöte, die auf seinem Bett lag …

Wie sollte er seinen Schmerz loswerden? Er schloss die Augen und konnte sie noch sehen und die Rufe über dem Lärm hören.

„Du bist schwul, oder? Du kannst es ruhig zugeben. Typen, die Flöte spielen, sind schwul ... Typen, die Flöte spielen, sind schwul."

Wie sollte er die anderen in Fulton davon überzeugen, dass Jake Collins unrecht hatte? Dass die Flöte den Bären beruhigte – wenn auch nur für kurze Zeit?

Er musste etwas gegen diesen Schmerz tun. Er wollte nicht Schlagzeug spielen. Er war nicht mehr der kleine Junge, der neben seinem Vater saß und davon träumte, irgendwann etwas wie ein Schlagzeug mit seinem Vater gemeinsam zu haben. Nicht mehr. Er liebte die Flöte und er war nicht schwul. Egal was Jake sagte. Michael kniff die Augen fester zusammen. Der Schmerz wurde stärker, und wenn er keinen Ausweg fand, würde dieser Schmerz ihn zerreißen, Stück für Stück. Es konnte jeden Augenblick passieren. Dann ... wie ein einziger sicherer Ort im dunkelsten Wald ... Michael öffnete die Augen und sah ihn. Den einzigen anderen Gegenstand in seinem Zimmer, abgesehen von den Möbeln.

Sein Springseil.

Von dort schoss sein Blick durch den Raum zu dem Holm, der an der Rückseite seiner Zimmertür befestigt war. Er machte nicht oft Klimmzüge, aber die Stange hielt sein Gewicht, das wusste Michael bereits. Die Möglichkeit flammte wie ein Waldbrand auf, wie ein verrückter Rausch – durch sein Herz und seine Gedanken und vielleicht geradewegs durch seine Seele. Wer würde ihn vermissen? Seine Mitschüler würden nicht einmal bemerken, dass er nicht mehr da war. Sein Vater brauchte kein schlechtes Gewissen mehr zu haben – falls er das überhaupt jemals hatte –, weil er kein Geld überwies. Er hatte eine neue Familie und Kinder, die wahrscheinlich irgendwann einmal Schlagzeug spielen würden.

Und seine Mutter konnte aufhören, Doppelschichten zu übernehmen.

Es war eindeutig ein Ausweg. Der einzige, den Michael sehen konnte. Er musste schnell handeln, bevor er es sich anders überlegte. Er stand auf, packte das Seil und schlang es eilig um seinen Hals. Das Material kratzte auf der Haut an seinem Hals und er hustete ein paar Mal. Es würde vorbei sein, bevor er Angst bekommen und sich umentscheiden konnte. Hier war seine Linderung, ein Weg, den übermächtigen Schmerz auszuschalten. So würde der Schmerz für Michael Schwartz nicht das letzte Wort haben. Und am Montagmorgen würde er sich gegen niemanden verteidigen müssen.

Die Pfadfinder waren eine weitere Pleite für ihn gewesen – ohne einen Vater machte es nicht viel Spaß. Aber er war lange genug dabei gewesen, um etwas von Knoten zu verstehen. Es dauerte nicht lange. Weniger als eine Minute. Er machte einen Klimmzug, zog die Schlinge fester zu und sicherte den Knoten, damit er nicht aufgehen konnte. Jetzt musste er nur noch loslassen, dann war es vorbei. Kein Jake Collins mehr, kein Vater mehr, der fünf Kilometer in nordwestlicher Richtung wohnte. Keine Mitschüler mehr, die ihn für schwul hielten, weil er gerne Flöte spielte.

Die Flöte.

Einen Augenblick lang hatte er die Flöte vergessen. Das war auch ein Ausweg. Was hatte seine Lehrerin erst heute Morgen zu ihm gesagt? Er sei einer der besten Flötisten, die sie je gehört hatte. *„Sie könnten irgendwann in einem Sinfonieorchester spielen, Michael. Sie haben eine großartige Zukunft vor sich …"*

Großartige Zukunft … großartige Zukunft … großartige Zukunft …

Vielleicht wollte er es doch nicht tun. Er versuchte den Strick zu verlängern und den Knoten zurückzuschieben, damit er wieder auf den Boden kam. Seine Arme zitterten … er konnte diese Position nicht mehr lange halten. Panik erfasste ihn. Nur wegen seinem Vater und dem Schlagzeug … wegen Jake Collins? Wegen ihnen diesen Ausweg wählen? Er starrte auf seine Flöte und versuchte sich festzuhalten und das Seil loszubinden.

Aber während er es versuchte, rutschte seine Hand ab und er fiel, und das Seil zog sich mit einem Ruck um seinen Hals zusammen. Er konnte nicht atmen, konnte kaum husten. „Mama." Er wollte schreien, aber es war nur ein Flüstern. „Hilf mir … Hilfe!"

Angst packte ihn fester als das Seil, das in seine Haut schnitt und ihm die Luft und das Leben raubte. Eine Angst, die größer war als der Bär von vorhin. „Hilfe …"

Sein Hals brannte und seine Lungen noch mehr. Aber während die Sekunden verstrichen und die Luft aus seinen Lungen entwich, ließ der Schmerz nach. Schwarze Punkte tanzten vor seinen Augen. Das Letzte, was er sah – das Allerletzte –, war seine Flöte. Die Flöte, die er ein Leben lang hätte spielen sollen … für Zuhörer auf der ganzen Welt.

Seine Flöte.

Eines Tages wäre sein Vater gekommen und hätte ihn spielen hören, und er hätte gesagt: „Gut gemacht, Michael. Sehr gut hast du das gemacht." Und die Jake Collins' dieser Welt würden den Dreck anderer Leute wegfegen, während die Michael Schwartzs' dieser Welt Musik machten, und das Leben würde siegen. Weil er leben wollte! Zu leben würde immer besser sein als dies … als … als …

Plötzlich erfüllte die Botschaft des Weihnachtsliedes sein Herz und er wusste es, er war sich hundertprozentig sicher. Es gab einen Retter! Er war in jener Heiligen Nacht auf die Erde gekommen und hatte gelebt. Er lebte immer noch. *Bitte, Gott … rette mich. Es tut mir leid … ich will nicht sterben … bitte, Gott … ich brauche einen Retter!*

Er zerrte noch einmal an dem Seil, aber es war zu eng, der Knoten zu fest. Er konnte nicht atmen und packte die Fasern, die in seinen Hals schnitten. *Befreie mich, Gott … bitte. Ich glaube an dich!*

Er bekam keine Antwort, sondern verspürte nur einen merkwürdigen, traurigen Frieden, der den Schmerz überdeckte und das Lärmen verstummen ließ. Keine Schimpfwörter und höhnischen Blicke mehr … kein Wünschen seiner Mutter mehr, dass er vielleicht – eventuell – doch noch Schlagzeug spielen würde. Keine Sehnsucht mehr durch das Fenster in Richtung Nordwesten … Alles … alles war jetzt vorbei. Ein letztes Mal erfüllte das Weihnachtslied sein Herz, und die Worte trugen ihn davon …

Wahrlich, er lehrt uns einander zu lieben … Liebe und Frieden lässt Jesus gedeih'n … Er bricht die Ketten, hat Freiheit gegeben … In seinem Namen wird kein Leid mehr sein …

Kein Leid … kein Leid … kein Leid.
Kein Leid mehr.
Nie mehr.

25

Eine Stunde, nachdem die Samstagmorgenzeitung in den Kiosken erschien, lief die Nachricht wie ein Lauffeuer durch die von Bäumen gesäumten Viertel und die heiteren Vororte im Norden von Atlanta, rund um Fulton High. Sie hatten einen der ihren verloren. Michael Schwartz war tot. Erhängt.

Offenbar hatte er sich umgebracht.

Manny Hawkins legte die Zeitung nieder und blickte mit trockenen Augen aus dem Fenster in den sonnigen Tag hinaus. *Sollte es nicht regnen?*, dachte er. *Wäre das an einem solchen Tag nicht angemessen?* Sein Blick wanderte wieder zu der Schlagzeile zurück und er ließ sie in sein Herz und seine Gedanken sinken.

„*Schüler der Fulton Highschool erhängt sich.*"

Die Luft in Mannys kleiner Eigentumswohnung war stickig. Zu stickig. Er stand auf und ging mit langen Schritten zur Terrassentür. Nachdem er sie geöffnet hatte, atmete er tief ein. Zweimal, dreimal, bis das Gefühl der Übelkeit sich legte. Er hatte Michael zwei Jahre lang in seiner Klasse gehabt. Englisch I und II. Der Junge schien ganz normal. Still, ein bisschen düster gekleidet, aber nicht extrem. Kein Grufti oder so. Es hatte keine Anzeichen dafür gegeben, dass er an diesem Freitagabend mit seinem Fahrrad nach Hause fahren und sich in seinem Zimmer erhängen würde.

Manny zwang sich, wieder am Küchentisch Platz zu nehmen. Die frische Brise, die durch die Terrassentür hereinströmte, tat gut und erinnerte ihn an das Leben. Das Leben, das um ihn herum weiterging. Er überflog den Artikel und las Zitate von den Eltern des Jungen. Die beiden waren geschieden – was nicht allzu ungewöhnlich war. Sein Vater hatte nur durch einen Freund der Familie ausrichten lassen, dass die Angehörigen „für die Gebete und Unterstützung der Nachbarn sehr dankbar“ seien.

Seine Mutter sagte der Polizei, ihr Sohn habe keinen Abschiedsbrief hinterlassen, nichts außer seiner Flöte auf dem Bett und den Noten von „O Heilige Nacht“ aufgeschlagen daneben. Mannys Augen verengten sich zu Schlitzen, während er versuchte durch den morgendlichen Sonnenschein hindurch einen Ort zu erkennen, wo er Michaels Tod verstehen, eine rationale Erklärung dafür finden konnte. Aber einen solchen Ort, ein solches Verstehen gab es nicht.

In letzter Zeit hatte Manny sich bei der Arbeit ziemlich abgeschottet, war meistens in seinem Büro oder seinem Klassenraum gewesen und hatte sich selten auf den Gängen blicken lassen. Aber einmal zu Beginn des Schuljahres hatte er zufällig draußen vor seinem Theaterraum mitbekommen, wie Jake Collins und ein paar andere Footballspieler lachten und auf jemanden zeigten. Es war kein gutmütiges, einvernehmliches Lachen gewesen, sondern ein spöttisches Lachen *über* jemanden. Als die Szene ihm jetzt wieder vor Augen stand, legte sich die Erinnerung wie ein Stein in seinen Magen.

Der Junge damals war Michael Schwartz gewesen. Er hatte sich am anderen Ende des Ganges aus dem Gebäude geschlichen, die Miene niedergeschlagen, mit hängenden Schultern. Den Flötenkoffer hatte er unterm Arm gehabt. In dem Augenblick im September hatte Manny gewusst, dass das, was er gerade verpasst hatte, mit Michael zu tun gehabt haben musste. Man konnte es Mobbing oder Spott oder Schikane nennen, auf jeden Fall war es geschehen.

Und Manny hatte nichts dagegen unternommen.

Sein Blick wanderte wieder zu dem Zeitungsartikel und dem Schulfoto unter der Schlagzeile. Das Gesicht war das gleiche, das er damals am Ende des Ganges gesehen hatte. Michael Schwartz, der Junge, den sie verspottet hatten. Manny starrte in die Augen des Jungen, den er im Stich gelassen hatte. Des Jungen, den sie alle im Stich gelassen hatten. Es gab keine Hinweise, keine Vorahnung, dass sich hinter diesen Augen so viel Leid verbarg, dass der Junge sich eine Schlinge um den Hals legen würde.

Manny sah wieder zur Terrassentür hinaus. Er hatte einen Grund gehabt, warum er über den Vorfall auf dem Flur damals geschwiegen hatte. Er war beschäftigt … seine nächste Unterrichtsstunde fing gleich an … er hatte Arbeiten zu korrigieren und Schüler, um die er sich kümmern musste. Außerdem hatten die Jugendlichen sich verändert, seit er als Lehrer angefangen hatte. Es war heutzutage normal, dass Kinder gehänselt wurden. Sportstypen wie Sam und Jake machten sich über jeden lustig … das war sozusagen selbstverständlich. Es gab Ausnahmen, aber die meisten von ihnen waren gemein. So einfach war das.

Manny seufzte und faltete die Zeitung zusammen. Wem machte er hier eigentlich etwas vor? Er konnte nicht erwarten, dass die Schüler von Fulton High im Frühjahr zu der Musicalaufführung kamen. Diese Kinder und Jugendlichen waren reich und privilegiert und völlig selbstbezogen. Andere Menschen waren ihnen gleichgültig. Genau genommen waren die meisten Fulton-Schüler so, dass die Lehrer sich nach dem Ruhestand sehnten. Sie waren so schlimm, dass das Kollegium sich ernsthafte Sorgen um die Zukunft machte. Letztes Jahr hatten sich zwei Schüler umgebracht. In diesem Schuljahr konnten es noch mehr werden.

Eine Brise wehte durch die Wohnung und mit ihr die einzige Ausnahme und der Grund, ja, der Grund, warum er am Montag wieder in die Schule gehen würde, in das Gebäude mit einem leeren Stuhl mehr … der Grund, warum er weiter Schauspielkurse geben und sich mit den Proben für ein Kursprogramm abmühen würde, das es nach diesem Jahr definitiv nicht mehr geben würde. Der Grund war stark und fest, weil er ihn mit eigenen Augen gesehen hatte. Er hatte die Freundlichkeit und die Verwandlung gesehen. Das Wunder, könnte man sogar sagen. Nein, er würde nicht alle Schüler über einen Kamm scheren, weil der Grund für seine Hoffnung auf den Schultern zweier Schüler aus seinem Kurs lag.

Ella Reynolds und Henry Harris.

Ella sprang die Treppe hinunter und kramte in ihrer blauen Ledertasche, während sie lief. Sie brauchte ihr Portemonnaie und ihr Telefon. In fünfzehn Minuten wollte sie sich mit LaShante treffen, um Weihnachtsgeschenke für die Kinder in Henrys Kirche zu kaufen. Letzten Sonntag hatten sie in der Gemeinde einen Baum aufgestellt, der über und über mit Papierschmuck behängt war. Jeder dieser Papiersterne stand für einen Jungen oder ein Mädchen in der Nachbarschaft, die keine Weihnachtsgeschenke haben würden, wenn sich ihrer nicht jemand annahm.

In diesem Jahr wollte Ella einer von diesen Menschen sein.

Sie hatte LaShante vor einer Stunde angerufen und ihr die Idee erklärt. LaShantes Vater war Direktor einer Bank, und ihr und Ella hatte es nie an irgendetwas gefehlt. „Aber ich bin noch nie auf den Gedanken gekommen, für jemand Fremdes Geschenke zu kaufen", sagte sie zu ihrer Freundin. „Was hältst du davon?"

„Machst du Witze? Das ist die beste Idee, die ich je gehört habe." LaShantes Lächeln war durch das Telefon zu hören. „Ich bin dabei."

Als Ella in die Küche kam, sah sie, dass ihre Mutter an der langen braunen Granitplatte der Frühstückstheke Zeitung las. Ihre Mutter sah klein und zerbrechlich aus, viel weniger selbstbewusst als früher. Ella rauschte in die Küche und schnappte sich einen Apfel. „Tschüss." Sie hatte noch immer keine Lust, länger mit ihrer Mutter zu reden. Sie hatten einfach keine Gemeinsamkeiten. „Ich gehe mit LaShante einkaufen."

Ihre Mutter blickte auf. „Michael Schwartz … den kennst du doch, oder?"

Ella blieb stehen und drehte sich zu ihrer Mutter um. Das Wasser zum Apfelwaschen lief schon und sie hielt den Apfel noch in der Hand. „Was ist mit ihm?"

Ihre Mutter senkte den Blick zu der aufgeschlagenen Zeitung, bevor sie wieder Ella ansah. „Kanntest du ihn gut?"

Bilder vom vergangenen Abend stiegen vor Ellas Auge auf. Michael mit seinem Flötenkoffer unterm Arm, wie er mit dem Fahrradschloss kämpfte und Jakes Gemeinheiten ertrug. Ella legte den Apfel auf die Küchenzeile. „Was ist mit ihm?"

„Ich bin nicht sicher, ob es der Michael ist, den du kennst …" Ihre Mutter zögerte. „Aber ein Michael Schwartz von der Fulton Highschool … Er hat sich gestern Abend umgebracht."

Es war, als hätte jemand den Stöpsel gezogen, sodass alles Blut aus ihrem Körper entwich. Sie umklammerte die Tischplatte und öffnete den Mund, um zu sprechen, um zu sagen, dass Michael Schwartz – ihr Michael Schwartz – sich unmöglich umgebracht haben konnte, und dass es ein Irrtum sein musste, weil er doch mit dem Schulorchester auftreten würde und LaShante ihn Flöte spielen hören wollte.

Aber sie brachte kein Wort heraus.

Sie beugte sich vor und sog zitternd gerade so viel Luft ein, dass sie sich an der Küchenzeile entlanghangeln und auf den Platz neben ihrer Mutter fallen lassen konnte, die immer noch mit trauriger, unbehaglicher Miene dort saß. Ella zog die Zeitung näher und starrte auf die Schlagzeile. Und da war er … da war Michael mit den warmherzigen braunen Augen und einem hoffnungsvollen schiefen Lächeln. „Nein." Zuerst kam das Wort nur leise heraus. „Nein!" Sie ließ die Tasche fallen, sprang auf und fuhr sich hilflos mit den Fingern durch die Haare. Ein paar schnelle Schritte in Richtung Treppe, dann fuhr sie wieder herum und ging zu der Zeitung zurück. „Nicht Michael!"

„Ella … es tut mir leid. Ich dachte …"

„Nein!" Sie wollte das Mitleid ihrer Mutter nicht. Wie konnte das geschehen? Sie zwang sich, den Zeitungsartikel anzusehen und die Überschrift über Michaels Foto. *„Schüler der Fulton Highschool erhängt sich*". „Nein, Mama … nein, das kann nicht wahr sein." Sie schob die Zeitung von sich und hielt sich an dem Barhocker neben ihr fest. Warum hatte sie ihn nicht angehalten und genötigt, mit ihr mitzufahren? Sie hätte mit ihm sprechen können, ihm sagen können, er solle sich wegen Jake Collins keine Sorgen machen, weil der Typ ein Idiot war und Michael nicht. Michael war ein lieber Kerl – er war einer der wenigen Freunde, die Henry Harris hatte, oder? Und jetzt …

Jetzt war er nicht mehr da, und es gab nichts, was sie tun konnte.

Die Tränen kamen plötzlich und sie kniff die Augen zusammen. „Warum …? Was ist nur mit den Leuten los?“ Die Frage klang wie ein Aufheulen, und ehe sie es sich versah, spürte sie Hände auf ihren Schultern und der Duft von Mamas Parfüm stieg ihr in die Nase. „Ella … ich bin hier.“

Ella wollte sich gegen den Trost ihrer Mutter wehren. Sie hatte sich nicht für Ellas letztes Schuljahr interessiert … hatte sich nicht nach ihrer Mitwirkung bei dem Theaterstück erkundigt oder gefragt, warum Jake nicht mehr vorbeikam. Und Henry Harris war ihr auch egal. Aber hier … jetzt … wollte Ella mehr als alles auf der Welt, dass ihre Mutter sie liebte. Sie konnte Michael nicht zurückholen, konnte ihn nicht im Auto mitnehmen oder ihn umarmen und ihm sagen, dass am Montag in der Schule alles in Ordnung sein würde. Dafür war es zu spät.

Aber für das hier war es nicht zu spät.

„Mama …?“ Ella drehte sich um und zum ersten Mal seit Langem klammerte sie sich an ihre Mutter, hielt sich an dem bisschen Leben fest, das sie noch gemeinsam hatten. Und dann – wie sie es manchmal als kleines Mädchen getan hatte – vergrub Ella das Gesicht an der Schulter ihrer Mutter und weinte.

Henry gefiel es, dass seine kleine Cousine Kate bei ihnen wohnte. Sie war glücklich, immer glücklich. Und sie behandelte ihn wie einen Freund. So, wie man einen Freund behandeln sollte. Außerdem gefiel es ihm, dass Kate zum Frühstück gerne Pfannkuchen mit Schlagsahne aß. Sogar an einem regnerischen Montagmorgen vor der Schule wie heute.

„Kann ich neben dir sitzen, Henry?“ Kate zupfte an seinem Ärmel, als er schon am Küchentisch saß und seine Karteikarten durchblätterte.

Kate hatte hübsches hellblondes Haar und blaue Augen, und manchmal hatte Henry das Gefühl, in einen Spiegel zu sehen, wenn er sie ansah, weil sie genau die gleiche blaue Augenfarbe hatte wie er und den kräftigen Teint. *Ja, Kate. Du kannst neben mir sitzen und wir können zusammen unsere Sahnepfannkuchen essen.*

„Okay.“ Kate zog einen Stuhl näher und setzte sich. „Heute ist ein Glücksmontag, weißt du warum?“

Warum? Henry hörte, wie die Musik einsetzte. Schöne Streicher und melodische Harfen. Kate hatte recht, dies war ein Glückstag. Die Musik war schon jetzt schöner als an den meisten anderen Tagen …

„Weil ich jetzt bei euch wohne, und das bedeutet, dass ich meine Mami und meinen Papa nicht so doll vermisse.“ Kates Augen funkelten, weil sie eine Mischung aus glücklichem Mädchen und Jesus in sich trugen. Funkelnde Augen. „Und weißt du, was noch?“

Was? Henry legte die Karten zur Seite. Seine Mutter machte die Pfannkuchen. Er konnte sie riechen, warm und süß, und der Duft verschmolz mit der Musik. Definitiv ein Glückstag.

„Ich habe eine SpongeBob-Brotdose. Und die ist die beste von allen.“

„Ich mag SpongeBob. Er lächelt immer.“

„Genau.“ Kate kicherte. „Genau wie du, Henry. Selbst wenn du nicht lächelst, kann ich dein Lächeln sehen. Weißt du, warum?“

Warum?

„Weil es die ganze Zeit in deinem Herzen ist.“ Sie lehnte sich näher zu ihm und ihre Stimme senkte sich zu einem Flüstern. „Ich kann dein Herz sehen, Henry. Das konnte ich schon immer.“

Ja, das war die andere Sache, die er an seiner Cousine Kate mochte. Sie konnte sein Herz sehen. Er nickte.

Zu schade, dass sein Vater nicht hier war, um den Tag mit ihnen zu verbringen. Aber irgendwann würde sein Vater nach Hause kommen und bis dahin würde er Liegestütze machen, wenn er seinen Vater brauchte. Denn *„So ist es gut, Henry, genau so. Das ist ein Liegestütz, nur dass du, wenn du älter bist, den Rücken gerade lässt. Sehr gut … wie die großen Jungen. Wenn du das mit drei Jahren schon kannst, kannst du alles. Absolut alles, Henry. Durch Liegestütze wirst du groß und stark wie ich, Kumpel. So ist's recht, mein Junge. Wenn du so weitermachst, wird sich nie jemand mit dir anlegen …“*

In einer Minute würden sie für die warmen, süßen Pfannkuchen danken und beten, aber zuerst wollte Henry für Kate beten. *Lieber*

Herr Jesus, ich mag meine Cousine Kate sehr gerne. Sie sieht das Lächeln in meinem Herzen. Und deshalb pass bitte richtig gut auf sie auf, ja? Mach, dass sie gesund bleibt und ihr nichts passiert. Ich weiß, dass du mich hören kannst, und ich weiß, dass du hier mit uns am Tisch sitzt. Du liebst mich, das weiß ich. Danke dafür. Dein Freund Henry Harris.

Die Musik spielte während des ganzen Frühstücks mit den Pfannkuchen und der Schlagsahne leise und beruhigend. Als sie fertiggegessen hatten, lächelte Henry seine Mutter an. Seine wunderbare Mutter. *Danke, Mama. Das war besonders gut.* Er tätschelte Kates kleinen blonden Schopf. Und dass Kate hier ist, ist besonders gut.

Es war zehn nach acht und das bedeutete Schule, denn Schule bedeutete, dass er um zehn nach acht losmusste, egal ob Kate da war oder nicht. Aber in der Schule war heute irgendetwas anders. Er betete für die anderen, als sie ausstiegen. Für Cheryl mit den Krücken und Dan im Rollstuhl und die anderen Kinder und für den Busfahrer. Weil auf dem Schild in der Kirche stand: „Betet dabei zu jeder Zeit und bittet Gott in der Kraft seines Geistes. Seid wach und hört nicht auf, für alle Gläubigen zu beten." Das stand auf dem Schild. Und darunter „Epheser 6,18." Hört nicht auf zu beten …

Also betete Henry. Immer wieder am Tag.

Aber nach all dem Beten und nachdem er zu seinem Unterricht im Sonderschultrakt gegangen war, bemerkte Henry etwas. Der Regen war nicht nur draußen, sondern auch drinnen. Und er war auf allen Gesichtern in den Gängen. Verregnete Augen und nasse Wangen. Als Henry sich zum Mittagessen mit Ella traf, hatten die Trommeln bereits angefangen zu schlagen. Langsam und gleichmäßig im Hintergrund, aber bereit, immer lauter zu werden. Trommeln bedeuteten, dass er seinen Vater brauchte, und vielleicht würden Liegestütze helfen.

Etwas stimmte nicht. Die anderen kamen schon um 11.53 Uhr zum Essen, und sonst kamen sie immer erst um 11.56 Uhr, da war der Zeitplan durcheinandergeraten, also stimmte eindeutig etwas nicht.

Er ging neben Ella auf die Hamburger-Schlange zu, denn montags gab es immer Hamburger. Die Trommeln waren leise, nicht zu heftig. Also fing er an zu singen. Nur für sich selbst und Ella, aber vor allem ließ diese Musik die Trommeln verstummen.

„Jesus liebt mich ganz gewiss …" Die Worte kamen schnell und stießen gegeneinander wie die Wagen bei einem Zugunglück.

„Henry …" Ella blieb stehen und sah ihn an. Ihre Augen sahen auch verregnet aus. „Weißt du, dass heute etwas nicht stimmt?"

Ja, Ella, das weiß ich. Weil heute alle verregnet sind. Aber ich bin nicht sicher, warum.

„Singst du?" Ellas Lippen verzogen sich zu einem kleinen, traurigen Lächeln.

Ich singe unser Lieblingslied. Kannst du die Worte hören? Henry sah sie an, und er konnte das kleine Mädchen sehen, das sie früher gewesen war. *Sing mit mir, Ella, ja?*

„‚Jesus liebt mich' – das singst du." Ella sah sich nicht um, ob jemand sie beobachtete. Sie blickte nur in seine Augen und sang mit. „Jesus liebt mich ganz gewiss … denn die Bibel sagt mir dies."

Das Lied hielt das ganze Mittagessen über an, auch als sie nicht mehr sangen. Später ging Henry zum Schauspielkurs und kam um 14.02 Uhr an Schließfach Nummer 3447 vorbei, aber kein Michael war zu sehen. Etwas stimmte nicht, weil Michael immer da war. Er kam aus Mathe II und ging um 14.02 Uhr an Schließfach 3447 vorbei. Er war jeden Tag dort, weil das sein Stundenplan war, außer an den Tagen, wenn Mr. Wiggins später Schluss machte, dann war es vielleicht 14.04 oder 14.06 Uhr. Henry blieb stehen und betrachtete Schließfach Nummer 3447.

Was war los? Wo war Michael heute? Er war nie krank, außer einmal im September, und dann erst, nachdem er drei Tage lang gehustet hatte. Also war er vielleicht krank und deshalb nicht hier. Henry sah auf seine Uhr. Vierzehn-null-fünf und es wurde immer später. Michael war heute nicht hier.

Henry hob den Blick zum Fenster. Es regnete nicht mehr. Die Sonne schien durch die Wolken und plötzlich sah Henry Michael so deutlich vor sich, als stände er neben Schließfach 3447. Er war heute glücklich, da war sich Henry beinahe hundertprozentig sicher. Ja, Michael war glücklich und verbrachte den Tag mit Menschen, die ihn liebten.

Weil dies ein Glückstag war und die Musik sogar bei all dem Regen glücklich war. „Jesus liebt mich"-Glück überall auf den Gängen und in den Klassenzimmern und in Ella und in ihm selbst. Er war schließlich der Prinz. Nicht das Biest. Und dies war ein Glücksmontag.

So, wie seine Cousine Kate es bei den Frühstückspfannkuchen heute Morgen gesagt hatte.

Dan Harris war seit fünf Stunden nicht mehr auf See vor der Alaska-Halbinsel. Genug Zeit, um zum Hafen zurückzukehren, einen Koffer mit Sachen zu packen und sich auf den Weg zum Flughafen zu machen. Henry brauchte ihn. Mehr hatte Tracy gestern am Telefon nicht gesagt, und da sie sowieso im Hafen Vorräte aufstocken mussten, hatte er seinem Kapitän gesagt, er brauche eine Woche, und den Flug gebucht.

Einer von Henrys Freunden hatte am Wochenende Selbstmord begangen.

„Ich bin nicht sicher, wie viel er versteht. Ella hat mir erzählt, dass er in der Schule den ganzen Tag über ‚Jesus liebt mich' gesungen hat. Und heute Morgen – bevor er etwas von dem Selbstmord wusste, habe ich mitbekommen, wie er mit der kleinen Kate gesprochen hat."

„Gesprochen?"

„Ja." Ein unbeschwertes Lachen, das er schon ganz vergessen hatte, schlich sich in ihre Stimme ein. „Er hat geredet, Dan. Sie hat ihm von ihrer SpongeBob-Brotdose erzählt, und Henry hat gesagt: ‚Ich mag SpongeBob. Er lächelt immer.'"

„Mit richtigen Worten?"

„Ja. Ich weiß." Sie lachte wieder, das ungehemmte mädchenhafte Lachen einer Mutter, die nicht mehr von Angst aufgefressen wird. „Er verändert sich, Dan. Du musst es mit eigenen Augen sehen."

Ella würde Henry an diesem Nachmittag nach Hause bringen,

damit Tracy Dan am Flughafen abholen konnte. Mit Kates Ankunft, dem Verlust eines Schulkameraden und der wiederbelebten Freundschaft mit Ella erlebte Henry gerade eine Menge Veränderungen. Als Vater hatte Dan viel von Henrys Leben verpasst, aber meistens machte ihm das nichts aus, weil er nicht glaubte, dass Henry es bemerkte, und weil Henrys Beeinträchtigungen Dan das Herz brachen.

Ein Sohn, der ihn nicht ansehen konnte? Der nicht reden und ihm nicht in die Augen schauen oder mit ihm lachen konnte? Ein Sohn der unerreichbar, unberührbar war, egal, was Dan versuchte, egal wie sehr er Gott anflehte?

Besser, auf See zu sein und für den Jungen zu beten und Geld zu verdienen, damit sich die Therapie und die Behandlungen und Übungen vielleicht irgendwann wie durch ein Wunder bezahlt machten. Aber jetzt … vielleicht erhörte Gott jetzt ihre Gebete doch noch. Und jede Stunde auf See, jeder Dollar, den er den Tiefen des Meeres mühsam abgerungen hatte, würde sich gelohnt haben. Wenn Tracy nur recht hatte. Wenn sie ihren Henry wirklich zurückbekamen.

Was auch immer sich an ihrem Sohn verändert hatte, Dan konnte es kaum erwarten, zu Hause zu sein. In zehn Stunden würde er es mit eigenen Augen sehen.

26

Am Dienstag nach dem Mittagessen saß Ella mit Schulleiterin Randi Richards zusammen, um die Gedenkfeier für Michael Schwartz zu planen. Niemand sonst hatte sich gemeldet und Ms. Richards sagte, es sei das erste Mal, dass jemand vorgeschlagen habe, für ein Selbsttötungsopfer eine Trauerfeier mit allen Schülern zu veranstalten.

„Es ist sehr schön, dass Sie das machen, Ella." Ms. Richards schien sehr mitfühlend. „Ich finde, die Zeit ist reif für eine solche Sache."

„Für Michael ist es zu spät." Ella war wütend auf sich selbst, wütend auf ihre Mitschüler und wütend auf die Verwaltung. Michael war zu Tode schikaniert worden und sie alle waren schuld daran. Ihre Miene war entschlossen. „Aber wir müssen es tun. Um den nächsten Michael Schwartz zu retten."

Die Trauerfeier sollte am Freitagmorgen – gleich als Erstes – in der Turnhalle stattfinden und war für alle Schüler Pflicht. Der Chor und das Schulorchester würden auftreten und Michaels Eltern würden dabei sein. Ein Mädchen aus dem Orchester sollte ein Flötensolo zu Michaels Ehren spielen, und Ms. Richards würde ein paar Worte sagen. Aber die eigentliche Ansprache würde von Ella kommen.

Sie hatte eine Menge zu sagen.

Aber der heutige Tag gehörte Henry.

Bevor er im Theaterraum erschien, bereitete sie auf der Bühne alles vor, und währenddessen kam Mr. Hawkins aus seinem Büro. Er sah anders aus, irgendwie weniger niedergeschlagen als sonst. „Miss Reynolds?" Er ging zu seinem Lehrertisch und zeigte auf den Stuhl ihm gegenüber. „Könnte ich Sie bitte kurz sprechen?"

Sie zögerte, aber nur ein paar Sekunden. „Klar." Sie hatte mit dem Schauspiellehrer noch nicht über Michael gesprochen. Am Montag hatten alle zu sehr unter Schock gestanden und die Probe war wie in einem Nebel vorübergegangen. Aber heute hatte sie das Gefühl, dass Mr. Hawkins Michaels Tod zu verarbeiten begann. Sie setzte sich und wartete.

„Ich hatte Michael zwei Jahre lang in meiner Klasse." Mr. Hawkins blickte an Ella vorbei zur offenen Tür des Klassenraums und zu den Schülern, die draußen auf dem Flur vorbeigingen. „Ich habe das Gefühl … dass ich mehr hätte tun können. Die meisten von uns hätten mehr tun können."

„Ja, Sir. So geht es mir auch." Ellas Kehle war wie zugeschnürt. Michaels Tod war so endgültig. Es gab kein Zurück mehr, nichts war mehr zu ändern an der Tatsache, wie er behandelt worden war und wie er sich gefühlt hatte. Das war für sie alle am schwierigsten zu verkraften.

Mr. Hawkins atmete tief durch die Nase ein und sah Ella dann mit einer neuen Entschlossenheit an. „Ich habe über Henry nachgedacht. Wenn Sie mir helfen, würde ich ihn gerne den Prinzen spielen lassen. Ich finde …“ Er zögerte und sein Kinn bebte ein wenig. „Ich finde, es ist das Richtige.“

Tränen traten in Ellas Augen und sie wäre am liebsten aufgesprungen und dem Lehrer um den Hals gefallen. Stattdessen faltete sie die Hände und nickte. „Ja … ja, ich kann Ihnen helfen.“ Sie wischte ein paar Freudentränen fort, die über ihre Wangen liefen. „Er schafft das … ich weiß, dass er es kann.“

„Ja.“ Mr. Hawkins räusperte sich. „Wenn es etwas gibt, was wir für Michael hätten tun können …“ Er ließ den Satz unvollendet. Dann hustete er, offensichtlich bemüht, seine Fassung wiederzugewinnen. „Wir fangen heute an. Und wir können das Skript anpassen, damit er singen kann. Was immer am besten funktioniert.“ Er nickte und seine Augen waren feucht. „Wir können es langsam angehen lassen.“

„Danke.“ Ella tupfte sich mit den Fingern die Tränen fort. Sie glaubte zu verstehen, wie Mr. Hawkins sich fühlte. Henry war noch hier, war am Leben und bei ihnen. Sie konnten nichts für Michael tun, aber vielleicht konnten sie in Henrys Leben etwas bewirken. Bevor es zu spät war.

Mr. Hawkins ging in sein Büro zurück, und wenige Minuten später erschien Henry im Türrahmen. Er hatte seit letzter Woche nicht mehr mit ihr gesprochen. Den ganzen Montag über hatte er nur gesummt und leise „Jesus liebt mich“ gesungen. Vielleicht verstand er nicht, was Selbstmord bedeutete, aber er wusste, dass Michael nicht mehr da war, und ihm war bewusst, dass die Schüler um ihn herum traurig waren, das wusste Ella.

Seit einiger Zeit wartete sie nicht mehr mit der Musik, bis er da war. Für Henry war es am besten, wenn das Stück schon lief, also schaltete sie sein Lieblingslied ein – die Titelmelodie. Während die Instrumente leise im Hintergrund erklangen, rief sie ihn.

„Kannst du bitte mal herkommen, Henry?"

Er blickte auf und sah sie an. „Okay."

Erleichterung machte sich in ihr breit. Sie hatte Angst gehabt, wenn er das mit Michael verstand, würde er sich wieder zurückziehen. Sie könnten all die Fortschritte, die sie gemacht hatten, wieder verlieren. Aber er sprach wieder, was bedeutete, dass Gott immer noch ein Wunder an Henry tat. *Bitte, Gott … Heute ist ein großer Tag*. Ella sprach das Gebet kurz und still in ihrem Herzen und wartete, bis Henry bei ihr auf der Bühne war. „Mr. Hawkins sagt, du kannst in dem Stück den Prinzen spielen. Das kann deine Rolle sein, in Ordnung?"

Henry knetete die Finger seiner Hand und bewegte den Oberkörper ein paarmal vor und zurück. Dann drehte er sich zu der Musik um und seine Unruhe legte sich. Wieder begegnete sein Blick ihrem. „Ich bin der Prinz, Ella."

„Ich weiß." Sie unterdrückte ein breites Lächeln. „Das habe ich Mr. Hawkins auch gesagt."

„Kann ich singen?"

„Ja, Henry." Die Rolle verlangte eigentlich kein Solo. Im Skript sagte der Prinz nur ein paar Zeilen und tanzte dann mit Belle, während der Chor den Titelsong wiederholte. „Du kannst das ganze Lied singen."

„Und wir können tanzen?" Ein Lächeln zuckte um seine Mundwinkel, und seine schönen Augen leuchteten heller denn je.

„Bis ganz zum Ende."

„Wir haben früher getanzt, Ella. Du und ich. Auf einer grünen Wiese. Mit der Sonne auf unseren Gesichtern und dem Lachen und ‚Jesus liebt mich'. Daran erinnere ich mich."

Immer wenn Ella glaubte, ein ganz normales Gespräch mit Henry zu führen, sagte er etwas, das sie an die Wahrheit erinnerte. Nichts an ihm war gewöhnlich. Auf einer grünen Wiese tanzen? Erinnerte er sich wirklich daran oder entsprang dieser Gedanke seiner Fantasie, einer Vorstellung aus der Welt, aus der er auftauchte? Wie auch immer, sie würde den Inhalt nicht infrage stellen. „Das ist schön. Ich bin froh, dass du dich daran erinnerst."

Sie trat in die Mitte der Bühne. „Kennst du das Ende des Stücks?"

„Märchen schreibt die Zeit …", sang Henry als Antwort.

„Genau, richtig." Ella würde die ganze Zeit beten müssen. Henry wollte die Rolle. Er glaubte, dass er der Prinz war. Aber das Publikum zu überzeugen, dafür brauchte es Gottes Hilfe. Sie fasste sich ein Herz. „Das Biest wird also hier mit mir zusammen auf der Bühne sein und es wird aussehen, als wäre es gestorben. Dann gibt es Nebel und einen Vorhang und das Biest steht auf und geht. Aber niemand im Publikum weiß das. Und dann kommst du und es gibt ein Happy End." Sie fragte sich, ob sie ihm zu viele Informationen auf einmal gegeben hatte.

Henry sang eine Zeile aus *Die Schöne und das Biest*, einen Text, der davon handelte, eine Freundschaft zu finden, wenn es am unwahrscheinlichsten erscheint.

„Genau." Ella biss sich auf die Lippe. Henrys Stimme ließ ihre Knie weich werden, aber sie war nicht überzeugt, dass er ihre Anweisungen verstanden hatte. „Lass es uns einmal durchspielen." Die Musik lief im Hintergrund weiter, während sie auf die Stelle unmittelbar vor ihr zeigte. „Sei mein Prinz, Henry, okay?"

Er nickte. „Ich bin dein Prinz, Ella." Er stellte sich vor sie hin und streckte die Hände aus.

Ella grinste. Dies war ein Sieg, denn Henry musste zumindest etwas von dem, was sie gesagt hatte, verstanden haben, sonst hätte er nicht die Hände ausgestreckt. Vorsichtig ergriff sie seine Finger und wartete, bis das Lied anfing. Dann setzte sie mit ihrer professionellsten Stimme ein: „Du … du bist es? Du lebst!"

An dieser Stelle war im Skript ein Kuss vorgesehen, aber Ella würde das nie erzwingen. Für Henry war es schon eine Leistung, sie an den Händen zu halten. Er hielt den Blickkontakt mit ihr und fing genau an der richtigen Stelle an zu singen. „Märchen schreibt die Zeit … in des Dichters Kleid."

Ella hörte zu, ganz gefangen von dem Lied und seiner Botschaft. Wenn Henry das hinbekam, würde es kein traditionelles Ende des Stücks geben, sondern etwas viel Besseres. Sie fragte sich, wie sie ihn dazu bringen sollte, mit ihr zu tanzen, aber als er zu dem Text

„eine Überraschung“ kam, begann er in einem weiten, vollkommenen Kreis mit ihr zu tanzen, als hätte er sein ganzes Leben lang getanzt. Er hielt den Takt und sang weiter, während er sie auf der Bühne im Kreis führte.

Irgendwann kurz vor Schluss betrat Mr. Hawkins den Raum. Er hielt sich zurück, sah aber zu, und Ella war sicher, dass er mit den Tränen kämpfte. Als das Lied zu Ende war, betätigte Ella die Wiederholungstaste, damit die Musik weiterlief. Henry blieb stehen, ein wenig außer Atem, und sah Mr. Hawkins an. Soweit Ella sich erinnern konnte, war es das erste Mal, dass er den Lehrer direkt ansah. „Ich bin der Prinz.“

„Ja, Henry.“ Mr. Hawkins grinste etwas und schien erneut um Fassung zu ringen. „Ich glaube, Sie werden der beste Prinz sein, den wir je hatten.“

Henry nickte. „Das werde ich.“ Dann kletterte er von der Bühne und ging zu seinem Platz hinten im Raum.

Diese Szene stand heute auf dem Probenplan, und als der Kurs etwas später begonnen hatte, stellte Mr. Hawkins sich vor seine Schüler. „Ich möchte eine Entscheidung in Sachen Besetzung bekannt geben.“ Er wartete, bis er die Aufmerksamkeit aller hatte.

Ella warf Henry einen Blick zu. Er blickte auf seine Hände hinunter und wiegte sich auf seinem Platz in der hinteren Reihe leicht vor und zurück. *Bitte, Gott … lass ihn verstehen, was er tun soll … Mach, dass es eine gute Erfahrung für ihn wird.* Seine Mitschüler hatten noch nie gesehen, wozu Henry fähig war, und sie war ziemlich sicher, dass keiner von ihnen verstehen würde, was Mr. Hawkins verkünden wollte. „Angesichts meiner jüngsten Gespräche mit Ella Reynolds habe ich beschlossen, dass die Rolle des Prinzen an Henry Harris geht.“

Die Kursteilnehmer saßen schweigend da – wahrscheinlich zu verblüfft, um sich zu rühren oder etwas zu sagen. Aber hinten im Saal begann Henry zu klatschen. Zuerst leise, dann energischer. Schließlich stand er auf, blickte zwischen Mr. Hawkins und Ella hin und her und klatschte mit großer Begeisterung. Ella wollte an seine Seite eilen, um ihn vor dem Hohn und den gemeinen Bemerkungen, die sicherlich gleich kommen würden, in Schutz zu nehmen. Aber bevor sie noch etwas tun konnte, fingen drei Mädchen in der zweiten Reihe ebenfalls an zu klatschen, und gleichzeitig stimmten ein Junge in der ersten Reihe und zwei weitere Schüler in der dritten Reihe ein. Nach wenigen Sekunden war der ganze Raum in überschäumenden Applaus ausgebrochen.

Mr. Hawkins schien zur gleichen Zeit wie Ella zu begreifen, was geschehen war. Henry klatschte nicht für sich selbst. Er und alle anderen Schüler im Raum klatschten, weil Mr. Hawkins das Richtige getan und einem Jungen wie Henry eine Rolle in dem Stück gegeben hatte.

An diesem Tag waren schon so viele erstaunliche Dinge geschehen, dass Ella sich kaum wunderte, als sie die Szene probten und Henry genau im richtigen Moment auf die Bühne kam und seine Rolle spielte – genau so, wie er es vorher getan hatte, als der Saal leer gewesen war. Nie im Leben würde Ella die erstaunten Mienen ihrer Mitschüler vergessen. Sie selbst wusste längst, was in Henry Harris steckte, aber die anderen sahen es zum ersten Mal. Die Wahrheit war, dass Henry kein Biest war. Egal wie merkwürdig oder unbeholfen er schien.

Er war ein Prinz.

Ella hatte Henry noch nie von der Schule nach Hause gebracht. Sie war schon bei ihm zu Hause gewesen und hatte ihn und seine Mutter besucht. Aber heute waren seine Mutter und seine Cousine Kate am Flughafen, um Henrys Vater abzuholen. Henrys Mutter hatte ihr den gewohnten Ablauf genau erklärt.

„Erst kommt der Imbiss – alles steht fertig vorbereitet im Kühlschrank. Dann der Film." Sie erklärte, dass Henry den Zeitplan jedes Schritts genau kannte und dass er unruhig wurde, wenn der Ablauf sich auf irgendeine Weise änderte. „Der Film ist im DVD-Spieler – er sieht ihn jeden Tag an. Es ist derselbe, den er seit zehn Jahren anschaut."

Teil von Henrys Routine zu sein, war etwas, worauf Ella sich schon den ganzen Nachmittag gefreut hatte. Schon jetzt war es ein

Tag voller Meilensteine gewesen – Augenblicke, von denen sie seinen Eltern so bald wie möglich berichten wollte. Sie fand Henrys Snack im Kühlschrank, wie seine Mutter es versprochen hatte, und setzte sich neben ihn, während er seine Rosinen aufreihte und anschließend eine nach der anderen aß.

„Du wirst einen richtig guten Prinzen abgeben." Sie verschränkte die Arme und beobachtete ihn.

Er blickte nicht gleich auf.

„Der ganze Kurs war stolz auf dich."

Er sang eine Liedzeile, vielleicht die vielsagendste von allen, nämlich den Teil des Liedes, der besagte, dass Veränderung möglich war und dass der erste Eindruck oft täuschte.

Ella sah ihn erstaunt an. Dies war kein willkürlich gewählter Text, wie man vielleicht glauben könnte, wenn man Henry nicht kannte. Er sagte ihr etwas, das tiefer ging als seine Liebe zur Musik und seine Begeisterung für das Stück, das sie aufführten. Der Gedanke, dass Henry Harris so viel in sich verbarg, war für seine Schulkameraden wahrscheinlich ungewohnt und zwiespältig. Aber die Wahrheit war, dass man die Schönheit im Innern eines Menschen übersehen konnte. So wie sie sie bei Henry übersehen hatten.

„Ja, Henry." Sie nickte mit Tränen in den Augen. „Da hast du völlig recht."

Als er aufgegessen hatte, gingen sie ins Wohnzimmer und Henry steuerte auf den Platz zu, auf dem er seiner Mutter zufolge immer saß, wenn er den Film sah. Doch diesmal hielt er inne und setzte sich stattdessen neben Ella aufs Sofa. Er sagte nichts, sondern konzentrierte sich auf den Bildschirm und wartete.

Ella nahm die Fernbedienung und drückte auf die Starttaste. Sie hatte Henrys Mutter nicht gefragt, was für ein Film es war, den er gerne sah, aber sie vermutete, dass es ein Trickfilm oder etwas von Walt Disney war. Etwas Beruhigendes, um sich von dem langen Tag in der Schule zu erholen. Aber stattdessen waren die Bilder, die auf dem Fernseher erschienen, Aufnahmen aus alten selbst gedrehten Filmen. Ella hätte vielleicht gar nicht erkannt, wer die Kinder in dem Film waren, wenn sie nicht vor einigen Monaten die Fotoalben gefunden hätte.

Ein kleiner Junge und ein kleines Mädchen liefen herum und spielten Fangen, und Ella brauchte nicht lange um zu begreifen, was sie dort sah. Die Kinder waren sie und Henry. Sie lehnte sich vor, die Ellbogen auf ihre Knie gestützt. Dies war der Film, den Henry jeden Tag sah? Aufnahmen von ihnen beiden als Kinder? Jeden Tag in den letzten zehn Jahren?

Plötzlich aufsteigende Tränen schnürten ihr die Kehle zu, und sie blinzelte, damit sie klarer sehen konnte. Jetzt waren andere Bilder zu sehen, auf denen sie und Henry sich bei den Händen hielten und sangen. Sie sangen „Jesus liebt mich". Henry wandte sich ihr zu und sagte: „Unser Lieblingslied."

„Ja." Die Tränen liefen ihr über die Wangen, aber Ella bemerkte sie kaum. Wieder wechselte die Einstellung und jetzt waren sie und Henry auf einem sonnigen grünen Hügel zu sehen, und sie lachten und sangen und Henry blieb stehen und nahm ihre Hände und …

Und sie tanzten.

Sie und Henry mit der Sonne auf ihren Gesichtern und Lachen und „Jesus liebt mich". Genau so, wie Henry es gesagt hatte. Dies war die Freundschaft, die sie miteinander verbunden hatte, als sie Kinder waren, die Freundschaft, die Henry in den vergangenen zehn Jahren jeden Tag in Gedanken noch einmal erlebt hatte. Das Leben, das er tief in seinem Innern eingeschlossen führte.

Wieder drehte er den Kopf zu ihr um. „Das ist unser Tanz, wenn …" Er verstummte und musterte ihr Gesicht.

Es war ihr unangenehm, seine Routine zu durchbrechen. Er konnte unmöglich verstehen, warum sie weinte und wie sie all das, was der Film ihr über die Vergangenheit und über ihre verlorene Freundschaft erzählte, verarbeitete. In Henry steckte mehr, als alle glaubten, aber die Komplexität ihres gebrochenen Herzens konnte er bestimmt nicht verstehen, da war sie sicher.

Aber noch während sie sich das sagte, streckte Henry den Arm aus und ergriff ihre Hand. Er sah sie lange an, so, wie er es gelernt hatte. Und er sah nicht die Ella Reynolds, die sie heute war, sondern das kleine Mädchen, das seinen Freund verloren hatte, als es drei Jahre alt war. Er hielt ihre Hand, bis der Film zu Ende war, und da wusste Ella, dass sie sich geirrt hatte. Henry verstand sie.

Er verstand vielleicht mehr als jeder andere Mensch in ihrem Leben.

27

Jetzt, wo Henry bereit war zu singen, lernte Ella schnell, dass seine Fähigkeit als Darsteller keine Grenzen kannte. Die Musik war in Henry, wo sie immer schon gewesen war. Und jetzt – auf der Suche nach einem Wunder – hatten sie sie in einem Lied gefunden. Aus diesem Grund probten Ella und Henry mittwochs und donnerstags im Anschluss an den Unterricht mit dem Schulorchester, und als der Freitag und damit die Trauerfeier für Michael näher rückte, waren sie und Henry darauf vorbereitet, die gesamte Schülerschaft zu überraschen.

Ella erschien früh und begrüßte Michaels Mutter. Die Frau war in dunklem Grau gekleidet, aber die Ringe unter ihren Augen waren noch dunkler. Sie umarmte Ella und dankte ihr dafür, dass sie die Gedenkfeier organisiert hatte. „Es macht mich glücklich … dass er jemandem nicht egal war." Sie brauchte ein Taschentuch und ihre Augen waren gerötet, wahrscheinlich vom tagelangen Weinen. „Dass Michael wenigstens einen Freund hatte."

„Er hatte mehr als einen." Ella dachte an LaShante – und ihren Entschluss, Michael beim Flötespielen zuzuhören. „Es gibt Menschen, die ihn mochten. Wir wussten nur nicht, wie wir es ihm zeigen sollten."

Die Frau nickte. „Jedenfalls danke." Sie setzte sich auf ihren Platz in der ersten Reihe, ein paar Meter vom Podium entfernt. Ella saß drei Reihen weiter hinten, neben Henry und seinen Eltern. Sein

Vater war noch in der Stadt, ein netter, stiller Mann, der sich jedes Mal, wenn sie sich sahen, bei Ella bedankte. Henry hatte noch immer nicht mit seinem Vater gesprochen, aber das würde irgendwann kommen, daran glaubte Ella ganz fest. Gott fing gerade erst an, was Henry betraf.

Einige Minuten später trafen die Schulklassen ein. Ella lehnte sich auf ihrem Stuhl zurück und beobachtete und lauschte. Die meisten Schüler wirkten ein wenig verlegen und betraten die Sporthalle ernster als sonst. Aber einige Jugendliche unterhielten sich auch, tippten auf ihren Handys herum, lachten oder stießen sich an, während sie über irgendetwas kicherten. Als wäre dies eine Schulversammlung wie jede andere. Ein Grund, keinen Unterricht zu haben, sonst nichts.

Ihr Blick fiel auf Jake und seine Freunde. Sie flüsterten und lachten und zeigten auf eine Gruppe Mädchen aus dem zweiten Highschooljahr. Ella unterdrückte ihre Wut. *Bitte, Gott … verändere sie heute. Zeig ihnen, was sie mit Michael verloren haben … bitte lass dies keine Zeitverschwendung sein.*

Ms. Richards wartete, bis die Halle gefüllt und jeder Sitzplatz von den beinahe dreitausend Schülern besetzt war. Dann stand sie auf und ging zum Podium. Sie dankte allen für ihr Erscheinen und erklärte, dass die nächste Stunde dem Andenken von Michael Schwartz gelten solle. Dann sagte sie den Chor an.

Ungefähr zur gleichen Zeit schlüpfte ein Mann in die erste Reihe und setzte sich neben Michaels Mutter. Sein Vater, vermutete Ella.

Etwa zwei Dutzend Schüler stellten sich auf den Podesten der Bühne auf, und zwei große Leinwände wurden auf beiden Seiten heruntergelassen. Dies war ein Teil der Trauerfeier, den Michaels Mutter zusammen mit Ms. Richards geplant hatte. Eine Diashow aus Michaels Leben. Der Chor sang ein Lied von Rascal Flatts mit dem Titel „Why“. In dem Lied ging es um den Selbstmord eines Freundes, und es stellte die Frage, „warum du mitten im Lied von der Bühne abtreten musstest“.

Die Musik setzte ein, und überall in der Halle sah Ella, wie Jugendliche ihre Mobiltelefone sinken ließen, verstummten und allmählich aufmerksam wurden. Nicht alle, aber mehr als vorher. Die Bilder zeigten ein lächelndes Baby, dann Michael als kleinen Jungen auf einem Riesenrad und in der Schule mit dem selbst gemalten Bild eines Dinosauriers in der Hand. Michael in der Mittelstufe im Trainingsanzug und mit seinem Vater beim Angeln an einem idyllischen See. Eins nach dem anderen erzählten die Fotos die Geschichte eines Jungen, der Hoffnungen und Träume, glückliche Zeiten und Fortschritte erlebt hatte wie jeder andere Schüler in der Turnhalle. Das letzte Foto hatte wahrscheinlich der Leiter des Orchesters gemacht. Darauf spielte Michael Flöte, zusammen mit den anderen Bläsern.

Als das Lied zu Ende war und es still wurde in der Halle, stellte Ella erstaunt fest, dass sie immer noch hörte, wie einige Jugendliche sich unterhielten. Ella wischte sich verstohlen die Tränen aus den Augen. Wenn die Diashow und das Lied ihre Herzen nicht berührten, was sollte dann eine Wirkung auf sie haben? *Gott, bitte … gebrauche mich heute … Wenn sie überhaupt dazu fähig sind, etwas für andere Menschen zu empfinden, dann lass es hier geschehen.*

Das Orchester kam als Nächstes, und die Schüler betraten mit ihren unterschiedlichen Instrumenten die Bühne. Ella ertappte sich dabei, wie sie nach Michael Ausschau hielt. Er sollte dort oben sitzen, dachte sie. Michael mit seiner Querflöte. Sie blickte auf die Reihe hinunter, in der Michaels Mutter saß. Sie hatte die Arme vor ihrer Brust gekreuzt und zwischen ihr und Michaels Vater schien eine Mauer zu stehen. Wie oft hatten sie gemeinsam bei Michaels Aufführungen gesessen, fragte Ella sich. Und wünschten sie in diesem Augenblick – so wie Ella es tat –, sie hätten noch einmal die Möglichkeit, Michael spielen zu hören?

Das Orchester spielte einen Titel, den der Leiter ausgesucht hatte – „Amazing Grace“. Es war kein Lied, das normalerweise in der städtischen Highschool erklang, aber niemand beschwerte sich, und Ms. Richards hatte es abgesegnet. Schließlich war es eine Trauerfeier. Das Lied ging zu Ende und Ella lehnte sich zu Henry hinüber. „Bist du bereit, Henry?“

Er wiegte sich ein paarmal vor und zurück und summte leise die vertraute Melodie, an der sie gearbeitet hatten.

„Du bist als Nächstes dran, okay?“

Es sah sie an und dann wieder auf seine Hände.

Ms. Richards hatte beschlossen, dass Ella das nächste Stück ansagen würde. Ella holte tief Luft und ging zum Podium. In der Hand hielt sie ein gefaltetes Blatt Papier, und als sie ihren Platz auf der Bühne einnahm, sah sie etwas, das ihr einen Schock versetzte. Ein paar Reihen weiter hinten saß auf dem äußersten Platz ihre eigene Mutter. Sie hatte ein Taschentuch auf ihre Augen gepresst. Ella zwang sich zur Konzentration. „Hallo. Mein Name ist Ella Reynolds.“

Jemand in den hinteren Reihen stieß einen lauten, anerkennenden Pfiff aus.

Ella ignorierte das Geräusch. „Ich möchte jetzt Susan Sessner auf die Bühne bitten.“

Ein paar Leute weiter hinten kicherten, vor allem in der Ecke, wo die Sportler saßen. Susan hatte vielleicht hundert Pfund Übergewicht und ihre Haare wirkten immer ein bisschen zu fettig, aber ihre leuchtenden Augen trotzten den Hänseleien, denen sie hier jeden Tag ausgesetzt sein musste. Bestimmt hatte Susan manche Nacht in ihr Kissen geweint. Aber sie war auch eine tolle Flötistin. Mit einem Selbstbewusstsein, das Ella überraschte, betrat Susan mit ihrer Flöte die Bühne und wartete.

Aus einer anderen Ecke der Turnhalle war wieder Gelächter zu hören.

„Wisst ihr …“, Ella versuchte ihre Wut zu beherrschen, „ich kann euch hören. Wie unhöflich ihr seid.“ Ihre Stimme klang leidenschaftlich und lauter, stärker als vorher. „Wie wäre es, wenn ihr wenigstens einmal ruhig seid?“ Die Schärfe ihrer Aufforderung brachte die Anwesenden zum ersten Mal an diesem Morgen zum Schweigen. Ella zögerte. „Danke.“ Sie sammelte sich und besann sich auf ihre Rede, während sie auf das Blatt Papier in ihrer Hand starrte. „Soweit wir wissen, hat Michael kurz vor seinem Tod noch Flöte gespielt.“ Sie blickte ganz bewusst in die Richtung, wo Jake und seine Freunde saßen. Endlich waren auch sie verstummt. Die meisten von ihnen hatten den Blick gesenkt. Ella fuhr fort:

„Michael hat Flöte gespielt, weil er es gut konnte und weil er es gern tat."

In der ersten Reihe massierte Michaels Vater seine Stirn mit Daumen und Zeigefinger. Offenbar hatte er Mühe, seine Fassung zu bewahren, und Ella vermutete, dass seine Gefühle mit einer bestimmten Geschichte zusammenhingen. Vielleicht mit der Flöte.

„Das Lied, das Michael besonders gerne mochte, war ‚O Heilige Nacht.'" Sie zögerte und war sich der Stille in der Halle sehr bewusst. „Er hat sich darauf gefreut, es beim Weihnachtskonzert zu spielen." Sie entfaltete den Zettel in ihrer Hand. „Dies … die Noten und der Text … waren das Einzige, was aufgeschlagen auf seinem Bett lag. Sein letztes Lied." Ella nickte Susan zu, und das Mädchen begann leise die Melodie von „O Heilige Nacht" zu spielen. Während sie das tat, ließ Ella den Blick über die erste Stuhlreihe schweifen. „Du kannst jetzt herkommen und singen, Henry."

Als sie Henrys Namen erwähnte, war wieder eine Welle aus Flüstern und Kichern zu hören, laut genug, dass es die eindringlichen, aber leisen Klänge von Susans Flöte übertönte. Ella durfte nicht wütend werden, denn dann würde Henry Angst bekommen und die Chance wäre vertan. *Bitte, Gott* … Ella atmete langsam aus und sagte mit freundlicher, aber lauter und klarer Stimme. „Ihr glaubt nicht, dass Henry Harris singen kann?" Ihre Worte waren voller Leidenschaft. „Nur weil er anders ist als ihr … weil er Autismus hat?"

Mit einem Mal verstummten die Schüler. Die einzige Antwort auf Ellas Frage war ein verlegenes Schweigen, das die riesige Halle füllte. Ella spürte, wie ihr Zorn sich legte. Sie lächelte, als Henry neben sie trat. Er hob die Hände unters Kinn und bewegte die Ellbogen auf und ab. Ella lehnte sich vom Mikrofon weg. „Du kannst später beten, Henry", flüsterte sie. „Es ist in Ordnung."

Er nickte, indem er sich ein wenig vor- und zurückwiegte. Und er ließ die Hände sinken. Ella wandte sich an das Publikum. „Ja, Henry ist anders." Sie machte eine Pause und die Tränen schnürten ihre Kehle zu. „Michael war auch anders. Und wenn ihr euch umseht, sind viele von uns anders. Aber wir können gleichzeitig eine schöne Stimme haben … ein schönes Lied singen." Wieder wartete sie, bevor sie weitersprach, und sah in die Runde. „Versteht ihr, was hier geschieht?"

Die Schüler rutschten unbehaglich auf ihren Sitzen.

„Wir haben Michael Schwartz verloren, weil niemand sich die Zeit genommen hat, ihn zu lieben. Ihm Respekt zu zeigen." Ihre Stimme bebte, aber sie zwang sich weiterzusprechen. Die Botschaft war zu wichtig, als dass sie jetzt aufhören konnte. „Niemand hat sich die Zeit genommen, seinem Lied zuzuhören." Sie schniefte und hatte Mühe, ihre Stimme unter Kontrolle zu bekommen. Konnten sie es denn nicht begreifen? War es ihnen egal? Michael war nicht mehr da, und es gab kein Zurück mehr, keine Möglichkeit, es an ihm wiedergutzumachen. Aber für Henry oder Susan oder jeden anderen Jugendlichen in Fulton, der dringend Liebe und Annahme brauchte, war es nicht zu spät.

„Wir …" Sie zeigte mit dem Finger auf sich selbst, „wir haben Michael Schwartz im Stich gelassen." Ein paar leise Schluchzer ließen ihren Körper erzittern. Sie sah Michaels Eltern an. „Es stimmt. Wir haben ihn im Stich gelassen." Sie hob den Blick wieder zu den Schülern auf. „Wir alle haben ihn im Stich gelassen. Aber Henry brauchen wir nicht im Stich zu lassen. Wir … wir brauchen uns gegenseitig nicht im Stich zu lassen."

Ella sah, wie einige Mädchen sich verstohlen über die Augen wischten. Offensichtlich kam die Botschaft an – wenigstens bei einigen von ihnen. Sie selbst machte sich nicht die Mühe, ihre Tränen zu verbergen. Es war ihr egal, dass sie weinte, sie würde trotzdem weitersprechen. „Henry ist ein sehr … sehr schöner Mensch." Sie sah ihre Mutter an und spürte das Herzeleid für sie beide. Die Jahre ohne Henry und seine Familie waren ein Verlust, mit dem sie immer würden leben müssen. „Er ist nur … er ist in sich selbst eingeschlossen."

Henrys Vater legte den Arm um die Schultern seiner Frau.

„Aber wisst ihr was?" Ella konnte kaum noch sprechen. „Henry ist nicht der Einzige." Sie blickte ganz bewusst zu Jake und seinen Anhängern hinüber, und ihre Stimme wurde vor Überzeugung lauter. „Viele Jugendliche sind gefangen. Und es wird Zeit, dass wir das ändern … Wir müssen einander lieben. Respektieren. Jetzt … wo wir die Zeit dazu noch haben." Sie schniefte. „So wie wir Michael Schwartz hätten lieben sollen."

Während sie dort stand und von ihren Tränen überwältigt wurde, spürte sie, wie Henry die Hand ausstreckte. Wie vor ein paar Tagen in seinem Wohnzimmer nahm er langsam ihre Hand. Die Berührung seiner Finger war alles, was sie brauchte, um ihre Fassung wiederzuerlangen. *Gott, ich danke dir für Henry …* Heute würde das Gute siegen … das würde es. Mit Gott und Henry und allem, was in seinem Leben geschah, musste sie das einfach glauben. Egal, was aus der Schülerschaft der Fulton Highschool wurde.

„Wir müssen zusammenhalten. Denkt darüber nach. Bitte." Ella gab Susan ein Zeichen, und das Mädchen nickte. Sie holte tief Luft und spielte jetzt lauter als vorher, mit einem klaren, vollen Klang, der die unangenehme Stille füllte und die leisen Schluchzer unter den Schülern überdeckte.

Ella reichte Henry das Mikrofon und trat zur Seite. „Du schaffst das", flüsterte sie. „Ich bin hier."

Henry blickte auf seine Füße hinunter, hielt das Mikro fest umklammert und fing an zu singen. „O Heilige Nacht, die Sterne hell erstrahlen … dies ist die Nacht, da unser Retter kam." Jedes Wort war klar und deutlich, jeder Ton wunderschön gesungen. Ella kämpfte erneut mit den Tränen, während die Schüler in der Sporthalle sich aufrichteten und über das staunten, was sie hörten. *Seht ihr?*, hätte sie am liebsten laut gerufen, *Henry kann singen. Und er ist nicht der Einzige, der ein Lied in sich trägt.*

Während Henrys Lied sich entwickelte, wuchs auch sein Selbstbewusstsein. Er sah Ella an und dann Susan, die Flötistin. Dann wanderte sein Blick in die erste Reihe und er sang Michaels Mutter zu. „Die Hoffnung lebt, die müde Welt frohlocket … denn es bricht bald ein neuer Morgen an."

Michaels Mutter nickte, während ihr die Tränen über die Wangen liefen. Ella sah, dass Henrys Eltern sich bei den Händen hielten und dass auch sie weinten. Dann fand ihr Blick ihre eigene Mutter.

Sie war von Henrys Darbietung ebenso berührt wie alle anderen im Raum. Vielleicht sogar noch mehr. Ella holte tief Luft und die Tränen liefen ihr übers Gesicht. Dies war, was sie gebraucht hatten, sie alle. Henrys Lied.

Er blickte von seinen Eltern zu den Schülern im Publikum. „Wahrlich, er lehrte uns einander lieben … Liebe und Frieden lässt Jesus gedeih'n …"

Henry hatte noch nie so schön geklungen, bei keiner ihrer privaten Proben. Es war, als hätte er sein ganzes Leben gelebt, um dieses Lied zu singen, um seinen Schulkameraden in dieser ihrer dunkelsten Stunde die Botschaft wahrer Hoffnung und Güte weiterzugeben. Bei Henry war es so, dass jedes Wort zählte. Er sprach nicht viel – obwohl Ella glaubte, dass er es irgendwann tun würde. Aber sein Herz sprach durch die Musik, und die Botschaft war jetzt unmissverständlich.

„Er bricht die Ketten, hat Freiheit gegeben … In seinem Namen wird kein Leid mehr sein …"

Ella war es, als wäre Gott selbst im Publikum, als würde sein Heiliger Geist die Halle mit einem Bewusstsein und einem Gefühl der Erkenntnis und des Mitgefühls überfluten, das vor diesem Tag auf dem Campus von Fulton undenkbar gewesen wäre. Henry Harris sang mit seiner ganzen Seele, und wenn dies ein Fernsehwettbewerb gewesen wäre, hätten die Juroren geweint – davon war Ella überzeugt.

Das Lied endete und Ella brauchte sich keine Gedanken darüber zu machen, ob sie Henry umarmen sollte. Er legte den Arm um ihre Schultern und drückte sie einige Sekunden lang an sich. Gleichzeitig fingen die Schüler an zu klatschten. Zuerst nur ein paar an verschiedenen Stellen der Turnhalle, dann immer mehr, und schließlich dröhnte die Halle von einem Applaus, wie ihn nicht einmal die Spieler beim Basketballfinale erhielten.

Das Geräusch sagte Ella, dass zumindest ein Teil von dem, was sie an diesem Morgen gesagt hatte, zu den Schülern durchgedrungen war. Davon war sie überzeugt. Henry schien von dem Applaus verwirrt, beinahe so, als hätte er nichts damit zu tun. Und diesmal klatschte er nicht mit, sondern nahm die Noten und den Text von „O Heilige Nacht“, kletterte von der Bühne und ging wieder zur ersten Reihe. Als er bei Michaels Mutter angekommen war, blieb er stehen und reichte ihr das Blatt Papier. Dann setzte er sich neben seine Eltern.

Ella hatte noch eine längere Rede vorbereitet, aber angesichts von Henrys Lied und all dem, was sie schon gesagt hatte, wollte sie nur noch eine Sache loswerden. „Im kommenden Frühjahr wird es in Fulton ein Musical geben – *Die Schöne und das Biest*.“ Sie war jetzt gefasster, und die Tränen hielten sie nicht auf. „Es ist eine Geschichte, in der es darum geht, andere nicht nach ihrem Äußeren zu beurteilen.“ Sie sah, dass Henry sie anblickte, und sie lächelten einander zu. „Und das wollen wir darum nicht tun, weil in den nicht so vollkommenen Leuten ein Prinz versteckt sein könnte.“

Die Schüler hörten zu.

„Im Frühjahr brauchen wir euch – die anderen von der Schauspieltruppe und ich. Ihr müsst zu der Aufführung kommen. Sonst wird diese Schule das Theaterprogramm streichen, und dann haben Leute wie Michael und Henry und Leute wie ich keinen Ort mehr, an dem sie singen können.“

Sie zögerte, fuhr aber dann unerschrocken mit ihrer Bitte fort. „Wenn ihr wegen Michael Schwartz ein schlechtes Gewissen habt oder das Gefühl, dass ihr, wenn ihr noch einmal die Chance hättet, ihm zulächeln oder mit ihm sprechen oder ihn gegen Spott verteidigen würdet ... dann könnt ihr diese eine Sache tun. Ihr könnt kommen und euch das Stück ansehen. Wenn ihr das tut ... dann seht euch das Orchester an. Ein Flötist wird fehlen. Michael Schwartz.

Wir sollten alles dafür tun, dass er der einzige Fulton-Schüler ist, der dann fehlt.“ Sie sah Michaels Eltern an. „Es tut mir leid. Es tut uns allen wirklich leid.“

Seine Eltern nickten, und Ella stellte zufrieden fest, dass einige der Jugendlichen leise weinten. Sie schloss die Gedenkfeier mit einem kurzen Gebet. Es war ihr gleichgültig, dass sie in einer staatlichen Schule war und dass sie keine Erfahrung im Beten hatte.

Gott machte das nichts aus – so viel wusste sie von Henrys Mutter. Er wollte die Herzen seiner Kinder, keine perfekt formulierten Gebete.

„Wir brauchen dich hier in Fulton, lieber Gott." Für Ella war dieses Gebet wie ein Aufschrei ihrer Seele. „Vergib uns unsere Gleichgültigkeit und Selbstbezogenheit und hilf uns zu lernen, wie man liebt. Gib, dass wir die anderen um uns herum besser ansehen, weil wir alle in irgendeiner Weise gefangen sind. Und hilf uns, auf das Lied jedes Menschen zu achten, dem wir begegnen." Sie holte kurz Luft. „Wo es Gemeinheit gibt, lass uns damit aufhören und lass uns freundlich sein … Hilf uns, etwas zu ändern und von jetzt an Michael in unseren Herzen zu tragen, damit sein Tod nicht sinnlos war. In Jesu Namen, Amen."

Ms. Richards entließ die Schüler, und die nächsten Minuten vergingen wie in einem Nebel. Ella umarmte Susan Sessner und LaShante kam zu ihnen. „Mensch, du musst mir einfach beibringen, wie man Flöte spielt." LaShante drückte Susans Hand. „Ich werde mit dem Leiter des Orchesters sprechen, ob ich mitmachen kann."

„In Ordnung." Susan sah überrascht aus. Mädchen wie Ella und LaShante sprachen nicht mit Mädchen wie Susan. Jedenfalls nicht vor Michaels Tod.

Nachdem sie sich kurz von ihrer Mutter und Henrys Eltern verabschiedet, Michaels Mutter umarmt und seinen Vater begrüßt hatte, ging Ella in ihren Unterricht zurück. Sie hatte immer noch das Gefühl, dass Gott an diesem Tag ein Wunder vollbracht hatte. Auf jeden Fall verstanden die anderen Schüler Henry jetzt besser, und Typen wie Jake würden es nicht leicht haben, wie gewohnt weiterzumachen, wenn es darum ging, sich über Mitschüler lustig zu machen. Aber den eigentlichen Beweis konnten sie zu diesem Zeitpunkt unmöglich sehen.

Nein, Ella würde nicht wissen, ob ihre Mitschüler ihre Herzensbotschaft gehört, ob sie Henrys Lied wirklich zugehört hatten und ob sie sich nach Michaels Tod tatsächlich ändern wollten. Das würden sie erst in vier Monaten wissen.

Bei der Premiere von *Die Schöne und das Biest*.

Sie und Henry verließen die Turnhalle gemeinsam, und als sie auf den leeren Gang hinaustraten, lächelte Ella ihren Freund an. „Du warst umwerfend. Und jetzt wissen alle, dass du singen kannst."

Henry schien ein bisschen verunsichert und peinlich berührt von ihrem Kompliment. Er knetete seine Hände und vermied Blickkontakt mit ihr, auch wenn er an ihrer Seite blieb.

„Ich hoffe, sie haben uns gehört." Sie seufzte, und mit einem Mal wurde ihr bewusst, wie emotional erschöpft sie von den Ereignissen dieses Vormittags war. „Ich hoffe wirklich, sie haben zugehört."

Dann, wie in dem perfekten Timing eines Films, hob Henry das Gesicht und fing an zu singen, und die Worte und Töne sprachen unmittelbar zu Ellas verwundeter Seele. „Die Hoffnung lebt, die müde Welt frohlocket … denn es bricht bald ein neuer Morgen an."

Und so war es auch mit Henry und der neuen Freundschaft, die sie gefunden hatten. Die Hoffnung war jeden Morgen neu, und selbst inmitten dieses schrecklichen Verlusts und der Traurigkeit konnte Ella die Sonne aufgehen sehen. Sie beschloss zu glauben, so wie Henry es tat, dass irgendwann der Tag anbrechen würde, nach dem sie sich alle sehnten.

Ein neuer Morgen.

28

Das hatte Tracy niemals erwartet. Egal, wie oft sie gebetet hatte oder wie fest sie an ein Wunder hatte glauben wollen, sie hätte sich nicht vorstellen können, dass Henry vor einer ganzen Schule stehen und „O Heilige Nacht" singen könnte. Das hätte sie sich im Leben nicht träumen lassen. Und sie war nicht sicher, ob sie sich mehr über die Tatsache an sich freuen sollte oder darüber, dass Dan hier war und das Ganze miterlebt hatte.

Ihr Mann hielt die ganze Trauerfeier über ihre Hand, während Tracy mit ihren Gefühlen kämpfte. Sie fühlte mit Michaels Mutter den Verlust, den sie alle von jetzt an mit sich herumtragen würden. Aber es fiel ihr schwer, nicht in erster Linie an ihre eigene Familie zu denken. Wie einsam sie in den vergangenen Monaten und Jahren ohne Dan gewesen war. Ja, er hatte sie mit seiner Arbeit auf den Meeren Alaskas finanziell versorgt. Aber sie war viel zu oft alleine gewesen.

Dass er heute Morgen hier war, erinnerte sie daran, wie schwer es gewesen war und wie sehr sie ihn gebraucht hatte. So wie jetzt sollte es immer sein – dass sie sich bei den Händen hielten, füreinander da waren –, ob Henry weitere Fortschritte machte oder nicht.

Seine Hand um ihre zu spüren, seine Finger mit ihren verschränkt, fühlte sich so normal an wie das Atmen, und sie ertappte sich dabei, wie sie insgeheim betete, Dan möge bleiben. Dass er aufhörte, sich selbst die Schuld zu geben und vor dem Schmerz, Henry zu verlieren, davonzulaufen. Dass er wieder zu ihrer Familie gehörte und sich hier in Atlanta eine Arbeit suchte.

Dann, kurz bevor Ella die Bühne betrat, hatte Tracy das Gefühl, dass jemand sie beobachtete. Sie blickte über ihre rechte Schulter hinter sich, und was sie sah, ließ ihr Herz in einem verrückten Rhythmus schlagen. Ein paar Reihen hinter ihr saß Suzanne Reynolds. Ihre Blicke begegneten sich und Suzanne lächelte ein wenig, ein Lächeln voller Bedauern und Unsicherheit.

Dann sahen sie beide wieder weg, und der Augenblick war vorüber, bevor mehr daraus werden konnte. Aber Tracy saß ganz unruhig da und ihre Knie, Arme und Schultern zitterten. Dan merkte es offenbar, denn er sah sie fragend an. Aber sie schüttelte nur den Kopf. Dies war nicht der richtige Ort oder Zeitpunkt. Sie konnte es ihm später erzählen. Außerdem, was sollte sie sagen? Sie hatte Suzanne Reynolds vierzehn Jahre lang nicht mehr gesehen. Als brauchte sie an diesem Vormittag noch etwas, das sie aus der Ruhe brachte.

Aber all diese Gedanken hörten auf, als Henry die Bühne betrat. Von diesem Augenblick an konnte Tracy nur noch über das Wunder staunen, das sich vor ihren Augen abspielte. Dan war ebenso fassungslos, denn in all den Tagen, seit sie Henry verloren hatten, war er mit seinem Schmerz immer still und in sich gekehrt umgegangen. Er hatte nicht geweint und Gott nicht angeklagt. Zuerst hatte er getan, was er konnte, um Henry zurückzuholen, aber dann war die Zeit, die sie gemeinsam verbracht hatten, nur noch von stiller Verzweiflung geprägt gewesen. Und nach einigen Jahren war Dan nach Alaska gegangen. In der ganzen Zeit seit Henrys Diagnose hatte Tracy nicht ein einziges Mal gesehen, dass ihr Mann wegen ihres Schicksals geweint hätte.

Bis heute.

Während Henry „O Heilige Nacht“ sang, spürte Tracy etwas Nasses auf ihrer Hand. Dan hatte ihre Finger zwischen seine geschlungen und ihre Hände auf sein Bein gelegt. Deshalb blickte sie auf, als sie Wasser auf ihrer Haut spürte, und was sie sah, ließ sie erkennen, dass es für sie alle ein besonderer Augenblick war. Ein Wendepunkt, den sie niemals vergessen würden.

Denn Dan weinte.

Keine Frage, dass der Weg vor ihnen lang war und dass Normalität ein Ideal war, das sie vielleicht nie erreichen würden. Aber andererseits hätte Tracy sich nie träumen lassen, dass sie diesen Moment gemeinsam erleben würden. Und in dem Applaus, der Henrys Lied folgte, wandte sie sich Dan zu und sie hielten einander fest. „Bitte, Dan … verlass uns nicht wieder. Du kannst doch auch hier arbeiten.“ Es hatte im Laufe der Jahre Zeiten gegeben, in denen sie wütend auf ihn gewesen war, weil er nicht da war, weil er sich entschieden hatte, vor Henry und dem Leben, für das er stand, davonzulaufen. Jetzt bat sie ihn einfach: „Bitte bleib. Wir brauchen dich.“

„Lass uns darüber reden.“ Er löste sich ein wenig von ihr, um ihr in die Augen zu sehen. „Ernsthaft.“

Als die Feier zu Ende ging, spürte Tracy, wie ihr Magen sich zusammenzog. In dieser Situation konnte sie es nicht vermeiden, mit Suzanne Reynolds zu reden. Nachdem die Schüler zum Unterricht geschickt worden waren, standen Tracy und Dan neben Henry. Und Dan sagte die Worte, die Tracy seit Henrys Diagnose nicht mehr gehört hatte. „Henry, mein Sohn … ich bin stolz auf dich. Dein Lied war … Mensch, das war perfekt.“

In einem Film hätte Henry jetzt Dan auf den Arm geklopft und das Kompliment mit einem Schulterzucken abgetan. „Ach, das war doch nichts, Papa. Aber danke, dass du gekommen bist.“ Die beiden hätten sich die Hand gereicht oder einander umarmt und der Augenblick wäre für die Nachwelt festgehalten worden. Eine Erinnerung zum Hervorholen für die kommenden Jahre. Aber dies war das echte Leben, in dem Szenen ihr eigenes Ende hatten. Henry blickte auf seine Schuhspitzen hinunter und wippte ein paarmal auf und ab. Ferse … Zehen. Ferse … Zehen.

„Henry? Kannst du mich hören?“

Tracy betete, er möge antworten, ihnen irgendein Zeichen geben, dass das Lied keine Anomalie war, kein Zufall, den sie nie wieder erleben würden. „Ich bin auch stolz auf dich, Henry. Du hast eine wundervolle Stimme.“

Er blickte auf und nickte, und die Bewegung war schnell und ruckartig. „Danke … vielen Dank.“ Seine Augen fanden zwar nicht ganz den Weg zu Dan oder Tracy, aber seine Worte waren genug. Es war ein weiterer Durchbruch. Das erste Mal, dass er etwas zu seinem Vater sagte, seit er drei Jahre alt war.

Dan machte Anstalten, Henry auf den Rücken zu klopfen, überlegte es sich dann aber offensichtlich anders. „Wir … wir reden später weiter, in Ordnung?“

Henry nickte und ging ein paar Schritte zu der Stelle, wo Ella sich gerade bereit machte, wieder in ihre Klasse zu gehen. Sie blickte sich um und winkte Tracy und Dan zu. „Ich sorge dafür, dass er in seinen Kurs kommt.“

Als sie gingen, deutete Dan auf Michaels Eltern. „Ich gehe und spreche mit ihnen.“ Sein Blick wanderte in die entgegengesetzte Richtung und zu dem Stuhl, auf dem Suzanne Reynolds alleine saß und wartete. Dan senkte die Stimme, sodass nur Tracy ihn hören konnte. „Geh und sprich mit ihr.“

Tracy seufzte. „Bete für mich.“

„Das mache ich.“ Er drückte ihre Hand und ging zu Mr. und

Mrs. Schwartz. Tracy fühlte, dass ihre Handflächen feucht waren. Was sollte sie sagen. Wie konnten sie nach all der Zeit einen gemeinsamen Nenner finden? Sie schob den Riemen ihrer Handtasche über ihre Schulter und ging die wenigen Reihen entlang zu dem Platz, auf dem Suzanne saß. Wieder trafen sich ihre Blicke, und Tracy sah, welche Wirkung die Zeit gehabt hatte. Es kam ihr vor, als hätten sie erst gestern nebeneinander auf den Schaukeln gesessen, mit Henry auf ihrem und Ella auf Suzannes Schoß. Zwei junge Mütter, die seit der Highschool beste Freundinnen waren.

Aber jetzt war Suzanne kaum wiederzuerkennen. Platinblondes Haar und aufgespritzte Lippen. Sie konnte kaum mehr als Größe 36 haben, doch ihr Busen war üppiger, als er es damals gewesen war, als sie Ella gestillt hatte. Tracy hatte in den Nachrichten hin und wieder Gerüchte über Suzannes Mann gehört und über die Tatsache, dass Randy Reynolds gescheitert war. Damals hatte sie es nicht glauben wollen, aber jetzt, wo sie Suzanne sah, konnte sie die Gebrochenheit im Blick ihrer ehemaligen Freundin nicht leugnen. Die Frau schien so unglücklich zu sein, wie es ein Mensch nur sein konnte.

Als Tracy auf sie zuging, vergaß sie jede Kränkung in ihrem Herzen, jede Gelegenheit, bei der sie sich von Suzanne im Stich gelassen und abgelehnt gefühlt hatte. In diesem Augenblick gab es nur sie beide, zwei frühere beste Freundinnen, die vor einer unendlich langen Zeit geliebt und gelacht hatten und in den Jahren danach beide viel verloren hatten.

Tracy blieb ein paar Meter entfernt stehen, und Suzanne erhob sich. Einige Sekunden lang sagte keine von ihnen beiden etwas. Dann, als wären Groll oder Verlegenheit absolute Vergangenheit, begegneten sie sich in einer langen Umarmung.

Als sie sich schließlich voneinander lösten, hatte Suzanne wieder Tränen in den Augen. „Henry war unglaublich." Sie blickte zu der leeren Bühne hinüber, zu der Stelle, an der Henry gestanden und gesungen hatte. „Ist das … singt er oft?"

Tracy verschränkte die Arme, während sie darauf wartete, dass ihr Herzschlag sich wieder normalisierte. „Erst seit er Ella gefunden hat."

Suzanne schloss die Augen und eine Welle stiller Schluchzer erschütterte sie.

Tracy legte eine Hand auf die Schulter ihrer alten Freundin. „Er … er hat schon immer Musik geliebt." Plötzlich wurde ihr bewusst, dass Suzanne das schon wusste. „Natürlich … du erinnerst dich ja sicher daran. Er und Ella haben oft den ganzen Nachmittag gesungen und getanzt."

„Ja." Suzanne öffnete die Augen. Ihre Lippen bebten, aber sie lächelte trotz ihrer feuchten Augen. „Ich erinnere mich daran."

„Aber heute … das war das erste Mal, dass wir ihn so haben singen hören. Das erste Mal, seit … seit er drei war."

Suzanne zuckte matt mit den Schultern, sichtlich ausgelaugt. Sie sah aus, als würde sie von all der emotionalen Belastung dieses Morgens ohnmächtig werden. „Es ist ein Wunder. Ich bin froh, dass ich hier war … um es zu sehen."

Tracy spürte, wie Fragen ihre Fassung zu durchlöchern versuchten. Warum hatte es so lange gedauert, bis sie diese Unterhaltung führen konnten, und wie kam es, dass Henrys Autismus Suzanne und Randy verschreckt hatte, und war es das wert? Alles, was sie deswegen verloren hatten? Aber Tracy schob all diese Fragen beiseite. Solange Gott Wunder vollbrachte, hatten sie für diese Gespräche vielleicht später noch Zeit. Sie spürte die Nervosität in ihren Adern pulsieren, während sie krampfhaft überlegte, was sie als Nächstes sagen sollte. Welches die richtigen Worte waren. „Ich nehme an, Ella hat es dir erzählt … das mit Henry und ihr."

„Ja." Zwei Tränen kullerten über Suzannes Wange und sie wischte sie mit dem Handrücken fort. Ihre Hand zitterte dabei. Für Suzanne war dieser Augenblick noch schwieriger als für Tracy. „Ella sagt … er sei ihr sehr wichtig geworden."

„Die Veränderungen in Henry … die meisten haben mit Ella zu tun." Tracys Herz schlug schneller, als sie an die wundervolle Freundin dachte, die in Henrys Leben zurückgefunden hatte. „Sie ist ein ganz besonderes Mädchen."

Wieder ein Schulterzucken und noch mehr Tränen. „Eigentlich weiß ich gar nichts von ihr. Sie … sie redet nicht mit mir."

Es dauerte ein paar Sekunden, bis Tracy begriff, was Suzanne da sagte. Ella sprach nicht mit ihrer Mutter? Und plötzlich war alle Angst und Nervosität darüber, wohin diese Unterredung führen könnte und worüber sie sprechen sollten und ob dies ein Anfang war oder ein neuerliches Ende … all das war nicht mehr wichtig. Tracys erster Eindruck von ihrer Freundin war offensichtlich treffend gewesen. Suzanne litt. Vor langer Zeit hatte Tracy bereits gelernt, dass in einem Augenblick wie diesem keine Fragen mehr nötig waren. Stattdessen legte sie eine Hand auf Suzannes knochige Schultern und ihre Stimme war voller Mitgefühl. „Es tut mir leid. Das … das wusste ich nicht."

Eine Minute lang schien es, als würde Suzanne ihre Handtasche und ihren Pullover nehmen und aus der Turnhalle laufen, bevor sie noch mehr Einzelheiten aus ihrem Leben preisgeben konnte. Aber stattdessen blickte sie Tracy an, und zum ersten Mal seit dem Beginn ihrer Unterhaltung sahen ihre Augen aus wie damals, als sie Teenager gewesen waren. So stark war die Bindung zwischen ihnen.

„Randy … er ist nie zu Hause. Seine Karriere ist in Gefahr. Wir reden nicht miteinander … eigentlich haben wir gar nichts mehr gemeinsam." Sie schniefte und hielt sich die Hand vor die Augen. Als sie sie schließlich wieder sinken ließ, sah sie noch verzweifelter aus als vorher. „Die Kinder wissen es und … und haben Mitleid mit mir. Zumindest die Jungs. Ella glaubt, sie wäre mir gleichgültig, weil ich meine ganze Zeit damit verbringe, Randys Frau zu sein." Ihre Tränen waren versiegt und ihre Stimme klang beinahe roboterhaft. Als wäre der Schmerz dieses Eingeständnisses so groß, dass sie ihn nicht in ihr Herz lassen durfte, weil er sie sonst umbringen würde.

Tracy schwieg und hörte jedes einzelne, leidvolle Wort.

„Es tut mir leid." Suzanne schien bewusst zu werden, dass ihre Aussagen angesichts der vielen Jahre, in denen sie nicht miteinander gesprochen hatten, merkwürdig klangen. „Das ist vielleicht nicht der richtige Zeitpunkt."

„Ist schon in Ordnung." Tracy brach den Blickkontakt nicht ab. „Wir sind hier, nicht wahr? Dafür muss es doch einen Grund geben."

Suzanne nickte, und ihr Blick verdüsterte sich. „Meine Tage sind … sie sind so leer, Tracy.“ Sie fröstelte ein wenig, so als könnte sie jeden Augenblick eine Panikattacke bekommen. „Ganz und gar leer. Ich meine … ich verbringe meine Tage im Fitnessstudio oder beim Einkaufen … oder ich lasse mir die Haare oder Fingernägel oder das Gesicht machen. Ich bekomme Botoxspritzen und trage Haarverlängerungen und trotzdem …“ Sie schüttelte den Kopf und für einen kurzen Moment durchbrach der Kummer ihre merkwürdig ausdruckslose Miene. „Aber es ist trotzdem nicht genug. Es ist nie genug. Er sieht mich nicht einmal an.“ Ihre Stimme brach und sie schlang die Arme um ihren Oberkörper. Ihre nächsten Worte waren nur ein brüchiges Flüstern. „Ich weiß nicht, wie es dazu gekommen ist, Trace. Und ich habe keine Ahnung, wie ich es ändern soll. Ich meine … ich weiß nicht mehr, wie ich etwas anderes als Randys Frau sein soll.“

Vor langer Zeit war Tracy jemand gewesen, der in Augenblicken wie diesem gleich eine Lösung parat gehabt hätte. Aber die Jahre mit Henry hatten sie gelehrt, langsamer zu sein und Gott die Führung zu überlassen, wenn Menschen zerbrochen und verletzt waren. Sie streckte den Arm aus und drückte sanft Suzannes Hand. „Was sagt Randy?“

„Nicht viel.“ Ihr Blick wanderte in die Ferne, als sehe sie in Gedanken ihren Mann vor sich. „Er ist immer noch mit mir verheiratet, aber … es ist nur eine Formalität. Er könnte jeden Tag die Scheidung verlangen.“ Sie sah Tracy an. „So weit haben wir uns voneinander entfernt.“

Tracy brauchte nicht zu fragen, ob Suzanne und Randy noch in die Kirche gingen, gemeinsam beteten oder in der Bibel lasen, wie sie es getan hatten, als sie noch alles zu viert gemacht hatten. Die Zeit hatte bei ihnen allen Spuren hinterlassen. Von außen betrachtet hatten Tracy und Dan das schwerere Los gezogen. Es war ihr gesunder kleiner Junge, der in einer Welt des Schweigens verschwunden war. Aber bis jetzt hatte Tracy keine Ahnung gehabt, wie viel die Jahre von Suzanne gefordert hatten.

„Vielleicht … vielleicht könnten wir am Montagmorgen zusammen einen Kaffee trinken. Um die Ecke von meiner Arbeit gibt es einen Starbucks, und meine Schicht fängt erst um elf Uhr an."

Suzanne schien bewusst zu werden, dass sie Tracy noch keine einzige Frage über ihr Leben gestellt hatte, wo sie wohnte oder was sie machte – abgesehen von den offensichtlichen Bemerkungen über Henry. „Wo arbeitest du denn?"

„Walmart." Tracy hielt Suzannes Blick stand und beobachtete die Reaktion. Es war nicht direkt Mitleid, aber zweifellos war ihr die Wendung des Gesprächs unangenehm. Das hatte Tracy erwartet, und es machte ihr nichts aus. Sie schämte sich nicht für ihre Tätigkeit oder für die Tatsache, dass Suzanne und sie sich in unterschiedlichen Einkommensstufen befanden. Ihre Kollegen waren nett und ihr Chef betete immer für Henry. Egal, was reiche Leute davon hielten – für Tracy war Walmart eine gute Sache. Die Kette ermöglichte Familien wie ihrer einen günstigen Einkauf und sie war dankbar für die Arbeit.

Suzanne nickte … und ihr Blick wirkte wieder abwesend, so als versuchte sie, die zahlreichen Veränderungen, die sich seit ihrer letzten Begegnung ereignet hatten, zu verarbeiten. Zum ersten Mal seit dem Beginn ihrer Unterhaltung lächelte Suzanne. Nicht das aufgesetzte Lächeln, das sie wahrscheinlich den ganzen Tag über trug, sondern das zögerliche, gebrochene Lächeln eines Menschen, der so etwas wie Reue spürte. „Kaffee wäre nett." Sie nahm ihre Handtasche und ihren Pullover und zog ihr Handy heraus. „Welches Starbucks ist das?"

Tracy erklärte es ihr, und sie umarmten einander noch einmal. Bevor Suzanne ging, zögerte sie noch einmal. „Ich war im Unrecht … ich hätte damals nicht weggehen dürfen." Ihre Stimme klang wieder rau von den Emotionen, die kaum unter der Oberfläche verborgen waren. „Das musste ich einfach loswerden."

„Ich hätte auch anrufen können." Tracy war sich nicht sicher, wohin dieser Versuch, die Beziehung zu Suzanne wieder aufleben zu lassen, führen würde, aber sie würde jeden Tag dafür beten, dass Gott etwas daraus machte. Sie wollte, dass Suzanne ihre Ernsthaftigkeit hörte. „Wir haben alle viel verloren."

Suzanne sah aus, als wollte sie noch etwas sagen, doch am Ende nickte sie nur und wandte sich ab. Dann eilte sie zur Tür, so als könnte sie sonst jeden Augenblick zusammenbrechen, ein heulendes Häuflein Elend mitten in der Sporthalle der Adler.

Tracy blickte ihr nach und plötzlich stürmten die ganzen Ereignisse dieses Vormittags wieder auf sie ein. Der Abschied von Michael … Ellas verzweifelte Bitte … Susan und ihre Flöte … und Henry. Ihr wunderbarer Henry und sein Lied. Dan, der neben ihr weinte, und jetzt dies. Eine Verabredung zum Kaffee mit Suzanne Reynolds. Eine Zeit lang konnte Tracy nur über all das staunen, während sie im tiefsten Inneren ihrer Seele spürte, dass es Gottes Werk war – all das um sie herum. Denn Ella hatte recht. Es gab viele Arten, gefangen zu sein. Und jetzt war deutlich geworden, dass Gott nicht nur an Henry ein Wunder vollbrachte.

Er vollbrachte ein Wunder an ihnen allen.

29

Am Ende der Woche rief Dan seinen Kapitän an, um ihm die Neuigkeiten mitzuteilen. Er würde nicht wiederkommen. Er hatte sich bei der Schulbehörde beworben – in der Verwaltung – und war bereits zu einem Vorstellungsgespräch eingeladen worden. Die Stelle sah vielversprechend aus, nach allem, was man ihm gesagt hatte. Der Verdienst war nicht so gut, wie er auf dem offenen Meer vor Alaska sein konnte, aber es war ein sicheres Einkommen.

Und er konnte bei Tracy und Henry bleiben.

Nicht, dass es einfacher gewesen wäre als früher, zu Hause zu sein, denn die Veränderung, die sie bei ihrem Sohn erlebten, geschah immer noch nicht im Gespräch – jedenfalls nicht zwischen Henry und Dan. Henry sprach gelegentlich mit Tracy, aber meistens summte oder sang er. Und hin und wieder tanzte er auch.

Die Feiertage kamen und gingen, und Weihnachten war vor allem deshalb etwas Besonderes, weil Dan und Tracy abends lange aufblieben und sich gemeinsam Fotoalben ansahen und über die letzten Jahre sprachen. „Er spricht immer noch nicht mit mir." Dan fiel es schwer, sich seine Enttäuschung einzugestehen. Schließlich holte Gott Henry offensichtlich ein großes Stück zurück. Aber Dan wollte ihn ganz wiederhaben – den Henry, den sie in den ersten drei Jahren seines Lebens gehabt hatten.

„Das wird er." Tracy legte ihre Hand über seine. Ihre ruhige Kraft und der tägliche Kampf, dem sie sich gestellt hatte, indem sie jahrelang Henry zur Therapie gebracht und gefördert hatte, ohne auch nur den geringsten Hoffnungsschimmer zu sehen, hatten mehr als nur seine Hochachtung verdient. Er liebte sie mit jedem Tag mehr.

„Nach Hause zu kommen … das war richtig."

Sie beklagte sich nie, kritisierte ihn nie. Aber an diesem Abend ließ sie ihn ein paar Sekunden lang die Einsamkeit in ihren Augen sehen. „Du hättest eher heimkommen sollen."

„Ich weiß." Dan lehnte sich vor, die Unterarme auf die Knie gestützt. Die Distanz zwischen ihm und Henry tat noch genauso weh wie damals, als der Junge drei, vier Jahre alt gewesen war. Vor der Diagnose hatte Dan sich ausgemalt, wie sie gemeinsam wandern und zelten und Football spielen und bei den Pfadfindern mitmachen würden. Tausend Möglichkeiten, wie Henry und er im Laufe der Jahre eine enge Beziehung entwickeln würden. Aber der Autismus hatte ihm jeden Traum geraubt, jeden Vater-Sohn-Augenblick, den es nie gegeben hatte. Dan schüttelte den Kopf. „Aber die Wahrheit ist, dass Henry mich nicht brauchte. Er braucht mich immer noch nicht."

„Dan …" Sie hob den Kopf und sah ihm in die Augen. „Ich brauche dich."

Etwas an der Art, wie sie diese drei Wörter sagte, rief heftige Schuldgefühle in ihm hervor. Er setzte sich auf und sah sie mit einer Art neuem Erstaunen an. „Warum bist du bei mir geblieben?" Er sah sie bewusster an, auf der Suche nach Antworten, die er vielleicht nie finden würde. Plötzlich traf ihn die Wirkung, die seine Abwesenheit gehabt haben musste, wie einer der schweren Fischereikäfige, die sie jeden Tag ins Meer hatten fallen lassen. Tracy hatte recht. Unabhängig davon, wie seine Rolle als Henrys Vater aussah – was für ein Ehemann war er? „Du hättest schon vor langer Zeit gehen sollen."

„Nein." Ihre Augen lächelten, ein Lächeln, in dem Geduld und Beharrlichkeit, Mut und Fürsorge lagen. „Die Liebe geht nicht."

Sie hätten diese Unterredung schon vor einem Monat führen sollen, als er nach Hause gekommen war. Aber er hatte zu viel Angst gehabt, um davon anzufangen, zu viel Angst davor, was er hören würde, wenn er es tat. Aber jetzt konnte er sich nicht mehr zurückhalten. „Du … du musstest alles alleine machen. Die ganze Arbeit mit Henry … die Termine und die Behandlungen." Er war sich selbst zuwider. „Ich habe dir kein bisschen bei all dem geholfen."

„Doch, das hast du." Der elektrische Kamin knisterte im Hintergrund. Henry und Kate schliefen schon seit Stunden, und es war das erste Mal, dass sie an diesem Tag Zeit für sich hatten. Tracy legte das Fotoalbum auf den Couchtisch und rückte näher zu ihm. „Du hast getan, was du konntest."

„Die ganze Zeit warst du hier alleine mit ihm und … Es ist nur … ich hätte hier sein sollen."

„Ja." Sie legte die Hand auf seine Wange. „Aber das liegt hinter uns. Jetzt bist du hier, und ich liebe dich. Du liebst mich. Und Gott holt Henry zurück." Sie lächelte wieder. „Was sonst könnte denn da noch wichtig sein?"

„Du." Er nahm sie in die Arme. „Nur du, Tracy. Du allein bist wichtig." Sie erhoben sich, schalteten den Kamin und die Lichter aus und gingen leise in ihr Schlafzimmer. Dort beendeten sie ihre Unterhaltung, und später in dieser Nacht schlief Dan ein, nachdem er Gott für seine Frau gedankt und sich und seinem Herrn ein Versprechen gegeben hatte. Er würde Henry die Aufmerksamkeit widmen, die er verdiente, auch wenn er selbst im Gegenzug nichts erhielt. Das war das Mindeste, was er tun konnte.

Während der Winter sich dem Ende zuneigte und die Zweige

begannen auszutreiben, erfüllte Dan sein Versprechen. Jetzt, wo die Aufführung näher rückte, dauerte die Probe immer eine Stunde länger, und Dan erklärte Tracy, dass er Henry von nun an abholen würde. Am ersten Tag versuchte Dan Konversation zu machen, indem er Fragen stellte und Bemerkungen über den Heimweg machte. Aber Henry blickte nur zum Fenster hinaus und war schweigsam. So schweigsam, dass Dan am liebsten in den nächsten Flieger nach Alaska gestiegen wäre. Aber er kämpfte gegen die Versuchung an, und am nächsten Tag, nachdem er weniger geredet und nur zwei Fragen gestellt hatte, hatten sie etwa den halben Weg nach Hause zurückgelegt, als ein Durchbruch geschah.

Nach ein paar Minuten Schweigen drehte Henry sich zu ihm um. „Papa?"

Dan nahm den Fuß vom Gaspedal und warf Henry einen Blick zu. Wenn sein Sohn ihn nicht direkt angesehen hätte, wäre er überzeugt gewesen, dass er sich das Wort nur eingebildet hatte. Eine hyperaktive Wahrnehmung, geschult durch Jahre der Stille auf See. Aber Henry wartete ganz eindeutig auf eine Antwort, also fuhr Dan auf den Standstreifen. Wenn er die erste Unterhaltung mit Henry seit fünfzehn Jahren führen würde, wollte er keinen einzigen Augenblick verpassen.

Als das Auto sicher stand, drehte er sich auf dem Fahrersitz zur Seite, sodass er Henry richtig ansehen konnte. Er überlegte, ob er das Radio ausschalten sollte, aber dann ließ er es an. Musik war immer gut, was Henry betraf. Dan stellte es nur etwas leiser, damit sie einander besser verstehen konnten. „Henry … du weißt, wie ich heiße." Er blickte seinen Sohn prüfend an, als könne er in ihm bis zu dem Ort sehen, an dem Henry sich versteckt gehalten hatte.

„Papa." Henry blinzelte. „Du heißt Papa." Er blickte auf seine Hände hinunter, und einen Augenblick lang knetete er seine Finger, nervös und unsicher. Dann, als fiele ihm plötzlich sein ursprünglicher Gedanke wieder ein, sah er Dan erneut an. „Papa?"

„Ja, Henry?" Sein Herz hämmerte in seinem Brustkorb. *Er spricht mit mir, Gott … bitte lass ihn weiterreden.*

„Mama hat gesagt, du warst fischen." Seine Stimme klang monoton, und der Sprechrhythmus war nicht ganz normal, aber das spielte keine Rolle.

Dans Gedanken überschlugen sich. „Fischen? Du meinst in Alaska?“ Schuldgefühle schlugen über ihm zusammen wie eine Riesenwelle. „Ja, das stimmt. Ich war fischen.“

Henry wiegte sich ein paarmal vor und zurück und blickte wieder aus dem Fenster. War das alles? War er wieder in seiner eigenen abgeschiedenen Welt verschwunden? Dan war nicht sicher, was er tun sollte, ob er nachfragen oder warten sollte. Aber wenn er auf See etwas gelernt hatte, dann war es, Geduld zu haben. Also wartete er.

Eine halbe Minute verging. Henry wandte sich ihm wieder zu und fing an zu singen – etwas darüber, dass sie beide Angst hatten und unsicher waren.

Ein Lied? So würde Henry jetzt mit ihm sprechen? Dan fühlte die Liebe zu seinem Sohn in sich aufwallen. Was anderen Menschen so leichtfiel, war für Autisten wie ihn regelrecht schmerzhaft. Musik war für Henry einfacher, deshalb sang er manchmal. Das hatte Tracy ihm erklärt. „Die Worte haben immer eine Bedeutung“, hatte sie gesagt. Wie lautete also der Text noch mal? Es waren Zeilen aus *Die Schöne und das Biest*.

Aber was wollte Henry damit sagen? Dass diese Kommunikation zwischen ihnen neu und beängstigend war? War es das? Dan fiel ein, dass er Luft holen musste. Er wollte nichts sagen oder tun, das Henry zum Rückzug bewegen könnte. Aber es kostete ihn ungeheure Überwindung, einfach still dazusitzen. Er wollte den Jungen umarmen, ihn an sich drücken und festhalten, damit er nicht wieder verschwinden konnte. Stattdessen wartete er.

Noch eine Weile, eine Minute, dann zwei. Schließlich sah Henry ihn wieder an. „Papa?“

„Ja, Henry?“

„Also … Papa … wie war das Fischen?“

Die Freude explodierte in Dans Herz. Sein Sohn sprach mit ihm! Nicht in irgendwelchen Liedzeilen oder unzusammenhängenden Satzfetzen. Er unterhielt sich. Er verstand, dass Dan auf See gewesen war, und wollte wissen, wie es ihm beim Fischen ergangen war.

Dan beeilte sich zu antworten. „Die Fischerei war gut. Sie haben mich dafür bezahlt, Henry. Es war meine Arbeit."

Henry wiegte sich ein wenig vor und zurück. „Märchen schreibt die Zeit …" Dann hob er die Hände unters Kinn und bewegte die Ellbogen auf und ab – aber nur ein paarmal, bevor er sich zu besinnen schien. „Ich kann so beten." Er faltete die Hände auf dem Schoß und blickte zu Boden. „Ich kann so beten, Papa."

„Ja, du kannst beten, wie du willst, Henry."

„So."

„In Ordnung."

Henry blieb so sitzen, und vielleicht betete er für das, wofür auch Dan betete. Dass dieser kostbare, gerade erst begonnene Austausch ein Anfang sein möge. Die Digitaluhr am Armaturenbrett des Autos war zwei Minuten weiter, als Henry den Kopf wieder hob. Diesmal blickte er Dan nicht an. „Wir haben ohne dich Filme geguckt. Im Wohnzimmer haben wir Filme geguckt." Dann warf er Dan einen kurzen Blick zu. „Ohne dich."

Als er die Fakten zusammenfügte, konnte Dan nicht leugnen, dass Henry recht hatte. Sein Sohn wusste, wer er war und wo er gewesen war und dass er vielleicht hätte zu Hause sein sollen. Die Tatsachen standen ihm mit einem Mal klarer als je zuvor vor Augen.

Henry brauchte ihn.

Dan wurde richtiggehend schlecht, als ihm das bewusst wurde, so als befinde er sich im freien Fall von einem zwanzigstöckigen Schiff. Am Ende sagte er das Einzige, was er sagen konnte. „Jetzt nicht mehr, Henry. Jetzt sehe ich die Filme mit euch zusammen an."

Es stimmte. Dan versuchte, Tracy zu entlasten und sie für die Zeit zu entschädigen, in der er nicht da gewesen war. Henrys nachmittägliche Routine gehörte ihm oder ihm und Tracy, aber Dan hatte keinen Tag versäumt. Die Schulbehörde hatte ihn inzwischen eingestellt, aber er fing früh an und arbeitete nie länger als bis drei Uhr, sodass er für Henry da war. Und mit ihm Filme sehen konnte.

Henry nickte. Oder vielleicht wiegte er sich auch hin und her.

„Aber jedes Mal … Die Trommeln kamen immer und du warst nicht da."

Dan zermarterte sein Gehirn. Das hatte Tracy nicht erwähnt. „Die Trommeln?"

„Ja, und Liegestütze."

Davon wusste er – dass Henry Liegestütze absolvierte, wenn ihm etwas zu schaffen machte. „Du … du hast viele Liegestütze gemacht, Henry."

Er bewegte den Oberkörper einige Male vor und zurück und sah aus dem Fenster. Fünfzehn Sekunden, dreißig … eine Minute, während Dan wartete.

„Liegestütze." Henry sah ihm direkt ins Gesicht. „Wegen ‚So ist es gut, Henry, genau so. Das ist ein Liegestütz, nur dass du, wenn du älter bist, den Rücken gerade lässt.'" Er holte kurz Luft. „‚Wenn du das mit drei Jahren schon kannst, kannst du alles. Absolut alles, Henry. Durch Liegestütze wirst du groß und stark wie ich, Kumpel. So ist's recht, mein Junge. Wenn du so weitermachst, wird sich nie jemand mit dir anlegen'."

Dan war zu schockiert, zu benommen, um etwas zu sagen. Er war sich nicht hundertprozentig sicher, aber er hatte das Gefühl, dass sein Sohn gerade genau die Worte wiederholt hatte, die er selbst gesagt hatte, als Henry drei Jahre alt gewesen war. Er hatte Henry ins Fitnessstudio mitgenommen und eine Reihe Liegestütze gemacht, und als er sich erhoben hatte, sah er, dass Henry versuchte, ihn nachzuahmen. Seinen kleinen Po in die Höhe gereckt, versuchte Henry eine Minute lang nachzumachen, was er bei seinem Vater gesehen hatte.

Und jetzt …

Die Erkenntnis machte ihn noch immer sprachlos. Wollte Henry damit sagen, dass … dass … „Wenn ich nicht da war … und wenn du in Schwierigkeiten warst … dann hast du Liegestütze gemacht?" Ihm war ganz schwindelig zumute. „Wegen mir?"

„Liegestütze." Henry nickte langsam. „Weil du fischen warst."

Die ganze Zeit? Tränen trübten Dans Blick. Die ganze Zeit hatten Henrys Liegestütze eine Bedeutung gehabt. Weil er sich dann seinem Vater näher fühlte. Dem Vater, der fischen war. „Henry … es tut mir leid.“ Er brachte die Worte kaum heraus, aber er musste sie sagen. Egal, wie schwer es ihm fiel. „Ich wusste nicht, dass du mich vermisst hast.“

Henry sah aus, als wollte er etwas sagen. Aber stattdessen blickte er Dan wieder an und lächelte. Ein Lächeln, das Dan erkannte, weil es das Lächeln des dreijährigen Jungen war, den er vor so vielen Jahren verloren hatte. Henry summte einige Sekunden lang und sang dann leise eine Liedzeile, in der es darum ging, sich auf eine Freundschaft einzulassen, auch wenn alles dagegensprach. Selbst hier im Auto klang seine Stimme klar und kräftig. Keine Frage, der Junge konnte singen.

Dan dachte über den Sinn der Worte nach und lächelte. „Da hast du recht, mein Sohn. Unerwartet und wunderbar.“

„Papa?“

„Ja, Henry?“

„Du kannst jetzt weiterfahren, Papa.“

Dan zögerte, dann lachte er. „Stimmt, Kumpel. Fahren wir nach Hause zu deiner Mutter.“

„Und zum Film.“

„Genau.“ Dan fädelte den Wagen wieder in den Verkehr ein. „Und zum Film. Den dürfen wir nicht vergessen.“

Es gab ein Foto, das Tracy für sich behielt, eines, das sie mit niemandem teilte – nicht einmal mit Dan. Auf dem Bild war Henry gerade einmal drei Jahre alt, und es war ein paar Wochen vor dem Termin bei seinem Arzt gewesen, einige Wochen vor den Veränderungen, die schließlich zu seiner Diagnose geführt hatten.

Aber auf dem Bild hielt Henry einen Löwenzahn in der Hand, seine Augen leuchteten aufmerksam und sein Lächeln war voller Liebe und unerschrockenem Charme. Die Blume war für sie gewesen. Henry hatte sie bei einem Ausflug in den Park gepflückt, war zu ihr gerannt und hatte gerufen: „Mami! Mami, guck mal, was ich für dich gefunden habe!“ Tracy zog damals die Kamera aus ihrer Tasche und hielt die Hand hoch.

„Warte mal, Liebling. Mami möchte ein Bild von dir machen."

Und Henry hatte verschmitzt in die Kamera gegrinst. *Er wird eine Menge Herzen brechen, bevor er die Richtige findet*, dachte Tracy.

Als sie schließlich den Film hatte entwickeln lassen, war Henry ein anderes Kind geworden. Er reihte seine Autos und Spielsachen und Bauklötze auf. Ein Teil neben dem anderen. Und wenn sie mit ihm sprach, sah er sie nicht an und reagierte nicht. Zuzusehen, wie ihr Sohn ihr vor ihren eigenen Augen entglitt, ließ Tracy beinahe daran zweifeln, dass Henry jemals mit ihr kommuniziert hatte.

Sie war zu ihm gegangen und hatte ihn an der Schulter berührt, aber er war zurückgezuckt – fast so, als verursachte die Berührung ihrer Finger an seinem Arm ihm körperliche Schmerzen. Genauso war es, wenn sie und Dan versuchten, ihn auf den Arm zu nehmen und zu Bett zu bringen. Er trat und wehrte sich und schrie, so laut er konnte. Von Anfang an war Musik die einzige Atempause gewesen, die einzige Ruhe in einem andauernden Sturm.

Irgendwann in diesem ersten Monat eines Albtraums, der erst jetzt zu enden schien, war Tracy nach Walgreens gefahren und hatte ihre Fotos von diesem Sommer abgeholt. Sie hatte im Auto gesessen und sie durchgesehen, und als sie das Bild von Henry mit dem Löwenzahn sah, war Tracy zum ersten Mal, seit er sich von ihr entfernt hatte, zusammengebrochen und hatte geweint.

Der kleine Junge auf dem Bild war aus ihrem Leben verschwunden, als wäre jemand in ihr Haus gekommen und hätte ihn entführt. In ihrer Situation wurde der Verlust jedoch von einem Kind begleitet, das wie Henry aussah und wie Henry roch und in Henrys Zimmer lebte. Aber nach dem Sommer war er nicht mehr da. Und der eine ganz persönliche Beweis, dass es ihn jemals gegeben hatte, war das Bild.

Henry und der Löwenzahn. Ihr Löwenzahnjunge.

Tracy bewahrte das Foto in einem Umschlag in der obersten Schublade ihrer Kommode auf, versteckt unter einem Stapel kurzer Hosen und ärmelloser Tops. Sie betrachtete es nicht oft, nur wenn sie Henry so sehr vermisste, dass sie das Gefühl hatte, erst wieder atmen zu können, wenn sie ein paar Minuten mit ihm allein verbracht hatte. Mit dem Jungen, der er früher einmal gewesen war.

Diese Woche fanden die Kostümproben von *Die Schöne und das Biest* statt. Die Premiere war am zweiten Freitag im März – schon in einer Woche. Dan war losgefahren, um Henry abzuholen, sodass Tracy eine Stunde für sich hatte. In letzter Zeit hatte sie sich öfter mit Suzanne getroffen, hatte zusammen mit ihr Kaffee getrunken und in den vergangenen Wochen sogar in der Bibel gelesen. Sie hatten noch immer nicht die Vertrautheit wiedergefunden, die sie früher einmal gehabt hatten, aber ihre neue Freundschaft war am Wachsen. Suzanne traf sich heute mit Randy – um über ihre Ehe zu sprechen. Tracy hatte auf dem ganzen Heimweg für sie gebetet.

Zumindest dann, wenn sie nicht an Henry dachte. Die Gespräche mit ihm waren immer noch seltsam und seine Sätze gestelzt, so gar nicht, wie sie es sich wünschten. Aber jetzt, wo er riesige Fortschritte in der Beziehung zu ihnen machte, gab es Tage, an denen Tracy sich fragte, was aus ihrem Sohn noch werden könnte. Vor einem Jahr hatte sie geglaubt, er werde für immer bei ihr leben, unfähig, zu arbeiten oder selbst für sich zu sorgen. Aber jetzt … jetzt zeigte er Zeichen wachsender Unabhängigkeit. Er putzte seine Zähne selbstständig und benutzte Zahnseide, räumte seine Sachen auf, und heute Morgen hatte er sich sogar ein Erdnussbutterbrot geschmiert. Bedeutete das etwa, dass er aufs College gehen und einen Beruf ausüben wollte? Alleine leben? Und was war mit der Freundschaft zwischen ihm und Ella? Früher – eine Ewigkeit war das jetzt her – hatten Tracy und Suzanne unbeschwert Witze darüber gemacht, dass Henry und Ella eines Tages gemeinsam zum Abschlussball gehen würden. Ella hatte kaum solche Gefühle für ihn, und Tracy war sich ziemlich sicher, dass Henry Ella genauso sah wie damals, als er drei Jahre alt gewesen war. Sie war seine beste Freundin, sonst nichts. Ein weiterer Beweis dafür, dass er, auch wenn er aus seinem extrem autistischen Verhalten auftauchte, noch immer nicht so war wie andere Jugendliche seines Alters. Nicht der kleine Junge, den sie verloren hatten.

An diesem Nachmittag konnte Tracy zum ersten Mal seit Weihnachten keinen Tag, keine Stunde länger durchhalten, ohne das Bild anzusehen. Kate war mit einem SpongeBob-Video beschäftigt und nach ihrem Schultag müde. Tracy schlich in ihr Zimmer, öffnete die obere Schublade und fand den Umschlag zwischen ihren Kleidern und dem rauen Holzboden der Schublade. Das Papier war inzwischen vergilbt und die Klappe an den Rändern eingerissen. Sie öffnete ihn und zog das Foto heraus. Es war ein wenig blasser geworden, aber Henrys Lächeln leuchtete immer noch durch die erstarrten Bilder, seine Augen tanzten vor Leben, wie sie es damals getan hatten.

Was war geschehen? Was war der Grund für Henrys Veränderung? Für die Krankheit? Gab es überhaupt eine Ursache? Tracy ließ den Gedanken ausklingen. Es spielte keine Rolle mehr, was der Grund für die Entführung von Henrys Persönlichkeit gewesen war. Es war geschehen. Die Fotografie war der Beweis dafür. Tracy betrachtete das Bild näher. „Ich vermisse dich so sehr, Henry …“, flüsterte sie, und im gleichen Moment hörte sie das Geräusch von Schritten hinter sich.

„Tante Tracy?“ Kate stand dort mit ihren blauen Augen, die denen von Henry so ähnlich waren, so wachsam und voller Leben, wie Henrys Augen es früher auch gewesen waren.

„Hallo, Liebes.“ Sie ließ das Bild sinken. „Ist dein Film zu Ende?“

„Er ist langweilig.“ Sie warf Tracy ein unwiderstehliches Grinsen zu. „Ich möchte lieber tanzen.“ Sie blickte an Tracy vorbei auf das Bild in ihrer Hand. „Henry hat immer getanzt, nicht wahr? Im Film tanzt er die ganze Zeit.“

„Das stimmt.“ Tracy war unsicher, ob sie das Bild wegpacken oder warten sollte, bis ihre Unterhaltung mit Kate beendet war. Sie hatte das Foto niemandem gezeigt, und es fühlte sich seltsam an, es jetzt zu tun. Als würde die einzige ganz private Welt, die sie mit ihrem Sohn teilte, überfallen.

„Was ist das für ein Bild?“ Kate kam näher und reckte ihr kleines Gesicht vor. „Ist das Henry?“ Sie blickte zu Tracy auf. „Er sieht aus wie Henry in dem Film.“

Tracy zögerte, aber nur einen Augenblick lang. Sie war albern. Was konnte es schon ausmachen, wenn sie Henrys kleiner Cousine dieses Bild zeigte? „Ja, Kate. Das ist Henry – als er drei Jahre alt war."

„Darf ich es mir ansehen?" Sie stellte sich auf Zehenspitzen.

„Hier." Tracy hielt ihr das Foto hin. „Er hat mir einen Löwenzahn geschenkt."

„Oooh." Kate grinste. „Ich mag Löwenzahnblumen. Sie sind gelb."

„Das sind sie."

Kate betrachtete die Aufnahme. „Ja", nickte sie. „Das sieht wie Henry aus. Seine Augen sind genauso."

Tracy wollte ihr widersprechen. Sie sah das Foto von ihrem Sohn an und dann wieder Kate. „Meinst du wirklich?"

„Mhm." Sie nickte. „Wenn du Henry genau ansiehst, sind seine Augen genauso. Und er tanzt immer noch gerne."

„Ja?" Kate wohnte erst seit ein paar Monaten bei ihnen, aber ihre liebenswerte und offene Zuneigung zu Henry machten sie schon jetzt zu einer Expertin, was ihn betraf. Sie tat Henry gut, da war Tracy sicher. Sie hatte das Gefühl, dass die beiden sich mehr unterhielten, als irgendjemand ahnte. „Woher weißt du das, Liebes? Dass er immer noch gerne tanzt?"

Kate kicherte. „Das hat er mir erzählt. Er tanzt mit Ella, wenn er der Prinz ist."

„Oh." Das hätte Tracy sich denken können. „Das hat er dir erzählt?"

„'türlich. Er erzählt mir alles." Kate war mit dem Foto fertig. „Komm, Tante Tracy." Sie nahm ihre Hände. „Wir gehen tanzen! Meine Füße sind schon ganz zappelig!"

Tracy lachte. Kate tat nicht nur Henry gut … sie war eine Wohltat für sie alle, weil die Freude aus ihrem Herzen und ihrer Seele strömte und ihr Zuhause mit Liebe und Lachen erfüllte. Mit Kate und Ella und Dan und ihr hatte Gott Henry gut versorgt, das stand fest.

Sie schob das Foto wieder in den Umschlag und versteckte es am Grund der Schublade. Es gab andere Bilder und natürlich die Filmaufnahmen. Viele Möglichkeiten, wie sie sich an den Jungen erinnern konnte, der Henry einmal gewesen war. Aber dieses eine Bild, verborgen hier in ihrem Zimmer, würde immer etwas Besonderes sein. Wenn sie es in der Hand hielt, konnte sie die Luft und den Duft des Sommertages riechen, den feinen Schweißfilm auf Henrys kleiner Stirn sehen und die Begeisterung in seiner Stimme hören. Sie konnte den schwachen Duft seines Babyshampoos riechen und einen Hauch Waschmittel in seinen kurzen Hosen und T-Shirts. Und dann war sie für ein paar Minuten wieder dort, an dem Ort, wo sie Henry verloren hatte.

Das Foto war wichtig, weil es sie tröstete und ihr einen Grund gab, zu glauben, dass Henry irgendwo dort drin war. In letzter Zeit hatten sie flüchtige Blicke auf ihn erhascht, und Kate … tja, Kate hatte mehr als nur das gesehen. Tracy seufzte, als sie das Zimmer verließ und Kate folgte, die durch den Flur hüpfte. Ja, das Bild würde bleiben, wo es war. Tracy konnte keine „Vermisst"-Anzeigen in der Nachbarschaft aufhängen und fragen, ob jemand den Henry gesehen hatte, den sie verloren hatte. Aber sie konnte das Bild von Henry mit dem Löwenzahn haben. Eine ständige Erinnerung daran, dass sie nie aufhören durfte, für seine vollständige Rückkehr zu beten.

Oder dafür, dass sie seine Augen eines Tages so sehen konnte, wie Kate sie sah.

30

All die Stunden, in denen sie die Szenen durchgegangen waren und mit dem Orchester geprobt hatten, all die Nachmittage, an denen sie Bühnenbilder gemalt und gesehen hatten, wie das Musical Gestalt annahm und jetzt … jetzt war es endlich so weit. Ella prüfte die letzten Feinheiten ihres Make-ups, denn in einer halben Stunde würde die Premiere beginnen.

Für dieses Wochenende waren drei Aufführungen geplant – nicht einmal halb so viele, wie die Theaterabteilung der Highschool früher auf die Bühne gebracht hatte. Mr. Hawkins war mit einigen Hauptdarstellern die Zahlen durchgegangen und hatte sie aufgefordert, ihre Freunde einzuladen, Handzettel zu verteilen und überall in der Schule Plakate aufzuhängen.

„Die Premiere muss ausverkauft sein." Er klang nicht sehr zuversichtlich. „Es ist eine tolle Aufführung. Eine unserer besten. Wenn sie zur Premiere kommen, kommen sie wieder und erzählen es ihren Freunden." Er erklärte den Schülern die Situation, aber was er nicht sagte, war, wie viel diese Aufführung ihm bedeutete. Nicht in erster Linie, weil er Geld für die Schule einnehmen wollte, sondern weil die Schüler seinen Schwanengesang sehen sollten. Und weil sie sich daran erinnern sollten … an seine letzte Arbeit als Schauspiellehrer in Fulton High.

„Wenn es nicht klappt … wenn sie nicht kommen …" Seine Augen glänzten. „Nehmen Sie es nicht persönlich. Nicht jeder weiß Theater zu schätzen." Er blickte in die Runde und sah einen nach dem anderen an. „Aber deshalb ist es nicht weniger wichtig." Er nickte langsam. „Und was Sie in den vergangenen Monaten als Ensemble geleistet haben, *ist* wichtig."

Er sprach von Henry, da war Ella ziemlich sicher. Alle betrachteten Henry inzwischen als das Herzstück des Musicals. Er war eindeutig ein anderer Junge, als er noch zu Beginn des Schuljahres gewesen war. Er sprach immer noch nicht mit den anderen Schülern, aber das machte er bei Ella wieder wett. Die ganze Woche freute er sich schon auf die Premiere.

„Um sieben Uhr am Freitagabend – richtig, Ella?"

„Richtig, Henry. Um sieben Uhr."

„Ich bin der Prinz."

Ella lachte. Sie empfand inzwischen eine tiefe Zuneigung für Henry, und in letzter Zeit fragte sie sich häufiger, ob er weitere Fortschritte machen und irgendwann wieder anders werden würde – „normal", würden die anderen sagen. Aber was war schon normal? Manchmal, wenn er sie beobachtete, wenn seine unendlich blauen Augen seinen Glauben widerspiegelten, dass alle Menschen gut waren und nie jemand gemein zu ihm gewesen war oder ihn tyrannisiert hatte, wenn er sie so intensiv ansah, dass sie beinahe das Gefühl hatte, er könne ihre Gedanken lesen, dann merkte Ella, wie sie sich fast in ihn verliebte. In diesen attraktiven Freund, den sie seit ihrer Geburt kannte.

Aber wenn er nicht ganz zurückkam … würde er nie mehr in ihr sehen, als er in ihr gesehen hatte, als sie drei Jahre alt waren. Eine Beziehung kam zu diesem Zeitpunkt nicht infrage. Es war ein lächerlicher Gedanke.

Sie zog ihr erstes Kostüm an – das blaue Kleid – und betrachtete sich ein letztes Mal in dem großen Standspiegel. Vor sechs Monaten hätte sie die Rolle spielen können, aber ihre Schauspielerei wäre flach und ihre Darstellung der Belle oberflächlich gewesen. Doch jetzt verkörperte sie ihre Rolle mit Leidenschaft – ein Mädchen, das bereit war, die Schönheit in jemandem zu sehen, den alle anderen ausgestoßen hatten; eine junge Frau, die half, einen Mann mit einem goldenen Herzen zu verwandeln.

Ja, Ella konnte sich in die Gestalt der Belle hineinversetzen. Sie würde mit ganzem Einsatz spielen, und sie würde wenigstens eines wissen: Wenn *Die Schöne und das Biest* die letzte Vorstellung war, die auf der Schulbühne aufgeführt wurde, dann würden die Leute sich daran erinnern.

Sie eilte aus ihrer Umkleide in den Raum hinter der Bühne. Überall herrschte hektische Betriebsamkeit, und der Junge, der den Lumière spielte, hatte Probleme mit seiner Flamme, während jemand versuchte, die Uhrzeiger an Herrn von Unruh zu befestigen. Eine Gruppe Mütter hatte sich bereit erklärt, die Kostüme herzustellen, und jetzt war eine von ihnen mit Nadel und Faden bewaffnet. „Klett funktioniert nicht. Jetzt nähen wir die Zeiger an."

Mr. Hawkins saß unweit von ihnen und ging ein letztes Mal das Skript durch. Er schien die Schwierigkeiten mit Herrn von Unruh nicht zu bemerken.

„Ihr wisst doch, wie das Sprichwort lautet …" Der Junge zuckte mit den Schultern. „Vorsicht ist besser als …“ Er sah eine vorübergehende Städterin an. „Besser als was noch mal? Rücksicht?“

„Nachsicht.“ Das Mädchen kicherte. „Besser als Nachsicht.“

„Noch zwanzig Minuten, Leute.“ Mr. Hawkins spürte den Druck – das war seiner Miene anzusehen. Aber sein Tonfall war inzwischen freundlich und geduldig. Wenn dies die letzte Aufführung dieser Gruppe war, dann wollte ihr Lehrer sie ebenso genießen wie die Darsteller.

Ella war das Durcheinander, das bei jeder Aufführung hinter der Bühne herrschte, vertraut – vor allem bei der Premiere. Aber sie wollte Henry finden. Für ihn war all das ungewohnt, und Ella machte sich Sorgen, dass er in der Aufregung sein Lied vergessen könnte, den Text oder die Melodie. Er machte immer noch hin und wieder Liegestütze. Einmal sogar während einer Kostümprobe. *Aber nicht heute, Jesus … bitte nicht heute.*

Sie hatte eine Ahnung, wo sie ihn finden würde. In der vergangenen Woche hatte sie Henry mehrmals im Requisitenzimmer gefunden, wo er ganz allein war und die Knöpfe an den verschiedenen Kostümen gezählt hatte. Ella lief den kurzen Flur hinunter und öffnete die letzte Tür auf der linken Seite. Und da war er.

Henry trug sein Kostüm und sah ganz und gar wie ein Prinz aus. Aber er zählte keine Knöpfe. Er hatte die Arme ausgestreckt und drehte sich in weiten, anmutigen Kreisen – im Tanz mit einer imaginären Partnerin. Er blieb stehen und drehte sich um, als er sie hinter sich eintreten hörte. „Premiere.“ Er lächelte, und seine Augen leuchteten. „Sieben Uhr.“

„Das stimmt.“ Sie hielt ihm die Hand hin und Henry ergriff sie. Sie hielten sich inzwischen regelmäßig bei den Händen. Ella vermutete, dass er die körperliche Berührung ertragen konnte, weil sie ihn in seine Kindheit zurückversetzte, als sie ständig Händchen gehalten hatten. Ansonsten war Henry noch immer empfindlich, was sensorische Reize betraf. Das war der Ausdruck, dem sie immer wieder begegnete, wenn sie im Internet etwas zu Autismus oder Asperger suchte. Zu starke sensorische Reize brachten einen Autisten dazu, sich abzuschotten oder einen Anfall zu bekommen. Henry ließ sich in einem solchen Fall auf den Boden fallen und machte Liegestütze. Seine Mutter hatte ihr gestern erzählt, dass sie dieses Geheimnis auch gelöst hatten. Liegestütze bedeuteten, dass er seinen Vater vermisste. Diese Offenbarung verstärkte ihre Zuneigung zu Henry nur noch.

Sie blieb in der Nähe der Tür stehen, ihre Finger noch immer in Henrys Hand. „Du bist ein guter Tänzer, Henry. Du brauchst nicht zu üben."

„Üben vor der Premiere." Er nickte und senkte beinahe schüchtern den Blick. „Ich bin ein Prinz. Sieben Uhr." Seine Augen suchten ihre, und wie so oft fing er an zu singen. „Märchen schreibt die Zeit ... in des Dichters Kleid."

Seine Stimme ließ Ella dahinschmelzen. Sie sah seine breiten Schultern und die hochgewachsene Gestalt, seinen glatten Teint und die immer durchdringenden blauen Augen. „Ja, Henry." Sie lächelte. „Du bist ganz eindeutig ein Prinz." Sie führte ihn den Gang hinunter und zu den anderen Mitwirkenden. Er ließ sich immer noch nicht gerne drängen, mochte es nicht, mitten im Getümmel zu sein. Also setzte Ella sich mit ihm hinten in den Raum, während die Leute um sie herum sich allmählich für ihren Auftritt bereit machten. In zehn Minuten würde der Vorhang aufgehen.

Erst jetzt hörte Ella etwas, das ihr Herz stocken ließ. Die Wände hinter der Bühne waren hauchdünn, und normalerweise müsste man das Publikum hören. Sie mussten etwas hören, wenn das Theater sich füllte. Aber genau das war das Problem.

Was Ella hörte, war Stille. Nichts.

Henry ließ ihre Hand los und rutschte unruhig auf seinem Platz hin und her. Er spürte Dinge besser als andere Menschen, und dies war so eine Gelegenheit. Ella verbarg ihre Enttäuschung in den tiefsten Tiefen ihres Herzens. „Es wird Spaß machen, Henry. Du wirst großartig sein."

„Sieben Uhr."

„Genau, Henry. Sieben Uhr."

Inzwischen würden auch seine Eltern da sein und Ellas Mutter. Sogar ihr Vater wollte versuchen zu kommen. Ella lächelte, wenn sie sich vorstellte, wie ihre Eltern nebeneinander im Publikum saßen. Sie und ihre Mutter sprachen in letzter Zeit wieder mehr miteinander, und Ella hatte das Gefühl, dass sie noch mehr reden würden, wenn die Aufführung vorbei war. Im Moment war sie zu beschäftigt, denn Henry beanspruchte ihre gesamte Aufmerksamkeit. Es ging um seinen großen Augenblick – seinen zweiten großen Augenblick. Und wenn ihre Mitschüler tatsächlich erschienen, wie Ella sie bei Michaels Trauerfeier gebeten hatte, dann würde das für sie alle in Fulton einen Wendepunkt bedeuten.

Sie hatte mit LaShante gesprochen, aber ihre Freundin hatte nichts davon gehört, wer kommen würde. „Ich höre mich um", sagte sie. „Manchmal frage ich mich, ob irgendjemand sich überhaupt noch daran erinnert, was mit Michael geschehen ist."

LaShante war seit Weihnachten mit Ella zum Gottesdienst gegangen und sie hatten zusammen für die Aufführung heute Abend gebetet.

„Ich habe eine Überraschung", hatte sie gestern zu Ella gesagt. „Ich kann dir nicht versprechen, dass jemand kommt, aber eine Überraschung habe ich trotzdem."

Überraschung oder nicht – Ella hatte Mühe, gegen die Enttäuschung in ihrem Herzen anzukämpfen. Wenn heute Abend niemand kam, würde die Aufführung durch einen leeren Saal leiden. Es wäre das Todesurteil für die Schauspielkurse und Mr. Hawkins. Womöglich sahen Gottes Pläne doch anders aus, als sie gehofft hatten?

Henry rührte sich, und er schien nervöser als vorher.

Ich darf das nicht tun, Gott … ich darf mich nicht entmutigen lassen. Henry verdient etwas Besseres. Bitte … hilf mir. Sie setzte sich aufrechter hin und fand das Lächeln, das in den letzten Minuten verblasst war, wieder.

„Es ist in Ordnung, Henry. Alles ist in Ordnung."

Er nickte und wiegte sich vor und zurück, wie er es tat, wenn er verunsichert war. Dann grinste er und sang ganz leise: „Immer wieder gleich …" Sein Gesang war so leise, dass niemand außer ihr ihn hören konnte, zumal die anderen Mitwirkenden sich setzten und letzte Accessoires oder ihre Frisuren richteten. Henry sang die nächste Zeile über die Überraschungen des Lebens.

„Das stimmt, Henry.“ Ella legte den Kopf ein wenig schief. Konnte er die Ungewissheit spüren ... die Tatsache, dass sie die bittere Überraschung eines leeren Saales fürchtete? „Immer wieder neu.“

Ein hoffnungsvoller Blick tanzte in Henrys Augen. „Ich habe gebetet.“

„Du hast gebetet?“ Sie liebte diesen Jungen, dessen Herz so rein war. „Du hast für unsere Vorstellung gebetet?“

Er zögerte, und sein Blick wanderte für einen Moment in die Ferne. Dann schüttelte er den Kopf. „Ich habe für die Plätze gebetet.“

„Die Plätze? Im Theatersaal?“

„Eintausendfünfunddreißig Plätze.“ Seine Antwort kam wie aus der Pistole geschossen. „Ich habe für eintausendfünfunddreißig Plätze gebetet.“

„Du hast sie gezählt?“ Ella versuchte sich vorzustellen, wie Henry während der Proben die Zeit gefunden hatte, jeden Platz im Theater zu zählen. „Wirklich?“

„Eintausendfünfunddreißig.“

Ella hätte ihn am liebsten umarmt, ihn an sich gedrückt und ihm versprochen, wenn er für jeden Platz im Saal gebetet hatte, würde Gott sicherlich dafür sorgen, dass alle diese Plätze besetzt waren. Oder ...? Sie war sich nicht ganz sicher.

„Das hast du gut gemacht, Henry. Bete weiter, okay?“

Er zögerte, und ein paar Sekunden lang sah er so verwirrt aus, wie sie ihn schon lange nicht mehr gesehen hatte. Dann stand er auf, durchquerte den Raum, nahm seinen Rucksack und brachte ihn mit zu seinem Platz neben ihr. Er öffnete den Reißverschluss und fing an, den Inhalt zu durchsuchen. Offenbar suchte er seine Karteikarten – etwas, das er seit über einem Monat nicht mehr getan hatte. Sie mussten im Rucksack ganz nach unten gerutscht sein, aber schließlich bekam er sie zu fassen und fing an, darin zu blättern. Wieder ganz der alte Henry.

„Henry …“

Er hörte sie nicht, reagierte nicht auf ihre Stimme.

„Du brauchst diese Karten nicht, Henry … Du schaffst das. Du kannst mit mir reden.“

Langsam … ganz langsam hörte er auf, die Karten durchzugehen. Er nahm eine Karte aus dem Stapel und legte den Rest sorgfältig in den Rucksack zurück. Dann gab er ihr die Karte.

Sie nahm sie erstaunt aus seiner Hand entgegen. Diese Karte hatte sie noch nie gesehen. Sie war voller Noten und in der Mitte war ein Herz. Worte standen nicht darauf, aber die Bedeutung war klar. „Du liebst die Musik? Meinst du das, Henry?“

Er lächelte, und es war ein schüchternes Lächeln. „Das ist für dich, Ella. Weil Herzen für Liebe sind.“

„Liebe zur Musik?“ Sie war nicht sicher, ob sie ihn verstand. Und auch als ein wunderbares Gefühl sich in ihr ausbreitete, wollte sie sicher sein. „Herzen stehen für die Liebe zur Musik?“

„Herzen …“ Er sah sie an und blickte direkt in ihre Seele. „Herzen für dich, Ella. Herzen sind für Liebe.“ Ein paar Sekunden lang knetete er seine Finger und kämpfte gegen die Nervosität an, die ihn zu überwältigen drohte. „Herzen sind für Liebe.“

Ella sah die Karte an. Sie würde sie immer aufbewahren, an einem Ort, wo sie sie sehen konnte. Weil sie ziemlich sicher war, dass niemand sie jemals so geliebt hatte, wie Henry Harris sie in diesem Augenblick liebte. Er liebte sie so sehr, dass er sein Unbehagen besiegte und ihr genau sagte, was er empfand. Sie blinzelte die Tränen zurück. „Kann ich dich in den Arm nehmen?“

„Nein.“ Vielleicht hatte er die Ironie seiner Antwort erkannt, denn er lachte nervös. Dann streckte er den Arm aus und nahm ihre Hand. „Die Schöne und das Biest.“

Sie lächelte ihn an. Heute Abend brauchten sie nichts zu fürchten. Das Musical, das sie gleich aufführen würden, war ein Fest, eine Feier. Egal, wer dabei zusah. Sie hatten für ein Wunder gebetet, und Gott hatte es ihnen in einem Lied geschenkt. Ellas Nachforschungen hatten ergeben, dass es nicht immer allein auf das Konto des Glaubens ging, wenn ein Mensch, der in der Welt des

Autismus gefangen war, befreit wurde. Klar war: Gott war bei Henry, ob er irgendwo in seiner eigenen Welt lebte oder hier bei ihnen. In seiner eigenen Welt verbrachte er die Tage damit, die Musik zu hören und für alle zu beten, jede Stunde. Er hatte kostbare Erinnerungen und er hatte einen Weg gefunden, seinem Vater nahe zu sein, auch wenn der Mann Tausende von Kilometern entfernt auf hoher See war.

Ja, Henry ging es gut.

Das Wunder geschah nicht für Henry, sondern für die Menschen, die ihn liebten.

Und in diesem Fall hatte Gott ihnen die Musik als Mittel gegeben, mit dem sie Henry erreichen konnten. Das und die Erinnerung an eine weit zurückliegende Freundschaft. Ella hielt Henrys Hand ein wenig fester. Der Freund an ihrer Seite hatte ihr Leben verändert. Wegen ihm würde sie nie wieder die Gleiche sein, und so würde es jedem gehen, der heute Abend das Stück sah.

Selbst wenn die meisten Plätze leer blieben.

Tracy hatte ein ganz merkwürdiges Gefühl, als sie und Dan an diesem Abend vom Parkplatz zum Theatersaal gingen. Kate war schon dort. Sie war mit der Familie einer Freundin früher zur Schule gefahren, um am Eingang Programme zu verteilen. Sie waren später dran, als Tracy lieb war, aber trotzdem blieb sie vor dem Eingang stehen – an der Seite und so, dass sie den anderen ankommenden Zuschauern nicht im Weg war. Sie wandte sich an Dan. Beide trugen ihre elegantesten Sachen, schick gemacht für einen Auftritt, von dem sie im Traum nicht erwartet hätten, dass sie ihn eines Tages miterleben würden.

„Weißt du, wie ich mich fühle?" Sie legte den Kopf ein wenig schief, während ein kühler Frühlingswind die Luft um sie herum tanzen ließ.

Dan lachte leise. „Wenn es dir geht wie mir, dann hast du eine Todesangst." Sein Lächeln erstarb. „Was ist, wenn er es nicht schafft? Ich hasse die Vorstellung, dass er sich unseretwegen lächerlich macht."

„Dan …“ Mit einem Mal spürte Tracy eine stille Zuversicht. „Er wird es schaffen. Er war bei jeder Probe perfekt.“

„Ich weiß … aber trotzdem.“ Dann schien ihm ihre Frage wieder einzufallen. „Und, wie fühlst du dich?“

Sie trat etwas näher und legte den Arm um seine Hüfte, während sie ihm in die Augen sah. „Als wir Henry verloren haben, hatte ich immer das Gefühl, dass jemand ihn entführt hat. Ihn uns gestohlen hat.“

Dan nickte. „So ging es mir auch.“

„Aber wir konnten ihn nicht vermisst melden oder … oder ihn suchen gehen, weil …“, sie spürte, wie die altbekannte Traurigkeit wieder in ihr aufstieg, „weil er gleichzeitig immer noch da war. Direkt uns gegenüber am Esstisch.“

Ihr Mann berührte ihr Gesicht, während er ihr zuhörte. Er war jetzt so viel aufmerksamer, als wäre auch er von einem entfernten Ort zurückgekehrt. Einem Ort, der noch weiter weg war als Alaska.

„Weißt du“, versuchte Tracy die richtigen Worte zu finden, „so oft … öfter, als ich zählen kann … wollte ich mich ins Auto setzen und fahren. Einfach nur fahren. So weit weg und so schnell wie möglich, auf der Suche nach dem Jungen, den wir verloren hatten.“

Tränen trübten ihren Blick, so groß war ihr Kummer angesichts der verlorenen Jahre. Aber trotz ihrer Tränen gab ein Hoffnungsschimmer ihrer Stimme Kraft. „Aber hier … heute Abend … habe ich das Gefühl, dass ich endlich das tun kann, was ich mir all die Jahre gewünscht habe.“ Sie wandte sich um und deutete mit dem Kinn in Richtung Eingang. Zwei Tränen kullerten über ihre Wange. „Nämlich durch diese Tür gehen und meinen Sohn finden.“

Seine Truppe war bereit, dessen war sich Manny Hawkins sicherer, als er sich jemals einer Sache gewesen war. Dieses Stück – und wenn es seine letzte Inszenierung war – würde das beste Stück aller Zeiten werden. Daran zweifelte er nicht. In den vergangenen Monaten hatte er etwas vom Wert eines Lebens erkannt – und auch, dass es sich lohnte, etwas Ungewöhnliches zu tun.

Ja, er hatte von Ella Reynolds und Henry Harris einiges gelernt – Lektionen, die er mitnehmen würde, nachdem das Theaterprogramm der Highschool abgeschafft worden sein würde: die Fähigkeit zu lieben zum Beispiel. Und das Geschick, hinter das Äußere eines Menschen zu blicken. Und er hatte gelernt zu beten. Niemand betete wie Henry Harris. All das Wedeln mit den Armen … Manny verstand es jetzt. Henry betete. Kein Wunder, dass ein Großteil der Besetzung sich ihm angeschlossen hatte. Es war jetzt üblich, dass die Mitwirkenden sich am Ende der Probe, oder wenn eine Nummer nicht gut lief, im Kreis aufstellten, einander bei den Händen hielten und zu einem Gott beteten, von dem niemand in der Schauspielabteilung vorher öffentlich geredet hatte.

Er dachte an die Verwaltung und die Warnung, die man ihm zu Beginn des Schuljahres mitgegeben hatte. Seine Rektorin würde heute Abend mit Sicherheit da sein und die leeren Plätze zählen. Das Ende war abzusehen. Aber das bedeutete nicht, dass er nicht auch so von der Bühne abtreten konnte, wie Henry abtreten würde.

„Also gut, ihr jungen Mimen." Manny hatte plötzlich einen Kloß im Hals. Schauspielkurs oder nicht, sie hatten in diesem Jahr viel mehr erreicht als ein volles Haus. „Bilden wir einen Kreis."

Die anderen schienen die gemischten Gefühle im Raum zu spüren, denn sie machten keine Witze und schwatzten auch nicht. Es waren noch fünf Minuten bis zum Beginn der Vorstellung und alle Augen waren auf Manny gerichtet. Er wartete, bis sie alle im Kreis standen. Henry und Ella waren die Letzten, die sich zu ihnen gesellten, aber sie kamen, und Henry nahm wie alle anderen seine Anweisungen entgegen. Manny beobachtete ihn und dachte eine Sekunde lang daran, wie Henry zu Beginn des Schuljahres ausgesehen hatte und dass Manny dagegen gewesen war, dass er auch nur bei den Proben zusah. Sein Verhalten war so merkwürdig sprunghaft gewesen und er war überhaupt nicht in der Lage gewesen zu kommunizieren.

Die Verwandlung war nicht weniger dramatisch als das, was sie heute Abend auf der Bühne sehen würden.

Manny nickte Ella zu. Es gab nicht viele Schüler, die vor einer

Musicalaufführung in der Fulton Highschool ein Gebet gesprochen hatten, aber heute war alles anders. Ella straffte die Schultern. „Lasst uns beten." Ihre Stimme klang ruhig und klar. „Großer Gott, wir wissen, dass du bei uns bist und dass du hier etwas ganz Besonderes getan hast." Sie hielt inne, und Manny stellte sich das leere Theater vor, das sie auf der anderen Seite des Bühneneingangs erwartete. Er hustete ein paarmal, um nicht in Tränen auszubrechen. Ella fuhr fort, und ihre Zuversicht war wie aus einer anderen Welt. „Es spielt keine Rolle, was … wie der heutige Abend wird, weil wir gewonnen haben. Als Gruppe, als Einzelne und als Menschen, die an etwas Größeres als uns selbst glauben. Bitte … führe du uns heute Abend. Und, Gott, wir widmen diese Aufführung dem Schüler, der uns beigebracht hat, an das Unmögliche zu glauben. Henry Harris." Sie machte eine Pause, um ihre Gefühle unter Kontrolle zu bringen. „Wir widmen den heutigen Abend ihm. In deinem Namen, Amen."

Mannys Kehle war wie zugeschnürt, und er war nicht sicher, wie er nach Ellas Gebet auch nur ein Wort herausbringen sollte. Aber wie es bei der Premiere üblich war, musste Manny als Erster die Bühne betreten – bevor der erste Ton der Ouvertüre erklang. Er würde durch diese Tür gehen und das Publikum begrüßen, egal wie spärlich der Besuch war. Er würde sich bemühen, die Rektorin und die anderen Mitglieder der Verwaltung nicht anzusehen, und er würde ihnen die Wahrheit sagen: dass die Vorstellung, die sie sehen würden, tatsächlich ein Wunder war.

Manny holte tief Luft. *Gib mir Kraft, Gott … hilf mir, den jungen Leuten zuliebe positiv zu bleiben.* Er hob die Hand, um die Schüler zum Schweigen zu bringen. „Erster Aufzug, macht euch bereit." Er rückte seine gestreifte Krawatte gerade und zog den Kragen seines besten weißen Hemdes zurecht. „Ich komme gleich wieder." Er ging die flache Rampe hinauf und öffnete die Tür. Es dauerte ein paar Sekunden, bis seine Augen sich an das schummrige Licht im Saal gewöhnt hatten, vor allem, weil der Spot auf ihn gerichtet war. Aber während er noch versuchte, die Situation vor seinen Augen einzuordnen, brach der ganze Raum in Applaus aus. Und das war nicht der Applaus von wenigen Leuten, die sich bemühten, höflich zu sein.

Es war ein aufwühlender, tosender, ohrenbetäubender Applaus.

Manny blieb stehen und seine Knie wurden weich. Er war stolz darauf, dass er immer Haltung bewahrte und die Tragödien in Fulton selbst in einem Jahr wie diesem gefasst wegsteckte. Aber jetzt konnte nichts seine Tränen aufhalten. Er hatte das Standmikrofon noch nicht ganz erreicht, aber er rührte sich nicht von der Stelle, während er versuchte zu verarbeiten, was er sah.

Der Saal war bis auf den letzten Platz gefüllt.

Nein, mehr als das. Schüler und Eltern besetzten die Stühle … jeden einzelnen … und an den Wänden hinten und an der Seite standen noch mehr von ihnen, bis zu drei Reihen hintereinander. Er ließ den Blick über das Publikum schweifen und sah Jugendliche, die noch nie bei einer Theateraufführung der Schule gewesen waren – die Skateboard-Kids und die Cheerleader und die Naturwissenschafts-AG … die Schüler aus dem Rhetorikkurs … und in der Mitte rechts saß eine Gruppe, von der Manny nie geglaubt hätte, dass sie einmal dieses Gebäude betreten würde.

Jake Collins und seine Freunde.

Sie trugen keine Trikots, sondern Anzughemden. Und während der Applaus des Publikums anschwoll, waren Jake und Sam die ersten, die aufstanden. Andere folgten, bis alle Zuschauer standen. Und Manny wurde bewusst, dass dies nicht das Ende war. Das Schauspielprogramm der Schule würde nach dem heutigen Abend weiterleben. Erst jetzt sahen Mannys feuchte Augen die Plätze ganz vorne, wo das Orchester saß und auf seinen Einsatz wartete.

Ein Stuhl war leer geblieben, vorne in der ersten Reihe der Bläser. Er gehörte Michael Schwartz. Und gleich neben diesem leeren Stuhl sah Manny ein neues Gesicht. Er wusste von der Überraschung – das Mädchen war ein Naturtalent. Der Leiter des Orchesters hatte darüber gestaunt, welche Fortschritte die Neue in so kurzer Zeit gemacht hatte. Er lächelte der Schülerin zu, die nie Flöte gespielt hätte, wenn das vergangene Jahr anders verlaufen wäre: LaShante Wilson.

Sie grinste und hob ihre glänzende Flöte in einer Art Gruß. Er antwortete mit einem Nicken und dann winkte er allen zu, die Ellas Rede an dem schrecklichen Tag vor vier Monaten gehört hatten. Michaels Tod hatte sie alle berührt. Sie waren hier, weil es ihnen nicht egal war. Weil sie einander brauchten, egal wer sie waren oder was sie glaubten.

Irgendwann legte sich der Applaus und Manny ging die letzten Schritte zum Mikrofon. In diesem Moment sah er Henrys Eltern in der zweiten Reihe sitzen. Sie sahen glücklich, aber nervös aus. Manny konnte das verstehen, aber sie hätten sich keine Sorgen zu machen brauchen. Sie würden keine Gruppe von Schülern sehen, die einem behinderten Jungen einen Gefallen tat.

Sie würden ihren Sohn sehen.

Manny lächelte trotz seiner zittrigen Hände. Er konnte es kaum erwarten, die Reaktion seiner Schauspielschüler zu sehen, in den Kulissen zu sitzen und zuzusehen, wie sie vor einem vollen Haus spielten. Jetzt war er wieder in der Lage zu sprechen, aber nur so lange, um ihnen allen zu danken.

„Und jetzt …“, Manny schwenkte den Arm in Richtung Vorhang, „sehen Sie *Die Schöne und das Biest*.“

31

Das unwirkliche Gefühl, vor einem überfüllten Theater zu spielen, hielt während der gesamten Aufführung an. Ella hatte in jeder Szene, bei jedem Lied, jeder Textzeile eine Gänsehaut. Die Besetzung und das Orchester spielten jeden Augenblick in unvergleichlicher Weise, als ein Dankeschön an die Menschen, die an diesem Abend beschlossen hatten zusammenzukommen. Im Namen von Michael Schwartz, im Namen der Fulton Highschool oder im Namen Gottes, der vielen von ihnen jetzt mehr bedeutete.

Aber was immer auch der Grund war, sie waren wegen Henry Harris hier – dem einen Schüler, der sie alle unvoreingenommen liebte.

Während der ersten Szene blickte Ella kurz zu LaShante hinüber, und ihre Freundin lächelte zurück. Vielleicht konnte Michael irgendwie durch ein besonderes Fenster sehen, wie das Lied weiterging, wie seine Liebe zur Musik ein Mädchen gepackt hatte, das sonst nie seine Begabung entdeckt hätte. Der zweite Akt war bereits in vollem Gange, als Ella begann, zwischen den Szenen für Henry zu beten. Er saß hinten in den Kulissen, alleine auf einem Stuhl, und wenn keine Musik lief, wiegte er sich hin und her. So wie er es getan hatte, als sie ihn kennengelernt hatte.

Bitte, Gott … nicht heute Abend. Mach, dass er bei uns bleibt.

Sie musste LaShante eine Nachricht zukommen lassen. Wenn die Flöten das Vorspiel zu „Märchen schreibt die Zeit" ein bisschen früher als vorgesehen anfangen könnten, schon während der Verwandlung, würde Henry keine Probleme haben. Im Moment wurde Ella auf der Bühne nicht gebraucht, also rannte sie zum Klassenzimmer und kritzelte ihrer Freundin eine Nachricht auf einen Zettel. Dann sah sie einen der Jungen, die für die Technik zuständig waren. „Hier … gib das LaShante … dem farbigen Mädchen mit der Flöte in der ersten Reihe."

Der Junge stellte keine Fragen, sondern machte sich auf den Weg, bevor sie noch ihren Platz hinter der Bühne erreicht hatte. Henry saß immer noch dort in der Dunkelheit. „Nur noch ein paar Minuten, Henry. Dein großes Lied."

Er hielt den Blick auf die Bühne gerichtet, wo gerade die Szene mit Gaston spielte.

„Bist du bereit?" Sie hockte sich neben ihn, und ihr gelbes Kleid breitete sich auf dem Boden aus.

Diesmal sah er sie an. „Märchen schreibt die Zeit."

„Genau." Sie hatte nicht mehr viel Zeit. Sie hielt seine Hand ein paar Sekunden und drückte sie leicht. „Wir sehen uns da draußen."

Er lächelte. „Die Schöne und das Biest."

Ella kannte ihre Rolle gut genug, um ihren Text zu singen und besser zu spielen, als sie jemals gespielt hatte. Aber die ganze Zeit war ihr deutlich bewusst, dass die Szene mit Henry näher rückte. *Bitte, Gott … mach, dass LaShante die Nachricht bekommen hat.* Es war, als würde alles im Zeitraffer ablaufen, und plötzlich war der Augenblick da. Gaston erstach das Biest und brach dann selbst tot zusammen. Das Biest lag auf dem Boden und rang um Atem.

„Nein", schrie Ella auf. „Verlass mich nicht … bitte." Sie keuchte und ließ sich auf die Knie fallen. Ihr Körper bebte, als sie den Verlust ihres Freundes beklagte. „Du darfst nicht gehen." Sie setzte sich auf, und ihre ganze Aufmerksamkeit war dem Gesicht des Biestes gewidmet. „Ich … ich liebe dich."

Dann folgten die eindringlichen Klänge der Verwandlung. Ein Vorhang, der in Nebel gehüllt war, umfing sie wie ein Zauber. Das Biest erhob sich hinter dem Vorhang und lief in die Kulisse. Dies war Henrys Stichwort. Zeit für ihn, zu ihr auf die Bühne zu kommen. Aber er war nirgends zu sehen.

„Henry", rief sie leise in die neblige Dunkelheit. „Wo bist du?"

Im gleichen Augenblick setzte der trällernde Klang der Flöten ein. Die Melodie „Märchen schreibt die Zeit" erklang – Henrys Lieblingslied. Und da im Nebel, bevor sie sich noch länger Sorgen machen konnte, was alles schiefgehen könnte, stand Henry vor ihr.

Er lächelte und sein Blick begegnete ihrem. „Ich bin da", flüsterte er.

„Gut", antwortete sie leise. Die Lichter flammten auf, die Verwandlung war vollendet.

Henry sah umwerfend aus, wie er in seinem weiß-goldenen Kostüm nur wenige Zentimeter von ihr entfernt stand, die Schultern zurückgeworfen, sein Blick und seine Miene voller Kraft und Güte. Bei all den Proben hatte Henry nicht ein einziges Mal den Text gesprochen, der im Skript stand. Aber die Wunder, die Gott an diesem Abend vollbrachte, waren noch nicht zu Ende. Henry berührte ihre Schulter. „Ich bin es, Belle … Siehst du nicht? Das war ich … die ganze Zeit."

Ellas Lippen öffneten sich, und einen Moment lang war sie nicht sicher, ob sie ihren Namen sagen konnte, geschweige denn ihren

Text. Es war, als spielte Henry keine Rolle mehr, sondern erzählte ihr etwas über sich selbst. Dass dies – und nicht der Junge, den sie im letzten Herbst kennengelernt hatte – der wahre Henry war. Sie strich die Falten ihres Kleides glatt und versuchte sich an den Text zu erinnern. Und die ganze Zeit spielte die Musik. LaShante und der Junge von der Technik hatten getan, worum Ella sie gebeten hatte, und jetzt … jetzt gab die Musik Henry die Gelegenheit zu glänzen.

Konzentrier dich, Ella … komm schon. „Du … du bist es wirklich! Ich kann es nicht fassen." Sie streckte die Arme aus und nahm Henrys Hände.

Und dann fing er an zu singen. „Märchen schreibt die Zeit …"

Gleich kam ihr Einsatz, aber bevor sie beginnen konnte, geschah etwas im Publikum – etwas, das keiner von ihnen geprobt oder vorhergesehen hatte. Die Zuschauer applaudierten, immer lauter. Das Orchester schien zu begreifen, dass Ella mehr Zeit brauchte, also spielten sie die gleichen acht Takte noch einmal.

Aber was war mit Henry? Wie würde er auf den tosenden Applaus reagieren? Ihr Blick suchte seine Augen, aber er trat nur näher, so nah, dass sie sich beinahe fragte, ob er sie küssen würde. Aber in letzter Sekunde berührte er ihre Wange mit seiner und flüsterte ihr ins Ohr. „Es ist in Ordnung, Ella. Warte … auf die Musik."

Bis zu diesem Augenblick hätte Ella nicht sagen können, was für Henry Schauspielerei war und was echt. Aber jetzt wusste sie es … dies war der echte Henry, so echt, wie er nur sein konnte. Der Henry, der er vielleicht irgendwann werden würde, auch ohne Musik. Allmählich verstummte der Applaus, und die Instrumentalisten spielten noch einmal die Stelle, an der sie unterbrochen worden waren. Ella straffte die Schultern und holte tief Luft, bevor sie zu singen begann. Sie lächelte in Henrys Augen, während er anfing, sie in anmutigen Kreisen zu führen.

Die anderen Mitglieder der Besetzung traten näher, Herr von Unruh, Lumière und Babette, und tanzten um Ella und Henry herum, die sich in der Mitte der Bühne befanden. „… Die Schöne und das Biest“, beendete Henry das Lied in einem Augenblick, von dem Ella wusste, dass sie ihn niemals vergessen würde.

Ella fragte sich, ob alle im Publikum weinten, so wie sie es tat, ob sie die Botschaft, die Henry da sang, verstanden. Zu Beginn des Schuljahres hatten sie sich geirrt – sie alle. Sie hatten sich in Bezug auf Michael Schwartz geirrt und in Bezug auf Henry. Es war nicht einfach gewesen, an Henrys merkwürdigem Äußeren vorbeizusehen, an seinen merkwürdigen Verhaltensweisen und seinem zurückgezogenen Wesen. Aber jetzt …

Jetzt erlebten alle in diesem Saal das Wunder des Henry Harris mit. Die Musik war schon immer in ihm gewesen, aber jetzt hatten sie das richtige Lied gefunden. Henrys Lied. Und an diesem Abend konnten sie alle die Wahrheit sehen. Henry Harris war nicht nur ein Junge, der mit Autismus zu kämpfen hatte. Er war für alle Schüler in Fulton ein Freund, und mehr noch – er war wirklich ein Prinz.

Daran würde Ella niemals zweifeln.

Suzanne konnte nicht aufhören zu weinen. Sie war nicht sicher, ob die Flut der Emotionen, die sie überwältigt hatten, auf die Verwandlung zurückzuführen war, die sie auf der Bühne gesehen hatte, oder ob es daran lag, dass ihr Mann in der Pause aufgetaucht war und jetzt neben ihr saß. Was auch immer ihn bewegt hatte zu kommen, es spielte keine Rolle. Heute fühlte sie etwas, das sie seit Jahren nicht mehr gefühlt hatte.

Sie verspürte Hoffnung.

Und das lag an Henry Harris. An der Wirkung, die er auf ihre Familie gehabt hatte. Während die letzten Töne des Stückes erklangen und Henry und die ganze Besetzung die stehenden Ovationen entgegennahmen, die beinahe fünf Minuten andauerten, weigerte Suzanne sich, an all das zu denken, was sie verloren hatten, weil sie die Freundschaft mit Henry und seiner Familie damals aufgegeben hatten. Ja, Henry hatte eine Behinderung.

Aber hatte die nicht jeder in irgendeiner Form?

Welche Lektionen hätten sie gemeinsam lernen können, wenn sie mit Tracy und Dan und Henry in Verbindung geblieben wären? Vielleicht wären die Männer weiter zu ihrer Bibelrunde gegangen und Randy hätte sich nicht von seiner Familie entfernt. Vielleicht hätte sie sich nicht so viele Gedanken um ihr Äußeres gemacht. In Henrys Nähe zu sein, machte deutlich, dass die atemberaubendste Schönheit von innen kam.

Als das Musical zu Ende war, Mr. Hawkins sich noch einmal bei den Zuschauern für ihr Kommen bedankt hatte und die Mitwirkenden in den Saal strömten, um sich umarmen und beglückwünschen zu lassen, wollte Suzanne nur einen Menschen finden.

Ihre Tochter Ella.

Sie entdeckte sie auf der anderen Seite des Raumes und berührte Randys Arm. „Ich komme gleich wieder." Sie musste die Stimme erheben, um sich in dem Trubel Gehör zu verschaffen. Er nickte, und bevor sie sich umdrehte, um den Saal zu durchqueren, sah sie, wie Dan Harris ihnen entgegenkam und ihrem Mann einen freundschaftlichen Klaps auf die Schulter gab. „Randy ... wir haben uns viel zu lange nicht mehr gesehen."

Das war noch ein Wunder – der Gedanke, dass bei diesen vielen Leute im Saal Dan Randy finden würde, bevor der sich zur Hintertür hinausschleichen konnte, dass die beiden nach der emotionalen Vorstellung, die sie alle miterlebt hatten, vielleicht miteinander redeten.

Suzanne hielt eine langstielige Rose umklammert, während sie sich einen Weg durch die Menge bahnte. Ella war von einer Menschentraube umgeben, und neben ihr, noch immer ganz der Prinz, stand Henry. Seine Miene hatte sich verändert, und er sah den vielen Leuten, die sich um ihn drängten, nicht in die Augen, aber er stand mit erhobenem Kopf da, wie Ellas Beschützer.

Suzanne war nur wenige Meter entfernt, aber Ella hatte sie noch nicht entdeckt. Und ein paar Sekunden lang war sie froh darüber. Ella und Henry zu beobachten, war wie eine Erscheinung, ein Fantasiegebilde aus der Zeit, als sie drei Jahre alt waren. War dies nicht, wovon sie und Tracy immer geträumt hatten – dass Ella und Henry einmal das schönste Paar sein würden, dass sie einander unterstützen und ermutigen und auf alle um sie herum anziehend wirken würden?

Und hier – aller Wahrscheinlichkeit zum Trotz – geschah es beinahe so, wie sie es sich erhofft hatten. Sie betrachtete Henry und die Freundlichkeit in seiner Miene. Vielleicht kam er nie ganz aus seiner autistischen Welt heraus, und höchstwahrscheinlich würden die beiden nie eine Beziehung miteinander haben. Aber als Suzanne ihre Tochter ansah, wusste sie, dass Ella den Freund, den sie in Henry gefunden hatte, liebte.

Sie würde ihn lieben, solange sie lebte.

Noch ein paar Schritte durch die Menge und Suzanne konnte den Ellbogen ihrer Tochter berühren. „Schatz …"

Ella drehte sich um und zögerte nur den Bruchteil einer Sekunde, dann schlang sie die Arme um den Hals ihrer Mutter. „War das nicht fantastisch? Henrys Wunder? Hast du gesehen, was passiert ist?" Ella hielt kaum lange genug inne, um Luft zu holen. „Henry war … er war vollkommen bei mir dort auf der Bühne."

„Das habe ich gesehen." Tränen brannten in Suzannes Augen. Sie reichte ihrer Tochter die Rose und gab ihr einen Kuss auf die Wange. „Ich bin stolz auf dich, Ella. Es war wie … Du warst eine echte Belle. Deine Liebe und die Musik … ich glaube, Gott hat sie gebraucht, um Henry ein Wunder zu schenken."

Ella strahlte den jungen Mann neben ihr an. Er schien die ganzen Menschen gar nicht zu bemerken, sein Blick war in die Ferne gerichtet. Aber als Ella seinen Arm berührte, sah er ihr in die Augen. Der einzigen Person im Raum, mit der er verbunden sein wollte. „Erinnerst du dich an meine Mutter, Henry?"

Sein Blick wanderte zu Suzanne, und nach ein paar Sekunden lächelte er. „Ja." Er musste lauter sprechen, damit man ihn verstehen konnte. „Sie haben mit Ella auf der Schaukel gesessen."

Suzanne war sprachlos, und sie erkannte noch ein Stück Wahrheit. Henry hatte nichts verpasst. Auch wenn er sich in eine stille Welt in seinem Innern zurückgezogen hatte, hörte und sah und erinnerte er sich doch. „Das stimmt." Sie lächelte ihm zu. „Wir unterhalten uns später, ja?"

„Später." Henrys Blick kehrte zu der fernen Wand zurück, während er weiter Schulter an Schulter mit Ella stand.

„Mama …“ Die Begeisterung in Ellas Stimme legte sich. „Es tut mir leid. Dass ich mir nicht die Zeit genommen habe, mit dir zu reden. Vielleicht … vielleicht können wir noch mal von vorne anfangen.“

„Das fände ich schön.“ Suzanne spürte, wie eine einzelne Träne über ihre Wange lief. „Ich liebe dich, Ella. Es tut mir leid, dass ich so viel verpasst habe. Ich … ich will mich ändern, und ich will, dass du mich wirklich kennenlernst.“

Ella lächelte und das Leuchten kehrte in ihre Augen zurück. Sie warf einen Blick zu Henry hinüber und sah dann wieder ihre Mutter an. „Ich würde sagen, das geht vielen Menschen so.“

Einige andere Bewunderer wollten mit Ella sprechen oder ein Foto von ihr machen und ihr gratulieren. Deshalb ging Suzanne durch die Leute zu der Stelle zurück, wo ihr Mann noch immer mit Dan sprach. Tracy stand in der Nähe, und als Suzanne ihre Freundin erreicht hatte, schlossen die beiden einander in die Arme. „Henry war unglaublich.“

„Ich hätte es mir nie vorstellen können … es war wie ein Traum.“

„Es war ein Wunder.“

„Ja.“ Tracy blickte zu den Männern hinüber und sah dann ihre Freundin an. „Gott ist noch nicht fertig.“

Dann wandte sich ihr Gespräch wieder dem Stück zu, dem ausverkauften Theater und den Gefühlen, die sie alle bei der letzten Szene überwältigt hatten. Dies war nicht der Ort, um über ihre Ehe mit Randy zu sprechen oder darüber, ob sie eine Paarberatung in Anspruch nehmen und versuchen würden, ihre Probleme in den Griff zu bekommen. Es genügte zu wissen, dass Tracy recht hatte. Gott hatte heute Abend ein Wunder vollbracht, und er war noch nicht fertig. Nicht mit Henry …

Und mit ihr auch nicht.

Henry gefiel seine Aussicht. Er konnte von dort, wo er stand, alle sehen, die Leute von der Schule und die Eltern und Lehrer, und er wusste, dass Gott seine Gebete erhört hatte. Er wusste genug, dass er betete, seit das Stück zu Ende war.

Lieber Herr Jesus, sieh dir all die glücklichen Herzen in diesem Saal an. Genau dafür habe ich gebetet. Eintausenddreiundfünfzig Plätze. Aber heute Abend waren mehr als eintausenddreiundfünfzig Leute hier. Weil zweihundertelf Personen gestanden haben. Und das bedeutet, dass eintausendzweihundertvierundsechzig Menschen glücklich sind. Jeder Einzelne von ihnen. Die Musik fing wieder an und trug ihn fort an den glücklichsten Ort überhaupt.

Ich weiß, dass du heute bei mir warst, Gott, und dass du auch danach bei mir bleibst. Weil du mir meine Freundin Ella geschenkt hast. Und da ist mein Herz. Oben auf der Bühne und im Klassenzimmer und auf dem Sofa beim Filmgucken. Mit Ella. Und jetzt hat vielleicht jeder das Herz am richtigen Platz.

Er betete immer noch, als seine kleine Cousine Kate auf ihn zukam und ihn am Ärmel zupfte. „Kate … du bist heute Abend eine hübsche Prinzessin." Er sagte die Worte, und sie musste sie gehört haben, weil sie kicherte und das Lächeln ihr ganzes Gesicht füllte.

„Du bist der beste Prinz, Henry. Der allerbeste."

„Und du die beste Cousine."

„Ich kann dich hören, Henry." Kate schlang die Arme um seine Taille. „Auch wenn sonst niemand dich hört – ich höre dich." Sie hüpfte davon, um Henrys Mutter zu suchen. Und dann kam sie wieder und seine Eltern waren bei ihr.

„Ich bin stolz auf dich, mein Sohn. Du warst klasse da oben." Sein Vater tätschelte seinen Arm. Es war viel, was er verarbeiten musste, aber Henry zuckte nicht zurück. Dies war sein Vater, der vom Fischen nach Hause gekommen war. „Danke, Papa. Danke, dass du hier bist."

Seine Mutter sagte nicht sehr viel, weil sie weinte. Aber Henry war deshalb nicht traurig, denn die Tränen auf ihrem Gesicht waren glückliche Tränen. Henry kannte den Unterschied. Als sie gingen, um hinterm Theater auf ihn zu warten, beendete Henry sein Gebet.

Und deshalb danke ich dir für diesen Abend, Jesus. Weil ich mein ganzes Leben lang hierfür gebetet habe. Ich weiß, dass du mich hörst, weil du in der ersten Reihe warst und hinten im Saal und auf der Bühne und überall. Er überlegte eine Minute. *Kannst du Michael sagen, dass wir ihn vermissen? Ich weiß, dass du mich liebst. Dein Freund Henry Harris.*

Es gab noch etwas, das er tun musste und das er schon die ganze Zeit tun wollte, seit Ella ihn vor dem Stück gefragt hatte. Jetzt standen nicht mehr so viele Leute um sie herum, also sah er sie an. „Ella?“

Sie wandte sich ihm zu. „Ja, Henry?“

„Kann ich dich in den Arm nehmen?“

Ihr Lächeln verwandelte sich in ein hübsches Lachen. „Ja … ja, natürlich.“

Dann, ohne irgendwelche Trommeln im Hintergrund, zog er Ella in seine Arme und drückte sie fest an sich. Die Musik spielte, lieblich und melodisch, und füllte den Raum. Aber jetzt war es anders, weil Ella sich mit ihm im Takt wiegte, und das konnte nur eins bedeuten. Das, was er schon die ganze Zeit gewusst hatte.

Ella hörte die Musik auch.

Brief an die Leserinnen und Leser

Liebe Leserinnen und Leser,
vor drei Jahren nahmen meine Kinder an einer Musicalaufführung des Christian Youth Theater (CYT) teil, als ich eines Tages bei einer der Proben einen Jungen hinten im Saal sitzen sah, der sich still vor- und zurückbewegte und sich ganz von den anderen Kindern zurückgezogen hatte. Ich werde ihn Samuel nennen – um seine Identität zu schützen. Samuels Mutter saß in seiner Nähe, und später erzählte sie mir, ihr Sohn sei Autist.

„Er kommuniziert nicht", erklärte sie mir. „Seine Schwester spielt bei dem Musical mit, deshalb sind wir bei jeder Probe." Sie zögerte. „Wir beten jeden Tag für ihn, dass irgendetwas ihn aus seinem Gefängnis holt."

Samuel war damals zehn Jahre alt, und im Laufe der nächsten acht Wochen bemerkten wir alle, dass eine Veränderung in dem Jungen vor sich ging. Er saß nicht mehr in der Ecke, hörte auf, sich hin- und herzuwiegen, blieb nicht mehr ausschließlich in seiner eigenen Welt. Stattdessen hob er den Kopf und fing an, sich langsam den anderen Kindern zu nähern. Wenn sie an einem Lied arbeiteten, nickte Samuel im Takt – ganz eindeutig fasziniert von der Musik.

Bei einer der nächsten Proben mit CYT war Samuel ein anderer Junge. Er konnte Anweisungen entgegennehmen und auf einfache Weise kommunizieren – so gut, dass er hinter der Bühne mithelfen durfte.

„Wir können es kaum fassen", erzählte seine Mutter mir. „Jeden Tag kommt er ein Stück mehr aus seiner eigenen Welt heraus. Das ist die Musik, es muss einfach daran liegen."

Ein Jahr später machten unsere Kinder nach einer längeren Pause wieder bei einem Theaterstück des CYT mit. Es war in der Weihnachtszeit, und aufgeführt wurde das Musical *Scrooge*. Ich hatte viel mit meinem Schreiben zu tun, war also nur bei wenigen

Proben gewesen, aber als ich am Tag der Premiere im Theatersaal Platz nahm, traute ich meinen Augen kaum. Als die Stadtbewohner in historischen englischen Kostümen auf die Bühne kamen und sangen und miteinander redeten, war Samuel mit dabei.

Der Junge, der nicht einmal hatte sprechen können, spielte auf der Bühne mit.

In der Pause suchte ich seine Mutter, und wir hatten beide Tränen in den Augen. „Es ist ein Wunder“, sagte sie zu mir. „Gott hat die Musik benutzt, um uns unseren Jungen wiederzugeben.“

Von diesem Augenblick an wusste ich, dass ich einen Roman über einen autistischen Jungen schreiben würde, der durch die Kraft eines Liedes aus seiner abgeschlossenen Welt geholt wurde. So war es für Samuel … also würde es für Henry Harris auch so sein.

Mit großem Respekt und möglichst viel Einfühlungsvermögen machte ich mich daran, über einen achtzehnjährigen Autisten zu schreiben. Ich lernte schnell, dass mit Autismus ein ganzes Spektrum von Erkrankungen bezeichnet wird, weil es kaum zwei Fälle gibt, die gleich sind. Manche Betroffenen „funktionieren“ besser in der Gesellschaft – zum Beispiel beim Asperger-Syndrom. Andere kommunizieren gar nicht, und es kann sein, dass sie nie aus der eigenen Welt herausfinden, in der sie leben.

Menschen mit einer Störung innerhalb des Autismusspektrums haben Probleme mit sensorischer Reizüberflutung. Zu viel Lärm, zu viel Farbe, zu viel Gespräch – selbst Berührungen können bei einem Menschen mit Autismus Wutanfälle oder Panikattacken auslösen. Manche Betroffenen haben von Geburt an Schwierigkeiten mit der Kommunikation. Andere – wie Henry – entwickeln sich wie andere Kinder und erleben dann eine plötzliche, unerklärliche Veränderung. Jede und jeder von ihnen hat eine unterschiedliche Geschichte.

Denen unter Ihnen, die jemanden mit Autismus kennen und lieben, möchte ich sagen, dass ich oft für Sie gebetet habe. Bei meinen Recherchen habe ich immer wieder gehört, dass autistische Kinder eine besondere Art haben, andere zu lieben. Sie sind gütig und ernsthaft, und oft ist ihr merkwürdiges oder ungewöhnliches Verhalten ein echter Ausdruck von Gefühlen, die in ihnen eingeschlossen sind.

Mir ist außerdem sehr wohl bewusst, dass nicht jeder, der betet und liebt und sein autistisches Kind fördert, das Wunder erfahren wird, das Henry geschenkt wurde. Aber ich habe Henry dem echten Samuel nachempfunden, also weiß ich, dass manche Kinder mit einer autistischen Störung tatsächlich aus ihrer Welt auftauchen können. Manche können rasante Fortschritte machen und angesichts der heutigen Autismus-Forschung gibt es für alle Betroffenen Hoffnung.

Wenn Sie nicht unmittelbar von Autismus betroffen sind, bete ich, dass Henrys Geschichte Sie mehr für die Menschen in Ihrer Umgebung sensibilisiert, die vielleicht anders sind. Freundlichkeit trägt viel dazu bei, dass wir einander verstehen, und ich habe selbst eine Menge gelernt, als ich Ella durch ihre geduldige Freundschaft zu Henry begleitete.

Ein weiteres Thema, das ich vorher noch nie in einem Roman behandelt habe, ist Selbstmord … und es war sehr, sehr schwierig. Das Leben gehört Gott. Er hat das Recht, es zu geben oder zu nehmen. Wenn Sie oder jemand, den Sie lieben, mit dem Sinn des Lebens hadert, und vor allem wenn Sie jemanden kennen, der schikaniert oder gemobbt wird, dann unternehmen Sie bitte sofort etwas. Wenn Sie das Gefühl haben, das Leben sei nicht mehr lebenswert, brauchen Sie Hilfe. Suchen Sie eine Beratungsstelle oder eine Therapeutin auf, gehen Sie ins Krankenhaus oder reden Sie offen mit jemandem, dem Sie vertrauen können. Am Ende konnte ich nur mit Michaels Selbsttötung umgehen, indem ich seinen Sinneswandel in letzter Minute zeigte.

Das ist einer der schlimmsten Aspekte von Selbstmord – er ist endgültig. Aber das muss nicht das Ergebnis sein. Gott will, dass wir alle das Leben lieben – nicht weil es einfach oder angenehm oder wenigstens immer erträglich wäre. Sondern weil das Leben von ihm kommt. Weil so viele Chancen in ihm stecken – auch wenn wir die vielleicht gerade gar nicht sehen. Wenn Sie heute Morgen aufgewacht sind und geatmet haben, dann liegt Gottes größtes Ziel in Ihrem Leben noch vor Ihnen. Im fünften Buch Mose steht, dass Gott uns Leben und Tod, Segen und Fluch anbietet. „Und jetzt wähle das Leben!", lautet die Botschaft der Bibel.

Das ist mein Gebet für Sie und Ihre Lieben.

Schließlich habe ich mich mit dem Gedanken beschäftigt, dass es viele Arten gibt, wie man in seiner eigenen Welt gefangen sein kann. Das Leben ist zu kurz, um irgendetwas anderes als ehrlich zu sein zu den Menschen, die Gott in die Geschichte unseres Lebens gestellt hat. Lieben Sie von Herzen, lachen Sie oft und finden Sie Ihr Leben in Christus. Verstecken Sie sich nicht und hängen Sie sich nicht an andere, machen Sie sich nicht abhängig von anderen. Seien Sie der wunderbare, einzigartige Mensch, den Gott geschaffen hat, und Sie können gewiss sein, dass Ihr Leben am reichsten ist, wenn es von Ihrem Glauben an Gott bestimmt wird.

Wie immer bin ich gespannt auf Ihre Rückmeldungen zu diesem Buch. Ich werde Ihnen etwas verraten: Die Grundidee zur Geschichte von *Der Löwenzahnjunge* habe ich auf einem Flug von Washington, D. C., nach Portland in Oregon entworfen. Ich fing an zu schreiben, und ein paar Stunden später hatte ich zwanzig Seiten in meinem Notizbuch gefüllt. Seite um Seite strömte es nur so aus meinem Herzen, und dabei merkte ich, wie ich Henry Harris und Ella Reynolds lieben lernte und mit ihnen um Michael weinte.

Ich bin sicher, meine Sitznachbarn dachten, ich hätte nicht mehr alle Tassen im Schrank.

Aber als ich so weit war, hatte ich plötzlich das sichere Gefühl, mich auf heiligem Terrain zu bewegen, dass Gott in dem vollen Flugzeug zu mir gekommen war und mir diese Geschichte als besonderes Geschenk vermacht hatte. Ich hob meine Bordkarte auf und kritzelte „Unlocked" (*Lekt.: der Originaltitel des Buches*) darauf und das Datum. Es war das erste Mal, dass ich so etwas getan habe. Ich wollte nur, dass Sie das wissen.

Wenn Sie sich eine Minute Zeit nehmen und auf meiner Internetseite www.KarenKingsbury.com nachsehen, finden Sie dort meine Anschrift und mein Gästebuch.

Was Facebook betrifft, so bin ich fast jeden Tag dort! Ich habe eine „Kaffeepause“, in der ich mir etwa eine halbe Stunde Zeit nehme und Ihnen allen einen virtuellen Kaffee einschenke und Fragen beantworte. Wir haben viel Spaß zusammen, also wenn Sie noch nicht zu meinen Facebook-Freunden gehören, melden Sie sich gleich an. Die Gruppe meiner Freunde wächst von Tag zu Tag und bedeutet mir viel. Ich betrachte das als mein „Wohnzimmer“, in dem ich mit meinen Leserfreunden zusammen sein kann.

Ich würde gerne hören, wie Gott die Bücher, die ich schreibe, in Ihrem Leben gebraucht. Er ist alles und wird immer alles sein. Er legt die Geschichten in mein Herz, aber er hat dabei Ihr Gesicht vor Augen. Nur er kann das tun. Wenn Sie etwas in Facebook oder auf meine Internetseite schreiben, kann es anderen Lesern vielleicht helfen. Also schauen Sie rein.

Ebenfalls auf Facebook oder auf meiner Homepage können Sie Veranstaltungen finden und andere Leser und Leserinnen kennenlernen. Sie erfahren etwas über die Filme, die aus meinen Büchern gemacht wurden, und können zu einer Gemeinschaft von Menschen gehören, die glauben, dass etwas so Einfaches wie eine Geschichte Leben verändernde Wirkung haben kann.

Auf meiner Internetseite können Sie auch Gebetsanliegen einstellen oder sehen, was andere eingestellt haben, und für diese Menschen beten. Zusätzlich finden Sie auf meiner Homepage Informationen über laufende Wettbewerbe, zum Beispiel „Buch verschenkt“, wo Sie mir mitteilen können, wenn Sie eines meiner Bücher an jemand anders weitergegeben haben. Jedes Mal, wenn Sie mir eine solche E-Mail schicken, nehmen Sie automatisch an der Verlosung für ein Sommerwochenende mit meiner Familie teil. Außerdem wird unter allen, die meinen monatlichen Newsletter abonnieren, einmal im Monat ein kostenloses, signiertes Exemplar meines jüngsten Buches verlost.

Einige Links auf meiner Internetseite können Ihnen Hilfe bei Themen bieten, die Ihnen wichtig sind – Glaube und Familie, Adoption oder oder oder. Natürlich erfahren Sie dort auch etwas über mich, meinen Glauben und meine Familie und über die wunderbare Serie *Life-Changing Fiction* (Romane, die das Leben verändern).

Eine weitere Möglichkeit, mit mir in Verbindung zu bleiben, ist Twitter. Ich verschenke ständig Bücher über Twitter, und ich würde mich freuen, Sie dort zu sehen! Es kostet nichts und macht Spaß und braucht weniger Zeit als Facebook (obwohl ich Facebook liebe!).

Und zu guter Letzt, falls Sie während der Lektüre dieses Buches Ihr Leben Gott übergeben oder Ihren erkalteten Glauben wiedergefunden haben, mailen Sie mir an die Adresse Office@KarenKingsbury.com und schreiben Sie „Neues Leben/New Life" in die Betreffzeile. Ich möchte Sie dazu ermutigen, mit überzeugten Christen in Ihrer Gegend Kontakt aufzunehmen und sich eine Bibel zuzulegen.

Und jetzt möchte ich Ihnen noch einmal dafür danken, dass Sie mit mir durch die Seiten dieses Buches gereist sind. Ich kann es kaum erwarten, Ihre Meinung zu *Der Löwenzahnjunge* zu hören! Bis dahin, liebe Leserin, lieber Leser, behalten Sie das Kreuz fest im Blick und vergessen Sie nicht, der Musik in Ihrem Leben zuzuhören.

Mögen Gottes Licht und Liebe Sie begleiten,
Karen Kingsbury
www.KarenKingsbury.com

Fragen für Ihren Gesprächskreis

1. Kennen Sie jemanden mit einer autistischen Störung? Erzählen Sie von diesem Menschen und davon, was Sie von ihm gelernt haben.
2. Was haben Sie durch die Lektüre von *Der Löwenzahnjunge* über Autismus gelernt? Glauben Sie, dass Henry unter seinem Autismus gelitten hat? Warum oder warum nicht?
3. Henrys Vater Dan hat seine Familie verlassen, um auf einem Kutter in Alaska zu arbeiten. Was meinen Sie, warum er das getan hat? Schildern Sie eine Situation, in der Sie am liebsten vor etwas davongelaufen wären.
4. Suzanne und Randy haben sich von ihren Freunden zurückgezogen, nachdem die autistische Störung bei Henry diagnostiziert wurde. Haben Sie schon einmal erlebt, dass eine Behinderung oder Beeinträchtigung Freunde getrennt hat? Erzählen Sie davon.
5. Was haben Sie aus der Freundschaft zwischen Tracy und Suzanne gelernt?
6. Haben Sie schon einmal erlebt, dass eine Freundschaft zerbrochen ist? Was hat den Bruch verursacht, und was haben Sie aus der Situation gelernt? Gab es eine Versöhnung?
7. Suzanne hat alles getan, um den Schein der Sportlerehefrau zu wahren. Glauben Sie, dass man in der heutigen Gesellschaft mehr unter Druck steht, ein bestimmtes Image zu haben? Warum oder warum nicht?
8. Michael Schwartz war ein stiller Junge, der nicht so angepasst war wie die „beliebteren" Jugendlichen. Kannten Sie in Ihrer Schulzeit Kinder wie Michael? Waren Sie mit ihnen befreundet? Warum oder warum nicht?
9. Was haben Sie von der Figur des Michael Schwartz gelernt?
10. In 5. Mose 30,19 heißt es: „Ich habe euch heute Segen und Fluch, Leben und Tod vor Augen gestellt. Wählt das Leben, damit ihr am Leben bleibt, ihr und eure Nachkommen!" *(Gute Nachricht Bibel).* Was bedeutet das für Sie? Sind Sie der Mei-

nung, dass ein Leben im Glauben Michael geholfen hätte? Warum oder warum nicht?

11. Kennen Sie jemanden, der schon einmal schikaniert oder gemobbt wurde? Was haben Sie deswegen unternommen?
12. Was glauben Sie, warum Kinder andere Kinder tyrannisieren? Was sagt das über die Jugend heute aus?
13. Henrys Mutter verglich den Autismus mit einer Entführung, weil sie das Gefühl hatte, man hätte ihr den Sohn geraubt. Was mochten Sie an der Figur der Tracy? Haben Sie schon einmal einen geliebten Menschen verloren? Was hat Ihnen in der Situation geholfen?
14. Ella fühlte sich anfänglich wegen seiner Augen zu Henry hingezogen. In Lukas 11,34 lesen wir: „Dein Auge gibt dem Körper Licht. Wenn dein Auge gesund ist, dann wird auch dein ganzer Körper hell sein. Wenn es aber krank ist, dann wird dein Körper finster sein" *(Einheitsübersetzung)*. Wie verstehen Sie das? Erzählen Sie von einer Gelegenheit, bei der Sie sich zu einem Menschen wegen seiner leuchtenden Augen hingezogen fühlten.
15. Was haben Sie über die Figur der Ella erfahren? Inwiefern sind Sie wie sie oder würden gerne wie sie sein?
16. Warum kam Ella mit ihrer Mutter nicht klar? Warum ist es wichtig, dass wir nicht nur den Fremden in unserem Leben Mitgefühl entgegenbringen, sondern auch denen, die unter demselben Dach wohnen wie wir? Nennen Sie ein Beispiel.
17. Manny Hawkins war ein mitgenommener Schauspiellehrer mit einer letzten Chance auf Erfolg. Erläutern Sie die Veränderung, die sich wegen Ella und Henry in seinem Leben vollzog. Erzählen Sie von einer Situation, in der ein abgestumpfter Mensch durch die Freundlichkeit einer anderen Person verändert wurde.
18. Für Henry war es ungeheuer wichtig, sich die Filme aus seiner Vergangenheit anzusehen. Welche alten Videoaufnahmen oder besonderen Erinnerungen holen Sie manchmal hervor, um sich daran zu erinnern, wer Sie sind? Nennen Sie ein paar Beispiele.

19. Hat Henrys Geschichte Ihnen Hoffnung für Ihr eigenes Leben gegeben oder für jemanden, den sie lieben? Hat sie zur Entwicklung Ihres Glaubens beigetragen? Erklären Sie, inwiefern.
20. Wenn Sie das nächste Kapitel in Henrys Leben schreiben müssten, was würde dann geschehen? Was wünschen Sie sich für autistische Menschen in unserer heutigen Gesellschaft, und was können Sie dazu beitragen?

Widmung

Für Donald, meinen Märchenprinzen …
Ich freue mich darüber, dass wir diesen Herbst wie den Anfang eines neuen Jahres betrachten können. Der Sommer ist vorbei und alles, was der Jahreszeitenwechsel an Wundervollem mit sich bringt, liegt vor uns. Du und die Jungs habt euch im Football-Sommerlager verausgabt, und jetzt färben die Blätter sich zu leuchtenden Sträußen aus Gold und Rot. Die Kinder sind wieder in der Schule, aber hier ist das Problem: Uns bleibt nur eine begrenzte Anzahl solcher Herbste, nur eine bestimmte Anzahl Jahre, bis es für uns heißt, dass wir wieder neu anfangen müssen zu lernen. Und wie kann das sein, wo wir doch erst gestern Kelsey nach Hause geholt haben? Ich weiß noch, wie die Krankenschwester uns fragte, ob wir wüssten, wie man ihren Sicherheitsgurt auf dem Rücksitz befestigt, und du und ich, wir haben einander angesehen. Es war so eine Art „Ups – daran haben wir nicht gedacht"-Blick, denn wo war die Gebrauchsanleitung? Die Bibel … das war die einzige dauerhafte Anleitung damals, und das ist sie heute auch noch. Gott hat uns durch die Babyphase, durch die Zeit der ersten Schritte und durch die Einschulungsphase gebracht, und jetzt wird er uns irgendwie auch durch die Jahre führen, in denen wir Loslassen lernen müssen. Aber eines weiß ich ganz sicher: dass ich all das mit dir, mein Lieber, zusammen erleben möchte. Ich kann immer noch nicht glauben, dass du vor einem Jahr einen Schlaganfall hattest oder wie unser Leben hätte verlaufen können, wenn Gott uns damals nicht so gnädig ein Wunder geschenkt hätte. Du bist hier und gesund, und der Herzschlag unseres Lebens geht weiter. Aber wir werden keine einzige Minute als Selbstverständlichkeit betrachten. Spiel mit Leidenschaft in diesem Herbst, gewinne und sieh hin und wieder zu mir herüber, wenn ich auf der Tribüne sitze. Ich werde eine Million Bilder in meinem Herzen machen und jeden Augenblick abspeichern für den Tag, der allzu bald kommen wird und an dem der

Herbst nicht mehr von den Rufen jugendlicher Footballspieler oder den abgeworfenen Rucksäcken auf unserer Küchenzeile geprägt sein wird. Die stilleren Tage liegen vor uns, aber jetzt, mein Lieber, nimm meine Hand, damit wir zusammen auf dem Weg weitergehen. Du und unsere Jungen, ihr könnt gemeinsame Erinnerungen schaffen. Ist es nicht das, wovon wir immer geträumt haben? Ich lehne mich diesmal gerne zurück und überlasse es dir und Gott, eine Lösung zu finden. Ich werde immer hier sein – und dich und die Mannschaft von den Rängen aus anfeuern. Aber Gott hat mir einiges darüber beigebracht, was es heißt, die Frau eines Trainers zu sein. Er macht das richtig gut. Es passt irgendwie, dass du noch einmal das Training einer Unimannschaft für dich entdeckt hast – nach zweiundzwanzig Jahren Ehe. Kaum zu glauben, dass unser zweiundzwanzigster Hochzeitstag schon vorbei sein wird, wenn du das hier liest. Ich schaue dich an und sehe immer noch den blonden, blauäugigen Typen vor mir, der mit seinem Motorrad bei meinem Haus auftauchte und mit mir in der Bibel las, bevor wir zusammen ins Kino gingen. Du hast damals zu mir gehalten, und du hältst jetzt zu mir – jetzt, wo ich dich mehr brauche als je zuvor. Ich liebe dich, mein Ehemann, mein bester Freund, mein Märchenprinz. Bleib bei mir, an meiner Seite, und beobachte zusammen mit mir, wie unsere Kinder flügge werden. Immer und für alle Zeit … Die Fahrt ist atemberaubend schön. Ich bete, dass sie bis weit in unseren Lebensabend hinein andauert. Bis dahin werde ich es genießen, nicht immer zu wissen, wo ich aufhöre und du anfängst. Ich werde dich immer lieben.

Für Kelsey, meine geliebte Tochter …
Wie kann es sein, dass du schon einundzwanzig bist, mein süßes kleines Mädchen? Ich sehe noch, wie du im Kreis um deinen Papa herumtanzt und vorsichtig Lippenstift aus einer Handtasche aufträgst, die du mit vier Jahren zu Weihnachten bekommen hast. Ich weiß noch, wie ich Lieder hörte, in denen es darum ging, die Kinder erwachsen werden zu lassen und zu sehen, wie sie das Nest ver-

lassen, und dass ich dachte: „Lieber Gott, das werde ich niemals schaffen …" Aber damals gab es einen Trost, weil deine Kindheit sich vor uns wie ein endloser Sommer voller Lachen und Liebe ausbreitete, mit Tagen, die ewig zu dauern schienen. Aber in diesem Herbst wird mir jede Zeile der Abschiedslieder wieder einfallen, wenn wir dich zum College in Südkalifornien bringen. Manchmal, wenn ich an die Zeit denke, die vor uns liegt, habe ich Mühe zu atmen. Jetzt werde ich neu erfahren, was es wirklich bedeutet, jemanden zu vermissen. Aber du, mein liebes Mädchen, wurdest geschaffen, um für Jesus auf der Bühne zu stehen. Seit deiner Kindheit hast du immer eine Bühne gefunden und mit hoch erhobenem Haupt vor jedem gesungen, der es hören wollte. Und jetzt, mein Schatz, hören mehr Menschen zu. Ich bin schrecklich stolz auf dich und auf das, was aus dir geworden ist … was du repräsentierst. Jedes Gebet, das wir für dich gesprochen haben, hat Gott erhört. Du bist standhaft geblieben, hast an Gottes Wahrheit und seinen Verheißungen festgehalten, und ich weiß, dass die Antworten mit jedem Jahr, das vergeht, klarer sein werden. Denk daran, dass Gott jeden Schritt dieses Lebens mit uns geht, und für die, die ihn lieben, kommt das Beste erst noch. In diesem Herbst werden wir zusehen, wie du flügge wirst, nachdem du viel getan hast, um diesen Punkt in deiner Ausbildung zu erreichen. Wir glauben an dich, Schatz, und wir werden dich jeden Tag anfeuern. Egal, wohin dieses Jahr dich führen wird, du wirst unsere Familie nie verlassen. Du wirst immer unser Mädchen bleiben, Kelsey. Und du wirst immer zu dieser Familie gehören. Für immer und ewig. Ich bin wahnsinnig stolz auf die Kraft, die in dir steckt. Du bist innerlich und äußerlich schön, und ich bin mehr denn je davon überzeugt, dass Gott große, wunderbare Dinge mit dir vorhat. Nimm deine Begabungen und such dir die richtige Bühne für ihn! Und in der Zwischenzeit wirst du jeden Augenblick in meinem Herzen sein. Und wir lassen das Licht auf der Veranda für dich an. Ich liebe dich, mein Schatz.

Für Tyler, mein ewiges Lied …

Mein Herz setzt einen Schlag aus, wenn ich daran denke, dass du in diesem Jahr in der letzten Highschoolklasse bist. Ich habe immer an diese Zeit gedacht, seit du Teil unseres Lebens bist, und immer schien sie mir ganz weit entfernt. Selbst letztes Jahr konnte ich mir noch nicht vorstellen, dich in deinem Abschlussjahr zu sehen. Aber jetzt ist es so weit, nicht wahr? An dieser Stelle wird das Riesenrad langsamer; du steigst aus und bahnst dir einen eigenen Weg, indem du Gott zum nächsten Abschnitt deines Lebens folgst. Aber das Erstaunliche ist – wir werden immer einen Platz in der ersten Reihe haben! In diesem Herbst wird deine erste Single auf der *Unlocked*-CD erscheinen, und der Traum, den du seit zwei Jahren hast, wird langsam wahr werden. Ich denke, dass Gott für dich einen Weg in die Musikbranche bahnt, denn ich habe gesehen, mit welcher Leidenschaft du für ihn singst und Lieder schreibst. Ich liebe die Art, wie du die Musik verkörperst, Ty … und dass der kreative Prozess dich ganz erfüllt. Manchmal denke ich an deinen Papa und daran, wie stolz er wäre, wenn er den jungen Mann sehen könnte, der du geworden bist. Ich sehe ihn immer noch vor mir in seinem Lieblingssessel – dem am Kamin, nahe beim Klavier. Er konnte dir nie beim Spielen und Singen zuhören, ohne dass ihm die Tränen kamen, und mir geht es genauso. Und auch wenn ich traurig bin, dass du dein letztes Schuljahr erreicht hast, freue ich mich auch. Weil dies die Zeit in deinem Leben ist, auf die du gewartet hast. Die Welt ist deine Bühne, Ty! Geh und halt für Jesus die Welt an, und lass dein helles Licht alle berühren, die es brauchen. Danke für die Stunden der Freude, die du unserer Familie bescherst, und während du ein Jahr beginnst, in dem du vieles zum letzten Mal tun wirst, verspreche ich, dass ich mir die Zeit nehmen und ein bisschen länger zuhören werde, wenn du singst. Dein Vater und ich sind stolz auf dich, Ty. Wir sind stolz auf dein Talent und auf dein Mitgefühl für andere und auf deinen Platz in unserer Familie. Wie auch immer deine Träume sich entfalten, wir werden in der ersten Reihe sitzen und dabei zuschauen. Halt dich an Jesus fest, mein Sohn. Ich liebe dich.

Für Sean, meinen Sonnenschein …

Was für eine Freude es ist, dir zuzusehen – einem starken jungen Oberschüler –, wenn du in diesem Jahr wieder in der Footballmannschaft mitspielst! Du hast in den Ferien so viel trainiert und bist jetzt wirklich bereit – du kannst die Herausforderung annehmen, der beste Receiver auf dem Platz zu sein! Ich werde nie vergessen, was du letztes Jahr getan hast, kurz bevor die Saison losging. Du bist zu mir gekommen und hast mich gefragt, ob ich bestickte Armbänder für die Mannschaft besorgen könne. „Ich möchte, dass Philipper 4,13 draufsteht“, hast du zu mir gesagt. Du hattest gesehen, wie Timmy Tebow von der Florida University vor einem Spiel der Alligators den Bibelvers auf seine schwarzen Aufkleber geschrieben hatte, und jetzt wolltest du auf ähnliche Weise deinen Glauben zeigen. Eine Woche verging und noch eine, und alle paar Tage kamst du wieder, bis ich schließlich alles andere stehen und liegen ließ und Armbänder für die ganze Mannschaft bestellte. Ich werde diesen Vers nie mehr lesen, ohne an die Ernsthaftigkeit in deinem Blick zu denken, an das beinahe verzweifelte Bedürfnis, dich immer wieder an die Wahrheit zu erinnern, wenn du Football spielst. Du kannst alles tun durch Christus, der dir Kraft gibt. Und das kannst du, Sean. Du hast das in diesem Jahr bewiesen, indem du erster Receiver der Mannschaft geworden bist. Oh, und einer der besten Angreifer im Team. Du bleibst ein heller Sonnenstrahl, der allen um dich herum Wärme bringt. Und jetzt bist du auch noch ein Vorbild im Glauben. Ich bin stolz auf dich, Sean. Ich liebe dich sehr, und ich bete, dass Gott dein Vertrauen zu ihm benutzen wird, damit du immer die Menschen um dich her berührst. Du bist ein kostbares Geschenk, mein Sohn. Behalte dein Lächeln und strebe weiter nach Gottes besten Dingen für dein Leben.

Für Josh, meinen zart besaiteten Perfektionisten …
Du hast versprochen, in den Ferien fleißig zu sein, und du hast dein Versprechen gehalten. Jetzt sind wir hier, am Beginn deines zweiten Highschooljahres, und du bist bereit für die Herausforderungen, die auf dich warten. Ich weiß nicht, welche Rekorde gebrochen werden oder wie die Zuschauer deine Leistungen auf dem Spielfeld beurteilen werden, aber eines weiß ich: Es ist noch viel wichtiger, dass du genauso viel im Glauben gewachsen bist. Wenn Gott uns Begabungen schenkt, müssen wir immer daran denken, woher sie kommen. Von wem sie kommen. Du hast das getan, mein lieber Sohn, und jetzt bist du bereit, es mit der ganzen Welt aufzunehmen. Na ja, vielleicht noch nicht ganz. Aber du bist bereit, die Saison in Angriff zu nehmen und Gott dabei die Ehre zu geben. In Haiti hat die Erde gebebt, und du warst das einzige unserer Kinder, das noch Angehörige in Port-au-Prince hatte – deine leibliche Mutter, Marie. Bis jetzt haben wir immer noch nichts von ihr gehört, und wir vermuten, dass sie dir vielleicht vom Himmel aus zusieht. Vielleicht sitzt sie irgendwo neben Papa und feuert dich an. Ich weiß noch, wie du zu mir kamst, ganz still, in deiner unaufdringlichen Art, und mich gefragt hast, wie viel Geld auf deinem Geburtstagskonto sei. Das war das Geld, das du in den letzten acht Jahren gespart hattest, und als ich dir die Summe nannte, hast du genickt und gesagt, ich solle alles an World Vision überweisen. „Dann weiß ich wenigstens, wenn sie noch am Leben ist und etwas braucht, dass jemand es ihr gibt." Ja, Josh, du lachst vielleicht viel und machst Witze, aber wir kennen dein Herz und wir sind unendlich stolz auf das, was wir sehen. Wir haben keinen Zweifel daran, dass wir deinen Namen irgendwann in den Schlagzeilen sehen werden und dass – wenn Gott es will – du es in die Mannschaft eines großen Colleges schaffst. Du bist gut genug dafür, und alle um dich herum sagen das. Und jetzt denk an den Augenblick zurück, als ich in einem baufälligen Waisenhaus in Haiti stand. Ich begegnete gerade Sean und EJ zum ersten Mal, als du auf mich zukamst. Du hast deine kleinen Finger ausgestreckt, mir den Pony aus dem Gesicht gestrichen und gesagt: „Hallo Mami. Ich liebe dich." Vielleicht wa-

ren sechs Monate und jede Menge Papierkrieg notwendig, aber als du diese Worte sagtest, wusste ich, dass du zu uns gehörst. Das Bild wird mit jedem Tag deutlicher. Sei weiterhin ein Anführer auf dem Spielfeld und im Leben. Irgendwann werden die Leute sagen: „Hm, Karen Kingsbury? Ist das nicht Joshs Mutter?" Ich kann diesen Tag kaum erwarten. Du hast eine großartige Zukunft vor dir, mein Sohn, und ich werde dich die ganze Zeit vom Spielfeldrand aus anfeuern. Gib Gott auch in Zukunft den ersten Platz in deinem Leben. Ich werde dich immer lieben.

Für EJ, meinen Auserwählten …

EJ, mein Witzbold, du bist in der Highschool! Ich kann nicht fassen, wie schnell die Zeit für dich und für uns vergangen ist. Die Reise fing vor zehn Jahren an, als wir ein kleines Gesicht auf einem Foto einer Internetseite sahen, die zur Adoption stehende Kinder präsentierte. Das Gesicht gehörte dir, aber wir sind es, die durch diese Reise gesegnet wurden. Gott hat dich so weit gebracht, EJ! In unserer christlichen Schule hast du Freunde und einen tieferen Glauben gefunden, und dazu eine Leidenschaft, die Begabungen, die Gott in dich hineingelegt hat, zu entwickeln. All die Dinge, um die wir Gott für dich gebeten haben! Jetzt, wo du in die Oberstufe kommst, bist du einer unserer besten Schüler, und wir sind ungeheuer stolz auf dich, EJ. Aber abgesehen von deinen guten Noten und deiner natürlichen Begabung, deine Freunde auf dem richtigen Weg anzuführen, gibt es noch viele Gründe, warum es ein Segen für uns ist, dass du zu unserer Familie gehörst. Du kannst wunderbar mit unseren Haustieren umgehen – du bist immer der Erste, der sie füttert und pflegt und sich um sie kümmert – und du bist ein bereitwilliger Helfer, wenn es um Aufgaben im Haus geht. Und außerdem bringst du uns zum Lachen – oft aus vollem Hals. Ich war immer davon überzeugt, dass eine Menge Lachen notwendig ist, um die kleinen Schwierigkeiten und Herausforderungen des Lebens zu meistern – und ich danke dir dafür, dass du dieses Lachen in unsere Familie gebracht hast. Du bist ein wunderbarer Junge, mein Sohn, ein Kind mit unglaublichem Potenzial. Ich staune, weil du so viele Talente hast, aber sie alle verblassen im Vergleich zu deinem Wunsch, ganz für den Herrn zu leben. Ich bete, dass du eine große Leidenschaft hast, deine Gaben für Gott einzusetzen, wenn du in diesem Herbst die Highschool besuchst. Denn Gott hat Großes mit dir vor, EJ; und wir wollen die Ersten sein, die dir gratulieren, während du sie entdeckst. Danke für dein großzügiges Herz, EJ. Ich liebe dich sehr.

Für Austin, mein Wunderkind …

Gerade mal in der siebten Klasse und siehst schon aus, als gingest du in die Zehnte! Ich erinnere mich daran, wie du letztes Jahr auf Zehenspitzen zu mir gekommen bist und mir in die Augen gesehen hast. „Jetzt ist es so weit, Mama! Ich bin größer als du!“ Du hast ein bisschen gejubelt, bis dir bewusst wurde, dass ich nackte Füße hatte und du Tennisschuhe trugst. „Noch nicht ganz“, sagte ich zu dir. „Du bist immer noch kleiner als ich.“ Aber jetzt stimmt das nicht mehr. Du stellst dich nicht mehr auf die Zehenspitzen, weil das nicht mehr nötig ist. Gott hat dich mit einer ungeheuren Größe und Kraft begabt, Austin. Ich schaue dich an und sehe einen jungen Timmy Tebow, einen Jugendlichen mit jeder Menge Entschlossenheit und einer Führungspersönlichkeit, einen jungen Mann, der sich als Erster bei seinem Trainer bedankt, als Erster dem Schiedsrichter die Hand reicht und als Letzter das Klassenzimmer verlässt, weil er noch damit beschäftigt ist aufzuräumen und seine Dankbarkeit dem Lehrer gegenüber zum Ausdruck zu bringen. Gut, ein paar Dinge bereiten dir noch Schwierigkeiten, und manchmal kannst du dich durch dein Konkurrenzdenken mit deinen Brüdern anlegen. Aber im Ernst, Austin, es gibt nichts, was du nicht schaffen kannst, solange Gott in deinem Leben an erster Stelle steht. Ich glaube, du hast die Chance, mit deinem Traum einer Sportlerkarriere alles zu erreichen, und ich bin froh, dass wir einen Platz in der ersten Reihe haben. Spiel gut und gib nie auf, und denk immer daran, woher du kommst. Ich tue es jedenfalls: das Krankenhauszimmer, als du drei Wochen alt warst und der Chirurg uns ein paar Minuten gab, um uns von dir zu verabschieden. Nicht jeder Säugling, bei dem eine Notoperation am Herzen gemacht wird, kommt aus dem OP zurück. Aber selbst damals, bei all unseren Tränen, waren wir sicher, dass wir dich irgendwann sehen würden – hier oder dort. Die Tatsache, dass Gott uns das Hier und Jetzt geschenkt hat, ist ein Beweis dafür, dass er Unglaubliches für dein Leben parat hat. Wie wunderbar, dass du es mit deinem ganzen Wesen, mit jedem Atemzug für dich annimmst. Mach weiter so, mein geliebter Sohn. Wir sind für dich da, beten für dich und feuern dich an. Niemand glaubt mehr an dich als wir. Ich habe es schon oft gesagt, und es stimmt: Der Himmel hat Fenster, und ich bin überzeugt, dass Papa dich immer noch anfeuert, mein Sohn. Vor allem in dieser Saison. Während du ein Teenager wirst, vergiss das und ihn bitte nicht. Du bist mein Jüngster, mein Kleinster, Austin. Ich klammere mich an jeden Augenblick, das steht fest. Danke, dass du mir so viele Gründe gibst, mich über jeden Tag zu freuen. Ich danke Gott für dich, für das Wunder deines Lebens. Ich liebe dich, Austin.

Und ich danke für den allmächtigen Gott, den Urheber des Lebens, der sie mir alle – eine Zeit lang – geschenkt hat.

Danksagungen

Kein Buch entsteht ohne eine große und begabte Schar Menschen, die dafür sorgt, dass es geschieht. Aus diesem Grund geht mein Dank an meine Freunde bei Zondervan, die sich mit ein paar Leuten zusammengetan haben, denen *Life-Changing Fiction* am Herzen liegt, um das volle Potenzial von *Der Löwenzahnjunge* zu entfalten. Besonders danke ich Moe Girkins, deren Einsatz für höchste Qualität bei Zondervan unerreicht ist, und Steve Sammon und Don Gates, vielleicht die beiden einzigen leitenden Angestellten in der Verlagsbranche, die im größeren Zusammenhang sehen, was wir für Gottes Reich tun. Ein besonderer Dank geht natürlich auch an meine engagierte und kluge Lektorin Sue Brower und an Alicia Mey, meine Vertriebschefin. Danke auch an die kreativen Leute und den Vertrieb von Zondervan, die unermüdlich arbeiten, um dieses Buch zu Ihnen zu bringen.

Außerdem danke ich meinem erstaunlichen Agenten, Rick Christian, dem Vorsitzenden von *Alive Communications*. Rick, du hast für mich immer das Beste gewollt. Wenn wir über die höchstmöglichen Ziele reden, betrachtest du sie als machbar, erreichbar. Du bist ein fantastischer Karrieremanager für mich, und ich danke Gott für dich. Aber bei allem, was du für meinen Dienst als Schriftstellerin tust, bin ich noch dankbarer für deine Unterstützung und deine Gebete. Jedes Mal, wenn ich ein Buch beende, schickst du mir einen Brief, der eigentlich eingerahmt werden müsste, und wenn etwas Großes geschieht, rufst du immer als Erster an. Dafür danke ich dir. Aber mehr als das – die Tatsache, dass du und Debbie für mich und meine Familie betet, gibt mir an jedem Morgen die Zuversicht, dass Gott auch weiterhin die Geschichten in meinem Herzen mit Leben füllen wird. Danke, dass du so viel mehr bist als ein hervorragender Agent.

Ein besonderer Dank gilt auch in Sachen Büchermachen meinem Mann, der mich erträgt, wenn ein Abgabetermin naht, und dem es nichts ausmacht, nach einem Footballmatch Hamburger für alle zu holen, weil ich den ganzen Tag über meinen Korrekturen gesessen habe. Diese wilde Fahrt wäre ohne dich unmöglich, Donald. Deine Liebe lässt mich weiter schreiben; deine Gebete lassen mich weiter glauben, dass Gott mit unserer Initiative *Life-Changing Fiction* etwas vorhat. Und danke für die Stunden, die du damit verbringst, dich um die Gästebucheinträge auf meiner Homepage zu kümmern. Das ist ein Ganztagsjob, und ich bin froh über dein Interesse an meinen Leserinnen und Lesern. Ich freue mich jeden Tag auf die Zeit, wenn du mir vorliest, was sie schreiben, es online stellst und ihre Gebetsanliegen weitergibst. Danke, Liebling, und danke allen meinen Kindern, die zusammenhalten, mir grünen Eistee bringen und Verständnis für meine manchmal verrückten Arbeitszeiten haben. Ich bin froh, dass ihr wisst, dass ihr immer zuerst kommt, vor jedem Abgabetermin.

Ich danke auch meiner Mutter, Anne Kingsbury, und meinen Schwestern Tricia und Sue. Mama, du bist eine fantastische Assistentin – die Tag und Nacht arbeitet, um die Post von meinen Leserinnen und Lesern durchzusehen. Ich weiß dich mehr zu schätzen, als du jemals ahnen kannst. Dass wir in den letzten Jahren zusammen zu den Veranstaltungen der Reihe *Extraordinary Women* reisen konnten, hat uns gemeinsame Zeiten beschert, die wir beide nie vergessen werden.

Tricia, du bist die beste Chefsekretärin, die man sich nur wünschen kann. Ich schätze deine Loyalität und Ehrlichkeit, wie du mich in jede Entscheidung einbeziehst und die täglichen und aufregenden Änderungen auf der Homepage. Meine Seite ist viel besser, seit du sie übernommen hast, und die Zahl der Zugriffe hat sich verhundertfacht. Dabei bekommen die Leser viel mehr Hilfe für ihren Glauben, viel mehr also als nur eine Geschichte. Du sollst wissen, dass ich Gott jeden Tag um seinen Segen für dich bitte, ich danke ihm für die Begeisterung, mit der du mir hilfst, während ich schreibe, und für deinen wunderbaren Sohn Andrew. Und außerdem haben wir doch eine Menge Spaß, oder nicht? Gott lässt alles zum Besten dienen!

Sue, ich finde, du hättest Therapeutin werden sollen. In deinem

Zuhause, das so weit von meinem entfernt ist, liest du jeden Tag stapelweise Leserbriefe und beantwortest sie gewissenhaft mit Gottes Weisheit und seinem Wort. Wenn die Leserinnen eine Antwort von „Karens Schwester Susan“ erhalten, dann wissen sie hoffentlich, wie ernsthaft du für sie und für deine Antwort betest. Danke, dass du deine Arbeit wirklich gerne machst, Sue. Du hast ein Gespür für Menschen, und es ist ein Segen, dich mit im Boot zu haben.

Ein besonderer Dank geht auch an Tom McCorquodale. In dieser Zeit der Veränderung, in der du nach Kalifornien ans College gehst, sollst du wissen, dass ich für dein Talent im Marketing und als Eventmanager immer dankbar sein werde. Du hast das *Mission Statement* „Tu alles, um unseren Leserinnen und Lesern zu dienen“ immer verstanden. Ich bete, dass Gott deine Zeit an der Schule segnen möge und dass du weiter wächst und ein vorbildlicher Mann des Glaubens wirst – und da bin ich sicher! Gottes Pläne für dich sind unbegrenzt.

Und Randy Graves, ebenfalls einen herzlichen Dank. Randy, du und deine Lieben, ihr gehört seit mehr als zehn Jahren zu unserer Familie. Du warst ein Freund meines Vaters und meines Bruders, und du hast den Sarg mitgetragen, als wir uns von ihnen verabschieden mussten. Du verstehst, worum es bei *Life-Changing Fiction* geht, und jetzt bist du als Direktor meiner Stiftung *One Chance Foundation* ein fester Bestandteil von allem, was wir tun. Was für ein Segen ist es doch, dich als Freund und Kollegen zu haben. Ich bete, dass Gott uns auch in Zukunft eine solche Zusammenarbeit schenkt.

Ich danke auch dem neuesten Mitglied unseres Teams – Peggy Rider. Du bist schon seit Jahren eine gute Freundin, aber ich habe das Gefühl, dass Gott uns für diese Zeit der gemeinsamen Arbeit zusammengeführt hat. Dein Engagement für den *Baxter Family Store* zeigt sich in jedem Detail. Ich weiß zu schätzen, dass dir diese Arbeit so wichtig ist.

Danken möchte ich auch Olga Kalachik, meiner Sekretärin, die mir hilft, meine Vorräte und Lagerbestände zu organisieren, und die unser Haus für die Marketingveranstaltungen und Recherchetreffen vorbereitet, die regelmäßig hier stattfinden. Ich bin dankbar für alles, was du tust, damit ich Zeit zum Schreiben habe. Du bist wunderbar, Olga, und ich bete, dass Gott dich und deine liebe Familie auch weiterhin segnet.

Will Montgomery gilt mein Dank für sein wachsames Auge und seinen Sinn für Einzelheiten beim abschließenden Lektorat dieses Buches. Ich bin froh, dass wir noch immer Freunde sind und zusammen durch die Macht der Geschichten Gottes Reich bauen.

Ich möchte außerdem meinen Freunden bei Premier danken – dir, Roy Morgan, und deinem Team, und dazu meinen Freunden von *Extraordinary Women* – Tim und Julie Clinton, Beth Cleveland, Charles Billingsley, Angela Thomas, Matthew West, Jeremy Camp, Chonda Pierce und vielen anderen. Es ist eine Freude, an all dem teilzuhaben, was Gott durch euch bewirkt. Danke, dass ihr mich in eure Familie aufgenommen habt.

Und ewig dankbar bin ich natürlich meinen Angehörigen und Freunden, die in der Vergangenheit da waren und weiter da sein werden. Eure Liebe war eine spürbare Quelle des Trostes und hat uns durch schwierige Zeiten getragen und uns bewusst gemacht, was für ein Segen es ist, dass ihr zu unserem Leben gehört.

Mein tiefster Dank gilt, wie immer, dem allmächtigen Gott. Du hast eine Geschichte in mein Herz gelegt und dabei eine Million anderer Herzen im Sinn gehabt – etwas, das ich niemals tun könnte. Ich bin froh, meinen kleinen Teil zu dem beitragen zu können, was du tust! Die Begabung kommt von dir, und ich bete, dass ich sie noch viele Jahre so einsetzen kann, dass es dir zu Ruhm und Ehre gereicht.

Sheila Walsh; Kathryn Cushman

Sarahs Lied

Roman

336 Seiten, gebunden
ISBN 978-3-7655-1238-4

„Selbst aus den Bruchstücken unseres Lebens kann Gott ein Kunstwerk machen.“ Um ihre Schwester Sarah zu besuchen, kehrt Ann, erfolgreiche Designerin in New York, in die alte Heimat Charleston zurück. Und damit in ihre Vergangenheit. Kurz nach der Ankunft geschieht das Unfassbare: Sarah hat einen schweren Autounfall.
Im Rettungswagen ringt sie mit dem Tod – und summt immer wieder eine ihr bisher unbekannte Melodie. Dieselbe Melodie kennt Kenny, der kleine Nachbarsjunge mit Downsyndrom, der Ann, völlig aufgelöst in Sorge um ihre Schwester, fröhlich erklärt, dass Gott Engel schickt, die ihr helfen wollen.
Hilfe kommt auch von Handwerker Eric, dessen Gesellschaft Ann genießt. Doch immer wieder drohen die Verletzungen der Vergangenheit sie einzuholen … bis Ann selbst die Melodie in sich spürt und weiß: Alles wird gut. Auf himmlische Weise gut.

Ich war absolut gefesselt, von der ersten bis zur letzten Seite. Lange hat mich kein Buch mehr so bewegt wie dieses. Ursula Weiffenbach

Nancy Rue

Bis ich dich wiederfinde

Roman

336 Seiten, gebunden
ISBN 978-3-7655-1236-0

Als Isabellas 16-jährige Tochter Charlie eines Abends nicht nach Hause kommt, befürchtet die Mutter das Schlimmste. Die Eltern stehen grauenhafte Ängste aus, weil sie davon ausgehen, dass ihre Tochter entführt wurde. Allmählich findet Isabella jedoch heraus, dass Charlie von zu Hause weggelaufen ist. Als sie Gedichte ihrer Tochter findet, merkt Isabella zum ersten Mal: In ihrem Wunsch, Charlie zu behüten, hat sie es ihr schwer gemacht, erwachsen zu werden. Ihren eigenen Weg zu finden. Und doch ist Isabella die Einzige, die ihre sensible Tochter zurückholen kann. Denn im Gegensatz zum dominanten Vater hat Isabella eine Beziehung zu Charlies Herzen ...

Eine Geschichte von zwei Frauen, die sich verlieren, aber am Ende auf eine neue Weise wiederfinden. Und beide wachsen dabei über sich selbst hinaus: Eine Mutter lernt loszulassen und eine Tochter lernt, erwachsen zu werden.
Dieser sehr authentisch geschriebene Roman spiegelt die Sehnsucht nach geheilten, respektvollen Beziehungen.

BRUNNEN VERLAG GIESSEN
www.brunnen-verlag.de